JESSICA HART

Le mariage d'une princesse

W0384553

Traduction française de
PIERRE ALEXIS

HARLEQUIN

Titre original :
THE SECRET PRINCESS

Ce roman a déjà été publié en 2018

© 2011, Jessica Hart.
© 2018, 2022, HarperCollins France pour la traduction française.

Ce livre est publié avec l'autorisation de HARLEQUIN BOOKS S.A.

Tous droits réservés, y compris le droit de reproduction de tout ou partie de l'ouvrage, sous quelque forme que ce soit.
Toute représentation ou reproduction, par quelque procédé que ce soit, constituerait une contrefaçon sanctionnée par les articles 425 et suivants du Code pénal.

Si vous achetez ce livre privé de tout ou partie de sa couverture, nous vous signalons qu'il est en vente irrégulière. Il est considéré comme « invendu » et l'éditeur comme l'auteur n'ont reçu aucun paiement pour ce livre « détérioré ».

Cette œuvre est une œuvre de fiction. Les noms propres, les personnages, les lieux, les intrigues, sont soit le fruit de l'imagination de l'auteur, soit utilisés dans le cadre d'une œuvre de fiction. Toute ressemblance avec des personnes réelles, vivantes ou décédées, des entreprises, des événements ou des lieux, serait une pure coïncidence.

Le visuel de couverture est reproduit avec l'autorisation de :

© GETTY IMAGES/ROYALTY FREE

Réalisation graphique couverture : L. SLAWIG (HarperCollins France)

Tous droits réservés.

HARPERCOLLINS FRANCE
83-85, boulevard Vincent-Auriol, 75646 PARIS CEDEX 13
Service Lectrices — Tél. : 01 45 82 47 47 - www.harlequin.fr
ISBN 978-2-2804-7146-6

Composé et édité par HarperCollins France.
Imprimé en avril 2022 par CPI Black Print (Barcelone)
en utilisant 100% d'électricité renouvelable.
Dépôt légal : mai 2022.

MIXTE
Papier issu de sources responsables
FSC® C159065

Pour limiter l'empreinte environnementale de ses livres, HarperCollins France s'engage à n'utiliser que du papier fabriqué à partir de bois provenant de forêts gérées durablement et de manière responsable.

A ma chère nièce Suzy,
avec tout mon amour
à l'occasion de ses fiançailles

1

Lotty fit une pause au sommet de la butte. Agitant les mains dans le vain espoir de chasser les moucherons, elle observa, en contrebas, l'austère maison de granit qui s'élevait entre une colline et un vaste plan d'eau. Celui-ci était si calme que les nuages et les arbres s'y reflétaient sans que rien ne troublât leur image.

La maison du Loch Mhoraigh. Du fait de son isolement, certains habitants du petit bourg la jugeaient inhospitalière, et aussi inamicale que son propriétaire.

— C'est le patron le plus exécrable auquel j'aie jamais eu affaire ! lui avait dit Gary, un habitué du bar de l'hôtel Mhoraigh. Jamais *bonjour*, jamais *au revoir* et encore moins *merci*… Pour lui, les gens ne sont bons qu'à bosser ! Un jour, il a été particulièrement désagréable et je lui ai fait remarquer que, si j'avais voulu finir dans un camp de travail, je ne me serais pas fait embaucher par un particulier ! Si encore il payait bien, mais penses-tu ! Bref, je lui ai fait comprendre que, son poste, il pouvait se le…

Elsie, qui essuyait les verres, avait jeté un regard lourd de sens à Lotty, et poursuivi :

— Bien dit ! Nous ne voulons pas de Corran McKenna par ici ! D'ailleurs, au village, tout le monde sait que le domaine de Mhoraigh aurait dû revenir à son frère ! Alors pas question de travailler pour lui ! Montez plutôt jusqu'à

Fort William, on vous proposera sûrement des postes plus intéressants !

Mais elle ne pouvait pas aller plus loin. Son portefeuille avait disparu une heure plus tôt et, avec lui, tout son argent. Trouver du travail était sa seule chance de s'en sortir. D'après ce qu'elle avait cru comprendre, du moins : car, avant de perdre tout son liquide et ses cartes de paiement, Sa Majesté impériale la princesse Charlotte de Montluce ne savait même pas ce que manquer d'argent voulait dire. Mais, à présent qu'elle se trouvait coupée de son existence de luxe et de privilèges, elle était bien décidée à relever ce premier défi.

De quoi était-elle capable ? Avait-elle suffisamment de force et de courage ? C'était ce que cette expérience allait lui permettre de découvrir.

Pour commencer, puisqu'elle n'avait pas d'argent, elle allait en gagner ! C'était aussi simple que cela !

Elle remit son sac à dos sur ses épaules. Si tout le monde le faisait, elle le ferait aussi !

Cinq kilomètres plus loin, elle s'arrêtait, fatiguée et tourmentée par les moucherons. N'était-elle pas en train de commettre une énorme erreur ? La maison du Loch Mhoraigh était très isolée et Corran McKenna y vivait seul. Etait-il prudent de sonner à sa porte pour lui demander du travail ? Et si Elsie avait raison ? Si on ne pouvait pas faire confiance à cet homme ? En même temps, l'antipathie de la barmaid semblait principalement due au fait que McKenna n'était pas écossais à cent pour cent et qu'il avait acquis le domaine dans des circonstances floues.

Elle resta de longues secondes à s'interroger. Elle avait le choix… Sur un simple coup de fil, sa garde rapprochée arriverait en hélicoptère et la ramènerait jusqu'au palais de Montluce. Là-bas, plus de moucherons ni de problèmes d'argent, juste le sentiment de son inutilité et sa grand-mère à affronter. Elle serait la princesse qui avait voulu partir mais n'avait pas tenu une semaine.

Quelle humiliation ! Trois mois, voilà ce dont elle était

convenue avec Philippe et Caro. Trois mois pour se fondre dans l'anonymat. Pas question, donc, de renoncer à la première difficulté et de rentrer chez elle l'oreille basse.

Elle releva le menton. Sa famille ne régnait pas sur le pays depuis l'époque de Charlemagne pour qu'elle abandonne au premier obstacle. Du reste, n'avait-elle pas été élevée dans les idéaux de courage et de fierté grâce auxquels Montluce avait préservé son indépendance ? Des vertus incarnées par Léopold Longsword, la princesse Agathe et, bien sûr, le légendaire Raoul le Loup.

Oui, tous avaient remporté des combats autrement plus difficiles que celui qu'elle s'apprêtait à mener. Serait-elle la première à tolérer une défaite ?

Sûrement pas !

Ajustant les bandoulières de son sac à dos, elle reprit le chemin escarpé menant à la maison du Loch Mhoraigh.

La demeure en granit apparut, massive. Lotty s'avança prudemment vers la porte d'entrée. Un air de laisser-aller flottait dans l'atmosphère. Les mauvaises herbes envahissaient ce qui avait dû être autrefois un beau gravier. Même les fenêtres semblaient hostiles. Pas de lumière, pas de musique, pas un signe de vie. Seulement quelques cris d'oiseaux.

Elle hésita devant le vieux bouton de porte. Et si Corran McKenna n'était pas là ? Jamais elle n'aurait le courage de remonter la colline qu'elle venait de descendre.

Et s'il était là… ? A peine le temps de se mordre la lèvre qu'elle se reprit. Assez tergiversé.

Elle sonna.

Des aboiements furieux lui répondirent. Elle recula d'un pas. Combien McKenna avait-il de chiens ? Des ordres fusèrent et tous les animaux se turent, sauf un qui continua à japper jusqu'à ce qu'un sifflement impérieux le fasse définitivement taire.

Quelques instants plus tard, la porte s'ouvrait sans douceur.

Un homme grand à l'aspect austère et aussi raide que les collines qui l'entouraient apparut sur le seuil. Plus jeune qu'elle aurait cru, il avait un visage décidé, une bouche au pli sévère et des yeux d'un vert excessivement pâle, comme délavé.

— Oui ?

— Je s... suis v... enue pour le poste, répondit-elle en maudissant le léger bégaiement qui réapparaissait chaque fois qu'elle était émue.

Raoul le Loup ne bégayait pas, lui.

L'homme fronça les sourcils.

— Le poste ? Quel poste ?

— J'ai entendu dire à l'hôtel que vous aviez besoin d'aide pour restaurer des cottages que vous vouliez louer.

— Les nouvelles circulent vite... A moins que ce soit Gary qui ait fait son rapport. Une vraie pipelette, celui-là.

Elle essaya de chasser les moucherons qui voletaient autour de ses oreilles. Raoul le Loup n'aurait pas toléré d'être laissé sur le perron, mais elle ne voyait pas comment obliger McKenna à la faire entrer chez lui.

— Il a juste dit que vous étiez seul et que, sans un coup de main, vous ne pourriez pas aller très loin.

— Sans préciser que c'était le travail le plus atroce, la rémunération la plus misérable et le patron le plus effroyable que l'on puisse imaginer ?

— Quelque chose comme ça.

— Et vous voulez tout de même travailler pour moi ?

— Je suis désespérée.

Les yeux pâles l'inspectèrent en silence. C'était la première fois qu'elle était l'objet d'un tel examen. Personne à Montluce ne se serait permis de la détailler de la sorte.

— Pardonnez-moi, dit-il, mais vous ne semblez pas le moins du monde désespérée. Vos vêtements sont impeccables, ils ne semblent pas sortir d'une braderie. De toute façon, vous ne faites pas l'affaire.

— Pourquoi ?

— Parce que vous n'êtes pas un homme.

— Raison nulle et non advenue, répondit-elle sentencieusement. Votre remarque frôle la discrimination.

— Ce n'est pas ma faute si j'ai besoin d'une personne véritablement costaude, qui ne tombe pas d'épuisement en ôtant son mascara le soir avant de se coucher.

Les yeux gris de Lotty virèrent au noir. Tout à coup, ses ancêtres se rangèrent derrière elle pour la soutenir.

— Primo, je ne mets pas de mascara, secundo, je suis plus forte qu'il y paraît.

En guise de réponse, il lui saisit les mains, les examina, les retourna, en éprouva la texture du bout de ses pouces. Et les lâcha.

— Vous n'avez jamais fait le moindre travail manuel de toute votre existence.

— Ce qui ne signifie pas que je ne peux pas commencer aujourd'hui, fit-elle en tentant d'oublier son trouble quand les mains de McKenna s'étaient attardées sur les siennes. J'ai vraiment besoin de ce travail !

— Et moi j'ai vraiment besoin de quelqu'un sur qui compter. Alors, sincèrement désolé, mais ma réponse est non. Et inutile de me regarder comme ça. Je suis immunisé.

Elle resta bouche bée de stupéfaction.

— Je ne vous regarde pas comme ça… D'ailleurs, je ne vous regarde comme rien du tout !

Bien qu'elle jouât très bien son rôle, Corran avait du mal à croire qu'elle fût vraiment inconsciente du pouvoir de ses grands yeux gris. Car ils étaient extraordinairement beaux, évoquant la brume d'été, frangés de cils dont la noirceur et l'épaisseur semblaient effectivement ne rien devoir au mascara. Des yeux capables de jeter le trouble chez un homme. Et la confusion.

D'autant qu'ils appartenaient à une très jolie femme, merveilleusement fine, qui portait son lourd équipement de marche avec une classe surprenante. Autour de son cou, une écharpe probablement en cachemire ajoutait une subtile sophistication au portrait. Seuls ses cheveux courts, d'un orange éclatant, surprenaient.

Les sourcils froncés, il chercha où elle avait garé sa voiture et ne la vit pas.

— Comment êtes-vous arrivée jusqu'ici ?

— A pied, répondit-elle, sur ses gardes.

Il eut l'air exaspéré.

— Et il ne vous est pas venu à l'esprit de téléphoner avant ! Cela vous aurait évité de vous déplacer pour rien.

— Mon téléphone ne fonctionne plus depuis quelques heures.

— Normal. Les mobiles ne passent pas à Mhoraigh. C'est d'ailleurs pourquoi vous voyez autant de lignes à haute tension dans le coin.

— Oh.

Elle semblait totalement déconcertée. Elle n'avait probablement jamais utilisé de téléphone fixe de sa vie. Chaque courbe de son visage portait la trace de privilèges dont elle avait dû jouir depuis sa plus tendre enfance.

Désespérée, elle ? Alors tout le monde l'était.

— Pas grave, dit-elle soudain. J'aime bien la marche.

— Peut-être, mais vous paraissez épuisée. Combien de kilomètres avez-vous parcourus aujourd'hui ?

— Vingt-six.

Il retint un juron. Vingt-six kilomètres et il la renverrait à pied au bourg ? Pas question.

— Comment vous appelez-vous ?

— Lotty.

Elle eut un moment d'hésitation.

— Lotty Mount.

Pourquoi ne la croyait-il pas ?

— Très bien, *Lotty,* attendez ici, je vais chercher mes clés.

Son visage s'illumina.

— Vous me gardez ?

— Non, répondit-il en ignorant l'énervante accélération de son cœur. Je vous reconduis à l'Hhôtel Mhoraigh.

Elle l'observa, consternée, tout en continuant à chasser les moucherons.

— Je ne veux pas retourner là-bas !

— Franchement, c'est le cadet de mes soucis. Ce que je veux, *moi*, c'est que vous quittiez ma propriété et retourniez à l'hôtel. Ma réputation est déjà assez mauvaise pour que l'on ne vous retrouve pas évanouie sur le chemin du retour.

— Je ne m'évanouirai pas. Pas plus que je n'ai l'intention de monter dans votre voiture.

— Un peu tard pour les précautions, me semble-t-il. Ici, de toute façon, il n'y a que moi et les chiens.

Sans sembler entendre, elle reprit, butée :

— Je préfère rentrer à pied. La soirée est belle.

Il leva les yeux vers le ciel. Comme souvent en Ecosse, le jour s'était levé, maussade, entre deux voiles de brume, avant de s'éclaircir à mesure que la journée avançait. A présent, il ne restait dans le ciel que quelques ravissants petits nuages blancs mettant en valeur le bleu du ciel et le vert brun des collines. L'eau était d'argent et le soleil de bronze. Elle avait raison. C'était une belle soirée… à ce détail près qu'il n'y avait pas un souffle d'air pour rider la surface du loch.

— Les moucherons vont vous dévorer.

— Je préfère tout de même rentrer à pied.

Elle se baissa pour récupérer son sac et le hissa sur ses épaules. Il la vit fléchir légèrement sous le poids.

— Ne soyez pas ridicule, vous avez suffisamment marché pour aujourd'hui. Restez là, je vais chercher la clé de ma voiture.

Il mit à peine deux minutes. Mais, lorsqu'il revint, elle avait déjà rejoint la piste.

— D'accord ! lança-t-il dans sa direction. Entêtez-vous, mais ne vous évanouissez pas sur mes terres !

— Aucun risque ! répondit-elle par-dessus son épaule.

Frustré, il resta sur le pas de sa porte et regarda la mince silhouette s'éloigner. Elle gardait la tête haute, mais l'effort lui faisait serrer les dents.

Parcourir huit kilomètres à pied jusqu'à une maison quasi abandonnée, habitée seulement par un homme et ses chiens, rien que pour demander du travail ! Qu'avait-elle donc dans la tête ? Il haussa les épaules. Après tout, il avait assez de problèmes pour ne pas y ajouter ceux de Mlle Lotty Mount — si c'était bien son nom — ni s'inquiéter pour elle.

Il la suivit néanmoins des yeux, le front plissé, jusqu'à ce qu'elle ait tourné dans le virage.

Dans une demi-heure, il irait jeter un œil pour voir où elle en était. Sans doute qu'alors, fière d'avoir prouvé sa force de caractère, elle ne refuserait pas de faire le reste du trajet dans la Land-Rover.

Mais, lorsqu'il la chercha plus tard à bord de son véhicule, il ne retrouva pas sa trace, même en pénétrant dans Mhoraigh.

L'épisode Lotty était terminé.

Pourquoi Corran dormit-il si mal cette nuit-là ? Il se réveilla de fort méchante humeur. Après avoir pris sa douche et avalé un café, il alla, comme chaque matin, inspecter ses cottages. Les chiens partirent devant, dépassèrent l'ancienne étable et le jardin privé, puis longèrent le hangar à bateaux en ruine avant de s'engager sur la piste menant aux bâtisses. Elles avaient été construites par son arrière-arrière-grand-père pour y loger ses ouvriers, à l'époque où Loch Mhoraigh était un domaine prospère.

Il avait plu pendant la nuit et l'air était humide, imprégné de l'odeur des fougères. Il aurait adoré aller se promener dans les collines, mais la moindre pause était hors de question. Sans raison, il songea soudain à la femme qui s'était présentée la veille. Lotty… Comment avait-elle pu espérer une seule seconde se faire embaucher pour rénover des cottages, elle qui ployait sous le simple poids de son sac à dos ?

Passer une petite annonce. Ce serait le seul moyen de trouver un homme qui…

La chienne pila brusquement devant lui, le dérangeant dans ses pensées. La porte du premier cottage était entrouverte. Il fronça les sourcils. Il se souvenait parfaitement de l'avoir fermée la veille.

Ordonnant à Meg de rester tranquille, il pénétra à l'intérieur et resta stupéfait.

Endormie sur une couche à même le sol, près de la cheminée, la femme de la veille dormait à poings fermés.

Il resta de longues secondes à la regarder, incapable de proférer un son.

Elle avait abandonné son sac à dos quelque part et portait toujours les mêmes vêtements. L'écharpe qu'elle avait la veille autour du cou lui enserrait maintenant le front et ses manches étaient retroussées sur ses avant-bras. Elle avait visiblement commencé à nettoyer le cottage et avait dû s'écrouler de fatigue sans même s'en rendre compte.

Comme si elle avait senti son regard posé sur elle, elle s'éveilla et balbutia un *bonjour* mal réveillé, avec le léger bégaiement qu'il avait remarqué la veille.

— Qu'est-ce que vous fichez ici ?

— Eh bien, en passant hier devant ce cottage, j'ai remarqué que vous aviez commencé à pousser les meubles, et j'ai voulu vous montrer ce que je pouvais faire. C'est d'ailleurs tout ce que je veux : vous prouver ce dont je suis capable.

— Moi, après votre départ, je suis allé en voiture jusqu'à Mhoraigh, au cas où vous vous seriez évanouie sur le chemin, mais je ne vous ai trouvée nulle part. Où étiez-vous ?

— Il y avait de la paille dans l'une des granges. Je m'y suis reposée un peu avant de revenir ici pour nettoyer.

Elle n'ajouta pas qu'elle y avait passé la nuit la plus inconfortable de sa vie et que, en dépit de sa fatigue, elle avait à peine fermé l'œil. Pour un début de juin, la nuit avait été fraîche et elle avait tremblé de froid, regrettant de ne pas avoir insisté à l'hôtel pour qu'ils lui trouvent un poste. N'importe lequel…

Mais, à présent qu'elle était là, il allait falloir faire avec ce diable de McKenna. Tout comme avec les moucherons qui, impitoyables, l'avaient dévorée sans aucun égard pour son titre de princesse… Elle était bien comme tout le monde. D'ailleurs, pour l'heure, la seule chose dont elle avait envie n'était-elle pas une bonne tasse de café ?

En attendant, il s'agissait de convaincre Corran McKenna de la garder. Et comme il n'y paraissait pas plus disposé que la veille elle décida de se montrer d'une patience angélique.

— Je suis désolée, j'ai bien conscience d'être sur une propriété privée, mais je suis parfaitement capable de fournir le travail requis ! Gary, que j'ai rencontré à l'hôtel, m'a parlé de travaux préparatoires de nettoyage et de peinture. C'est tout à fait dans mes cordes !

Corran ouvrit la bouche pour répliquer, mais elle ne lui en laissa pas le loisir.

— Vous n'aurez même pas besoin de me payer ! Tout ce que je vous demande est un endroit pour dormir.

Comme il semblait hésiter, elle profita de son avantage.

— Donnez-moi ma chance ! Je ne vous coûterai rien !

— A condition, dit-il en grommelant, que vous soyez tout de même utile à quelque chose…

— Je sais combien il est important de garder un site sain, répondit-elle très vite en se rappelant le petit topo sur l'hygiène que lui avait fait un médecin-chef lors d'une visite inopinée à l'hôpital de Montluce.

— Vraiment ! fit-il sur un ton discrètement moqueur.

Acquiesçant de la tête, elle se baissa pour caresser la petite chienne qui sautillait entre ses jambes.

— Dans un monde idéal, dit-elle en se redressant, un peintre plâtrier serait prêt à travailler pour vous dans l'instant. Seulement, nous ne sommes pas dans un monde idéal…

Il se frotta pensivement la mâchoire.

— En effet et j'avoue avoir eu du mal à garder quelqu'un plus de quelques jours.

— Je sais.

— Par Gary évidemment. Pourtant, il n'avait rien d'autre à faire qu'un peu de plâtre sur les murs. Je ne vois pas pourquoi j'aurais dû le motiver pour une tâche aussi simple.

Elle prit un air faussement désinvolte.

— Vous savez ce que c'est… Avec un *s'il vous plaît* par-ci ou un *merci* par-là, on obtient plus de choses. Bien sûr, je ne parle que pour moi…

Il hocha la tête.

— Ce que je ne comprends pas, c'est pourquoi vous désirez travailler pour moi malgré mon sale caractère et ma réputation détestable ! Gratuitement en plus ! Pourquoi ne pas chercher un poste pour lequel vous seriez rémunérée ?

— Parce que je ne peux pas aller plus loin. Comme je vous l'ai dit hier, j'ai perdu mon portefeuille.

Personne, en effet, ne lui avait jamais appris à veiller sur ses affaires.

— Il ne me reste même pas de quoi boire une tasse de café, j'ai juste un ticket de bus miraculeusement conservé dans une poche.

Le regard de Corran se fit soupçonneux.

— En général, quand une femme perd son portefeuille, elle va faire une déclaration à la police.

Elle rosit.

— Quand j'ai entendu parler de ce travail dans votre propriété je n'ai plus pensé qu'à cela.

— Avez-vous au moins prévenu votre banque ?

Elle garda un moment le silence. Comment expliquer que le moindre coup de téléphone serait aussitôt remonté jusqu'à sa grand-mère à Montluce et que, de toute façon, ses cartes de crédit étaient totalement inutilisables par d'autres personnes qu'elle ?

— Je veux que personne ne sache où je suis, répondit-elle précipitamment.

Nouveau froncement de sourcils.

— Auriez-vous des problèmes avec la loi ?

— Certainement pas. C'est juste que... j'ai besoin de prendre un peu de distance avec ma famille. Et comme ma m... mère m'a souvent parlé des longues promenades qu'elle faisait dans la lande, j'ai voulu en faire l'expérience.

C'était à peu près la vérité. A l'âge de douze ans, elle avait passé de longues heures au chevet de sa mère mourante. Malgré son très jeune âge, elle avait su recueillir ses souvenirs et la rassurer sans verser la moindre larme, comme la princesse qu'elle était.

Voilà comment, seize ans plus tard, elle avait décidé de s'octroyer trois mois de liberté. Pour cela, elle avait dû se rendre la plus anonyme possible et avait commencé par changer son apparence physique : pantalons et gros pulls en lieu et place des robes de la Cour. Pour parfaire le tout, la veille de son départ, elle s'était elle-même décoloré les cheveux. Hélas, la couleur finale ne ressemblait que de loin à celle promise par l'emballage, et c'était assez horrifiée qu'elle avait découvert sa nouvelle teinte. Orange... ! Au moins personne, en la voyant, ne penserait à la princesse Charlotte, cette longue brune dont la coupe au carré faisait la une des magazines de mode et était copiée partout. Du reste, elle ne s'était pas attardée là-dessus, se sentant délicieusement heureuse ce soir-là et surtout... enfin libre !

Une fois installée dans sa minuscule chambre d'hôtel, elle avait pris conscience que son secrétaire personnel ne lui organiserait pas sa journée du lendemain et qu'elle ne savait trop que faire d'elle-même. Elle avait alors repensé aux Highlands dont sa mère lui avait tant parlé et décidé de partir là-bas. Le lendemain, elle prenait le train pour Glasgow, déposait sa valise à la consigne et se mettait en route, son sac à dos pour tout bagage.

— Quand j'ai vu cette piste, dit-elle, j'ai décidé de la suivre. C'était magnifique ! Oui, je me suis vraiment sentie merveilleusement bien jusqu'à mon déjeuner d'hier. Je m'étais arrêtée dans une auberge pour manger un sandwich et j'ai payé. Mais le soir, en arrivant à l'hôtel Mhoraigh, mon portefeuille avait disparu. Ils ont été gentils et m'ont laissée appeler l'auberge. Hélas sans résultat. Quelqu'un avait dû le trouver et le garder.

Elle semblait sincèrement étonnée qu'on ne le lui ait pas rendu ! Il resta muet devant son mélange de naïveté et de sophistication.

Quelque chose lui soufflait qu'elle ne lui disait pas tout. Etait-elle une célébrité fuyant les paparazzis ?

Non. La réalité devait être plus compliquée, plus subtile. Comme elle. En la considérant plus attentivement, il songea au chevreuil qu'il avait vu de sa fenêtre le matin même. L'animal s'était arrêté dans l'aube voilée puis avait levé la tête dans un mouvement à la fois gracieux et prudent. Elle avait la même innocence. Mais tout cela ne collait pas avec ses vêtements de marque ni avec son style.

Il baissa la tête en retenant un juron. Que lui arrivait-il ? Encore un peu et il lui déclamerait des vers…

Décidément, cette Lotty était un mystère.

2

— Continuez, dit Corran. Vous êtes au téléphone et vous découvrez que — chose incroyable — personne n'a rapporté votre portefeuille à l'auberge.

— En effet, répondit Lotty, inconsciente de la moquerie. Et je me suis retrouvée bloquée. Comment faire sans argent ? C'est alors que Gary a évoqué ce poste. Vous aviez besoin de quelqu'un pour faire des travaux et moi j'avais besoin d'un travail ! Cela ne pouvait mieux tomber ! Malheureusement, quand je me suis présentée, vous n'avez même pas accepté de m'écouter. Mais je ne voulais pas rentrer bredouille à l'hôtel et j'ai élu domicile ici pour une nuit. Comme vous l'aviez prévu, je me suis fait dévorer par les moucherons.

Elle montra son bras tout rouge.

— Cela vous apprendra, répondit-il. Avec un brin de jugeote, vous seriez retournée à l'hôtel pour appeler un ami à la rescousse.

— Je n'appellerai personne, répliqua-t-elle, le visage baissé. Impossible de vous expliquer pourquoi, mais je ne *peux* pas.

Puis elle leva ses merveilleux yeux gris vers lui. Il dut résister de toutes ses forces pour ne pas céder à leur charme.

— S'il vous plaît, monsieur McKenna, je vous en prie, laissez-moi rester ! Juste quelques semaines…

Il arrondit les yeux.

— *Semaines !*

— Enfin… jusqu'à ce que vous trouviez quelqu'un.

Il soupira puis parut reprendre brusquement ses esprits.

— Suivez-moi.

Elle s'exécuta immédiatement. Dehors, ils furent accueillis par une jolie chienne noir et blanc.

— Voici Meg, dit Corran. *Elle* au moins fait ce qu'on lui demande.

Lotty jugea sage de retenir la repartie qui lui montait aux lèvres. Elle ne souhaitait qu'une chose : avoir le droit de rester.

Quelques minutes plus tard, il la faisait entrer dans un cottage à l'état aussi catastrophique que le premier. Sol, fenêtres, plafonds, murs, tout était crasseux, écaillé, de guingois. Des souris couraient partout.

— Qu'en pensez-vous ? demanda-t-il.

— Qu'il aurait besoin de… d'entretien.

— Comme vous dites. De tous mes cottages, c'est le plus vaillant.

L'expression de Lotty lui arracha un sourire en coin. Il ajouta :

— J'ai trois mois pour restaurer les cinq.

— Trois mois, mais… c'est ce qu'il faudrait rien que pour celui-ci !

— Vous n'auriez pas dû dire cela. J'allais vous proposer un marché.

— Un marché ?

— Vous faites en sorte que ce cottage soit prêt à peindre à la fin de la semaine et je vous laisse rester. Je ne crois pas une seconde que vous y arriverez, mais si c'était le cas vous pourriez le peindre vous-même et passer ensuite aux autres. Qu'en pensez-vous ?

Elle inclina pensivement la tête sur le côté comme pour organiser son travail alors qu'elle ne savait même pas *par où* elle démarrerait le chantier.

Raoul le Loup aurait-il abdiqué ?

La question ne se posait même pas !

— Et en échange ? demanda-t-elle avec une neutralité affectée.

— Je vous assure le gîte et le couvert. Vous m'avez bien dit que vous ne réclamiez pas de salaire… ? Voilà, c'est à prendre ou à laisser. Franchement, à part vous ramener *manu militari* à l'hôtel, je n'imagine pas de moyen plus radical pour me débarrasser de vous.

Personne ne s'était jamais adressé ainsi à la princesse de Montluce. Sans parler de lui proposer un marché aussi fou. C'était parce qu'il le savait impossible à tenir qu'il le lui offrait.

Elle allait lui montrer de quoi elle était capable.

— Marché conclu.

Il tourna vers elle ses yeux pâles.

— Je parie que vous ne tiendrez pas une journée.

— Je relève cet autre défi et prétends même que je serai toujours là à la fin du mois.

La bouche de Corran s'étira en un sourire franchement moqueur.

— Combien parions-nous ? demanda-t-elle en tendant la main vers lui.

— Vous n'avez pas d'argent. Qu'avez-vous d'autre à mettre dans la balance ?

Elle songea à toutes les richesses dont son palais regorgeait : toiles de maîtres, pièces uniques, meubles signés, fourrures, collections et joyaux.

— Ma fierté.

Il soutint quelques instants son regard avant de répondre.

— Très bien… Si vous êtes prête à la risquer, cela vous regarde.

— Et si je gagne ?

— Que voudriez-vous ?

— Si je suis encore là dans un mois, vous devrez m… m… m'emmener dîner.

Il ne sourit pas vraiment, mais une lueur amusée dansa au fond de ses yeux verts.

— Pari conclu. Vous avez maintenant un travail… pour autant que vous sachiez le conserver.

Son visage ne se serait pas illuminé d'un sourire plus beau s'il lui avait offert une rivière de diamants.

— C'est merveilleux ! Merci ! Merci !

Il se sentit étreint par une émotion stupide — mais si intense qu'elle lui coupa la respiration. Détournant les yeux, il reporta son attention sur le chien qui commençait à creuser une sorte de terrier.

— Arrête cela tout de suite, Pookie !

— C'est votre chien ?

— Celui de ma mère. Enfin, si on peut appeler cela un chien…

Elle se baissa pour caresser l'animal.

— Il est doux, dit-elle.

— Non, c'est un véritable poison. Il n'écoute pas, il est tout le temps dégoûtant. Quelle idée, aussi, d'acheter un chien blanc ! J'avais prévenu ma mère, mais elle n'en a pas tenu compte. Et maintenant je dois m'occuper de lui jusqu'à ce qu'elle rentre de je ne sais quelle croisière dans je ne sais combien de temps. Je crois qu'elle est en voyage de noces, en fait. Son quatrième. Ou son cinquième. J'ai cessé de compter…

Il semblait très agacé, aussi préféra-t-elle en rester à Pookie.

— J'ai l'impression que le pelage de ce chien devrait être long.

— Oui, mais je le fais tondre. Vous me voyez en train de le brosser tous les matins, et de lui mettre sa barrette ?

Elle éclata de rire.

— Pas vraiment. D'ailleurs, cette petite bête vous correspond aussi peu que possible.

Elle se releva.

— A présent, je veux me mettre au travail sans tarder.

— Vous ne vous changez pas ? demanda-t-il en la détaillant. Le travail que je vous demande est salissant, vos vêtements sont si…

— Je n'ai rien d'autre que ce qui se trouve dans mon sac à dos. C'est-à-dire aucun habit de rechange.

— Je dois pouvoir vous trouver une vieille chemise à moi.

— Merci, mais je ne voudrais pas vous déranger…

— Il est un peu tard pour vous soucier de cela. Je suppose que vous n'avez pas non plus pris de petit déjeuner…

— Non.

Il haussa les épaules.

— L'estomac vide, on n'est bon à rien…

Là-dessus, il se dirigea vers sa maison. Meg lui emboîta le pas et Pookie trottinait autour de ses jambes en cercles concentriques.

Lotty suivit la petite troupe.

Parvenu à l'entrée, il s'essuya les pieds, retira ses bottes et siffla ses chiens.

— Je vais les nourrir, lui dit-il sans la regarder. Si vous voulez vous rendre utile, faites du thé. La cuisine se trouve à gauche.

Sa haute silhouette paraissait si incongrue, flanquée des deux petits chiens, qu'elle ne put s'empêcher de sourire en les regardant s'éloigner.

La cuisine, bien qu'un peu vieillotte, fut une véritable révélation. En temps normal, il lui suffisait en effet d'appuyer sur un bouton pour qu'une servante apporte boissons et nourritures, et elle n'avait jamais vu de cuisine ordinaire de sa vie.

Elle regarda autour d'elle. Faire le thé… D'accord, mais comment ? Jamais cela ne lui était arrivé. La bouilloire. Ah oui… Elle la remplit et se frotta presque les mains d'avoir accompli ce prodige.

Le thé, à présent. Où se trouvait-il ? Sur l'étagère. Superbe. Elle sortit un sachet de la boîte tout en constatant que la bouilloire était toujours froide. Elle était penchée dessus, à l'écoute du moindre son indiquant qu'elle chauffait, quand Corran pénétra dans la pièce.

— Qu'est-ce que vous faites ?

— Je crois que quelque chose ne marche pas.

Il jeta un coup d'œil à la bouilloire puis, sans un mot mais avec un regard affligé dans sa direction, tourna un bouton à la base de l'appareil. Une ampoule témoin rouge s'alluma et un bruissement s'éleva dans la pièce.

— J'espère au moins que vous avez mis le thé dans la théière…

— Je n'ai jamais utilisé de bouilloire comme celle-ci, fit-elle en guise de réponse. Où sont les tasses ?

— Là.

Le placard en contenait trois. Avec trois soucoupes désassorties.

— Vous venez d'arriver ? Vos placards sont vides.

— C'est ma femme qui les a vidés après notre divorce.

Il était donc divorcé. Elle rangea l'information dans un coin de sa tête sans oser l'interroger plus avant. A quoi avait bien pu ressembler cette femme ? Que fallait-il faire pour dérider le front de cet homme et adoucir les plis de sa belle bouche ?

Elle le regarda en douce tandis qu'il sortait jambon et beurre du réfrigérateur. Il les sentit avec méfiance avant de les disposer sur la table.

Il avait une bouche de rêve qui semblait faite pour embrasser. Elle en rêvait avec une force qui ne lui laissait pas de répit.

Détournant les yeux, elle se concentra sur le thé.

— Dommage, répondit-elle d'une voix qu'elle trouva étrangement détimbrée. Cette cuisine pourrait être belle.

— Le reste de la maison est tout aussi vide, mais c'est le cadet de mes soucis. Vivre sans vaisselle et sans meubles n'est pas un problème pour moi. Du moment que je peux rénover le domaine…

Elle arqua un sourcil.

— Parce que vous n'avez pas non plus de meubles ?

— Juste le strict nécessaire. Cette table et deux ou trois lits.

Il eut un geste du menton vers le fauteuil qui lui faisait face.

— Ainsi que cette antiquité où dormait le chien de mon père.

— Cette maison appartenait donc à votre père ?

— Oui, répondit-il avec une légère brusquerie. C'est de lui que j'ai hérité la demeure et le domaine.

— Les meubles ne vont-ils normalement pas avec la maison ?

— Ma belle-mère a tout emporté avec elle en partant pour Edimbourg.

Son ex-épouse, sa belle-mère... McKenna n'avait décidément pas de chance avec les femmes.

— Pourquoi ?

— Vous n'aurez qu'à lui demander.

Elle s'efforça de fixer la théière tandis qu'une phrase de la barmaid de l'hôtel Mhoraigh lui revenait à la mémoire.

— J'ai cru entendre parler d'une querelle familiale.

— Pour se quereller, dit-il sèchement, il faut être deux. En ce qui me concerne, je ne bataille jamais avec personne.

Elle remplissait la boule à thé et vit passer une expression stupéfaite sur le visage de Corran.

— Qu'est-ce qu'il y a ?

— Vous le buvez vraiment très corsé !

— Oh ! euh...

Apparemment, elle avait dépassé la dose.

— En effet, répondit-elle en reversant discrètement la dernière cuillérée dans la boîte métallique.

Elle poursuivit :

— A l'hôtel, ils disent que le domaine aurait dû revenir à votre frère.

— Mon demi-frère, rétorqua-t-il sèchement.

— Est-ce vrai ?

— Non.

Il sortit deux couteaux du tiroir. Pourquoi l'avis de Lotty l'intéressait-il autant ? Qu'elle le crût ou non légitime sur ses terres aurait dû lui être parfaitement égal.

Il s'entendit pourtant expliquer :

— Je suis le fils aîné de la famille, et je suis né ici.

— Vous n'avez pas l'air très écossais.

— Mes parents ont divorcé quand j'avais six ans. Ma mère m'a emmené à Londres.

— Loch Mhoraigh n'est donc pas vraiment lié à votre enfance.

— Si ! Il ne s'est pas passé un seul été sans que j'y vienne voir mon père !

— Dans ce cas, pourquoi cette rumeur selon laquelle le domaine n'aurait pas dû vous revenir ?

— Parce que Andrew — mon demi-frère — est très populaire dans le coin. Surtout à l'hôtel où, d'après ce que l'on m'a dit, il passait le plus clair de son temps. Tout le monde aurait préféré que ce soit lui qui hérite du domaine.

— Pourquoi ?

Il soupira.

— Etes-vous toujours aussi curieuse ?

Elle mit quelques secondes avant de répondre.

— Je suis, en effet, habituée à poser pas mal de questions.

— Déformation professionnelle ?

Comme elle observait un nouveau silence, il se sentit un peu vengé. A son tour d'être soumise à un interrogatoire.

— Disons que je travaille dans les relations publiques.

— Est-ce pour cela que vous me faites parler de ma famille alors que je suis un inconnu pour vous ?

Une étrange expression, qu'il commençait à reconnaître, flotta sur son visage.

— Disons plutôt... Je ne voudrais pas que nous restions des inconnus l'un pour l'autre... Surtout si nous devons travailler ensemble pendant un mois. Car j'ai un pari à gagner, rappelez-vous. Et puis, j'ai toujours préféré écouter les gens s'exprimer eux-mêmes plutôt que me fier aux racontars.

— Le domaine de Mhoraigh m'appartient. C'est tout ce que vous avez besoin de savoir.

— Je ne comprends pas pourquoi ils ne vous aiment pas au village.

— Tout le monde ne succombe pas à mon charme…

Elle pouffa de rire avec une joie qui la rendit plus jolie encore et il regretta sa repartie.

— J'imagine en effet très bien que l'on puisse y résister, répliqua-t-elle avec impertinence, mais, puisque vous êtes le fils de votre père, je ne vois pas comment on pourrait nier votre droit à l'héritage.

Il poussa un très long soupir. Décidément, tant qu'il ne lui dirait pas la vérité, elle poursuivrait ses questions. Avant de se lancer, il s'efforça d'ôter toute trace d'amertume de sa voix.

— Mon père a toujours préféré Andrew à moi et ne s'en est jamais caché. C'est donc à lui, et à lui seul, qu'il voulait léguer la maison du Loch Mhoraigh, même s'il devait pour cela enfreindre la loi. Pourquoi me préférait-il Andrew ? Probablement parce qu'il ne lui rappelait pas ma mère. Il ne lui pardonnait pas de l'avoir quitté. Chaque fois qu'il me regardait, c'était elle qu'il voyait. Cela rendait même mes visites… difficiles.

— Vous avez dû beaucoup souffrir de cette situation.

Il n'avait jamais supporté qu'on le plaigne.

— Gardez vos violons, s'il vous plaît. Tant que j'ai pu venir ici, je me suis senti heureux.

Il se l'était du moins si souvent répété qu'il avait fini par le croire.

— Je connaissais la préférence de mon père pour Andrew et j'avais accepté que le domaine lui revienne. Aussi me suis-je éloigné pendant quelques années. C'est lorsque je suis revenu dans les Highlands en quête d'un domaine à acheter que mon père a pris contact avec moi.

Il s'interrompit, se rappelant la dernière fois qu'il l'avait vu. Mais pourquoi racontait-il tout cela à Lotty ? N'avait-il pas, depuis des années, tiré un trait sur le rejet de son père ?

Peut-être pas.

— Lors de cette dernière rencontre, il m'a appris qu'il ne modifierait finalement pas son testament en faveur de mon frère, mais sans m'expliquer la cause de ce revirement.

Aujourd'hui encore, j'ignore la raison de son choix et je crois que je l'ignorerai toujours. Mhoraigh, m'a-t-il dit ce soir-là, me reviendrait, tandis que tout le reste irait à ma belle-mère et à son fils Andrew. A sa mort, comme leurs dépenses faramineuses avaient vidé les comptes en banque, il ne restait plus que les meubles. Alors, Moïra a vidé la maison !

Lotty savait écouter. Elle prit conscience de son regard braqué sur Corran et de sa tête légèrement inclinée sur le côté. Aussitôt, elle adopta une attitude plus légère pour ne pas le mettre mal à l'aise.

— La situation a dû être difficile pour tout le monde.

— Pas pour moi, dit-il en sortant les toasts du grille-pain. Mon seul souhait, c'était ne pas avoir à cohabiter avec aucun des deux. Aussi ai-je offert à Moïra de s'installer dans une maison juste à côté avec tous les meubles qu'elle voulait, mais elle a préféré partir pour Edimbourg en racontant à tout le monde que je l'avais mise à la porte.

— Pourquoi ne pas avoir démenti ?

— Parce que cela m'est égal.

Sur cette réponse sibylline, il beurra les toasts et les posa sur une petite assiette au milieu de la table.

— Pour Moïra, reprit-il, je n'existais pas, c'était Andrew qui aurait dû hériter de tout. J'étais même supposé quitter Mhoraigh et ne plus jamais revenir. Mais cet endroit coule dans mes veines autant que dans les leurs.

Il s'interrompit. Mieux valait ne pas s'étendre sur ses visites annuelles à son père, qu'il attendait autant qu'il les redoutait, et taire son indifférence envers Andrew, de sept ans son cadet, avec lequel il ne partageait rien.

Dès son plus jeune âge, Corran avait compris que ni son père ni sa belle-mère ne voulaient de lui. Seules les collines l'accueillaient gentiment. Il s'éclaircit la gorge et reprit :

— Aujourd'hui, les gens du bourg se sont fait une opinion bien arrêtée sur moi et j'ai mieux à faire que les détromper. A commencer par maintenir le domaine à flot. Pour cela, j'ai besoin de toute mon énergie.

Il la fixa avec un peu de ressentiment. Jusqu'à aujourd'hui, il avait enterré ces souvenirs au fond de sa mémoire et s'en était très bien accommodé. Qu'avait-elle donc de plus que les autres pour qu'il ait tellement envie de lui parler, d'emporter son adhésion ? Sans doute était-ce dû à cette lumineuse sincérité, cette intégrité impossible à prendre en défaut, cette confiance que l'on avait envie de lui accorder même en ne sachant rien d'elle.

— Et vous ? demanda-t-il dans l'espoir de renverser une nouvelle fois les rôles. J'imagine que vous venez d'une famille nombreuse où tout le monde s'aime et vit en harmonie.

Le sarcasme était manifeste et elle ne lui en tint pas rigueur. Il avait profondément souffert de se sentir rejeté par tous dans cet endroit si cher à son cœur, cela avait laissé des traces. Curieusement, elle qui ne recueillait que bravos, fleurs et sourires partout où elle passait le comprenait mieux que quiconque.

— Je suis fille unique, répondit-elle, et j'aurais adoré avoir une sœur ou un frère. Ma mère est morte lorsque j'avais douze ans et mon père l'année dernière.

Il laissa passer quelques secondes avant de lâcher :

— Je suis désolé. J'aurais pu vous épargner ma petite sortie sur votre supposée famille.

— Ce n'est pas grave. Mes parents m'aimaient autant qu'ils s'aimaient l'un l'autre et cela suffit, j'imagine, à faire de nous une famille heureuse.

— Vous êtes donc également seule au monde, dit-il après quelques instants.

Elle n'avait encore jamais envisagé sa situation sous cet angle. En tant que princesse, elle se trouvait si rarement seule !

— J'ai ma grand-mère et mon cousin.

Philippe, qui était pour elle comme un frère.

Sans parler bien sûr des milliers de gens qui l'adoraient à Montluce et qui pensaient à elle comme à un membre de leur famille. Non, elle n'avait vraiment aucune raison de se sentir seule.

— Pas d'ami ni de petit ami ?

— Non, répondit-elle en rosissant sous son regard, qui lui sembla scrutateur.

Et, couvrant son toast de jambon, elle mordit dedans.

— Rien de tel…

— Alors qui fuyez-vous ?

Elle posa calmement son toast.

— Je ne fuis pas.

— Vous m'avez pourtant dit que vous aviez besoin de prendre de la distance.

Elle soupira. Comment lui expliquer combien il lui était devenu insupportable d'être sans arrêt sous le regard des autres, de devoir être tout le temps parfaite ?

Depuis la mort de sa mère, son existence — certes d'un luxe inimaginable — se trouvait sous le contrôle absolu de sa grand-mère qui organisait ses journées exactement comme elle l'entendait. Elle profitait sans vergogne de ce que Lotty, qui aurait trouvé cela puéril et vain, ne se rebellait jamais.

Malheureusement, cette soumission s'était révélée catastrophique. Etendant de plus en plus son autorité sur tous les domaines de la vie de sa petite-fille, la douairière Blanche avait récemment décidé de la marier à un homme qu'elle n'aimait pas. Et c'était Philippe qui, de retour de l'étranger, avait encouragé sa cousine bien-aimée à s'éloigner.

— Ta grand-mère est la reine du chantage affectif, lui avait-il dit sans détour. Ce ne serait pas volé si tu partais te distraire un peu…

Elle chassa ses souvenirs.

— Je me suis toujours conduite très sagement, et j'ai toujours fait ce que l'on attendait de moi, déclara-t-elle finalement. Aujourd'hui, je veux juste pouvoir être moi-même, prendre des risques, commettre mes propres erreurs et voir si je suis aussi courageuse que je le crois. Si je rentrais chez moi maintenant, je me considérerais plutôt comme une lâche ! Je vous le répète donc une dernière fois : je ne suis pas en fuite. Je cherche seulement à faire quelque chose par moi-même et pour moi-même.

Il eut une moue désabusée.

— Vous allez vite apprendre ce que j'ai découvert il y a plusieurs années : quand on veut absolument quelque chose, la seule personne sur laquelle on puisse compter est soi-même…

La formule sembla un peu simpliste à Lotty, mais elle ne possédait aucune expérience personnelle dans ce domaine.

— Et si j'ai bien compris, votre but, c'est le domaine de Mhoraigh…

— Oui, même s'il s'est terriblement dégradé au fil des ans. Mon père adorait jouer au laird en organisant des soirées mais, détestait mettre les mains dans le cambouis. Exactement comme Andrew d'ailleurs, pour qui la terre n'était qu'une source de revenus. Mais aujourd'hui Mhoraigh est à moi et je vais lui rendre sa splendeur passée.

— Tout seul ?

— Oui, tout seul. Ce serait plus facile, bien sûr, si je disposais de fonds mais, avec les actifs distribués à Moïra et Andrew, je ne peux compter que sur mes bras et ma volonté. Voilà pourquoi je veux rénover mes cinq cottages le plus vite possible pour les louer. Ce sera un à-côté, la maison du Loch Mhoraigh est avant tout un domaine fermier et agricole. Nous venons de terminer l'agnelage et les troupeaux se trouvent encore sur les collines. Mais septembre arrive et je les emmènerai bientôt au marché pour les vendre. Sans parler des arbres à surveiller et de la maintenance ordinaire.

— Hmm, dit-elle en terminant un nouveau toast, je comprends mieux pourquoi vous avez besoin de quelqu'un pour vous aider.

— A la place de quoi je suis tombé sur vous.

Elle croisa son expression sardonique par-dessus la table et maintint son regard.

— En effet, vous êtes tombé sur moi.

3

Après le petit déjeuner, Corran montra à Lotty l'une des chambres de l'étage. Elle avait beau savoir que presque tous les meubles avaient quitté la maison, ce fut néanmoins un choc. Moïra avait littéralement tout vidé, ne laissant même pas un tapis ou une paire de rideaux. De vilaines traces grises aux murs disaient qu'elle avait emporté aussi les tableaux. Une véritable mise à sac !

La chambre que Corran assigna à Lotty ne comportait qu'un lit et une chaise inconfortable, mais elle était spacieuse et offrait une très belle vue sur le loch. Bien qu'ayant grandi dans un palais, elle l'accepta avec enthousiasme.

Puis, sans tarder, elle enfila la chemise de coton rugueux qu'il lui avait apportée et en retroussa les manches trop longues. Ne pas penser qu'il avait porté ce vêtement à même sa peau…

De retour au cottage, elle poussa la porte la tête haute, déterminée à gagner l'impossible pari qu'elle avait fait avec le maître des lieux…

Sortir le fouillis qui encombrait le séjour lui prit deux bonnes heures. Les objets plus lourds attendraient les bras de Corran. Puis, toussant et pleurant sous la poussière, elle roula les tapis. Quand il fallut détruire au balai les énormes toiles d'araignée suspendues au plafond, elle serra les dents. Certaines araignées étaient si grosses ! Elle dut faire de véritables sauts de côté pour ne pas les prendre sur la tête.

Elle haïssait ces bêtes, mais elle aurait haï davantage encore de s'entendre pousser des cris stupides. Les princesses ne poussaient pas de hurlements, et n'avaient d'ailleurs jamais peur. C'était sa grand-mère qui le lui avait enseigné.

Lorsqu'elle en eut fini avec ses vieilles ennemies, elle se sentit plus légère. Elle était sale de poussière et de transpiration mêlées, mais rayonnait de n'avoir personne à qui plaire ou à écouter. Les courbettes ne faisaient pas partie de ses devoirs du jour. Il y avait juste Pookie, qui semblait s'être attaché à elle. Il lui tournait joyeusement autour, se lançant parfois à l'assaut de monstres imaginaires.

Lorsque Corran arriva à l'heure du déjeuner, elle traquait toujours la poussière, chantant à tue-tête en français. Pookie reniflait dans un coin, et aucun d'eux ne l'entendit approcher, ce qui ne fit pas remonter le chien dans son estime …

De loin, il regarda Lotty manier le balai avec une inexpérience criante. Elle avait trempé la chemise qu'il lui avait prêtée et noué son écharpe autour de sa tête d'une manière qui aurait rendu n'importe qui ridicule. Sauf elle. Oui, si incroyable que cela pût paraître, ce curieux attirail rehaussait même la finesse de ses attaches et son port altier.

Comment elle pouvait chanter ? Elle aurait dû être dépassée par la tâche et dégoûtée par la crasse ambiante. Car cette créature éthérée dotée de grands yeux brumeux n'avait à l'évidence aucun sens pratique. Décidément, cette Lotty était une énigme. Mais il n'avait pas de temps à perdre à la résoudre …

Approchant enfin, il frappa un coup symbolique sur la porte ouverte et annonça d'une voix forte :

— J'ai apporté le déjeuner !

Surprise, Lotty interrompit net sa chanson et Pookie vint musarder entre les jambes de Corran.

— Assez ! dit-il sèchement.

Le chien battit en retraite.

— Il est juste content de vous voir, fit Lotty en posant son balai et retirant ses gants. Moi aussi d'ailleurs, si vous avez vraiment apporté à manger !

Lorsqu'elle souriait, tout son visage s'éclairait. Le cœur de Corran se serra. Cela faisait si longtemps que quelqu'un n'avait pas eu l'air heureux de le voir !

— N'attendez pas que cela devienne une habitude, répliqua-t-il en conservant pourtant son ton rogue. Quand je commencerai à ensiler les fourrages, rien ne me fera arrêter !

Elle ignorait tout de l'ensilage, et écouta à peine.

— En tout cas, je ne m'attendais pas à cela. Je suis même impressionnée par le service, je l'avoue !

— Il fait beau. Nous serons mieux au bord du loch.

— En effet, c'est une merveilleuse idée !

Elle sortit avec lui, trop heureuse de quitter l'atmosphère poussiéreuse du cottage, ce qu'elle n'aurait avoué pour rien au monde… Mais le petit grognement plaintif qu'elle libéra en s'étirant le dos la trahit.

— Vous renoncez ? demanda-t-il.

— Jamais de la vie ! Du reste, si vous n'étiez pas arrivé, j'y serais encore…

Arrivée devant le loch, elle alla se nettoyer les mains dans l'eau claire tandis que, installé sur un affleurement rocheux, il déballait les sandwichs.

— Autant vous prévenir tout de suite, je n'ai rien préparé d'extraordinaire !

Elle fut près de lui en un clin d'œil, saisit un sandwich et le porta à sa bouche.

— Génial, fit-elle, la bouche pleine.

Jamais elle n'aurait imaginé avoir aussi faim après le petit déjeuner copieux qu'elle avait pris avec lui dans la matinée. De même qu'elle ne se rappelait pas avoir autant apprécié un repas. Quel plaisir d'être dehors ! L'air était si doux qu'elle retira l'écharpe qu'elle s'était nouée autour des cheveux.

— Le temps aussi est génial, ajouta-t-elle comme pour elle-même.

C'était la seconde fois qu'elle parlait la bouche pleine, et cette simple petite rébellion la ravissait. En temps normal, une princesse ne se serait jamais permis une telle entorse au savoir-vivre.

Il remplit deux gobelets en carton de café mais, au moment de tendre le sien à Lotty, il le reposa pour chasser une toile d'araignée qu'elle avait sur la manche.

— Vous êtes dans un état épouvantable…

La remarque était brusque et le geste presque autant. Elle se sentit néanmoins parcourue d'un frisson.

— Tant d'années de poussière laissent des traces, répondit-t-elle du tac au tac.

Son air dur le rendait tout sauf avenant. Pourtant, elle mourait d'envie de se jeter dans ses bras…

Inconscient de ce qui se passait en elle, il lui tendit un gobelet. Mais elle fronça aussitôt le nez.

— Sans vouloir vous offenser, ce breuvage n'est pas ce que j'appellerais du café.

— Je me doutais bien que, à un moment ou à un autre, vous feriez votre princesse…

Elle tressaillit si violemment que du café se renversa sur sa chemise d'emprunt.

— Pardon ?

Le regard de Corran se fit plus aigu.

— Tout à l'heure, vous chantiez en français. Je n'ai pas fait le rapprochement parce que votre anglais est parfait, mais vous êtes française, c'est cela ?

Il aurait sans doute été plus facile de répondre par l'affirmative, mais la fierté de ses origines l'emporta.

— Je suis de Montluce.

— C'est en France ?

— Tout le monde le pense, mais c'est une erreur ! Montluce est un Etat monarchique et indépendant.

— Les habitants de ce petit royaume parlent tous aussi bien l'anglais que vous ?

— On m'a envoyée en Angleterre juste après la mort de ma mère. A cet âge, on s'immerge sans difficulté.

— Cela a dû être difficile de vous retrouver orpheline de mère *et* exilée.

— Cela n'a pas été le meilleur moment de ma vie, mais j'ai fait avec…

En réalité, elle avait supplié son père de la garder auprès de lui à Montluce. Malheureusement, sa grand-mère avait eu le dernier mot. Lotty *devait* parler anglais, et voir un peu de pays ne lui ferait pas de mal.

Il n'y avait eu ni pleurs ni plaintes. Elle était une princesse.

— J'ai détesté mon séjour là-bas, confia-t-elle tout de go en faisant fondre son sucre dans son gobelet, et j'ignore ce qui serait advenu si je n'avais pas rencontré Caro. Nous sommes liées d'une profonde amitié. Nous étions toutes deux affligées d'une timidité maladive — surtout moi avec mon bégaiement. Il remonte parfois à la surface quand je suis émue ou énervée.

— J'avais remarqué votre façon de buter parfois sur certains mots.

Elle resta sans voix. Il était la première personne à lui dire cela. Autour d'elle, tout le monde avait toujours nié.

Il attarda son regard sur elle.

— Votre séjour en Angleterre a dû vous faire beaucoup changer.

— Je dirais plutôt *mûrir.*

— Vous êtes une belle femme à présent. D'ailleurs, vous le savez.

Comment aurait-elle pu l'ignorer, tout le monde ne parlait que de *la belle princesse Charlotte.* Mais cette beauté l'isolait davantage des autres.

— Je me contenterais bien d'être juste jolie.

— Pourquoi ?

— Parce que les gens trouvent généralement les jolies femmes plus accessibles que les belles et donc plus désirables…

Il retint la réponse qui lui montait aux lèvres.

Vous êtes belle et *désirable à la fois, Lotty. Vous voyez, moi, je trouve les belles femmes très désirables...*

Elle termina son sandwich sans deviner ce qui lui avait traversé l'esprit et qu'il avait aussitôt chassé. On était toujours seul sur un piédestal. Des milliers de gens pensaient l'aimer et la désirer, mais leur admiration persisterait-elle s'ils connaissaient vraiment leur princesse ?

Pour sa part, elle rêvait de rencontrer quelqu'un d'assez amoureux pour oser l'approcher, qui ne l'aimerait ni pour son titre ni pour son argent mais pour ce qu'elle était. Un homme qu'elle pourrait à son tour aimer comme n'importe quelle femme, sans songer à son rang... A son âge, c'était tout juste si elle avait échangé un baiser furtif avec un cousin et il lui semblait être la seule vierge de 28 ans au monde.

Tandis qu'elle terminait son sandwich en silence, Corran gardait les yeux rivés sur les collines. Ses doigts repliés autour de son gobelet étaient ceux d'un travailleur et sa personne tout entière dégageait une force qui aiguisait l'air autour de lui. Jamais — dût-elle vivre mille ans — elle n'atteindrait cette assurance ni cette confiance en soi.

Corran McKenna n'était à l'évidence pas homme à se laisser intimider par qui que ce fût. En même temps, il n'avait rien d'un romantique. S'il la voulait, il ne réfléchirait pas à deux fois pour la prendre. Et, s'il avait été à sa place, il n'aurait pas tergiversé davantage. Alors, qu'attendait-elle ?

Elle termina son café d'un trait.

— Je crois que je ferais mieux de retourner au travail.

Il était déjà arrivé à Lotty d'être fatiguée, mais jamais à ce point. Comment avait-elle réussi à survivre à sa première journée au domaine de loch Mhoraigh ? Elle avait travaillé dans le cottage toute la journée jusqu'à en avoir les bras tremblants et les yeux rouges d'épuisement. Sans se plaindre, même pas des moucherons qui l'avaient obligée à fermer portes et fenêtres dès 16 heures.

A la fin de l'après-midi, Corran fit une entrée fracassante.

— Qu'est-ce que vous faites encore là ? demanda-t-il en agitant une main irritée pour éloigner les moucherons. J'ai fini il y a une demi-heure et je vous ai cherchée autour de la maison.

Perchée sur le dernier échelon d'un escabeau brinquebalant, elle arrachait le papier peint. Des taches constellaient sa chemise et son visage avait un air authentiquement épuisé.

— Pour l'amour du ciel, descendez tout de suite avant de vous retrouver par terre !

— Vous m'avez chargée de préparer les murs que je devrai ensuite peindre.

— Mais je ne vous ai pas demandé d'y passer la nuit !

— Je le ferai si cela se révèle nécessaire ! répondit-elle en relevant le menton dans une attitude qu'il commençait à bien connaître.

— Ne soyez pas ridicule. Vous êtes morte de fatigue.

— Pas du tout, je vais très bien.

C'était si outrageusement faux qu'il préféra changer son angle d'attaque.

— Et le chien ! Regardez à quoi il ressemble !

Le pauvre Pookie était en effet tellement crasseux que n'importe qui le voyant pour la première fois l'aurait cru naturellement gris.

— Vous ne vous êtes pas dit qu'il avait besoin de manger...

Ainsi qu'il s'y attendait, l'argument porta. Elle baissa la tête vers l'animal d'un air désolé.

— Je n'ai même pas pensé à lui. Désolée, Pookie...

Puis, réfléchissant quelques secondes, elle regarda de nouveau Corran.

— Je suppose que vous ne voudriez pas l'emmener pendant que je finis ici ?

— Vous supposez bien. Ce que je veux est que vous regagniez la maison avant de vous écrouler de fatigue.

— Et moi, terminer le travail que j'ai commencé !

Il en avait assez. Il agita un index autoritaire.

— Si vous ne faites pas ce que je vous dis, je vous vire. Comme ça, vous n'aurez plus de travail *du tout* ! Ensuite, si vous ne descendez pas de votre perchoir immédiatement, je viens vous chercher moi-même !

Cette fois, elle comprit qu'il valait mieux obtempérer. Personne n'avait jamais osé lui parler sur ce ton. La colère de Corran l'amusait presque. A moins que ce fût la fatigue... Dans le fond, elle n'était pas fâchée de devoir s'arrêter. Arrivée sur l'échelon le plus bas, elle vacilla. Corran la reçut dans ses bras.

— Stupide créature ! Pourquoi ne pas reconnaître que vous êtes dépassée par la tâche ?

— Parce que je ne le suis pas ! Franchement, je me sens parfaitement bien. Un peu de fatigue n'a jamais tué personne !

— Vous tenez à peine debout ! C'est exactement ce que je voulais éviter ! Croyez-vous que j'ai le temps de gérer vos problèmes ? Comment me concentrer sur ma besogne si je dois me demander dix fois par jour si vous ne vous êtes pas évanouie sur le sol du cottage ?

La tenant fermement, il poursuivit sur le même ton pendant le court trajet qui les ramena à la maison. Il ne la lâcha que pour fermer la porte avant que la lumière n'attire les moucherons. Elle prit appui contre le mur tandis que Pookie courait partout comme un hystérique à l'idée qu'il allait enfin pouvoir manger.

Corran les considéra tour à tour, comme s'il ne parvenait pas à décider lequel des deux était le plus exaspérant.

— Toi ! cria-t-il en pointant le doigt vers l'animal, tu te tais ! Et vous, ajouta-t-il à l'adresse de Lotty, montez tout de suite prendre un bain. Vous avez une demi-heure avant que le dîner soit servi. Et ne vous endormez pas dans la baignoire !

Elle se dirigea vers l'escalier, prenant garde à ne pas tomber.

La salle de bains était pleine de courants d'air et aussi

inhospitalière que les autres pièces. Le lino se décollait dans les angles et la magnifique baignoire à l'ancienne avait les pieds rouillés. Mais, cinq minutes plus tard, elle se glissait dans l'eau chaude avec un grognement de plaisir.

Retenant sa respiration, elle plongea la tête sous la surface et émergea quelques instants plus tard, le sourire aux lèvres. La journée avait été harassante, mais elle avait survécu. A présent, elle avait un travail, un endroit où loger et, dans dix minutes, elle serait propre comme un sou neuf !

C'était merveilleux.

Fermant les yeux, elle laissa son esprit partir à la dérive. Ou plutôt vers Corran. Elle aimait son air sûr de lui ! Quoi qu'il entreprît, il semblait avoir sa vie entière sous contrôle. Et, même s'il souriait rarement, elle le trouvait immensément désirable.

Et elle, qu'attendait-elle pour s'affirmer ? Elle se savait pourtant intelligente, capable et belle. A sa place, ses ancêtres n'auraient pas hésité à séduire l'objet de leur désir. Mais ils n'avaient pas été éduqués par grand-mère et on n'avait pas exigé d'eux qu'ils soient tout le temps parfaits. A la mort de leur mère, on ne leur avait pas non plus demandé d'assumer les responsabilités d'un père trop fragile et plus préoccupé de Grèce antique que de protocole princier…

Elle sourit. Pendant un trimestre, elle n'aurait pas besoin d'être parfaite. Elle allait avoir la chance de vivre une existence ordinaire. Oui, pendant trois petits mois, elle pourrait savourer le bonheur d'être normale !

Mais était-il bien normal, à 28 ans, de ne pas encore avoir connu d'homme… ?

Etait-ce à cause des vapeurs d'eau chaude qu'elle se sentit soudain incandescente ? Après tout, rien ne lui interdisait de rêver… Elle descendait l'escalier. Corran se trouvait dans la cuisine. Ce n'était pas un choix très romantique, mais c'était la seule pièce qu'elle connaissait à peu près. Et puis, il y avait quelque chose de troublant à voir cet être viril accomplir des tâches domestiques.

Donc, Corran se trouvait dans la cuisine en train d'éplucher des légumes, la tête penchée en avant, concentré sur sa tâche. Il levait néanmoins la tête quand elle apparaissait sur le seuil.

Et souriait.

Lotty, qui ne l'avait jamais vu sourire comme cela, savourait le spectacle.

Viens ici, murmurait-il.

Sa voix était profonde, son ton urgent. Un timbre qui n'admettait ni réplique ni désobéissance. Aussi traversait-elle la cuisine sans le quitter des yeux et…

Un instant ! Comment était-elle habillée au juste ? De son jean ? Trop simple. D'un drap de bain ? Pas mieux. Non, plutôt du beau peignoir japonais resté dans sa valise consignée à Glasgow.

Viens plus près, disait Corran dans un souffle comme elle approchait.

Elle s'arrêtait à deux pas et entrouvrait son peignoir. Corran allait-il en rester le souffle coupé ? Ce n'était pas son genre. Mais un sourire si éclatant illuminait son visage que ce fut elle qui resta saisie tandis qu'il la prenait par la taille. C'est alors que…

— Lotty !

La porte s'ouvrit brutalement et Corran pénétra au pas de charge dans la salle de bains.

Se redressant avec un cri, elle croisa les bras sur son buste pour dissimuler ses seins et s'écria :

— Que faites-vous là ?

— Ce que je fais là ? Mais j'ai cru que vous vous étiez noyée !

Il avait crié son nom avant de cogner contre la porte. Sans résultat. Paniquant alors au souvenir de son visage défait, il avait forcé la porte, à peu près sûr de la retrouver noyée sous cinquante centimètres d'eau.

Mais elle était heureusement bien en vie et le fixait de ses grands yeux gris, muette et les épaules nues…

— J'ai frappé, dit-il d'une voix qui semblait venir de loin.

Que faisait-il encore là ? Il aurait dû être déjà reparti… Mais il ne pouvait plus bouger.

— Pourquoi n'avez-vous pas répondu ?

— Je n'ai pas entendu, je… r… rêvais.

Le léger bégaiement était revenu, et le ramena à ses devoirs. Il pivota sur ses talons.

— Puisque vous êtes toujours vivante, je vous signale que le dîner est prêt.

— Je s… serai en bas dans deux minutes.

Il sortit, follement ému. Combien de temps lui faudrait-il pour oublier le satin de cette peau fine et blanche, la délicatesse de ces épaules ?

Lotty fit son apparition dans la cuisine dix minutes plus tard, vêtue d'un jean et d'un cardigan rose clair qui rappela immédiatement à Corran sa peau pâle et lumineuse.

Il détourna les yeux.

— Je suis désolé pour tout à l'heure.

— Non, c'est ma faute. J'étais en train de rêvasser. Je me serais sûrement endormie si vous n'étiez pas monté. Merci.

Un silence gêné s'ensuivit.

— Ce devait être un sacré rêve, lança-t-il, car j'ai frappé fort.

Une rougeur monta le long de la gorge de Lotty. Elle s'écria :

— Ça sent bon !

C'était une mauvaise idée. Le changement précipité de sujet piqua la curiosité de Corran. A quoi une femme comme la mystérieuse Lotty pouvait-elle bien être en train de rêver ?

A qui ?

Cela ne le regardait pas.

— Spaghettis bolognaise, annonça-t-il en posant la casserole devant elle. Je ne sais faire que trois plats et aucun ne sera pour vous une expérience gastronomique inoubliable.

Elle sourit avec l'envie bizarre de s'excuser. Comment

résister à Corran ? A part sa grand-mère, elle ne connaissait personne doué d'un tel caractère.

— Faites-vous toujours la cuisine vous-même ? demanda-t-elle en se servant.

— Forcément mais, avec mes trois plats, je commence à en avoir assez de manger toujours la même chose.

Attrapant la casserole après elle, il s'arrêta soudain dans son geste.

— Je suppose que vous ne la faites pas non plus…

— En effet.

— Dommage. Cela vous aurait donné le moyen de gagner un peu plus d'argent.

Un peu plus d'argent ?

Elle arqua les sourcils.

— Comment pourrais-je en gagner un peu plus puisque vous ne m'en donnez pas du tout !

Il éluda.

— Justement, vous pourriez devenir ma gouvernante… Le salaire ne serait pas mirobolant, mais…

Elle lui coupa la parole.

— Si vous pouvez vous offrir une gouvernante, pourquoi ne me rémunérez-vous pas pour le travail que j'effectue aujourd'hui ?

— Parce que c'est vous qui l'avez proposé pour me convaincre. D'autre part, cuisiner est quelque chose que je n'aime pas faire. Vous voyez la différence…

Elle avala une bouchée de pâtes un peu collantes. L'idée de gagner de l'argent l'excitait, ce qui était ridicule pour quelqu'un n'ayant jamais eu besoin de rien. Elle aperçut quelques livres de recettes sur une étagère.

— Je ne sais peut-être pas cuisiner, mais je sais lire. Pourquoi ne pas essayer ? Mais à condition d'avoir un jour de repos et de pouvoir terminer le cottage.

Il considéra le problème avant d'acquiescer d'un signe de tête.

— Accordé.

Elle regretta presque sa victoire trop facilement acquise. A sa place, Léopold Longsword aurait obtenu davantage. Quant à Raoul le Loup, il aurait purement et simplement décapité le sieur McKenna…

Lotty, elle, accepta le marché.

4

Lotty n'avait pas de rideaux à sa fenêtre, la lumière du jour l'éveilla de bon matin. Elle resta quelques instants sans bouger. Ses muscles la tiraient, le lit était trop étroit, le matelas trop dur, la chambre trop vide, mais elle se sentait très heureuse.

Faire de nouvelles expériences — même minuscules — était pour elle une fantastique aventure.

Au bout de quelques jours, elle constata, surprise, qu'elle avait déjà pris des habitudes : débarrasser après le petit déjeuner, préparer les sandwichs pour une coupure vers 13 heures et, surtout, nettoyer les cottages. Elle balayait, lavait et briquait à tour de bras. La douairière Blanche serait tombée à la renverse de la voir à genoux comme une servante. Et quand, harassée de fatigue, elle avait envie de s'arrêter, elle se rappelait qu'elle était princesse et qu'à ce titre elle ne pouvait se permettre aucune faiblesse.

Elle poursuivait donc sa tâche jusqu'à ce qu'elle entende le tracteur dehors, signe qu'il était temps de rejoindre Corran.

Un jour de pluie, ils mangèrent dans la grange, mais le reste du temps ils s'installaient sur leur petite crique au bord du loch.

Le soir, elle préparait le repas et c'était là que les choses se compliquaient. Elle n'était vraiment pas bonne cuisinière. Dans ce domaine pourtant, Montluce rivalisait depuis toujours avec sa plus célèbre voisine, la France. Hélas, Lotty n'avait pas le moindre talent en la matière. Elle avait beau suivre les recettes à la lettre, sa viande sortait trop grillée du four et ses légumes trop crus ou trop cuits de la cocotte. Non, décidément, elle n'était pas douée. Mais cela ne l'empêchait pas de se replonger le lendemain avec la même détermination dans son livre de cuisine.

Heureusement, Corran semblait ne se rendre compte de rien. Manger le laissait indifférent, il ne considérait la nourriture que comme un carburant indispensable à sa survie.

— Aimeriez-vous manger un plat en particulier ? lui demanda-t-elle un jour.

— Non, c'est bien comme ça, répondit-il en plongeant sa fourchette dans un plat de légumes plutôt fade.

— Il doit bien y avoir quelque chose qui vous ferait plaisir…

Il réfléchit tout en continuant à mastiquer.

— A une époque, mon père a eu une cuisinière, Mme McPherson, qui faisait des scones délicieux.

Dès le lendemain, elle chercha la recette des scones. Ce n'était apparemment pas trop difficile et elle ajouta les ingrédients nécessaires à la liste des courses. Corran avait rendez-vous à Fort William et en profiterait pour les faire au retour. Non sans malice, elle ajouta, en début de liste et en lettres capitales : *1 paquet de café décent*, tant elle trouvait celui de la maison imbuvable. Mais elle ne s'attendait pas à ce que Corran s'exécute…

Entre eux, les choses semblaient s'être apaisées et elle se félicitait d'avoir renoncé à le séduire. De toute façon, elle se couchait tous les soirs complètement épuisée, ayant sans une minute de répit dépensé toute son énergie…

Si elle travaillait dur, Corran travaillait plus dur encore. Debout avant elle, il partait à l'aube rassembler son troupeau de moutons sur la colline. Elle adorait ces créatures au pelage un peu ébouriffé et aux doux yeux noirs. Ensuite, il partait ensiler de quoi nourrir ses bêtes pendant l'hiver, puis réparait barrières, portes, grilles et tout ce qui avait besoin d'être remis en état ou fixé.

Elle prenait parfois quelques minutes pour le regarder monter sur son tracteur, observer son bétail, grimper la colline ou enrober ses balles d'ensilage. Il semblait tellement dans son élément qu'il donnait vraiment l'impression de n'avoir besoin de rien ni de personne.

— Comment avez-vous appris à faire tout cela ? lui demanda-t-elle le jour où il la rejoignit dans le premier cottage pour l'équiper d'une douche.

Il haussa les épaules.

— J'ai toujours aimé régler les problèmes et faire ce qu'il y avait à faire. Et puis, j'aime être mon propre patron.

Il lui jeta un coup d'œil.

— Recevoir des ordres n'est pas pour moi. Pendant mon service militaire, je me suis souvent fait reprocher mon insubordination. Comme dans le même temps ma conduite lors des opérations me valait de nombreuses félicitations, on m'a vite collé une étiquette de rebelle. Lorsque j'ai eu fini mon temps, je crois qu'ils n'ont pas été fâchés de me voir partir. De mon côté, j'étais trop heureux de revoir mes collines.

Il jeta un regard par la fenêtre, et elle s'attarda sur son profil : entier, sauvage, doté d'une forte personnalité avec, en même temps, une sorte de brisure. Probablement celle de l'enfant solitaire rejeté par sa famille, devenu un homme ne sachant compter que sur lui-même. Jamais il ne supporterait d'avoir un jour besoin de quelqu'un.

Cette pensée la rendit triste.

— Au départ, vous ne comptiez pas vous établir à Mhoraigh…

Il vissa le dernier écrou de la pièce qu'il venait d'installer.

— Non, puisque mon père avait l'intention de léguer la propriété à Andrew. J'avais décidé de gagner assez d'argent pour m'acheter mon propre domaine et monté une entreprise de sécurité à Londres avec un copain. Jeff décrochait les contrats — c'était un bon négociateur — et moi, je m'occupais de la technique. Je n'aime pas trop Londres, mais pour gagner de l'argent c'est là que ça se passe.

Il se releva pour considérer attentivement ce qu'il venait de faire et poursuivit :

— C'est à ce moment que, sentant qu'il allait mourir, mon père m'a envoyé chercher. Et tout a changé…

— J'ai du mal à vous imaginer dans la capitale anglaise…

— Moi aussi quand j'y pense aujourd'hui. Pourtant, j'y ai passé plusieurs années de ma vie. Ma mère était une citadine, elle m'y a emmené après sa séparation d'avec mon père. Depuis, elle s'y marie et divorce à intervalles réguliers tout en étant chaque fois convaincue d'avoir trouvé l'homme de sa vie.

Il éprouva de la main la solidité de son montage.

— En vous mariant, lança Lotty en reprenant sa tâche, vous aussi étiez persuadé d'avoir trouvé l'âme sœur…

Cela faisait des jours qu'elle rêvait d'en savoir plus sur ce mariage et voilà qu'il lui offrait l'occasion rêvée.

Pendant quelques instants, elle eut l'impression qu'il ne répondrait pas.

— Désolé de vous décevoir, dit-il finalement, mais vous vous trompez. Si je me suis marié, c'est uniquement parce que Ella m'avait dit qu'elle attendait un bébé après avoir oublié une seule fois de prendre sa pilule. Cela arrive apparemment.

— Vous avez donc un enfant. Je ne l'avais pas compris…

— Non. A peine étions-nous mariés que cela s'est révélé faux.

— *Faux ?*

Elle le considérait de ses grands yeux gris. Il sentit son ventre se nouer et fut obligé de regarder en face le désir fou qu'il avait d'elle. Car elle était totalement désirable dans cette autre chemise à lui d'un bleu nuit qui prenait sur elle une originalité unique.

— N'avait-elle pas fait de test ? demanda-t-elle.

— Je ne sais pas, répondit-il dans un souffle. Quand elle m'a annoncé la nouvelle, il ne m'est pas venu à l'idée de lui demander de preuve, jamais je n'aurais imaginé qu'elle me manipulerait de la sorte.

— Avez-vous été déçu ?

— Qu'il n'y ait pas de bébé ? Non. Plutôt soulagé. Fonder une famille avec Ella ne faisait pas partie de mes projets.

— Vous aviez pourtant accepté de l'épouser…

— Parce qu'elle me répétait qu'elle ne s'était pas retrouvée enceinte toute seule et que je devais assumer ma part de responsabilité.

— C'est vrai, mais nous ne sommes plus au XVIIe siècle ! Les familles monoparentales existent depuis plus de trois décennies et vivent aussi heureuses que les autres.

Il serra les dents. Pourquoi avoir abordé le sujet ? Il savait bien que l'idée du mariage le rendait malade.

— Je sais. Nous aurions pu vivre séparés, mais je supportais mal l'idée que cet enfant doive faire la navette entre sa mère et son père, et encore moins qu'il ait l'impression d'être un fardeau pour les deux. Je…

Il s'interrompit brusquement et rassembla ses outils en hâte, craignant qu'elle le trouve pathétique. Il avait pourtant fait depuis longtemps la distinction entre son enfance et sa vie d'adulte.

Sa crainte était fondée car, en cet instant, Lotty débordait de compassion.

— Nous aurions d'ailleurs mieux fait de nous abstenir, dit-il en maugréant presque, notre union s'est révélée catastrophique.

— Il devait quand même y avoir quelque chose de fort entre vous !

— Le sexe, répondit-il sans chichi. Ce qui est insuffisant pour permettre à un mariage de durer. Ella était superbe, mais elle manquait désespérément de tendresse et j'étais incapable de suppléer à tout. Elle réclamait une attention constante, alors que j'étais accaparé par cette entreprise que j'essayais de lancer avec Jeff. Pour être sincère, ce fut un soulagement de découvrir quelque temps plus tard qu'elle avait une liaison avec lui.

La nouvelle laissa Lotty bouche bée.

— Votre femme avait une liaison avec votre associé !

— Il était son genre, beaucoup plus que moi. Dès qu'Ella et moi nous sommes quittés, nous nous sommes immédiatement sentis mieux. Citadine, comme ma mère, elle ne se serait jamais plu ici. Mais cette histoire n'a pas simplifié mes relations avec Jeff et notre affaire s'est effondrée. Mon père m'avait appelé quelque temps avant et j'ai considéré plus sérieusement sa demande. Si sérieusement d'ailleurs que, pour être libre plus vite, j'ai accepté un divorce à mes dépens qui m'a coûté très cher.

— Ce n'est pas juste. Après tout, c'est elle qui avait une liaison…

Il haussa les épaules.

— Elle ne me trouvait pas assez attentif et son reproche était justifié. Et puis, pourquoi avoir choisi une femme aussi inadaptée que l'avait été, en son temps, ma mère ?

— Vous aimez votre mère, fit-elle avec une telle conviction qu'il releva la tête pour la regarder.

— Qu'est-ce qui vous fait dire cela ?

— D'abord ce Pookie dont vous vous occupez tout en affirmant ne pas pouvoir le supporter.

Il soupira.

— Ma mère est quelqu'un à qui il est difficile de dire non. Je l'aime, mais elle est vraiment impossible. Frivole et farfelue, on ne peut jamais compter sur elle. Elle se promène dans l'existence en dispensant son charme, mais en laissant derrière elle un incroyable chaos émotionnel… et financier. Visiblement, elle ne s'est jamais aperçue que quelqu'un — moi en l'occurrence — devait tout remettre en ordre derrière elle ! C'est en cela qu'Ella m'a fait penser à elle. En épousant cette femme, j'ai reproduit la même erreur que mon père et ma mère lorsqu'ils se sont mariés.

Il sautait pourtant aux yeux que nous n'étions pas du tout faits l'un pour l'autre !

— Souvent, les contraires s'attirent, argua Lotty d'une voix étrangement faible.

— Au lit sans doute, mais je cherche quelqu'un avec qui je m'entendrai sur la durée. Sur ce plan, ma mère a été un désastre et Ella l'aurait été aussi. Ma belle-mère, elle, est restée auprès de mon père, mais c'est sa folle gestion du domaine qui l'a mené au cataclysme. Aujourd'hui, la leçon que j'ai retenue de tout cela est que je dois me montrer pragmatique et chercher une femme à la fois gentille, sensée et également dotée d'un bon sens pratique. Oui, plutôt qu'une créature glamour, je veux une femme capable d'affronter la vraie vie.

Elle hésita.

Puis se lança.

— Euh…, et pour la cuisine ?

— Bonne cuisinière aussi. De préférence.

Il était en train de la dissuader, c'était évident. Au cas où elle se serait fait des idées… Eh bien, elle avait reçu le message. Une femme sensée ? Elle l'était en tout cas assez pour comprendre que, même si elle avait remporté une énorme bataille en débarrassant et nettoyant le cottage, ses talents pour gérer une maison ou faire de la vraie cuisine restaient très limités.

Du reste, aurait-elle correspondu à l'image qu'il se faisait de l'épouse idéale qu'elle n'aurait pas pu rester à Mhoraigh.

Il cherchait quelqu'un avec qui il s'entendrait sur la durée.

Or, elle avait promis allégeance à Montluce. Princesse elle était, princesse elle demeurerait. Même si son escapade de trois mois se révélait fructueuse et enrichissante, sa place était dans son pays et non auprès de ce sauvage qui avait parié contre elle qu'elle ne tiendrait pas un jour dans sa maison.

Un divorcé qui ne se laissait pas approcher.

Et qui n'était d'ailleurs pas du tout son type…

Le cœur de Lotty fit cependant un bond dans sa poitrine quand Corran entra le lendemain matin dans le cottage où elle travaillait. Adieu jean et pull gris. Il était habillé de noir de la tête aux pieds, le col de la chemise ouvert et la cravate dépassant de la poche, attendant manifestement le dernier moment pour se la passer autour du cou.

— Vous êtes très élégant.

Il fit une petite grimace en baissant la tête pour se regarder.

— Etes-vous vraiment sûre que je peux vous laisser seule ?

— Absolument. D'ailleurs, j'ai Pookie pour me protéger.

Il jeta un regard affligé au petit chien qui dressa les oreilles en entendant son nom.

— Il n'est pas ce que l'on pourrait qualifier de chien de garde…

— Qui parle de cela ? Je ne suis pas obsédée par les voleurs et autres maraudeurs, vous savez. D'ailleurs, il n'y a rien à dérober ici, tout le monde le sait dans le voisinage.

Il secoua la tête avec irritation. Il avait peur pour elle. Exactement ce qu'il ne voulait pas. D'autant que, depuis qu'il avait pénétré dans sa salle de bains, il ne pouvait chasser l'image de ses épaules fines et déliées, de la pâleur de sa peau constellée de gouttes d'eau, de ses lèvres entrouvertes sous l'effet de la surprise et de ses grands yeux brumeux.

Si seulement il pouvait oublier de temps en temps sa présence ! Mais sa force de caractère et sa volonté ne cessaient de le stupéfier, sans compter qu'il s'était mis à adorer sa façon de relever le menton quand elle rencontrait une difficulté ou se sentait fléchir. Jamais une plainte, jamais une réclamation. Assurément, il connaissait peu de gens dotés à la fois d'une personnalité aussi forte et d'un physique aussi délicat.

— Avez-vous quelque chose à ajouter à la liste des courses ? demanda-t-il en s'efforçant de revenir à un sujet terre à terre.

Elle s'essuya le front d'un revers de main.

— Du bon café.

— Vous l'avez déjà mis. De plus, nous n'en avons pas besoin. Nous avons tout ce qu'il nous faut comme thé.

Comme elle se détournait en faisant la moue, il eut un sourire en coin et se dirigea vers la porte.

La princesse Charlotte de Montluce était sans arrêt entourée de valets et de secrétaires. Ils attendaient d'être reçus pour qu'elle appose sa signature au bas d'un contrat. Ou souhaitaient ses consignes pour répondre au très volumineux courrier qui lui était adressé chaque jour et dont elle prenait personnellement connaissance.

C'était la raison pour laquelle elle appréciait particulièrement de se retrouver seule pendant plusieurs heures.

Sauf si c'était pour penser à Corran…

Pourquoi l'appréciait-elle autant ? Peut-être parce qu'il était le premier à ne pas lui faire de concessions ? Elle pouvait le traiter avec la même rudesse que celle qu'il employait à son égard. D'une étrange façon ils étaient devenus amis et elle craignait, en l'approchant de trop près, de faire le geste ou de dire le mot qui les laisserait aussi embarrassés l'un que l'autre.

Et puis il y avait ce pari qu'elle tenait absolument à gagner : que le cottage soit prêt pour la première couche de peinture dès le lendemain matin. C'était à cela qu'elle devait penser et non à son si beau mais si rare sourire…

Elle fut pourtant incapable de retenir un battement de cœur quand il rentra plus tôt que prévu.

Sans un mot, il inspecta du regard la pièce qu'elle finissait de préparer. Son travail était impeccable.

— Pas mal, fit-il seulement.

— *Pas mal !* répéta-t-elle en écho, sidérée, tout en considérant son visage anguleux, son air austère.

Quelque chose ressemblant vaguement à un sourire lui étira les lèvres.

— Bon, d'accord, je m'étais trompé sur vos capacités. Cela vous va ?

— Non. Vous devez ajouter : Et j'avais complètement tort en vous pensant incapable de rester ici plus d'une journée. En fait, admettez que vous êtes en train de perdre votre pari.

— Il porte sur un mois et non sur une semaine. Tant de choses peuvent encore se passer en vingt et un jours.

Elle releva le menton.

— En tout cas, j'espère que vous n'avez pas dépensé trop d'argent à Fort William, car vous allez bientôt devoir m'inviter à dîner !

Le sourire de Corran se creusa.

— Vous êtes encore loin du but. En attendant, je vous exempte de la préparation du repas de ce soir. J'ai acheté un plat cuisiné au curry.

Elle employa ce répit à se détendre dix minutes de plus dans la baignoire et prit son temps pour se sécher les cheveux. Ensuite..., eh bien, elle dut se glisser dans l'une des deux tenues qu'elle alternait depuis son arrivée. Ce soir, chandail d'un bleu trop vif pour ses cheveux carotte et sempiternel jean. En empilant quelques vêtements au hasard dans son sac à dos, jamais elle n'aurait imaginé qu'ils prendraient une telle importance.

Ce n'était pas grave, bien sûr, mais elle aurait tout de même aimé paraître plus féminine, plus... désirable.

Comme chaque fois qu'elle se sentait faiblir, elle se fit violence et descendit rejoindre Corran dans la cuisine.

A l'odeur, il faisait réchauffer le plat cuisiné.

— Puis-je vous aid...

Elle s'arrêta sur le seuil tandis que sa question se perdait sur ses lèvres. Une cafetière flambant neuve trônait sur la table à côté du paquet d'un excellent café.

— Je n'ai acheté cela que pour cesser de vous entendre rouspéter tous les matins, dit-il tout de go.

Elle n'en croyait pas ses yeux.

— Du vrai café ! Oh ! merci !

Elle était si contente que, sans réfléchir, elle fit un pas vers lui et l'entoura de ses bras. Mais, dès que ses mains le touchèrent, elle comprit qu'elle venait de commettre une erreur.

Une *énorme* erreur.

Car à présent elle savait qu'il était aussi dur qu'il en avait l'air et que son contact ne l'émouvait pas le moins du monde. Son visage demeurait impassible et ses battements de cœur aussi réguliers et calmes que s'il ne s'était rien passé.

L'espace d'un éclair, pourtant, il referma les bras autour d'elle et la tint contre lui. Réaction instinctive, sans doute, mais qui n'empêcha pas Lotty d'espérer follement qu'il la garde toujours.

A son grand désespoir, il dénoua son étreinte et recula d'un pas. Elle rougit.

— Désolée, c'est juste que… l'idée de boire du bon café le matin me réjouit plus que je ne saurais dire.

L'explication paraissait un peu légère. Il se tourna vers la casserole de riz en hochant la tête.

— Il ne vous en faut pas beaucoup apparemment…

— Vous commencez à me connaître un peu. Je suis impulsive…

Il y eut un silence embarrassé. Ne sachant littéralement plus que faire de ses bras, elle les entoura autour de son buste et s'éloigna de Corran.

Ce fut finalement lui qui reprit la parole.

— Comment s'est passée votre journée ? Ne vous êtes-vous pas sentie trop seule ?

— Non, enfin si… un peu à l'heure du déjeuner.

Il posa le riz et le plat au curry sur la table tandis qu'elle s'asseyait, à peine consciente de ses gestes. Toutes ces années de cours de maintien et de culture générale pour qu'elle se sente à l'aise en toute circonstance et ne rien trouver à dire ce soir ! Sa grand-mère aurait eu honte pour elle.

Le silence retomba, toujours aussi lourd.

— Euh…, à combien de temps d'ici se trouve Glasgow ? demanda-t-elle finalement.

Il se raidit.

— Deux ou trois heures, pourquoi ? Vous avez décidé de partir ?

Partir ! Retenant une exclamation affolée, elle s'efforça de répondre calmement :

— J'en ai simplement plus qu'assez de porter les mêmes vêtements tous les soirs. Ma valise se trouve toujours à la consigne de la gare de Glasgow, alors je me suis dit que je pourrais aller la chercher en bus. A condition, bien sûr, que vous m'accordiez un jour de liberté.

— Qu'allez-vous me réclamer ensuite ? Vos congés payés ?

Elle ne se laissa pas impressionner. Elle haussa les épaules.

— Je veux juste une journée pour aller chercher ma valise…

Elle s'apprêtait presque à abandonner la partie quand il déclara :

— J'envisageais justement une visite dans les grands magasins de Glasgow pour choisir le mobilier qui équipera mes cottages. Pourquoi ne pas récupérer votre valise à la gare par la même occasion ?

— Quelle bonne idée en effet ! Merci !

— Cela dit, je n'aurai pas une minute de libre avant plusieurs jours. Si vous ne pouvez pas attendre, allez faire quelques courses, seule, à Fort William. Mais je vous préviens tout de suite que les magasins de vêtements ne sont pas terribles…

Lotty se gara et quitta, ravie, le véhicule de Corran. En temps normal, c'était son chauffeur qui s'occupait de tout, mais aujourd'hui elle était seule, et cette expérience l'enchantait.

Le matin même, Corran lui avait remis une somme d'argent de la main à la main.

— Voici pour les courses au supermarché.

Puis, ajoutant quelques billets :

— Ceci est un petit supplément.

— Un supplément ?

— Oui, pour votre travail de gouvernante. Ce n'est pas énorme, mais vous ne l'avez pas volé.

Elle était partie cinq minutes plus tard, des ailes aux talons. Non qu'elle s'ennuyât dans ses nouvelles tâches, au contraire. Depuis qu'elle avait terminé de préparer le cottage, elle aidait Corran à différentes réparations — boucher les trous dans le plâtre, réparer les garde-corps, remplacer la vitre d'une fenêtre et surtout commencer les travaux de peinture. Jour après jour, elle voyait les fruits de son labeur et en retirait une joie profonde.

Contrairement à ce que Corran croyait, elle passa une matinée exquise à fouiner dans les magasins anonymes de Fort William au milieu de vendeuses qui ne lui accordaient pas plus d'attention qu'aux autres clientes.

Sur le chemin de retour, elle éclata d'un grand rire en imaginant soudain la tête de la douairière Blanche si celle-ci avait pu voir ses achats…

5

En pensant à sa grand-mère, Lotty se rappela soudain qu'elle devait appeler Caro pour s'assurer que tout allait bien à Montluce.

Pénétrant dans un café internet, elle commanda une orange pressée et s'installa devant un ordinateur.

Caro lui avait écrit un long courriel où elle décrivait avec drôlerie sa première rencontre avec la douairière Blanche et son chien bien-aimé. Comme c'était étrange de découvrir les premières impressions de Caro sur Philippe. Son amie paraissait en forme et elle s'en réjouit car il n'avait pas dû lui être facile de se faire passer pour la petite amie d'un homme qu'elle n'avait jamais vu…

L'idée de ce subterfuge était née le jour où la douairière Blanche avait décidé d'unir Lotty à Philippe. Appelée à la rescousse, Caro avait accepté de servir la bonne cause. Lotty avait donc raconté à sa grand-mère que le flirt entre Philippe et sa nouvelle petite amie l'empêchait de demeurer plus longtemps à Montluce.

Par peur du qu'en-dira-t-on plus que par grandeur d'âme, la douairière Blanche s'était résignée aux *desiderata* de sa petite-fille et l'avait laissée quitter le minuscule royaume de Montluce.

Mais aujourd'hui Caro lui écrivait que, avec le recul, Blanche se faisait véritablement du souci pour elle.

Elle soupira. Caro avait probablement raison. Blanche,

cette petite femme sèche et dure, misait tout sur elle depuis la mort de sa fille. Mais elle exprimait si mal et si peu son affection qu'il était difficile de lui en exprimer en retour.

Certains membres de la famille royale, Philippe par exemple, s'étaient rebellés contre son autoritarisme. Pas Lotty.

Mais cela allait changer.

Elle rédigea un courriel précisant qu'elle allait bien à la secrétaire privée de sa grand-mère, puis un autre à Caro où elle lui racontait ses journées.

Cette demi-journée de liberté rendit le retour à Loch Mhoraigh difficile. Depuis le matin en effet, Lotty se sentait si bien et si libre que rentrer au bercail lui paraissait presque pesant. En chemin, elle s'arrêta chez l'épicier du village plutôt qu'à la grande surface locale. Faire travailler ce petit magasin de proximité était en effet le seul moyen pour qu'il ne mette pas la clé sous la porte. Une seule employée faisait tout dans la boutique. Ce fut elle qui accueillit Lotty.

— C'est vous qui habitez la grande maison ?

Peu habituée à la vitesse à laquelle les nouvelles circulaient, Lotty écarquilla de grands yeux.

— Comment le savez-vous ?

— Parce que vous conduisez la Land-Rover de Corran McKenna. A l'hôtel, ils disent que vous êtes descendue au domaine pour lui proposer vos services il y a une dizaine de jours. Depuis, tout le monde guette le moment où vous réapparaîtrez au village, furieuse contre lui…

— Je ne réapparais pas, et je ne suis pas furieuse. La preuve en est que j'ai l'intention de demeurer là-bas encore plusieurs semaines. Corran fait du beau boulot, vous savez !

— Il a toujours été très attaché à Mhoraigh. Cela remonte à sa petite enfance.

— Vous l'avez connu jeune ?

— Tout à fait. J'étais cuisinière au domaine à sa grande époque…

Un large sourire s'épanouit sur le visage de Lotty. Guidée par une soudaine intuition, elle demanda :

— Ne seriez-vous pas Mme McPherson ?

— Si…, pourquoi ?

— Il y a quelques jours, Corran m'a parlé de vos scones.

Mme McPherson rosit de plaisir et se positionna plus confortablement derrière son comptoir.

— Il faut dire que je les préparais tout spécialement pour lui… La façon dont on le traitait me révoltait. Je ne dis pas que c'était un enfant facile, mais ce n'était pas une raison pour l'abandonner à lui-même de la sorte. Aucun de ses deux parents ne s'est jamais soucié de lui. Vous êtes anglaise ?

— Non.

— Ah, on dirait pourtant…

— Parce que j'ai fait mes études en Angleterre. En fait, je suis de Montluce.

Lotty marqua une légère pause, s'attendant aux questions habituelles sur son petit royaume. Aussi fut-ce avec stupeur qu'elle entendit son interlocutrice s'exclamer d'un air pénétré :

— Quelle triste histoire cette pauvre famille a vécue avec tous ces décès !

— En effet.

Elle avait baissé la voix, maudissant son imprudence et affolée à l'idée d'être reconnue. Et elle bénit en même temps l'affreuse couleur carotte de ses cheveux.

Elle put repartir saine et sauve cinq minutes plus tard, la recette des scones à la main, sans que Mme McPherson ait établi le moindre rapprochement entre elle et la princesse Charlotte.

Une heure plus tard, elle se précipita dans la cuisine pour essayer sa recette. Le résultat fut désastreux.

— Ce n'est pas grave, dit Corran avec une amabilité qui lui était peu coutumière.

Cela n'aida pourtant pas Lotty à supporter son échec. La recette des scones était pourtant simple ! Pourquoi l'avait-elle ratée ? Que savait-elle faire, au bout du compte, à part être princesse ?

Les jours passèrent et elle se sentait de plus en plus déprimée de ne pas apprendre davantage de choses.

Qu'aurait-elle à montrer et à raconter en rentrant à Montluce ? Qu'elle s'était cassé les ongles à des travaux manuels ? Qu'elle savait aujourd'hui peindre un mur ou laver une salade… ? Cela ne la menait pas très loin, c'était bien en deçà du défi qu'elle s'était lancé en quittant sa peau de princesse.

Sa grand-mère — qui n'avait jamais courbé l'échine devant rien ni personne — aurait eu honte pour elle.

Raoul le Loup aussi.

En désespoir de cause, elle se força à faire des scones tous les jours, guettant le moment où ils seraient enfin bons. Peine perdue. Ils restaient immanquablement plats et durs.

— Je ne comprends vraiment pas pourquoi c'est si important pour vous, disait Corran à chaque échec.

— Parce que je veux faire au moins une chose de bien dans cette maison.

— Mais… c'est déjà le cas ! Vous en faites même beaucoup !

— Donnez-moi un exemple…

Comme il cherchait, elle hocha la tête d'un air entendu.

— Vous voyez ! Vous n'arrivez même pas à trouver ! Je ne sers à rien !

— Ridicule !

Il la considéra intensément. Comment lui faire comprendre que tout avait changé depuis son arrivée sans qu'elle prenne sa déclaration pour une avance ? Car, s'il la désirait terriblement, elle était la dernière femme avec laquelle il souhaitait s'impliquer. Il n'y avait pas de place chez lui pour une relation fondée sur la séduction. L'exemple de sa mère avec son père et l'expérience de son bref mariage avec Ella lui avaient suffi. Pas question de reproduire la même erreur.

Lorsqu'il aurait le temps de vivre une relation, ce serait avec une femme de la région avant tout désireuse de s'investir dans le domaine de Mhoraigh.

En même temps, il était déjà habitué à la présence de Lotty, c'était indéniable. Cette constatation le gêna.

— Trouvez-moi une qualité, disait-elle, insistante.

— Vous êtes bonne avec Pookie…

Comme la réflexion n'éveillait en elle aucune réaction, il ajouta :

— Vos saucisses d'hier soir étaient très bonnes.

— Elles étaient brûlées !

— Mais non, juste grillées.

— Vous me passez tout.

Il haussa les épaules.

— Que nous avez-vous préparé pour ce soir ?

— Encore de la viande hachée.

Comme il faisait la grimace, elle ajouta :

— C'est tout ce qui nous reste.

— Dans ce cas, c'est décidé, nous ferons les courses demain après avoir acheté des meubles pour les cottages à Glasgow. Nous en profiterons aussi pour aller chercher votre valise. Quitte à perdre une journée de travail, autant essayer de la rentabiliser autrement.

— Comment cela, vous n'avez pas le code ? demanda Corran en jetant à Lotty un regard agacé.

Elle regarda son casier en se mordant la lèvre inférieure.

— Je l'avais inscrit sur un bout de papier que j'avais rangé dans mon portefeuille.

— Celui que vous avez perdu ?

— Oui. C'est seulement en arrivant que je me suis souvenue de ce détail. Je suis absolument désolée.

— Vous ne pouvez être la seule personne à qui cela arrive, dit-il avec autorité. Restez ici.

Pivotant sur ses talons, il s'éloigna.

Elle ne fut pas surprise de le voir revenir quelques instants plus tard avec un responsable de la gare à qui il exposa la situation. Elle savourait secrètement cette situation où elle n'avait pour une fois aucune décision à prendre, aucun ordre à donner.

Le chef de gare la regarda, estima la situation et régla le problème en moins de cinq minutes.

— Merci infiniment ! dit-elle à Corran dès que l'homme se fut éloigné après l'avoir très aimablement saluée.

— De quoi ? Vous vous en seriez très bien sortie seule. Un sourire et un regard auraient suffi. Ce pauvre homme était tellement sous votre charme qu'il aurait retourné la gare pour vous rendre service…

Si elle ne l'avait pas un peu connu, elle l'aurait cru jaloux.

— Peut-être, répondit-elle gentiment, mais sans vous cela aurait pris bien plus de temps.

Une fois la valise de Lotty déposée dans le coffre de la Land-Rover, ils se rendirent dans un magasin de meubles.

Là, Corran se sentit vite dépassé par la quantité de matériel exposé dans le magasin.

— Quel cauchemar, fit-il en se passant une main dans les cheveux. Trouvons vite ce qu'il nous faut et allons-nous-en !

Ils étaient entourés de couples auxquels Lotty s'identifia tout de suite avec Corran. Ce devait être tellement plus sympathique de décorer son appartement à deux que de vivre, comme elle, dans un palais plombé par d'intimidants meubles de famille, toujours les mêmes depuis des dizaines de générations !

Au bout de cinq minutes pourtant, elle prit conscience de tout ce qui, dans leur attitude, le séparait des autres couples. Pas de contact physique entre eux ni de regards complices. De plus, Corran parcourait le magasin au pas de course.

— Prenons celles-ci, dit-il brusquement en s'arrêtant devant les premières chaises de salon qu'ils rencontrèrent.

Elle secoua la tête.

— On ne peut pas prendre ça ! Ces chaises n'iront pas du tout dans les cottages. Elles sont horribles !

— Elles seront très bien. Vous savez, les gens qui font de la location se moquent bien de ce sur quoi ils s'assoient !

— Absolument pas ! Quant à moi, je ne me suis pas donné tout ce mal à laver et à peindre pour que vous gâchiez tout avec des meubles hideux ! Si vous voulez fidéliser vos locataires, il faut choisir de jolis meubles. Il en existe des bon marché, mais il faut chercher un peu…

— Dans ce cas, répondit-il d'un air grognon, c'est vous qui les trouverez.

Ce fut ainsi qu'elle choisit elle-même les lits, les tables et les chaises, ainsi que les commodes, le linge de table et de maison, l'éclairage, et même la vaisselle.

Quand ce fut fait, elle lui tendit la liste.

— Dois-je vraiment me procurer tout ce bazar ? demanda-t-il en fronçant les sourcils.

— Evidemment ! Cette maison est trop vide, elle a besoin de chaleur !

Il sortit son portefeuille.

— De plus d'argent surtout ! Une fois les cottages terminés, je solliciterai un financier ou deux, histoire de voir ce qu'ils me proposent. En espérant qu'ils me répondent d'ailleurs… Je pense essentiellement au domaine, car les cottages et surtout la maison viennent en dernier pour moi. C'est de bétail que j'ai besoin, pas de nappes ni de serviettes !

Ils quittèrent le magasin et se dirigèrent vers la voiture.

— Je n'en trouve pas moins regrettable que la maison reste aussi peu accueillante, dit-elle. D'autant que cela ne vous coûterait pas grand-chose de l'arranger un peu. Cela vous permettrait de recevoir du monde.

— Quel monde ? répondit-il, sarcastique. Pas un seul habitant du bourg ne mettrait les pieds à la maison de Loch Mhoraigh quand je m'y trouve…

— Y avez-vous un jour invité quelqu'un ?

Il lui ouvrit sa portière en plissant les lèvres.

— Nous avons déjà fait le tour du problème, Lotty. Je n'ai

pas le temps de faire du social et je me moque que le village tout entier m'évite ou fasse la queue pour entrer chez moi.

Elle n'avait pas l'intention de céder.

— Vous faites partie d'une communauté. Et, indépendamment de tout le reste, j'aimerais savoir comment vous allez rencontrer la femme de vos rêves si vous continuez à vivre en reclus.

— Je ne vis pas en reclus ! C'est juste que je suis pour le moment très occupé et que je n'ai pas d'argent à dépenser pour plaire à des visiteurs qui n'existent que dans votre imagination.

— J'espère que vous reviendrez sur cette idée…

Elle était convaincue que, si les villageois rencontraient Corran une fois, ils comprendraient aussitôt qu'il n'était pas le monstre que dépeignait son demi-frère. Elle poursuivit :

— Je ne peux m'empêcher de penser au domaine quand la maison et les cottages étaient habités. Ce devait être plein de vie, de gens, d'enfants et de chiens courant partout.

— J'ai déjà les chiens, répliqua-t-il, cynique. Si l'on considère que Pookie en est un…

Il étendit son bras sur le dossier du siège de Lotty pour reculer et tourna la tête en arrière.

Elle ne dit rien. A quelques centimètres près, il aurait pu caresser son cou.

A condition qu'il en ait eu envie.

Ce qui n'était pas le cas.

Elle déglutit.

— Eh bien, moi, je pense que Pookie vous manquera quand votre mère le récupérera. Je vous ai plusieurs fois surpris en train de lui caresser le ventre quand vous pensiez que je ne vous regardais pas ! En fait, vous n'êtes pas aussi dur que vous en avez l'air.

Il termina sa manœuvre avant de la regarder.

— Je caresse Pookie uniquement pour qu'il se taise quand il se met à japper.

Mais quelque chose, au fond de son regard vert pâle,

semblait sourire. Comment réussissait-il le prodige de sourire et de ne pas sourire en même temps ? Elle se sentit soudain toute drôle et détourna le regard.

— De toute façon, ajouta-t-il sans déceler sa gêne, il y a toutes les chances pour que, à son retour, ma mère ait oublié Pookie. Chéri, me dira-t-elle, il serait tellement plus heureux s'il restait avec toi ! Et je serai reparti pour une décennie avec ce prétendu chien…

— Pourquoi prétendu ?

— Parce qu'il ne sait rien faire comme un chien normal.

— C'est un compagnon.

— Je n'ai pas besoin d'un compagnon, mais d'un animal qui me soit utile.

Sur ces mots, il passa la première et elle remarqua qu'il avait à présent la main tout près de son genou. Elle tourna la tête vers sa vitre avec l'impression étrange que la Land-Rover venait de rétrécir.

Comment trouver l'air qui lui manquait et calmer les battements effrénés de son cœur ?

— Les enfants adoreront Pookie, s'entendit-elle tout à coup déclarer.

Il la considéra en coin.

— Quels enfants ?

— Je suppose que vous avez l'intention de fonder une famille…

— De quoi parlez-vous ? Je ne suis même pas marié !

Elle aurait pu se taire, mais elle s'enferra sans très bien comprendre pourquoi.

— Loch Mhoraigh serait un bel endroit pour élever des enfants. Vous devriez en avoir plein, ils ne connaîtront pas une enfance comme la vôtre.

Il engagea son véhicule sur la voie rapide et accéléra.

— Pas le temps. J'ai des cottages à terminer et un domaine à remettre sur pied. Ensuite, et seulement ensuite, peut-être songerai-je à trouver une femme avec qui j'étudierai éventuellement la question. Mais il se passera des années avant cela ! Avoir un enfant tout de suite serait un désastre ! Tout comme cela l'a été, à l'époque, pour mes parents. Tant de choses passent avant !

— Comme quoi ?

— Renouveler mon cheptel et l'améliorer. En octobre, je devrai acheter de nouveaux moutons.

— Je n'en ai presque pas rencontré, dit-elle.

— Parce qu'ils sont encore sur les collines. Mais vous en verrez beaucoup en septembre quand les marchés commenceront.

— J'aurais aimé assister à ce spectacle, hélas, je serai partie.

Oui, elle serait de retour à Montluce et aurait retrouvé sa vie de princesse toujours parfaite et irréprochable. Une princesse qui ne brûlerait pas de désir pour cet homme rude et bourru. Lui se trouverait alors dans ses collines, Pookie tournant joyeusement autour de ses jambes, ou en train de vendre ses bêtes pour ramener le domaine à la vie. Sans elle.

Mais peut-être son retour allait-il finalement bien se passer si sa grand-mère renonçait à lui faire épouser Philippe. Il existait bien un prince ou un comte que la douairière Blanche jugerait digne de sa petite-fille ! Alors, elle pourrait convoler en justes noces et se donner tout entière à son mari. Ce serait doux. Ce serait sans danger. Ce serait raisonnable.

Non, elle savait très bien de quoi elle avait envie. L'occasion ne se représenterait sans doute jamais de pouvoir assouvir son désir sans devoir rendre de comptes à personne, et surtout pas à sa grand-mère.

Ses ancêtres avaient tous eu la chance, à un moment ou à un autre, de vivre dangereusement. Pourquoi pas elle ? Une aventure de passage… était-ce trop demander ?

Elle regarda Corran dans un battement de cils. Il conduisait avec la même compétence qu'il mettait à tout ce qu'il faisait. Le corps détendu, le dos droit, les mains solidement posées sur le volant.

Elle n'était pas son type de femme… Et alors ? N'était-ce

pas rassurant ? Ils n'auraient ainsi aucun mal à se séparer après une liaison de quelques semaines et se quitteraient sans qu'il sache qui elle était. Car elle voulait qu'il lui fasse l'amour comme à une femme ordinaire, surtout pas qu'il commence à la traiter comme si elle était en porcelaine. Non, jamais elle ne lui révélerait son identité. Jamais.

Deux célibataires partageant le même toit.

Une telle chance ne se représenterait pas.

Faire de Corran son amant…

Elle tourna fébrilement de nouveau la tête vers sa vitre en se tordant les doigts.

Sa voix la fit sursauter.

— Tout va bien ?

— Très bien ! répondit-elle avec trop d'empressement.

— Vous êtes bien silencieuse…

— Vraiment ? Je pensais au retour à la maison.

— Ce n'est plus très loin. Encore une heure environ.

— Non, je voulais dire chez moi, à Montluce.

Il y eut un silence.

— Oh ! oui… naturellement.

Le silence perdura, embarrassé, jusqu'à ce qu'il s'éclaircisse la gorge.

— Je ne connais pas votre pays.

— Il est très mignon. Tout y est plus petit qu'ailleurs : les montagnes et les lacs, les châteaux et les prairies. Ici en revanche…

Elle embrassa le paysage du regard.

— … tout est si grand ! Vos collines vont me manquer.

— Devez-vous vraiment partir ?

Il ne la regardait pas. Il avait les yeux fixés sur la route, et il sembla à Lotty que la question avait jailli toute seule de sa bouche.

— Oui, répondit-elle dans un souffle, je le dois.

Trois mois. C'est de cela qu'elle était convenue avec Philippe, devenu régent du royaume pendant ce laps de temps.

— Je n'ai pas le choix, insista-t-elle.

— Mais pas tout de suite ?

N'était-ce pas de l'anxiété qui perçait au fond de la voix de Corran ? Elle chercha son regard : rivé sur la route. Sa mâchoire était serrée — elle ne l'était pas tout à l'heure — et ses doigts, posés avec précision et décontraction sur le volant quelques minutes plus tôt, étaient maintenant crispés.

— Non, répondit-elle lentement. Pas tout de suite.

6

Lotty s'était octroyé trois mois de liberté. Elle se trouvait chez Corran depuis déjà trois semaines et n'avait pas avancé du tout avec le désir fou qu'elle avait de lui.

Je me demandais ce que vous pensiez des liaisons passagères... Non, jamais elle ne pourrait lancer une ineptie pareille.

Peut-être qu'en l'attirant brusquement vers elle ?

Au moins, il comprendrait…

Elle soupira. Depuis combien de temps étaient-ils partis de Glasgow ? Le trajet lui paraissait interminable et elle se sentait physiquement très mal : vertiges, nausées, cœur battant et gorge sèche, avec cette impression pour le moins curieuse que cela ne rentrerait dans l'ordre que si Corran posait les mains sur elle.

Si seulement elle avait eu plus d'expérience, elle aurait su comment se comporter. Fallait-il faire le premier pas, au risque de se ridiculiser ? Le dévisager avec insistance ? Comment deviner ? Elle avait si chaud !

Lorsqu'ils arrivèrent à destination, elle ouvrit sa portière avant que le véhicule soit complètement arrêté et se précipita à l'extérieur en respirant à pleins poumons. Mais elle se sentit soudain si faible qu'elle dut se retenir à la voiture pour ne pas tomber. Heureusement, Corran s'était éloigné vers la maison pour libérer les chiens et ne remarqua rien.

— J'ai posé votre valise dans votre chambre, dit-il en

revenant quelques instants plus tard avant de disparaître de nouveau.

Elle reprit espoir. Se glisser dans ses anciens vêtements lui rappellerait qu'elle devait se conduire en princesse raisonnable et non en citoyenne ordinaire assoiffée de désir.

Mais, une fois de plus, les choses ne se passèrent pas comme elle l'escomptait. En quittant Montluce, elle avait emporté ses tenues les plus basiques. Pourtant, à mesure qu'elle vidait sa valise, elle constatait qu'elles étaient encore beaucoup trop habillées pour l'endroit. Elle choisit donc ce qu'elle trouva de plus simple : un pantalon avec un haut de soie sans manches et un châle pour couvrir ses épaules.

Lorsqu'elle arriva dans la cuisine, Corran lui jeta un coup d'œil.

Immédiatement suivi d'un second.

Puis il ferma la porte du four et se redressa avec lenteur.

— Vous êtes très élégante.

Elégante. Quel mot horrible ! Froid et restrictif. Du reste, elle ne voulait pas être élégante, mais sexy et désirable, appétissante, tentante…

Décidément, elle avait beau essayer, rien ne se passait comme elle le désirait.

Tout au long du dîner, elle fut gênée par la soie de ses vêtements qui lui caressait la peau et regretta les deux chemises en coton de Corran, Corran qui continuait à l'attirer comme un aimant et qu'elle dévorait malgré elle des yeux. Sa peau bronzée, ses yeux pâles, sa bouche…

Sa bouche…

Le cœur de Lotty battait si fort qu'il résonnait dans sa tête. Que se passait-il ? Pourquoi ne parvenait-elle pas à donner le change comme les autres soirs ? Rien ne justifiait cette transformation, ni les courses avec lui ni leur trajet en voiture. Tout se passait pourtant comme si ces deux petits événements avaient tissé entre eux un fil invisible et terriblement tendu.

Elle repoussa son assiette aux trois quarts pleine.

— Plus faim ?

— Non.

— Moi non plus, dit-il en l'imitant. Sortons.

Elle lui jeta un regard vide.

— Pour aller où ?

— Après ces heures passées dans la voiture, j'ai besoin de marcher. Pas vous ?

Le cœur de Lotty cognait à ses tempes.

— D'accord.

Le temps était doux, la brise ridait délicatement la surface du loch, et la lumière orange déclinant à l'horizon incitait à la rêverie.

Croisant les bras autour d'elle, elle rentra le cou dans les épaules.

— Vous avez froid ? Voulez-vous retourner chercher une veste ?

— Non, je… Tout va bien, merci.

Il la vit se concentrer et détendre ses épaules avant de ramener ses cheveux derrière ses oreilles, geste qu'il l'avait souvent vue faire lorsqu'elle était hérissée.

A leur départ de Glasgow, elle était égale à elle-même et c'était dans la voiture qu'elle avait commencé à montrer des signes de plus en plus évidents de malaise. Presque au même moment, elle avait évoqué son retour *à la maison*.

Mais cette maison n'était pas celle de Loch Mhoraigh. Le quiproquo avait beaucoup secoué Corran car, même s'il n'ignorait pas qu'elle ne resterait pas éternellement sous son toit, il n'avait pas non plus imaginé qu'elle aurait envie de rentrer aussi vite à Montluce. Il y avait même d'autant moins pensé qu'il s'était merveilleusement habitué à sa présence. Lui qui ne lui donnait pas une heure le jour de son arrivée était stupéfié par le travail qu'elle avait abattu. D'où son soulagement lorsqu'elle avait confirmé qu'elle ne partirait pas tout de suite. En tout cas, il refusait d'expliquer autrement l'intensité de ce soulagement.

Et puis, il la connaissait trop mal pour se permettre de

divaguer à son sujet. Quand elle était entrée dans la cuisine après s'être changée, il l'avait à peine reconnue et s'était machinalement demandé combien de moutons il aurait pu acheter pour le simple prix de son ensemble de soie.

Oui, dans ce genre de tenue, l'illusion ne tenait plus : elle n'appartenait pas à Mhoraigh, elle en paraissait même très éloignée. Mais n'était-ce pas mieux ainsi ? De cette façon, il aurait moins de mal à ignorer son adorable sourire, et le sang qui affluait à ses veines chaque fois qu'il plongeait dans ses lumineux yeux gris.

Elle marchait en silence à son côté, fine, altière, son pantalon de soie flottant autour de ses jambes, son châle posé sur ses épaules. La ligne de son cou était si pure qu'il eut envie d'y poser ses lèvres.

L'idée fut aussitôt écartée sans pitié. Que lui arrivait-il ? Elle était la dernière femme qu'il lui fallait. Pas plus qu'Ella elle ne correspondait à Mhoraigh. Il n'avait donc aucun intérêt à fantasmer sur la douceur de ses lèvres ou le velouté de sa peau.

Absolument aucun.

D'ailleurs, pourquoi avait-il proposé cette promenade qui ne faisait que souligner à quel point Lotty n'était pas à sa place ici ?

Il secoua la tête, conscient de se raconter des histoires.

Malgré son éducation et ses origines différentes des siennes, elle était visiblement dans son élément sur cette terre sauvage, entre loch et collines.

Les deux chiens sur les talons, ils dépassèrent la crique où ils déjeunaient souvent et s'engagèrent sur un sentier. Il s'ouvrit soudain, comme par magie, sur une plage complètement déserte derrière laquelle les collines s'élevaient, somptueuses.

— Que c'est beau..., lança Lotty dans un souffle.

— Je pense toujours à cet endroit comme à *ma* plage, dit-il. Je venais m'y réfugier. Personne n'a jamais songé à m'y chercher.

Il s'assit face à l'eau, et elle l'imita.

La lumière orange déclinait lentement en prenant de spectaculaires teintes pourpres. La nuit allait prendre tout son temps pour tomber et il ne ferait sombre qu'après minuit. Elle prit appui sur ses mains et se rejeta en arrière, offrant son visage à la brise.

Il se trouvait très près, le regard rivé sur le loch. Elle apercevait la ligne de sa joue et la courbe de ses lèvres.

Lorsqu'il tourna la tête vers elle, l'air quitta ses poumons.

— Vous ne dites rien…, murmura-t-il. A quoi pensez-vous ?

Elle se sentait au bord de la falaise. Si elle s'élançait, elle ne pourrait plus revenir en arrière.

Elle choisit de s'élancer.

— Je me demandais si j'allais oser vous demander de m… m'embrasser.

Il y eut un très long silence durant lequel même le souffle de la brise et le ressac du loch semblèrent se suspendre.

— Et allez-vous oser ? demanda-t-il enfin.

— Que feriez-vous si c'était le cas ?

Un soupçon de sourire fit trembler la lèvre de Corran.

— Je pense que je saurais vous obliger.

— Oh…

Elle s'accrocha à son regard pâle.

— Il faut que je vous prévienne que… je n'ai jamais eu de petit ami.

Il était rare que quelque chose l'étonne, mais il resta médusé.

— Jamais ?

— Non et je… je n'ai jamais non plus fait l'amour. C'est d'ailleurs l'une des raisons pour lesquelles j'ai voulu partir et prendre du temps pour moi. Pour savoir ce que c'est. Ce… ce serait temporaire, vous savez ? Je sais que je ne suis pas votre type, c'est juste que…

Elle se mordilla la lèvre inférieure, troublée, cherchant ses mots.

— … De toute façon, je ne saurais pas comment m'y prendre pour trouver un amant, alors, je me suis dit que…

— … que je pourrais faire l'affaire ?

Il ne semblait pas offensé et son regard était profond. Une douce chaleur monta en elle. Elle s'enhardit.

— Il n'y a personne ici…

— Non, c'est vrai.

Il la regarda et lui effleura la joue de ses doigts recourbés. La gorge de Lotty se serra à ce simple geste de tendresse.

— Pourquoi ne pas commencer par un baiser ? dit-il simplement.

— Je suis d'accord.

— Personne, vraiment, ne vous a jamais embrassée ?

— Pas vraiment.

Comment aller plus loin sans lui révéler toute la vérité ?

— Incroyable, répondit-il en la regardant attentivement. On dirait une princesse de conte de fées, isolée de tout, attendant un baiser…

— Quelque chose comme cela, répliqua-t-elle en échappant à son regard.

Il secoua la tête, incrédule, et posa sa paume sur la joue veloutée.

— Allez-vous me le demander ?

Elle frissonna très légèrement avant de s'exécuter.

— Voulez-vous bien m'embrasser, s'il vous plaît ?

Cette fois, il sourit. Plus son sourire s'élargissait, plus quelque chose de merveilleux s'épanouissait dans le cœur de Lotty. Elle avait tant rêvé de cet instant.

— Je le veux, répondit-il en dénouant lentement le châle qui lui recouvrait les épaules.

Elle sentit la soie glisser le long de ses bras et ferma les yeux.

Enfin…

Les lèvres de Corran lui effleurèrent le coin de la bouche.

Ouvrant les yeux, elle lui jeta un regard plein de désarroi.

— Ça y est ?

Le sourire de Corran s'élargit.

— Non, ça n'y est pas du tout. Ce n'est même qu'un début.

Il l'attira vers lui, lui effleura le lobe de l'oreille et descendit le long de son cou.

Elle se cambra en arrière. C'était insupportable. C'était merveilleux.

Les lèvres de Corran, chaudes et sensuelles, la brûlaient. Il la renversa dans l'herbe. Elle sentit son corps, lourd sur le sien, ses mains se glisser entre ses cuisses.

Elle le serra très fort.

— C'est bon…

Il sourit de nouveau.

— Je n'arrive pas à croire que tu n'aies encore jamais fait l'amour. Tu es si physique…

— C'est vrai ?

Elle eut l'impression d'avoir reçu un compliment.

— Oui.

— Pourriez-vous m'embrasser encore ?

— Pourquoi ne m'embrasserais-tu pas, toi ?

Se renversant sur le dos, il ouvrit les bras en croix.

— Je suis tout à toi.

Sans un mot, elle ramena ses cheveux derrière ses oreilles et le considéra longuement. Puis, s'étendant sur lui, elle lui parsema la peau de baisers.

Il se laissa faire, stupéfié par le pouvoir de ces simples effleurements. Puis, pris par le désir, il fit rouler leurs corps enlacés.

— Encore…, dit-elle d'une voix presque inaudible en s'abandonnant à lui.

Mais il s'écarta.

— Je crois qu'il est temps de rentrer.

— Oh ! c'est fini ?

Il sauta sur ses pieds.

— Sûrement pas. Nous n'avons fait que commencer.

— Je ne comprends pas.

— C'est juste un problème de protection. Je n'avais rien prévu.

— De protection ?

Il soupira.

— Tu sais comment se font les bébés, Lotty… Tu n'es tout de même pas innocente à ce point !

— Oh… Je n'y avais pas pensé.

— Et nous serons bien mieux dans un lit.

— Oh…, fit-elle de nouveau.

Elle parcourut sur un petit nuage le chemin du retour, qu'elle ne put jamais se rappeler. Seul lui resta le souvenir des doigts de Corran enlacés aux siens.

Il dut aussi se passer quelque chose avec les chiens lorsqu'ils arrivèrent, mais elle l'oublia pareillement. Elle ne retint rien jusqu'au moment où Corran lui lâcha la main devant la porte de sa chambre.

— Es-tu toujours sûre de toi, Lotty ? Si tu veux, nous pouvons ralentir un peu le… processus.

Elle se rapprocha de lui en secouant la tête.

— Je suis sûre, si sûre…

Etendue sur le côté, Lotty regardait Corran. Comment avait-il réussi à s'endormir ? Sa nuit avec lui avait été une telle révélation pour elle ! Une révélation de tous les instants. Les mains de Corran, les lèvres de Corran, son corps dur et doux à la fois la brûlaient encore.

Qui aurait imaginé que, derrière tant d'austérité, se cachait un amant aussi doué ?

Comme s'il sentait son regard posé sur lui, il ouvrit lentement les yeux. Elle le vit reprendre contact avec la réalité.

— Bonjour, dit-elle, soudain nerveuse.

Elle aurait peut-être dû retourner dans sa chambre quand il s'était endormi.

— Bonjour.

Il se redressa pour mieux étudier son visage.

— Ça va ?

— Je crois.

Pourquoi se sentait-elle aussi timide ? C'était ridicule, après la nuit qu'ils venaient de passer ! Comme elle détournait les yeux, il lui attrapa le menton pour l'obliger à le regarder. Mais elle s'obstina à fixer son épaule.

— Corran, est-ce toujours ainsi quand on fait l'amour ?

— Ce sera de mieux en mieux, je te le promets.

Elle le regarda enfin, incertaine.

— N'ai-je pas été b… bien ?

— Tu as été très bien.

Elle se mordilla la lèvre. Question stupide. Que pouvait-il répondre ?

S'il avait su qu'elle était une princesse, lui aurait-il fait l'amour de la même façon ? Elle ne le pensait pas. Pourtant, devoir lui cacher quelque chose la rendait malheureuse. Mais elle n'avait pas le choix.

— Tu sais…, balbutia-t-elle, si tu n'as pas envie de recommencer…

— Pourquoi dis-tu cela ? Est-ce toi qui ne veux pas ?

— Oh si !

— Alors… ?

— Je ne suis pas ton type.

Il arqua un sourcil.

— Ah bon ?

— C'est toi qui l'as dit… Que je n'étais pas le genre de femme que tu cherchais.

Il fut étrangement choqué par ce rappel. Pourtant, il l'avait bien dit. Il voulait en effet une femme partageant sa passion pour Mhoraigh et son désir de lui rendre sa splendeur passée. Or, même si Lotty savait travailler dur, elle aurait toujours l'air, ici, d'une plante exotique égarée dans un jardin potager.

Mais la nuit qu'ils avaient passée n'avait rien à voir avec tout cela et il ne regrettait rien. En s'efforçant de lui donner un maximum de plaisir pour sa première fois, jamais il n'aurait pensé en prendre autant et se sentir aussi bouleversé. La douceur de Lotty et sa sensualité l'avaient complètement renversé.

Toute sa vie, il avait pris soin de placer ses sentiments sous contrôle absolu et il était troublé de constater avec quelle facilité ce grand principe avait été balayé par le goût des lèvres et de la peau de Lotty, par sa chaleur et son innocence.

Sans parler de l'extraordinaire entente de leurs corps.

A présent, elle parvenait visiblement à considérer la situation avec pragmatisme, et il allait en faire autant.

— Lorsque j'ai dit cela, c'était dans le cadre d'un éventuel remariage mais, comme tu n'as pas l'air plus pressée que moi d'épouser quelqu'un, autant profiter au maximum du temps que nous allons passer ensemble.

Quelque chose vacilla au fond des beaux yeux gris. S'agissait-il de soulagement ou de déception ? Il la prit contre lui.

— C'est ce que je pense aussi, répondit-elle. Nous savons l'un comme l'autre que tout cela est provisoire. Dans quelques semaines, je serai partie.

7

Partie.

Un doigt glacé toucha le cœur de Corran. Il secoua la tête, mais Lotty ne remarqua pas sa nervosité. Plongée dans ses pensées, elle avait visiblement quelque chose à lui demander.

— Le reste du temps, annonça-t-elle, je veux dire en dehors des moments où nous ferons… enfin…

— L'amour ?

— C'est cela, dit-elle très vite, je voudrais que nous ne changions rien à nos habitudes et que tu restes aussi bougon et grincheux que d'habitude.

La requête était pour le moins comique, mais il fit en sorte de ne pas rire.

— Grincheux, mo ?

Il embrassa le creux de son épaule si fine.

— Quand suis-je grincheux ?

— Tout le temps.

— Tu exagères. En ce moment par exemple, je ne me sens pas du tout grincheux. Bougon non plus d'ailleurs.

Il lui avait relevé les cheveux et lui caressait la nuque.

— Que dois-je faire ? Le devenir pour ne pas te dépayser… ?

— Non… plus tard.

— Comme tu voudras.

— Sérieusement, promets-moi de ne pas changer.

Il promit.

Mais à mesure que le temps passait il eut de plus en plus

de mal à tenir sa promesse. Comment se montrer grincheux alors que les jours s'écoulaient comme autant de cadeaux et que Lotty le regardait en souriant ? Car, même s'ils travaillaient tous les deux très dur, chaque soirée était placée sous le signe de la tendresse et du désir partagé… Il faisait ce qu'il pouvait pour ressembler à celui qu'il était avant, tout en se sentant de moins en moins convaincant…

De la même façon, il se promettait chaque matin de ne songer qu'à ses cottages et, cinq minutes après, il pensait au jour où Lotty partirait.

Il l'emmenait partout, sur les collines et au milieu du bétail, lui montrait le domaine dans ses moindres recoins. Le soir, il rentrait plus tôt pour la retrouver. Dès qu'il l'apercevait, il sentait son cœur battre dangereusement plus vite.

Elle n'avait pas abandonné son intention de réussir ses scones.

— J'aurais voulu ne jamais t'avoir confié que j'aimais cela, dit-il un soir en la trouvant une nouvelle fois dépitée devant une fournée de scones aux contours brûlés.

— Je retourne chez Mme McPherson, déclara-t-elle, manifestement contrariée. Ce n'est pas possible, elle a dû oublier de noter un ingrédient.

Il la prit gentiment contre lui et regarda le sourire qui s'épanouissait sur ses lèvres. A présent, il arrivait à la faire sourire même quand quelque chose l'ennuyait.

Il savait qu'il n'était pas censé remarquer ce genre de choses, mais comment ne pas aimer Lotty quand elle était aussi douce et chaude entre ses bras ?

Aimer Lotty ? Non, l'apprécier était plus juste. L'admirer aussi. Mais l'aimer, non.

Non, non et non.

— Que se passe-t-il ? demanda-t-elle.

— Qu… quoi ? Rien… rien…

Mais il s'aperçut soudain qu'il l'avait lâchée et s'en voulut. Soit. C'était le moment ou jamais de redevenir grincheux.

— Je préférerais que tu utilises ton temps à peindre plutôt qu'à faire des scones.

— Mais j'ai peint le troisième cottage et j'attends qu'il sèche ! J'aurai terminé demain. Ce qui me rappelle que...

S'interrompant, elle fit glisser les scones dans la poubelle.

— Sais-tu quel jour nous serons demain ?

— Jeudi.

— Tttt... Plus précis...

— Ce n'est pas ton anniversaire, si ?

— Cela fera exactement un mois que nous avons parié. Tu pensais que je ne finirais pas la journée, et moi que je resterais un mois. Tu te souviens ?

— Oh ! ça ? J'ai déjà reconnu que je m'étais trompé.

— Oui, mais tu dois maintenant m'emmener dîner dehors.

— D'accord. Je connais un bon restaurant sur le loch à Fort William. Nous irons samedi.

— Non. Je veux aller au Ceilhid, la soirée folklorique de ce soir à l'hôtel Mhoraigh.

— La nourriture est horrible là-bas.

— Je croyais qu'elle n'était qu'un carburant pour toi.

— Pas quand je paie pour l'avoir.

— Alors, nous mangerons avant de partir. Le plus important, dans cette soirée, c'est de pouvoir danser au son de l'orchestre !

Il se passa la main sur le visage. Elle avait prévu que l'idée ne lui plairait pas et qu'il trouverait les meilleures raisons pour refuser. Aussi ne fut-elle pas surprise de l'entendre dire :

— Tu ne préférerais pas un bon petit restaurant ?

— Non, je veux que tu m'emmènes au Ceilhid.

Elle avait tant appris durant la semaine qui venait de s'écouler qu'elle avait l'impression d'avoir, jusque-là, traversé la vie comme une somnambule, en faisant sagement ce que l'on attendait d'elle. A présent, en revanche, chaque fibre de son corps résonnait de vie.

Elle adorait faire l'amour avec Corran, savoir que, sitôt la porte fermée, elle ne penserait plus qu'à ses mains chaudes sur sa peau, qu'elle s'abandonnerait à leurs soupirs d'extase et leurs corps entrelacés.

Au matin pourtant, la raison lui soufflait que tout oublier n'était peut-être pas une bonne idée. Elle allait tôt ou tard rentrer à Montluce, où les nuits de plaisir partagé ne seraient plus au rendez-vous. Ses devoirs et ses responsabilités reprendraient tous leurs droits tandis que Corran resterait seul.

Elle ne supportait pas cette idée. Sans doute se suffisait-il effectivement à lui-même, mais elle souhaitait qu'il reprenne au moins contact avec le petit bourg. Et, le matin même, elle avait — du moins l'espérait-elle — trouvé un moyen d'y parvenir.

— Mme McPherson m'a dit que tout le monde se rendrait au Ceilhid et que c'était une fête très gaie.

— Elle le sera beaucoup moins si j'y vais. Personne ne veut de moi là-bas, tu le sais bien.

— Parce que personne ne te connaît, justement ! Pourquoi ne t'es-tu jamais donné la peine de corriger la mauvaise image que les autres ont de toi ? Je ne comprends pas pourquoi tu n'es pas plus ouvert. Si tu te montrais à eux tel que tu es, ils changeraient forcément d'avis. A quoi bon prétendre être ce que tu n'es pas ?

Il secoua la tête avec agacement.

— Je ne prétends rien du tout. Ce sont eux qui me jugent étranger à leur communauté. Et ils n'ont pas tort…

— Je t'ai vu dans les collines. Tu appartiens à cet endroit.

— Tu ne les en persuaderas jamais.

— S'ils voyaient ce que tu es en train de faire avec le domaine, je n'aurais même pas besoin d'essayer !

— Franchement, Lotty, je me moque de leur avis. Je ne les intéresse pas et ils ne m'intéressent pas non plus. Point final. Enfin, je ne vois pas comment ma présence au Ceilhid pourrait y changer quoi que ce soit.

— De toute façon, ce n'est pas seulement pour toi que j'ai envie d'y aller, mais pour moi aussi !

— Vas-y avec Mme McPherson. Vous avez l'air de bien vous entendre toutes les deux.

Elle prit l'air buté.

— Je veux y aller avec toi.

— On avait parié un dîner.

— Plains-toi ! Cela te coûtera moins cher.

— Je ne sais pas danser.

C'était son dernier argument. Elle le reçut avec un haussement d'épaules et soutint son regard jusqu'à ce qu'il détourne le sien avec un soupir.

— Oh ! très bien, puisque c'est ce que tu veux... Mais ne me reproche rien ensuite si le résultat se révèle désastreux.

— Je pensais que tu serais en kilt ! dit Lotty, dépitée, en voyant Corran apparaître en jean.

— Lotty, tu as vraiment une idée ridiculement convenue de ce qu'est un Ceilidh. Il s'agit juste d'une danse dans un pub, pas d'un bal traditionnel.

— Oh.

Elle baissa les yeux vers sa robe jaune aux reflets chatoyants.

— Je vais peut-être être trop habillée...

Corran la considéra avec un mélange d'irritation et d'affection. La robe n'était pas ostentatoire, son dessin était même assez simple, mais la coupe et la matière étaient celles d'un vêtement hors de prix. D'autant qu'elle avait ramené ses cheveux derrière ses oreilles, laissant ainsi apparaître des pendants en perle qui n'avaient rien de synthétique.

— En gros, répondit-il, tu as l'air de te rendre à un cocktail à Paris plutôt qu'à un Ceilidh dans un minable hôtel de campagne.

Elle se mordilla la lèvre.

— Crois-tu que je devrais me changer ?

— Inutile. Où que tu ailles, tu n'auras de toute façon jamais l'air d'être tout à fait à ta place. Alors partons tout de suite. Une fois sur pace, nous tâcherons de nous en sortir au mieux.

L'orchestre entamait un nouveau morceau lorsqu'ils pénétrèrent dans la salle de restaurant de l'hôtel, débarrassée pour l'occasion de son mobilier. Le silence tomba à mesure que les têtes se tournaient vers eux. Seuls l'accordéon et le violon ne s'interrompirent pas. Corran se rengorgea. Ils auraient été des aliens qu'on ne les aurait pas regardés autrement. Lui, le paria, et Lotty, la trop belle. Quelle idée d'avoir cédé à son insistance ! A présent, il le regrettait. Pas pour lui. Simplement, l'idée qu'elle soit rejetée pour s'être montrée en sa compagnie lui était insupportable.

Elle le surprit pourtant. Une fois de plus. Elle qui avait parfois si peu confiance en elle sembla soudain parfaitement à l'aise et avança au milieu de la foule, le sourire aux lèvres. Alors, comme par miracle, et sans qu'il comprenne exactement comment ni pourquoi, les conversations reprirent.

L'instant suivant, Rab Donald, qui avait été l'ami d'enfance d'Andrew et avait regardé Corran de travers quelques minutes plus tôt, entraîna Lotty vers la piste. Impossible, malgré le monde, de ne pas la remarquer. Elle se mit à virevolter dans sa robe jaune, illuminant tout sur son passage. Les mains de Rab lui enserraient la taille. Les sourcils de Corran se rejoignirent.

— C'est une fille merveilleuse.

La voix de Mme McPherson s'était élevée sur sa gauche. Il trouva l'adjectif parfait. Il regarda sa voisine, puis de nouveau Lotty.

— C'est absolument vrai. Sauf pour la cuisine…

— Comment s'en sort-elle avec ses scones ?

— Toujours aussi mal.

Mme McPherson entraîna Corran dans son rire. Malgré cela, il ne lui échappa pas que les gens continuaient à l'observer avec défiance. Mais cela lui était égal tant son attention était prise par les mains de Rab sur Lotty. La danse se termina. Il commençait à respirer quand Lotty, toujours aussi heureuse, accepta la danse que lui proposait Nick Andrews, le propriétaire de l'hôtel, qui n'avait jamais caché son aversion pour Corran. Le visage de plus en plus fermé, celui-ci réussit néanmoins à se tourner vers Betty McPherson.

— Je me demande d'ailleurs pourquoi elle est obsédée par ces satanés scones.

Celle-ci sourit.

— C'est pourtant simple : parce qu'elle veut les réussir parfaitement pour vous.

Pivotant vers elle, il s'inclina gentiment.

— M'accorderez-vous cette danse, madame McPherson ?

— Betty, le corrigea-t-elle. Avec plaisir.

Lorsque ce fut le tour de Corran de se diriger vers les dames, il se retrouva enfin face à Lotty. Elle lui tendit les bras pour qu'il la fasse tourner en lui souriant d'un air si joyeux et lumineux qu'il sentit quelque chose se dénouer dans sa poitrine. Il ne fallait pas la laisser partir.

Pourtant, tôt ou tard, il devrait le faire.

Lotty passait à n'en pas douter une soirée exquise. Elle ne quittait pas la piste et il comprit à quel point il s'était montré égoïste en essayant de la garder pour lui. Pour le moment, bien sûr, elle était heureuse à Loch Mhoraigh, mais cela ne durerait pas. Il songea à sa mère. Peut-être en avait-il été de même pour elle au début de son mariage. Avant d'avoir légitimement envie de sortir et de voir du monde…

C'était peut-être parce que Lotty sentait cela qu'elle parlait aussi fréquemment de son départ. Dans ce cas, autant se convaincre qu'il serait une bonne chose.

Lorsque le chef d'orchestre appela tout le monde sur la piste pour la dernière danse, il veilla à se trouver près d'elle. Il s'agissait d'une danse lente et il ne voulait laisser à personne la chance de la tenir de nouveau dans ses bras. Il put enfin la serrer contre lui comme il rêvait de le faire depuis le début de la soirée. Elle était mince et chaude dans ses bras, et embaumait ce parfum cher et capiteux qui était le sien.

Tout cela allait tant lui manquer après son départ ! Sa voix, sa façon de se pencher au-dessus de la cafetière pour en respirer le contenu, ce bandana qu'elle se nouait autour de la tête à la manière des ménagères des années 1950 et qu'elle seule pouvait arborer de la sorte sans être ridicule. Et sa délicatesse à se faire belle, le soir, avant de passer à table. A présent, il admettait l'importance de sa féminité. La maison entière s'en ressentait, même les pièces vides qui semblaient plus légères, presque heureuses…

Puis, quand la nuit se refermait sur eux, c'était une femme passionnée et ardente qui se serrait contre lui. Si ardente… Mais qui partirait comme elle le lui avait dit dès le début.

Et alors ? Avait-il encore besoin de se convaincre que c'était inévitable ? Lotty, femme sophistiquée qui ne savait pas faire la cuisine et ne connaissait rien à la campagne, était à l'opposé de ce qu'il lui fallait.

Les cheveux contre sa joue, elle se laissait aller contre lui et se détendait. Il l'embrassa sur la tempe et elle serra sa main plus fort dans la sienne en se rapprochant de lui. Alors, il oublia tout, même les rancœurs et les ragots, pour ne songer qu'à cette femme à l'opposé de ce qu'il lui fallait, mais qui lui convenait parfaitement…

— Par pitié, dis-moi que tu n'as pas encore fait des scones ! dit Corran en poussant la porte de la cuisine avec un rire.

Chaque fois qu'il voyait Lotty, il avait l'impression que c'était la première fois et son cœur battait plus vite.

— Rassure-toi, j'ai pensé qu'un gâteau au chocolat changerait un peu.

Il acquiesça de la tête en posant ses sacs de courses sur la table. Après son rendez-vous à la banque de Fort William, il avait accepté en grognant de s'arrêter à l'épicerie de Mme McPherson pour rapporter quelques provisions.

Lotty le regarda, simple et robuste, ranger les courses, et eut envie de se jeter dans ses bras. Non seulement elle ne se lassait pas de son corps, de son odeur, de sa peau, mais plus le temps passait, plus elle avait envie de lui. Et cette passion, après toutes ces années de demi-sommeil, l'intriguait tout en l'alarmant un peu.

La veille, alors qu'elle venait de terminer la peinture du troisième cottage et qu'il était trop tard pour en commencer un autre, elle était allée le rejoindre dans le cottage d'à côté. Il était en train de scier une planche de contreplaqué. Le sol était recouvert de sciure et de copeaux, et l'air sentait bon.

Elle l'avait vu par la fenêtre, en sueur dans son jean usé et son T-shirt sans manches, au milieu de la poussière de bois qui étincelait dans le soleil. Alors, elle avait suivi du regard la courbe de sa mâchoire, de son cou, de son torse et avait soudain ressenti un désir si puissant qu'elle était restée muette, le souffle coupé, le regard rivé sur lui et incapable de le détourner.

Sentant sa présence, il avait levé la tête et croisé ses yeux. Il n'avait rien dit, mais l'air s'était chargé d'une touche de velours noir et brûlant qui avait mis le feu entre eux.

Il s'était redressé.

Elle était entrée dans le cottage. Le visage de Corran était sombre et ses yeux pâles la transperçaient.

Il avait posé les mains de part et d'autre de sa tête, pour qu'elle ne puisse s'échapper, avant de les glisser sous son T-shirt, puis…

Puis… Oh ! Elle brûlait encore du souvenir de leur étreinte folle, brève et passionnée. Terriblement passionnée.

— Il faut que je m'attende à ce que tu me refasses cela une autre fois, je le sens, avait-il ensuite murmuré, le front contre le sien.

— Quoi *cela* ? avait-elle demandé, le souffle court. Qu'est-ce que j'ai fait ? Je n'ai même pas prononcé un mot…

— Ton regard parlait. Il me disait que tu allais mourir si je ne te faisais pas l'amour dans la minute.

— Oui, admit-elle, c'est exactement ce que je ressentais.

— Il ne faudra plus faire ça, Lotty. C'est trop risqué.

— Oui.

Elle était d'accord. Faire l'amour sans prendre de précautions était inconscient. En même temps, tout au fond de son être, elle était fière d'avoir pu lui faire tout oublier.

Les joues brûlantes, elle se pencha de nouveau vers le four pour sortir son gâteau et fut désolée. Une fois de plus. Comment pouvait-il être plus dur, plus mince et plus sec que quand elle l'y avait introduit ?

— Je ne crois pas qu'il devrait avoir cette tête-là…

— Pas grave, répondit gentiment Corran. Nous le tremperons dans le thé pour le ramollir.

Elle mit la bouilloire en route. Elle n'avait jamais été grande consommatrice de thé, mais elle en buvait à présent à chaque pause. Les cottages se réhabilitaient peu à peu et cela ne la rendait pas peu fière ! Pour la première fois de son existence elle *agissait* au lieu d'attendre que l'on agisse pour elle. Et quand, à la tombée de la nuit, elle s'asseyait avec Corran et les chiens sur les marches du perron en regardant les étoiles s'allumer au-dessus des collines, elle se sentait totalement heureuse.

Si heureuse qu'envisager son retour à Montluce lui était de plus en plus difficile. Son petit pays lui semblait si loin !

Depuis que Corran avait appris qu'elle se rendait dans des cafés internet de Fort William pour relever ses courriels, il lui avait prêté son ordinateur. Malgré tout, plus le temps passait, moins elle les relevait. Peut-être aussi parce qu'un message de sa grand-mère, particulièrement sec et coléreux, l'avait culpabilisée. Elle ne l'ignorait pas, c'était le but de la manœuvre. Or, elle ne voulait plus entrer dans son jeu.

Caro, elle, envoyait des courriels beaucoup plus amusants. Elle se montrait diserte sur ses activités et Lotty aimait beaucoup observer la vie du palais à travers ses yeux. En revanche, son amie se montrait étonnamment réservée sur sa relation avec Philippe. Et s'ils étaient *vraiment* tombés amoureux l'un de l'autre ? Quelle bonne nouvelle ce serait ! Caro deviendrait première dame et elle-même se retrouverait libre ! Elle fut aussitôt prise de remords. Il ne fallait pas souhaiter à Caro ce qu'elle-même redoutait. Sans compter que la douairière Blanche n'accepterait jamais une roturière au palais. Et Philippe ? Sans doute comptait-il les jours qui le séparaient de son retour dans son pays…

— J'allais oublier, dit soudain Corran en l'interrompant dans ses pensées, Mme McPherson m'a chargé de te remettre ceci.

Elle posa les deux tasses sur la table tandis qu'il lui tendait un magazine d'un air un peu contrit.

— Tout de même…, je n'aurais jamais cru qu'elle lisait ce genre de bêtises. Pour le peu que j'en ai vu, cette revue ne contient que des photos de célébrités sans intérêt.

— Moi, dit-elle en s'asseyant, je me demande surtout pourquoi elle a pensé que cela m'intéresserait.

Il haussa les épaules.

— Moi aussi. En tout cas, une chose est sûre : Mme McPherson t'adore. J'ai dû passer une heure à l'écouter raconter combien tout le monde, au bourg, te trouvait gentille.

Elle feuilleta le magazine, un petit sourire aux lèvres, tandis qu'il la considérait tout en buvant son thé, le cœur serré et la gorge nouée.

Il avait l'impression qu'elle était là depuis toujours et dut faire un véritable effort pour se rappeler ce qu'était son existence avant elle. Quant à essayer de l'imaginer après son départ, c'était horrible. Un vide abyssal. C'était tout ce qu'il voyait.…

8

Au début, Ella non plus ne se plaignait pas. Elle clamait même haut et fort qu'il était tout ce dont elle avait besoin. Mais, après leur mariage, il devint évident qu'elle s'était trompée.

Les lèvres de Corran se serrèrent en un pli amer tandis que les souvenirs lui revenaient à la mémoire. En fait, Ella avait très vite passé ses journées à se plaindre. D'abord du temps qu'il consacrait à son travail, puis de ce qu'il ne lui rapportait pas d'énormes bouquets de fleurs, des bijoux de valeur, ou qu'il ne rentrait pas de temps en temps avec deux billets d'avion pour Paris. Enfin, elle s'était déclarée blessée de ne pas recevoir de messages de lui plusieurs fois par jour.

Il n'avait d'ailleurs jamais compris pourquoi elle avait à ce point besoin qu'il lui prouve son amour. Elle tombait dans d'interminables silences ou versait des flots de larmes avant de sortir dépenser des sommes astronomiques, seule chose qui parvenait apparemment à la consoler. Il se demandait parfois si elle réservait aujourd'hui le même traitement à Jeff…

Mais Lotty n'était pas Ella et il ne l'imaginait pas capable de se conduire ainsi. Encore que… Il secoua la tête. Ne s'était-il pas tellement trompé sur Ella que, après l'avoir épousée, il avait eu l'impression de découvrir une autre femme ? Rien ne disait que Lotty ne changerait pas de la même manière. De toute façon, il n'avait aucune envie de tenter l'expérience une seconde fois.

De plus, que savait-il exactement d'elle ? Qu'elle était passionnée, chaleureuse, entêtée, exécrable cuisinière, intelligente et courageuse, mais souffrait d'un inexplicable manque de confiance en elle au regard de ses qualités et de sa beauté. Il connaissait aussi l'odeur de sa peau, la douceur soyeuse de ses cheveux courts, la courbe de ses hanches.

Mais elle restait muette sur sa famille ou sur sa vie avant son arrivée à Loch Mhoraigh. Dès que le sujet était abordé, elle biaisait, lui laissant tout loisir pour fantasmer et se raconter que sa vie avait commencé le jour de leur rencontre. Quant à son anglais, il était si parfait qu'il avait parfois du mal à se rappeler qu'elle venait de Montluce, ce pays où elle devait vivre comme une riche oisive, passant ses journées dans les magasins et ses soirées à feuilleter des tabloïds devant l'écran géant de son téléviseur.

Mais il ne voulait pas connaître cette Lotty-là, seulement celle qui, ce soir, gémirait entre ses bras.

Ce fut alors que, tournant une page du tabloïd de Mme McPherson, elle s'étrangla avec son thé et renversa sa tasse.

— Que se passe-t-il ?

Elle ne put répondre ; elle riait et toussait en même temps, ses yeux étaient brillants de larmes.

Il fut près d'elle en un instant.

— Ça va ?

— Ça va, répondit-elle d'une voix étranglée. Désolée…

Se penchant par-dessus son épaule, il regarda ce qui l'avait mise dans cet état et vit la photo d'une fille pétillante aux cheveux défaits, perdue dans une veste beaucoup trop grande pour elle.

Une icône new style pour Montluce, titrait le tabloïd. Sur la photo d'à côté, un bel homme et un autre titre : *Rumeurs de mariage pour le prince Philippe.*

— Qu'y a-t-il de si drôle ?

— Quoi ? Je…, non, rien. C'est juste que cette fille me rappelle quelqu'un que je connais.

— Elle est très jolie, dit-il en regardant le magazine de plus près. Et, au moins, elle a l'air d'avoir de la personnalité. Chez les vedettes en vogue, c'est loin d'être toujours le cas.

Elle eut envie de lui avoué la vérité sur Caro, son goût pour les habits d'homme, son rire généreux et l'indéfectible amitié qu'elle lui avait manifestée en lui offrant trois mois de sa vie pour lui permettre de quitter Montluce. Mais comment en parler sans révéler qu'elle était une princesse ? Sans que tout soit changé entre eux ?

Il leur restait si peu de temps à partager ! Pourquoi risquer de le gâcher ?

Il regardait toujours les photos de Caro et de Philippe.

— Quelle vie horrible ils ont ! s'exclama-t-il soudain. Ces ridicules micro-monarchies n'ont vraiment d'autre fonction que de faire parler d'elles dans les magazines à scandale.

Ridicules micro-monarchies ? Elle se raidit.

— Je suis de Montluce et nous ne considérons pas notre pays comme une ridicule micro-monarchie.

— Voyons, Lotty, ne me dis pas qu'une royauté dans un endroit aussi minuscule que Montluce n'est pas un anachronisme !

Il tapa du bout des doigts la photo de Philippe.

— Ce type, par exemple, n'a rien d'autre à faire que de poser pour les photographes ! Personne, dans tout ce petit monde, ne travaille !

Elle se rappela ses longues journées passées debout à serrer des mains en souriant, à mettre les gens tellement à l'aise qu'ils avaient l'impression d'avoir vécu quelque chose de spécial. Et les bassines d'eau glacée dans lesquelles elle trempait, le soir, sa main gonflée.

Se levant, elle repoussa sa chaise si abruptement qu'il dut s'écarter.

— Je ne te savais pas aussi expert en monarchies…, fit-elle en allant poser sa tasse dans l'évier.

— Je ne le suis pas, mais j'ai eu des copains gardes du corps à l'époque de ma société. Ils racontaient des histoires à vous faire dresser les cheveux sur la tête sur les personnalités qu'ils devaient protéger. Des adolescents qu'ils suivaient des journées entières de déjeuners en cocktails et de cocktails en soirées.

— Vraiment ? demanda-t-elle, elle qui avait passé sa vie derrière sa garde rapprochée.

Susceptibles de devenir la cible de kidnappeurs, tous les héritiers de la famille royale étaient mis à l'abri dès leur plus jeune âge.

— Ce n'est pas non plus très drôle d'être tout le temps sous protection, tu sais.

Comme il haussait des sourcils interloqués, elle ajouta :

— Je veux dire : *j'imagine.*

Puis, posant sa tasse dans l'égouttoir, elle annonça :

— Je retourne travailler.

— N'en as-tu pas fait suffisamment pour aujourd'hui ?

— Il me reste une ou deux bricoles à terminer.

— Les moucherons ne vont pas tarder à se montrer.

— Je n'en ai pas pour longtemps.

Elle avait besoin d'être seule. Les affirmations de Corran sur Montluce l'avaient accablée. Sans le savoir, c'était sa famille qu'il avait traitée aussi durement.

Ironie du sort, Philippe n'aurait pas été en total désaccord avec lui…

Pour autant, cette conversation l'avait déprimée. A présent, elle se sentait presque coupable de se sentir aussi heureuse à Loch Mhoraigh.

Sifflant Pookie, elle descendit vers les cottages, les mains dans les poches. Le chien lui courait entre les jambes et elle ne pouvait s'empêcher de penser à quel point il allait lui manquer. Un souffle de vent lui fit remonter la fermeture de sa polaire. En un jour un peu gris comme celui-ci, il lui aurait été facile de sombrer dans la nostalgie et de regretter les collines verdoyantes de Montluce, mais les montagnes d'Ecosse dégageaient une telle grandeur qu'elles lui gonflaient le cœur. Et ce n'était pas une question de couleur de ciel…

Cela aussi la rendit mal à l'aise. En tant que princesse de Montluce, elle ne pouvait se permettre de s'attacher autant à un autre pays. Elle hésita. Peut-être ferait-elle mieux de passer son dernier mois de liberté ailleurs ? Avec le petit salaire que Corran lui avait versé pour son rôle de gouvernante et auquel elle n'avait quasiment pas touché, elle pouvait déménager et chercher un travail ailleurs.

Ou peut-être devrait-elle tout simplement rentrer à Montluce… ? C'était à ce pays qu'elle appartenait après tout. Et la douairière Blanche avait beau être terriblement autoritaire, elle était tout de même sa grand-mère…

Quant à Philippe, à peine son père rétabli, il rentrerait chez lui, dans son pays. Elle devrait alors être prête à jouer le rôle pour lequel elle avait été élevée depuis sa naissance.

Mais tout cela ne changeait rien au fait qu'elle ne rentrerait pas à Montluce comme elle en était partie. Loin s'en fallait. Après ce qu'elle avait vécu avec Corran, c'était impossible. Décidément, il allait falloir trouver le moyen de rendre son existence supportable après son retour…

Elle secoua la tête.

Supportable ? Avait-elle perdu la raison ? De quoi se plaignait-elle ? Elle avait de l'argent à ne plus savoir qu'en faire, n'avait jamais besoin de se préoccuper du lendemain, et tout le monde l'aimait. Des millions de gens auraient adoré se trouver à sa place, inaugurer de jolis endroits, en visiter d'autres et s'impliquer dans des projets humanitaires. Sourire et serrer des mains, ne penser qu'aux phrases préparées à l'avance qu'il faudrait juste prononcer au bon moment. Bref, passer son temps à faire ce que les autres attendaient de vous.

Or c'était à elle qu'incombait ce rôle. En attendant, pourrait-elle profiter du temps qu'il lui restait à passer avec Corran sans trop songer au déchirement du départ ?

Il avait vu juste à propos des moucherons et elle dut courir se réfugier dans la maison en battant l'air de ses mains tandis que Pookie tournoyait en aboyant.

Dans la cuisine, Corran avait étalé ses comptes sur la table.

— Oh.

Elle s'arrêta net, délogeant les derniers moucherons de son col avec l'impression que l'atmosphère n'était pas comme d'habitude.

— Je venais préparer le dîner. Est-ce que je… te dérange ?

— Non, vas-y. J'ai pensé que mes comptes seraient plus faciles à faire ici que sur l'ordinateur, mais si tu as besoin de la place, je t'en prie…

Pourquoi se faisaient-ils soudain tant de politesses ? Elle détestait cela.

— Tu es dans les colonnes de chiffres…, dit-elle en allant se laver les mains.

— Oui. L'établissement financier que j'ai appelé m'a répondu. Investir dans le domaine de Loch Mhoraigh ne lui paraît apparemment pas incongru. Comme le hasard fait parfois bien les choses, Dick Rowland, l'un de ses directeurs, doit traverser les Highlands avec sa femme le mois prochain. Il a proposé de passer jeter un coup d'œil au domaine.

— Tu sembles tendu. C'est pourtant une bonne nouvelle, me semble-t-il…

Il hocha la tête, hésitant.

— Ce n'est pas dans mes habitudes de demander de l'aid, mais je vais avoir besoin d'argent pour finir de remonter la maison. De plus, compte tenu de la frilosité des investisseurs en ce moment, j'ai plutôt de la chance que mon projet intéresse quelqu'un.

— C'est vrai, dit-elle en cherchant un oignon dans le panier à légumes, mais je croyais que ton idée de départ était de louer les cottages pour investir ensuite les loyers dans la réhabilitation du domaine.

— Ça l'est toujours, mais le processus ne sera pas amorcé avant des mois. Je peux compter sur quelques touristes à Noël, mais c'est surtout à Pâques qu'ils vont venir, or j'ai besoin d'acheter des bêtes dès cet automne.

Attrapant un couteau, elle éplucha l'oignon. Ses préparations culinaires devenaient meilleures avec la pratique.

— Si je comprends bien, il va falloir l'impressionner, ton Rowland…

— Absolument et ce ne sera pas facile, il est réputé très dur en affaires. Sa visite a beau être prétendument informelle, la banquière avec qui j'en ai discuté m'a conseillé de soigneusement préparer mes tableaux de chiffres. J'allais justement t'en parler quand tu as été distraite par ce magazine.

Il eut un moment d'hésitation.

— Penses-tu être encore là ?

— Que veux-tu dire par *encore* ?

L'oignon la faisait pleurer. Elle chassa une larme d'un geste du poignet.

— Je veux dire que tu ne m'as jamais donné précisément la date de ton départ. Mais peut-être ne la connais-tu pas…

— Non… non, pas encore, répondit-elle lentement.

— J'apprécierais beaucoup que tu restes encore quelques semaines pour être sûr que les cottages seront finis le jour de la visite des Rowland.

Elle ferma les paupières. Cette venue avait quelque chose de miraculeux. Juste au moment où elle hésitait sur la conduite à tenir, il lui offrait une bonne raison de rester. L'espace d'un instant, elle nagea littéralement dans le bonheur. Mais il fut de courte durée, chassé par la pensée qu'elle devrait, de toute façon, partir un jour.

— Je serai heureuse de rester jusqu'à leur visite. Ensuite…

— … tu partiras, fit-il très vite. Je comprends.

Elle aurait justement voulu qu'il ne comprenne pas, qu'il la prenne dans ses bras et la supplie de rester. Elle aurait voulu qu'il refuse de la laisser partir et la garde avec lui pour toujours.

Elle se mordilla la lèvre. Que devenait sa grand-mère dans tout cela ? Et la femme pleine de bon sens que Corran voulait épouser ?

Forçant un sourire sur ses lèvres, elle se remit à émincer son oignon.

— Résumons. Quelle est ton intention ? Terminer les cottages ?

— Oui, répondit-il en empilant ses papiers. On les termine en priorité. Ensuite il faudra remettre les barrières debout. La plupart sont effondrées. Il y a aussi l'étable et les écuries. Bien sûr, nous n'aurons matériellement pas le temps de tout faire, mais il faut donner une bonne impression générale du domaine. C'est tout ce qu'il va regarder.

— Pas tout à fait d'accord. Je pense pour ma part que tu devrais également te préoccuper de la maison.

Il fronça les sourcils.

— La maison vient en dernier sur ma liste.

— Dommage : c'est la première chose que l'on remarque en pénétrant dans le domaine et c'est là que tu vas accueillir les Rowland. Je sais bien que nous ne la referons pas en un mois, mais tu dois au moins t'assurer que le salon et les lavabos soient nickel. Les premières impressions sont celles qui comptent le plus.

Il la considéra d'un air peu convaincu.

— Dick Rowland ne remarquera pas ce…

— Sa femme, si. Et même immédiatement. D'autant que le salon n'est pas juste un peu défraîchi, mais franchement lugubre.

— Tu as peut-être raison. Pour le réchauffer un peu, nous emprunterons quelques meubles achetés à l'origine pour les cottages.

Elle débita une tomate en tranches épaisses qu'elle versa avec l'oignon dans la poêle chaude.

— Avant tout, il me paraît indispensable de retirer le vieux papier peint. Ces traces grises sur les murs à l'endroit où se trouvaient les tableaux sont sinistres. Si tu veux impressionner les Rowland, il faut que la pièce d'accueil soit irréprochable. Je sais ce dont je parle.

— C'était ta branche, quand tu travaillais ?

— Quelque chose comme cela…, répondit-elle.

Une question lui traversa brusquement l'esprit.

— J'espère qu'ils n'ont pas prévu de passer la nuit ici au moins !

— Non, ils doivent descendre à l'hôtel à Fort William.

— Ouf ! Au moins, je n'aurai pas à concocter un dîner génial…

— Il suffira de leur offrir le thé et d'acheter quelques petits gâteaux.

Elle n'en avait pas l'intention. Leur proposer ses scones était beaucoup plus tentant. Et, cette fois, elle se ferait une obligation de les réussir. Pour cela, elle irait voir Mme McPherson. Ce serait la dernière chose qu'elle ferait pour Corran et elle la ferait bien !

Lorsque les cottages furent finis, Lotty était vraiment satisfaite. Peintures, tapis, mobilier, agencement général, l'ensemble était simple et de très bon goût. Les Rowland seraient obligatoirement impressionnés.

Elle s'attela ensuite à arracher le papier peint du salon. Tâche périlleuse tant le plafond était haut.

La surprenant un jour sur la pointe des pieds sur le dernier échelon de l'échelle, Corran l'obligea à descendre en grommelant. Oui, entre eux, tout était comme avant.

Ou presque.

Car quelque chose d'indéfinissable avait changé dans leurs rapports. Une sorte de désespoir s'était glissé dans leur façon de faire l'amour. De lourds silences s'insinuaient parfois au milieu de leurs conversations.

De son côté, Lotty redoublait d'efforts pour rester en prise avec Montluce. Elle passait soigneusement en revue tout ce qu'elle aimait là-bas, les lacs sereins et les collines boisées, la cuisine, les marchés, l'élégance des habitants, sans que cela débouche pourtant sur le mal du pays escompté.

Elle correspondait aussi plus régulièrement avec Caro, mais ce ne fut pas par elle qu'elle apprit que, défiant son père et la douairière Blanche, Philippe avait refusé le passage sur le territoire de Montluce d'un gazoduc dont l'impact sur l'environnement aurait été catastrophique.

— Montluce fait la une aujourd'hui ! dit Corran un matin après avoir fait un tour sur internet. Et ton prince Philippe est le héros du jour.

— Un bon point à mettre à son actif, répondit Lotty.

Sa grand-mère devait être furieuse. Rien — à part la Grèce antique — n'intéressant son père, c'était en effet elle qui tenait les rênes du pouvoir et qui, à ce titre, avait amorcé le projet du gazoduc.

En dépit de tout cela, elle restait complètement absorbée par son existence paisible et ordinaire à Loch Mhoraigh, par ses journées passées à rendre sa splendeur au domaine et ses longues nuits blottie dans les bras de Corran.

Oui, comment songer aux péripéties de Montluce quand il y avait Corran, son corps, sa bouche, et ses mains chaudes posées sur elle ? Elle aurait voulu le cacher, comme si cela avait pu arrêter le temps et rendre leur séparation impossible.

Mais la réalité la rattrapa de la plus désagréable façon.

Un matin, elle trouva un courriel de sa grand-mère.

Caro, semblait-il, avait regagné l'Angleterre et tout s'était détraqué. Où était Lotty quand on avait besoin d'elle ? Elle lui manquait et était réclamée au plus vite.

Ce message ressemblait si peu à l'indomptable douairière Blanche que Lotty fut immédiatement inquiète. Sa grand-mère ne demandait jamais rien et admettait encore moins avoir besoin de qui ou de quoi que ce soit.

Elle regarda par la fenêtre en se mordillant la lèvre. Il pleuvait et le vent soufflait en rafales. Avait-elle été égoïste assez longtemps ? Blanche avait-elle vraiment besoin d'elle ?

— Puis-je utiliser le téléphone ? demanda-t-elle à Corran qui peaufinait son dossier pour Rowland.

— Bien sûr.

Elle se dirigea vers le bureau, prit une profonde inspiration, et fit le numéro du palais. Dès que la communication fut établie, elle composa un code secret qui la mit immédiatement en relation avec le bureau de Blanche. Il y eut un déclic sur la ligne puis la voix reconnaissable entre toutes.

La gorge de Lotty se serra.

— Grand-mère ?

— Charlotte !

Sans transition, Blanche entreprit de lui démontrer à quel point celle-ci se conduisait comme une égoïste.

Elle prit son mal en patience, finalement plutôt rassurée de retrouver sa grand-mère dans toute son intransigeance. Blanche ne savait pas à qui elle en voulait le plus, de Caro, Philippe ou de Lotty elle-même. A l'entendre, ils étaient aussi ingrats les uns que les autres. Pour conclure, elle ajouta qu'elle était abattue et fatiguée, mais cela ne paraissait pas évident.

— Quand rentres-tu ?

Lotty résista à l'impériosité de la voix.

— Bientôt mais, avant, il y a quelque chose que je voudrais terminer ici.

— Où est-ce *ici ?*

Nouvel effort pour garder les distances.

— Je te le dirai quand je serai rentrée.

Après avoir raccroché, elle resta de longues secondes le combiné contre son buste, puis le reposa sur son socle et alla retrouver Corran.

— Problème ? demanda-t-il en levant les yeux de ses papiers.

— Non, enfin... je ne suis pas sûre. En fait, il se peut que ma grand-mère ait besoin de moi.

— Veux-tu rentrer ?

Elle hésita puis secoua la tête.

— Pas encore. De toute façon, je ne pourrais pas faire grand-chose. Je reste jusqu'à la venue des Rowland.

— Et ensuite...

— ... je devrai partir.

— C'est à peine croyable ! dit Corran en regardant attentivement les transformations du salon.

A part son coup de main à Lotty pour peindre le plafond et installer les meubles, c'était elle qui avait tout fait. A présent, la pièce avait une couleur chaude et douce que l'on aurait dite faite pour recevoir les rayons du soleil dans la journée et les flammes de la cheminée le soir. Devant l'âtre, Lotty avait disposé deux sofas séparés par une table basse de bois et ornée d'un bouquet de fleurs sauvages qu'elle avait elle-même composé.

— Incroyable..., répéta-t-il, visiblement impressionné.

Elle eut un demi-sourire.

— Espérons que les Rowland en penseront autant.

Le dernier matin, Lotty s'éveilla à l'aube. Le visage enfoui contre son épaule, Corran dormait encore et son torse se soulevait doucement au rythme de sa respiration.

Elle le considéra, émue et consciente de l'amour qu'elle lui portait. Lui aussi l'aimait, elle en était presque sûre, mais tout de même pas assez pour quitter Loch Mhoraigh. Même si elle avait eu le courage de lui dire qu'elle était la princesse Charlotte, elle ne lui aurait pas demandé de venir vivre avec elle à Montluce. Les codes du palais lui auraient été insupportables et Blanche aurait été horrifiée. Lotty, elle, ne pourrait jamais quitter sa grand-mère pour s'installer à Loch Mhoraigh. D'autant qu'elle n'était pas le type de femme qu'il voulait épouser.

Décidément, il valait mieux pour tout le monde s'en tenir à ce qu'ils avaient décidé.

Si Dick Rowland décidait d'investir dans le domaine, elle partirait plus tranquille. Car Corran disposerait alors de l'argent nécessaire pour ramener Loch Mhoraigh à la vie.

Et il pourrait y vivre heureux.

Tout comme elle pourrait vivre heureuse à Montluce.

D'une manière ou d'une autre.

9

Lotty sentit, une fois de plus, son estomac gargouiller et changea de position. Cela lui arrivait souvent depuis quelques jours et elle avait essayé de se persuader que ce petit dérèglement était lié à la visite des Rowland. Mais, au fond de son cœur, elle savait que c'était l'imminence de son départ qui la mettait dans cet état.

Une fois les Rowland partis, elle n'aurait plus de raison de rester et s'en irait.

Comme cela allait être dur…

— Toi, tu es en train de t'angoisser, dit Corran sans ouvrir les yeux.

— Je croyais que tu dormais.

— Comment pourrais-je alors que tu n'arrêtes pas de bouger les jambes ? répondit-il en grommelant, mais en l'attirant fort contre lui. Ne t'inquiète pas comme ça, tout va bien se passer.

Elle n'en était pas convaincue mais, laissant le désir monter en elle, elle s'abandonna aux mains chaudes qui prenaient possession de son corps.

Une heure plus tard, ils avaient pris leur douche et s'habillaient. Elle fit changer de chemise à Corran et, après avoir beaucoup réfléchi, enfila le cardigan couleur lavande qu'elle avait porté tous les soirs après son arrivée et retrouva son jean bien-aimé.

— Qu'en penses-tu ? demanda-t-elle à Corran en se campant devant lui.

Il posa sur elle son regard pâle, plus chaud, lui sembla-t-il, que jamais.

— Tu es parfaite.

Elle rayonnait encore sous l'effet du compliment lorsque les Rowland arrivèrent.

Grâce à son système d'imposition particulièrement avantageux, Montluce attirait les investisseurs en masse. Au fil des ans, Lotty en avait rencontré des dizaines, tous plus affables les uns que les autres.

Dick Rowland, silhouette volumineuse et visage charnu, avait de petits yeux bleus acérés qui ne le rendaient guère sympathique. Sa femme, Kath, une blonde pétillante et oxygénée, ne cessait de parler. Elle avait commencé à sa descente de voiture et à peine repris haleine ensuite.

Lorsque Corran lui présenta Lotty, elle la fixa avec un léger froncement de sourcils.

— Excusez-moi, mais votre visage m'est familier. Ne nous sommes-nous pas déjà rencontrées ?

Pourvu qu'ils ne soient pas déjà allés à Montluce ! Lotty plaqua un large sourire sur son visage.

— Je ne crois pas. Si c'était le cas, je suis sûre que je m'en souviendrais.

— C'est peut-être que vous ressemblez à une actrice, dit Kath, perplexe. Hein, Dick, à qui ressemble-t-elle ?

Mais, au grand soulagement de Lotty, Dick avait déjà commencé à discuter avec Corran.

— Vous devez absolument faire quelque chose pour votre chemin ! Avec ces nids-de-poule, j'ai failli perdre mon carter deux fois !

— C'est prévu dans mon plan de financement, répondit immédiatement Corran.

Il emmena tout le monde faire le tour du domaine en voiture. Puis ils visitèrent les cottages avant de partir à pied sur la colline jusqu'à l'endroit où la vue était la plus belle.

Loin dans la vallée, le loch scintillait sous le soleil et Lotty se rappela le choc qu'elle avait ressenti en le découvrant pour la première fois. Mais comment en profiter une dernière fois alors que Kath ne cessait de bavarder ? Déterminée à savoir à qui ressemblait Lotty, elle cita quantité d'actrices avant de conclure qu'elle devait en fait ressembler à l'une des mères de l'école de sa fille.

Quand ils regagnèrent la maison, Lotty put enfin échapper à Kath. Se réfugiant dans la cuisine, elle fit le thé et glissa les scones qu'elle avait préparés le matin même dans le four.

Un quart d'heure plus tard, après avoir servi le thé, elle les sortit du four. Retenant sa respiration, elle en ouvrit un. Parfait. Doré à l'extérieur, aérien à l'intérieur. Elle avait gagné…

Des ailes aux talons, elle pénétra avec le plateau dans le salon et vit Corran regarder les scones tout en poursuivant sa conversation avec les Rowland. Il lui jeta un discret regard complice.

— Ça y est ! s'écria Kath au même instant.

Lotty, qui venait de se débarrasser de son plateau, sursauta.

— Cela vient de me revenir ! Vous ressemblez comme deux gouttes d'eau à la princesse Charlotte de Montluce !

La princesse Charlotte de Montluce devint glacée puis brûlante.

— Vous trouvez ? demanda-t-elle le plus normalement du monde. Mais… n'est-elle pas brune ?

— Si, répondit Kath en cherchant dans sa mémoire. D'épais cheveux noirs coupés au carré. Malgré tout, la ressemblance est frappante. En plus, vous avez le même prénom. Lotty est bien le diminutif de Charlotte, n'est-ce pas ?

— C'est une drôle de coïncidence, en effet, répondit Lotty dont la main trembla légèrement lorsqu'elle servit les scones.

Elle sentait le regard de Corran posé sur elle, mais n'osait pas le regarder. De son côté, Kath ne tarissait pas.

— Je suis si désolée pour cette pauvre fille ! Il paraît que la famille est maudite. D'abord, c'est le père de Charlotte qui est mort, puis son oncle et enfin son cousin. Je me demande aussi s'il n'y a pas un fils déshérité. Ce qui est sûr, en tout cas, c'est qu'il est aujourd'hui en prison pour meurtre.

Non, eut envie de corriger Lotty, *pour détention de drogue*. Mais, préférant s'abstenir, elle se contenta de lui tendre le plat de scones avec un grand sourire.

— Oooh ! s'écria-t-elle, ils ont l'air divins !

Mais une fois servie, elle revint aussitôt à la charge.

— Il y a quelque temps, la princesse Charlotte a été fiancée au prince Philippe. Malheureusement pour elle, il l'a laissée tomber pour une autre dont personne n'avait même entendu parler. Pauvre petite chose, comme elle a dû se sentir humiliée !

Désespérée, Lotty fit passer le plat de scones en rentrant, malgré elle, la tête dans les épaules.

— On dit, poursuivait inexorablement Kath, que Charlotte a maintenant le cœur brisé. Ce qui explique pourquoi elle a complètement disparu de la circulation.

— Vraiment ? demanda Corran.

Lotty risqua un coup d'œil dans sa direction. Il la considérait d'un air dur et sévère.

Il avait compris.

— Vraiment, dit Kath. Mais comment lui en vouloir ? Charlotte n'allait tout de même pas rester pendant que son fiancé flirtait avec une autre !

Il fallait dire quelque chose. Immédiatement.

— Je ne crois pas qu'ils étaient fiancés…

— Si ! répondit Kath avec l'autorité d'une abonnée à *Glitz*. Charlotte adorait Philippe et c'est compréhensible. Il est si beau ! Mais très coureur à ce que l'on dit.

On ? eut envie de crier Lotty, *qui est-ce ? Les journalistes de la presse à scandale ?*

Elle dut cependant se contenter de rester assise et d'écouter Kath débiter des inanités sur la princesse Charlotte, si bonne, si belle et si astronomiquement riche, mais si malchanceuse en amour.

Un véritable cauchemar. Même les délicieux scones avaient un goût de cendres. Quant à Corran, il ne disait rien, mais Lotty sentait sa colère irradier jusqu'à elle.

— Elle doit être en train de se soûler sur un yacht à des milliers de kilomètres d'ici, conclut délicatement Dick Rowland en interrompant sa femme. Corran, avez-vous pensé à l'idée de monter une ferme piscicole ?

Une longue réponse s'ensuivit et Lotty eut l'impression que des siècles s'étaient écoulés quand Dick frappa enfin sur ses cuisses pour sonner l'heure du départ.

— Je pense que vous tenez quelque chose d'intéressant, McKenna, envoyez-moi vos chiffres et nous reprendrons contact dès mon retour de Skye.

Dehors, il remercia Lotty.

— Vos scones sont les meilleurs que j'aie jamais goûtés.

Puis, serrant la main de Corran :

— Heureux homme ! Votre femme est merveilleuse et… quelle pâtissière !

La situation commandait que Corran la prenne par le cou avec un grand sourire, mais il resta immobile, incapable de toucher à la princesse Charlotte de Montluce.

Il attendit sur le perron que la voiture ait franchi le portail du domaine pour se tourner vers elle.

— Il me semble que tout s'est très bien passé, n'est-ce pas, *Votre Altesse* ?

— Je trouve aussi, répondit-elle en toute simplicité, acceptant le titre mais rejetant la raillerie, avant de rentrer dans la maison.

Il la retint par le bras d'un geste furieux.

— Tu m'as menti.

— Pardon ?

Elle était pâle, mais portait la tête haute.

— Je t'ai dit que j'avais perdu mon portefeuille. C'était vrai. Que j'avais besoin d'un travail. C'était vrai. Que je voulais prendre mes distances avec mon existence, mais que cela ne pourrait durer toujours. C'était vrai aussi.

— Et ta petite omission concernant ton titre, tu l'appelles comment ?

— Cela aurait-il changé quelque chose ?

— A quoi ?

— A la raison pour laquelle tu m'as laissée rester. A celle pour laquelle tu m'as fait l'amour. A tout.

Il se passa la main sur le visage.

— Oui ! Non ! Je ne sais pas !

Elle sourit tristement.

— C'est pour cela que je n'ai rien dit.

Sans rien ajouter, elle se dirigea vers la table basse et commença à rassembler tasses et petites assiettes comme si rien ne s'était passé, comme si l'existence de Corran ne venait pas de basculer.

— Tu as dû me prendre pour un parfait crétin ! Comment n'ai-je pas compris ? Pourquoi ne m'as-tu rien dit ?

— Je ne pouvais pas !

Elle avait élevé la voix et claqué la vaisselle contre le plateau.

— Je ne voulais pas ! Je ne voulais pas que tu commences à me traiter comme si j'étais en porcelaine. Je voulais que tu me voies *moi* et non la princesse de Montluce !

Elle appuya l'index contre son buste.

— *Moi !*

Il y eut un silence. Il la considéra, déçu et consterné.

— Que fais-tu à Mhoraigh ?

— L'égoïste.

La colère venait de la quitter sans prévenir. Elle s'effondra sur le sofa comme si ses jambes ne voulaient plus la porter.

— Tout ce que je t'ai dit sur ma famille était vrai sauf que j'ai omis de préciser que papa était le prince de Montluce, un homme doux qui ne s'est jamais remis de la mort de ma mère et s'est réfugié dans l'étude. Loin des projecteurs, ma grand-mère gouverne le pays beaucoup plus efficacement qu'il n'aurait jamais pu le faire.

Elle risqua un coup d'œil à Corran qui l'observait, les

bras croisés et l'air lugubre. Comment lui faire comprendre à quoi ressemblait son existence dans son royaume ?

— Papa s'est toujours davantage intéressé à la Grèce antique qu'à la politique. Le rôle d'ambassadrice de la famille royale auprès de la population m'a donc échu.

Elle marqua une pause rêveuse avant de reprendre :

— A peine ai-je eu quitté l'école que j'ai dû mettre mes pas dans ceux de ma mère et représenter mon pays aux yeux de tous.

Elle s'interrompit de nouveau pour affermir sa voix.

— En tant que fille unique entourée d'un père enfermé dans son monde et d'une grand-mère trop âgée pour tenir le rôle, je n'avais pas le choix. J'avais été élevée pour jouer mon rôle et je l'ai fait. Montluce a beau n'être pour toi qu'une *ridicule micro-monarchie*, elle compte beaucoup pour ses habitants. Où que j'aille, les gens sont enchantés de me voir. Des milliers de gens m'adorent. Ils pensent tous que je suis merveilleuse. Ils pensent tous que je suis belle. Pour eux, je suis la princesse parfaite.

Elle avait buté sur le dernier mot, mais poursuivit d'une voix un peu lasse :

— Comme je ne pouvais pas les décevoir, je suis restée sur le piédestal qu'ils m'avaient construit jusqu'au jour où j'ai constaté que je ne pouvais plus en descendre.

— Tu n'es pourtant pas venue avec à Loch Mhoraigh…, dit-il d'une voix aussi dure que son expression.

Elle laissa échapper un long soupir. Comment quelqu'un comme lui pouvait-il comprendre ? Pour commencer, il fallait passer outre à sa provocation.

— Ici, en voyant que les gens m'aimaient pour ce que j'étais et non pour qui j'étais, je me suis sentie revivre.

Il l'écoutait, mais il était impossible de savoir ce qu'il pensait. Elle poursuivit :

— Beaucoup de mes ancêtres se sont battus pour Montluce. Moi, je n'ai jamais dû lutter ni faire mes preuves.

— C'est faux ! dit-il, énervé. Nom d'un chien, Lotty, à

douze ans, tu étais déjà orpheline de mère et on t'arrachait à ton pays pour t'envoyer en Angleterre ! Ne trouves-tu pas cela suffisant ?

— Je n'ai jamais eu la chance de découvrir qui j'étais vraiment. Quand papa est mort, le nouveau prince héritier, mon oncle, était marié, et j'ai pensé que j'allais enfin pouvoir vivre ma vie loin des projecteurs. Mais celui-ci est mort à son tour et après lui son fils. Il m'a alors semblé que je ne pouvais plus regarder nulle part sans assister à des spectacles tragiques.

Elle sourit tristement.

— Pendant que tout partait à la dérive, il fallait bien que quelqu'un représente la famille royale et ce ne pouvait être que moi. Aujourd'hui, Honoré est le prince héritier du pays. Il n'a pas de femme et son seul descendant est Philippe. Aussi ma grand-mère a-t-elle très vite pensé au mariage… J'ai paniqué, suffoqué, les portes continuaient à se fermer une à une devant moi. Et voilà comment j'en suis arrivée à planifier ce départ pour trois mois avec Philippe.

— Celui qui t'a brisé le cœur…, fit-il sans la quitter des yeux.

Elle lui expliqua alors le marché qu'elle avait conclu avec Philippe et Caro puis secoua la tête d'un air morne.

— Pendant plusieurs semaines tout s'est parfaitement déroulé, puis Caro est retournée vivre chez elle pour une raison que j'ignore. Résultat, Philippe, qui est vraiment tombé amoureux d'elle, est désespéré et ma grand-mère furieuse. Quant à moi, je dois rentrer dans mon pays.

— Retrouver ton piédestal ?

— Retrouver mon devoir.

Comme il ne répondait rien, elle ajouta :

— Je suis princesse, je ne peux pas agir comme tout le monde.

— Pendant trois mois, tu auras donc juste joué à être *comme tout le monde.*

Il avait vaguement conscience de se montrer injuste,

mais il ne supportait pas que cette femme, qu'il avait crue transparente et vraie, ne lui ait pas avoué la vérité.

Elle se mordilla la lèvre.

— J'ai cherché à découvrir ce qu'était la vie sans personne pour épier tes moindres gestes, tes moindres paroles. Est-ce donc si répréhensible ?

— Tu aurais dû me le dire, répondit-il, buté.

Elle empila les dernières assiettes avec lassitude.

— Pour quelle raison l'aurais-je fait ? Que je sache, il n'a jamais été question d'avenir entre nous.

— Notre relation est donc terminée…

— Nous savions tous deux qu'il s'agissait d'une liaison passagère, Corran, et je crois à présent le moment venu d'y mettre un terme.

— Comment ?

— Il me suffit de téléphoner pour que l'on vienne me chercher.

Elle porta le plateau jusqu'à l'évier, actionna le mitigeur et passa le bout de ses doigts sous l'eau pour en contrôler la température sous le regard incrédule de Corran.

— Mais… qu'est-ce que tu fais ?

— La vaisselle.

Elle se retourna pour le regarder en face.

— Tu penses évidemment que ce n'est pas le moment…

— Je ne sais plus ce que je pense, répondit-il en se laissant tomber sur une chaise.

Coudes posés sur les genoux, tête penchée en avant, il se passa une main dans les cheveux.

Il avait trop attendu, laissé passer le bon moment. Comment lui dire qu'il l'aimait dix minutes après avoir appris qu'elle était princesse, et — pour reprendre les termes de Kath — *astronomiquement riche* ?

— Je vais appeler le palais, annonça-t-elle en coupant l'eau.

La gorge nouée par l'amertume, il n'avait pas bougé quand elle revint.

— Ils arrivent.

— Déjà !

Elle regarda par la fenêtre les collines scintiller dans le soleil orange.

— Quelle lumière chaude et belle…

Le ciel pourpre commençait à peine à devenir violet lorsque Corran reconnut le bruit caractéristique d'un hélicoptère. Il marcha jusqu'à la porte, vit l'appareil se poser avec une légèreté d'insecte sur le gravier tandis que les oiseaux, affolés, s'enfuyaient et que les chiens aboyaient comme des fous. Lotty se baissa et souleva Pookie dans ses bras.

— Chhh…

Avant même que l'hélicoptère soit complètement stabilisé, plusieurs officiers en uniforme en descendaient et couraient vers la maison, la main posée sur la crosse de leur arme sans quitter Corran des yeux. Il écarta largement les bras pour montrer qu'il n'était pas dangereux.

Le plus gradé des officiers s'adressa ensuite à Lotty en français et elle lui répondit dans la même langue, probablement pour confirmer qu'elle n'était sous la menace de personne, car l'atmosphère se détendit aussitôt.

— Je dois y aller, dit-elle à Corran en anglais.

Caressant une dernière fois le petit chien, elle le reposa à terre.

— Reste un gentil P… Pookie, murmura-t-elle.

Puis elle tapota la tête de Meg et regarda de nouveau Corran.

— Je n'oublierai jamais les semaines que j'ai passées ici.

Incapable de parler, le cœur lesté d'un poids énorme, la gorge complètement nouée, il put seulement hocher la tête.

Alors, Lotty releva le menton, pivota sur ses talons et se dirigea vers l'hélicoptère.

Dans la seconde, Pookie lui emboîta le pas, passant et repassant entre ses jambes en aboyant comme pour l'arrêter.

Corran retrouva sa voix.

— Pookie !

Rien à faire. Le petit chien avait fait son choix et suivait la jeune princesse. Se penchant, elle le prit alors contre elle et le ramena à son maître.

Ses yeux étaient à présent mouillés de larmes. Il serra les dents, cherchant comment lui expliquer qu'il l'aimait et avait trop attendu pour le lui dire.

Pookie jappait à présent entre ses bras et Lotty s'éloignait de nouveau.

— Lotty !

Elle s'arrêta et se retourna à moitié pour le regarder par-dessus son épaule.

Il devait exister un moyen de lui faire comprendre ce qu'il ressentait, mais son cerveau ne lui envoyait plus rien. Lotty partait et cela prenait toute la place. Elle partait et il ne pouvait rien faire.

— Merci, bredouilla-t-il. Merci pour tout.

Elle le considéra un instant sans rien dire, puis reprit, très droite, sa marche jusqu'à l'hélicoptère. Un officier la salua puis ils se baissèrent sous l'hélice de l'appareil.

Elle grimpa à l'intérieur sans se retourner, presque aussitôt suivie par le reste des officiers. La porte fut refermée, les pales prirent de la vitesse. On ne les distingua bientôt plus les unes des autres, l'appareil s'éleva lentement, resta comme accroché dans l'air pendant quelques secondes, puis vira subitement vers la vallée qu'il survola à basse altitude, semblant effleurer de son ombre la surface argentée du loch.

Corran le suivit des yeux jusqu'à ce qu'il ne soit plus qu'un petit point dans le ciel puis disparaisse. Les oiseaux regagnèrent leurs arbres, Pookie soupira, Meg se coucha et enfouit le nez entre ses pattes. Le silence recouvrit la maison et les collines.

Elle était partie.

Lotty regardait le lac par sa fenêtre. Avec les voiles des bateaux luisant dans le soleil d'automne et le feuillage des arbres rivalisant de beauté entre rouge et or, le paysage était magnifique. Elle continuait néanmoins à ne songer qu'au loch argenté et aux austères collines de Mhoraigh…

Et à l'homme qui leur appartenait.

Caro lui toucha doucement le bras.

— L'as-tu dit à ta grand-mère ?

— Pas encore.

Elle se composa un sourire.

— Elle ne va pas être contente.

— Ce qui compte, c'est que *tu* sois contente. Es-tu totalement sûre de toi ?

— Oui, totalement.

C'était même la seule chose dont elle était sûre depuis qu'elle avait nettement distingué les deux lignes sur la tige…

— Je veux avoir ce bébé.

— Et Corran ?

Cela avait été un véritable soulagement pour Lotty quand Caro et Philippe s'étaient réconciliés et qu'il l'avait ramenée à Montluce. Car la présence de Caro au palais changeait vraiment tout. Les rires fusaient dans les couloirs et il arrivait même à la douairière Blanche de laisser échapper un demi-sourire. Le bonheur des amoureux dont le mariage était prévu pour décembre faisait plaisir à voir même si, par ricochet, il mettait l'accent sur son malheur à elle. Elle avait néanmoins repris sans faiblir son rôle de représentante de la famille royale.

Au fond de son cœur, pourtant, Corran lui manquait atrocement et elle ne faisait que penser à lui. Jour et nuit.

Au palais, tout le monde se montrait aussi charmant avec elle que si elle venait de subir une expérience traumatisante. Mais, ses trois mois de disparition, c'était comme s'ils n'avaient jamais existé. Depuis son retour, personne ne les avait évoqués ni ne lui avait posé la moindre question. Surtout pas sa grand-mère, qui cherchait visiblement à l'amputer de ces quelques semaines de liberté. Pour la punir ?

Ce fut encore une fois Caro qui la sauva de cette situation absurde en l'interrogeant avec une insatiable curiosité sur Loch

Mhoraigh. Elle était aussi la seule à connaître l'existence de Corran et c'était également elle que Lotty était allée trouver quand elle avait appris les conséquences de son moment de passion avec Corran au milieu de la poussière de bois qui scintillait dans le cottage…

— Et Corran ? reprit Caro. Il va être père. Tu dois le lui dire.

— Je sais et je le ferai, bien sûr. Mais pas tout de suite.

— Pourquoi ?

Elle se détourna de la fenêtre et referma les bras autour de son buste.

— Parce que son ex-femme l'a déjà piégé en prétendant être enceinte pour qu'il l'épouse. Je ne veux pas l'imiter.

— Mais enfin ! dit Caro avec irritation, tu es vraiment enceinte, toi !

— Oui, mais pourquoi me croirait-il alors que je viens de passer deux mois et demi avec lui en prétendant être quelqu'un d'autre…

— S'il t'aime, il te croira.

— Il n'a jamais dit qu'il m'aimait, Caro.

Lotty se laissa tomber sur une chaise. Elle avait retrouvé ses beaux cheveux noirs avec sa coupe au carré et se ressemblait enfin.

C'était à l'intérieur qu'elle se sentait différente.

— Corran a été très clair depuis le début, déclara-t-elle. Il ne veut pas d'enfant. Il a même précisé que ce serait pour lui un *désastre*. Remettre son domaine sur pied lui prend tout son temps et je n'ai pas l'intention de le pousser dans la direction opposée. Si je lui dis que j'attends un bébé, il me proposera le mariage, exactement comme il l'a fait avec Ella, son ex-femme. Or, je ne suis pas l'épouse qu'il cherche. Il voudrait qu'elle ait du sens pratique et de la raison.

— Tu as tout cela…

— Il voudrait aussi qu'elle connaisse les bêtes, la ferme, qu'elle sache faire pousser les légumes… Je sais à peine peler une patate…

Caro hocha la tête en souriant.

— Moi non plus je n'appartiens pas au monde des palais dans lequel Philippe a été élevé. Cela ne va pas nous empêcher de nous marier. Je sais que je vais devoir adapter mon comportement et il le sait aussi, mais cela ne nous fait pas peur.

— J'irai voir Corran après la naissance du bébé, quand je serai installée. Mais, pour le moment, ni grand-mère ni le prince héritier ne sont au courant.

Elle marqua une pause et sourit tristement.

— Ils vont être déçus. Une princesse parfaite n'est pas censée se retrouver enceinte. Mais tant pis, j'ai passé mon existence à faire ce que l'on attendait de moi. Aujourd'hui, je veux cet enfant et je l'aurai.

10

— Un pain complet et deux paquets de biscuits aux céréales, s'il vous plaît.

Corran évita le regard de Mme McPherson quand elle acquiesça aimablement de la tête. Il avait toujours préféré l'anonymat du supermarché de Fort William mais, se rappelant les exhortations de Lotty à soutenir le commerce local, il était entré chez Betty. Et voilà qu'il se retrouvait à l'écouter parler de celle dont la vie s'étalait à longueur de temps dans les tabloïds.

A Mhoraigh, tout le village savait à présent qu'il avait accueilli une princesse. Certains comme Betty prétendaient avoir immédiatement décelé chez elle quelque chose de spécial. Pour autant, personne n'avait deviné qu'elle appartenait à une famille royale. Pas plus Corran que les autres.

Après avoir été détesté, il était maintenant objet de pitié, tel le crapaud ayant laissé passer sa chance d'être transfiguré par la belle princesse. Seule Betty McPherson se montrait gentille avec lui, mais c'était à peine s'il supportait ses manifestations de sympathie qu'il vivait presque comme des humiliations maintenant que Lotty était partie.

Car celle-ci ne se trouvait plus dans les cottages en train de peindre en chantant à tue-tête. Ni dans la cuisine, penchée sur le four. Elle ne se promenait pas non plus dans les collines avec Pookie. Et elle n'était pas plus là quand il la cherchait la nuit près de lui.

Elle était à Montluce, totalement hors d'atteinte, et bien qu'il se soit jeté dans le travail à corps perdu plus rien n'était comme avant. Même les chiens semblaient abattus.

Il avait beau se répéter que ce départ avait été décidé d'un commun accord pour leur bien à tous les deux, il avait de plus en plus de mal à s'en persuader. Comment espérer que, happée par ses devoirs à Montluce, elle regrette Loch Mhoraigh une fois rentrée ?

Elle y avait été heureuse, il n'en doutait pas, mais toutefois pas au point d'avoir le désir d'y demeurer toujours…

Cédant à la tentation, il était allé naviguer sur les sites la concernant et n'avait pas trouvé le moindre ragot à son sujet. Il n'y avait que des éloges et des photos rendant hommage à sa beauté. Elle était, oui, très belle, très bonne, très royale.

Oh ! et très riche.

Dans ces conditions, qu'est-ce qu'un fermier comme lui, en train de restaurer un domaine complètement isolé, aurait pu lui apporter ?

Betty McPherson posa la bouteille de lait et les biscuits sur le comptoir tandis qu'il regardait par la fenêtre la première neige recouvrir les collines. Il allait devoir constituer un peu de stock au cas où son chemin deviendrait impraticable.

Il allait demander à Betty de multiplier sa commande par quatre quand elle le devança.

— Avez-vous lu les dernières nouvelles sur notre jeune amie ?

Il serra les dents.

— Non. Pour le pain et le lait, je crois que je vais…

Betty tapota la couverture de *Glitz*.

— Philippe et Caro se marient ce week-end.

— Formidable. Je crois que je vais finalement prendre…

— Et regardez notre Lotty…

Betty avait ouvert le magazine. Son regard ne quitta pas Corran quand elle lui mit la page sous les yeux.

— Elle est belle, non ?

Il ne répondit pas. Oui, elle était belle, mais…

Le petit ventre de Charlotte. Serait-elle enceinte ?

La phrase légendait une photo de la princesse de profil. Il regarda de plus près. Etait-ce possible ? Au bout de combien de temps une grossesse devenait-elle visible ? Cela faisait presque quatre mois que Lotty avait quitté Loch Mhoraigh… Il resta quelques secondes sans rien dire et quitta le magasin en oubliant le lait et le pain, mais en emportant le magazine.

Hochant gentiment la tête, Betty McPherson remit les produits à leur place.

Le palais bruissait d'excitation. Les visages les plus connus de la politique et du show-business se montraient à tour de rôle et, malgré la neige, des foules immenses se pressaient partout autour du bâtiment. Des a*hhh* et des o*hhh* s'élevaient chaque fois qu'une célébrité apparaissait.

Superbement belle dans sa robe de bal de soie rouge dégageant ses épaules délicates et mettant en valeur son collier de rubis, la tête couronnée d'un diadème brillant comme une étoile dans la nuit de ses cheveux noirs, Lotty passait de groupe en groupe. Profondément heureuse pour Caro et Philippe, elle avait un mot pour chacun. Des plis artistiquement étudiés dissimulaient sa grossesse et elle portait à la main une étole censée détourner les regards. Non qu'elle eût honte de son état, mais parce qu'elle voulait que rien ne puisse voler la vedette à Caro et Philippe.

Aussi parlait-elle et souriait-elle avec l'espoir que personne ne décèle sa fatigue.

Tenir tête à sa grand-mère s'était révélé encore plus dur qu'elle ne l'avait cru. Dévastée par la nouvelle, la douairière Blanche avait été incapable de comprendre comment sa petite-fille pouvait envisager d'avoir un enfant toute seule. Sa dernière trouvaille était de lui faire épouser le comte Christophe de Fleitenstien.

Lotty avait refusé net. Le bébé qu'elle attendait était celui de Corran et elle ne le confierait pas aux soins d'un autre.

Voyant Caro et Philippe circuler, tout sourire, au milieu de leurs invités, elle se sentit si seule qu'elle en eut brusquement les larmes aux yeux. Corran lui manquait à chaque seconde et elle ne songeait qu'à retourner à Loch Mhoraigh. Elle ferma les paupières.

— Puis-je faire quelque chose pour vous, Votre Altesse ?

Rouvrant immédiatement les yeux, elle plaqua un sourire sur ses lèvres.

— C'est aimable à vous, mais non merci. Je me sens tout à fait bien.

Le regard posé sur l'invité qui venait de lui proposer son aide, elle n'avait pas remarqué le bruit insolite qui montait derrière elle. Mais, notant soudain que son interlocuteur écarquillait les yeux, elle se retourna pour voir ce qu'il avait vu.

A la porte, essayant de forcer le passage, se tenait Corran !

Corran en veste de gala et nœud papillon, trop sauvage pour l'endroit et pas du tout à sa place sous les chandeliers.

Elle le fixa, paralysée par le choc et l'incrédulité tandis qu'une joie insensée montait en elle.

Ayant passé outre aux ordres des valets qui lui réclamaient son invitation, il avançait maintenant à travers la foule, cherchant quelqu'un des yeux.

La cherchant des yeux.

Soudain, il la vit. Bifurquant immédiatement, il marcha droit vers elle tandis que des officiers de sécurité sortaient de partout à la fois, communiquant *via* l'émetteur fixé à leur poignet. Un silence stupéfait tomba dans la salle.

Elle réfléchit à toute vitesse. Il fallait intervenir immédiatement avant que la situation ne devienne ingérable. Avançant d'un pas, elle fit signe aux officiers de sécurité de reculer au moment où ils allaient ceinturer Corran. Ce fut sans le savoir grâce à elle qu'il put franchir les derniers mètres les séparant.

— Te voilà, dit-il d'une voix légèrement haletante qui trahissait son émotion.

Elle resta un moment étourdie, partagée entre l'envie de

s'abattre dans ses bras et celle de lui bombarder le torse de coups de poing. Mais c'était lui. Enfin. Et rien d'autre n'importait.

Sauf qu'elle n'était pas seule. La moitié de la salle avait les yeux rivés sur elle et un cercle s'était formé autour d'eux.

— Que fais-tu là ? demanda-t-elle sans presque remuer les lèvres.

Il la considéra d'un air fier.

— Est-ce vrai ?

Elle comprit tout de suite. Mais il était hors de question de répondre devant tout le monde.

— L'endroit et le moment me semblent mal choisis pour parler de cela.

— Tout va bien ? lui demanda avec gravité Philippe qui venait de la rejoindre avec Caro.

— Oui, répondit-elle tandis que Corran répondait en même temps : *Non*.

Il regarda Philippe dans les yeux.

— Je ne veux pas gâcher votre soirée, mais Lotty et moi devons aller parler ailleurs qu'ici.

Comme Philippe se rapprochait d'elle d'un air protecteur, Caro lui toucha doucement l'épaule.

— Je pense qu'il s'agit de Corran.

Et, considérant celui-ci avec bienveillance, elle dit :

— Je suis contente que vous soyez là. Je dois même dire que j'espérais votre venue…

— Corran, lança alors Lotty en le regardant, il s'agit de…

— Les présentations seront pour plus tard peut-être, coupa-t-il. Pour l'instant, toi et moi devons sortir d'ici.

Sur ces mots, il l'attrapa fermement par le poignet et l'entraîna vers la porte. Mais il fut arrêté de nouveau. Par la douairière Blanche cette fois.

La grand-mère de Lotty avait beau être petite et âgée, elle avait une prestance extraordinaire, capable d'arrêter n'importe qui, même Corran McKenna. La façon dont elle le fixa la rendait plus effrayante encore que les officiers de sécurité qui suivaient la scène, prêts à intervenir.

— Retirez vos mains de ma petite-fille, ordonna-t-elle d'une voix glaciale. Savez-vous qui elle est ?

Il cessa d'avancer, mais ne lâcha pas Lotty.

— Oui.

— Son Altesse Sérénissime, la princesse Charlotte !

— Non, dit-il, c'est Lotty.

Sentant la tempête se lever, elle tenta d'intercéder avant qu'il ne soit trop tard.

— Grand-mère…

Mais il était trop tard.

— Comment osez-vous vous adresser à moi de la sorte ? Et comment osez-vous traiter ma petite-fille de cette façon ?

— Parce que je la connais mieux que vous.

— Vous êtes un impertinent !

— Qui n'en a pas moins raison ! Je parie que vous ignorez qu'elle chante faux et se mordille la lèvre quand elle est concentrée. Savez-vous combien elle peut être têtue, combien elle sait travailler dur ? Connaissez-vous sa façon de s'étirer quand elle est fatiguée ou savez-vous à quel point cela l'énerve de rater ses scones ? Pourriez-vous me dire de combien de degrés *exactement* elle lève le menton quand elle est en colère ?

Devant l'air stupéfait de la douairière, il poursuivit :

— Je ne le pense pas, alors que moi je le sais, car je connais une Lotty que vous ne connaîtrez jamais. La Lotty pointilleuse sur la qualité de son café du matin, celle qui sourit en faisant la vaisselle, mais déteste laver ses pinceaux quand elle repeint une pièce.

Il régnait à présent un silence total dans la salle de bal. Tout le monde écoutait Corran qui fixait Lotty tandis qu'elle soutenait son regard d'un air ému.

— C'est cette Lotty, dit-il sans se troubler, si douce, si drôle et si vraie, qui m'a rendu heureux avant de me laisser tout seul parce que j'ai été assez stupide pour ne pas lui exprimer mes sentiments.

Son visage se durcit lorsqu'il le tourna de nouveau vers la douairière.

— Vous ne connaissez que la princesse. Je connais la femme.

Il eut un mouvement de tête vers les gardes.

— A présent, j'aimerais lui parler en tête à tête. Je vous serais reconnaissant de rappeler vos gros bras pour que nous puissions sortir.

Il y eut un moment où l'air entre Corran et la douairière sembla sur le point de craquer. Puis soudain, au grand étonnement de Lotty, sa grand-mère fit un pas de côté sans un mot.

— Merci, dit fraîchement Corran.

Et il entraîna Lotty sous un silence de plomb.

Alors qu'ils descendaient la dernière marche du grand escalier de marbre, il demanda :

— Comment disparaître à présent avec toute cette foule amassée derrière les barrières ?

— Je ne suis pas sûre de vouloir me montrer avec toi après l'embarras que tu viens de me causer…

— De toute façon, ta réputation est fichue. Les cancans vont aller bon train à présent. Cela dit, ce sera encore pire si un paparazzi nous met le grappin dessus.

— Gagnons tout de suite mes appartements.

Le valet qui gardait la porte bondit en les voyant arriver et la leur ouvrit en toute hâte.

Tête haute, elle entra la première.

Corran accompagna du regard le valet qui referma derrière eux puis tourna la tête vers elle. Elle s'était arrêtée au milieu de la pièce, un boudoir somptueusement décoré. Les diamants dans ses cheveux noirs étincelaient, ses yeux brillaient de colère. Dans sa robe de bal rouge, elle ressemblait terriblement à une princesse.

— Je n'apprécie pas d'avoir été humiliée devant ma famille et les invités, lança-t-elle, glaciale.

— Et moi, je n'apprécie pas d'avoir appris par Mme McPherson que j'allais être père. Te rends-tu compte à quel point cela a pu être humiliant pour moi ?

Elle le considéra un instant sans rien dire avant de s'effondrer sur l'un des sofas en se couvrant le visage de ses mains.

— Je suis désolée, fit-elle d'une voix sourde. Si désolée…

Il s'assit près d'elle et lui retira doucement les mains du visage pour pouvoir la regarder.

— C'est donc vrai ? Tu attends un bébé ?

Il avait la gorge serrée.

— Notre bébé ?

— C'est vrai, répondit-elle en nouant presque malgré elle les doigts autour des siens.

— Pourquoi ne m'as-tu rien dit, Lotty ?

Elle retira sa main.

— Parce que tu ne veux pas d'enfants, parce que ton ex-femme t'a manipulé en te racontant qu'elle en attendait un pour que tu l'épouses et que tu m'as dit que jamais tu ne recommettrais la même erreur.

Elle déglutit avec difficulté.

— Je ne veux pas être synonyme d'erreur pour toi, Corran. Ni moi ni notre bébé. Si je t'avais révélé tout de suite la vérité, tu m'aurais demandée en mariage alors que ton domaine passe avant tout ! Tu m'as même dit qu'un enfant maintenant serait un *désastre*. Tu vois, je n'ai rien oublié.

Comme il ouvrait la bouche pour répondre, elle ajouta très vite :

— Je ne te blâme pas, d'ailleurs, et je comprends que tu aies besoin d'une femme très différente de moi à Loch Mhoraigh.

— Vraiment ? demanda-t-il en inclinant lentement la tête sur le côté pendant que, pour la première fois, ses lèvres s'étiraient en un léger sourire. Et comment devra-t-elle donc être, cette épouse idéale ?

— Fermière…, agricultrice, ou du moins venant de la terre.

— Je pensais avoir besoin d'une femme comme cela, c'est

vrai, mais les choses ont changé. Aujourd'hui, je sais que j'ai besoin d'une princesse qui ne sait pas faire la cuisine.

Elle sauta sur ses pieds en secouant impatiemment la tête.

— Et voilà, j'en étais sûre, tu parles comme cela à cause du bébé ! C'est précisément pour cette raison que je ne voulais rien te dire ! Je n'ai pas besoin que tu t'occupes de moi, Corran. Mais je ne te retirerai jamais tes droits de père et Mhoraigh sera un endroit de première importance dans l'existence de notre enfant. Quant à moi, même si ma grand-mère est déçue et que le pays me fait tomber de mon piédestal, je sais que je ne me retrouverai jamais à la rue et que je pourrai élever mon bébé dans les meilleures conditions. Je préfère cela à un mariage obligé.

Il la considérait avec une expression indéchiffrable.

— Tu as fini ?

— Oui..., répondit-elle, incertaine.

Où voulait-il en venir ?

— Tant mieux. Donc, je peux parler à présent...

— Bien sûr.

— Je sais que tu n'auras pas besoin de moi dans le futur, dit-il dans un souffle. Pourquoi crois-tu qu'il m'a fallu autant de temps pour oser te parler ? Regarde-toi...

Il la désigna d'un geste de la main.

— Tu es couverte de diamants et de pierres précieuses ! Tu es une princesse ! Tu vis dans un palais ! Tu as tout ce que l'on peut rêver d'avoir. Qu'est-ce qu'un homme comme moi pourrait t'apporter de plus ? Néanmoins, si tu n'as pas besoin de moi, j'ai, moi, besoin de toi. Et même désespérément. Au départ, j'ai pensé que Loch Mhoraigh suffirait à mon bonheur, mais tu m'as appris que les lieux étaient moins importants que les gens et que j'appartiendrais toujours à l'endroit où tu te trouverais.

— Et le bébé ? demanda-t-elle dans un souffle.

— C'est lui qui m'a donné le courage de venir te parler aujourd'hui. J'étais là-bas, au domaine, en train de me reprocher de ne pas t'avoir déclaré mon amour au moment où cela aurait peut-être suffi à te retenir quand…

S'interrompant soudain, il attrapa son étole et l'attira très lentement vers lui.

— Chaque fois que j'entrais dans le magasin de Betty, Mme McPherson me parlait des fêtes et des galas auxquels tu participais. Je t'ai crue heureuse d'avoir renoué avec tout ce qui t'avait été inaccessible à Loch Mhoraigh pendant presque trois mois.

Elle secoua lentement la tête.

— Je n'étais pas heureuse.

— Tout a changé il y a quelques jours quand Betty m'a montré une photo de toi dans un tabloïd qui laissait entendre que tu étais enceinte. Tu paraissais très triste et terriblement différente de la Lotty que j'avais connue au domaine. *Et si elle n'était pas heureuse ?* me suis-je alors demandé. *S'il n'était pas trop tard pour lui dire que je l'aime ? Si elle attendait vraiment mon bébé et avait besoin — fût-ce un tout petit peu — de moi ?* Dans ce cas, tu devais être très malheureuse au palais. Te savoir seule à affronter ta grand-mère, la presse et l'opinion publique alors que j'aurais pu me trouver à ton côté m'était insupportable. Oui, je m'en voulais de ne pas être avec toi et je t'en voulais aussi de ne m'avoir rien dit.

Il lui caressa la joue.

— Alors, je suis venu ce soir sans même préparer ce que je dirais une fois sur place et j'ai réussi à t'approcher. Tu étais si belle avec ta robe rouge et ton diadème sur tes cheveux de nuit. En même temps, tu étais *toi*… Oui, quand j'ai croisé ton regard, ce n'est pas la princesse Charlotte que j'ai vue, mais Lotty, celle qui me manque si désespérément depuis ton départ, celle à qui j'appartiens.

— Oh ! Corran…

Elle tremblait. Il lâcha l'étole pour la prendre dans ses bras.

— Dis-moi que je t'ai manqué aussi, Lotty, que tu as besoin de moi et que tu m'aimes. Même un peu.

— Oui, je t'aime, Corran !

Sa voix se cassa.

— Et j'ai besoin de toi !

Les larmes jaillirent de ses yeux lorsque, la prenant enfin contre lui, il referma les bras sur elle. Enfouissant alors la tête dans son cou, elle laissa aller ses sanglots tandis qu'il lui murmurait des mots doux à l'oreille.

— Je suis si heureuse !

— Tu n'en as pas vraiment l'air ...

Eclatant d'un rire clair entre ses larmes, elle releva la tête. Ils s'embrassèrent avec fièvre.

— Es-tu tout à fait sûr de ton choix ? fit-elle entre leurs baisers. Je ne veux pas que nous nous mariions juste parce que tu penses que la situation l'exige.

— C'est comme tu veux. Marié ou pas, moi, du moment que je suis avec toi...

Il lui posa délicatement la main sur le ventre.

— Mais, si on se mariait, nous deviendrions deux véritables héros de conte de fées... La princesse et le roturier...

— Tu m'as donc pardonnée...

— Je te pardonnerai complètement si tu reviens à Loch Mhoraigh avec moi.

— J'aimerais tant !

— Pourquoi ce conditionnel ? As-tu besoin de rester à Montluce ?

— Non. A partir de demain, ce sera Caro la princesse et je pourrai partir. Le problème n'est pas là.

Elle voulut s'éloigner, mais il la retint contre lui.

— Où est-il ?

— Cela crève les yeux ! Je ne suis simplement pas la femme qu'il te faut ! Tu as besoin de quelqu'un d'actif et de productif. Ce que je ne suis pas.

— Je ne suis pas d'accord. Tu as même prouvé que tu l'étais pendant des semaines. Sans parler du rôle important que tu as joué auprès de Dick Rowland qui a finalement décidé d'investir dans le domaine.

Elle se redressa légèrement.

— C'est vrai…

— Avec moi, je veux que tu puisses t'accomplir en tant que femme et devenir la mère de notre bébé. Que tu t'épanouisses dans ta véritable personnalité.

— Je ne serai plus obligée de faire semblant.

— Nous nous aimerons dans le respect l'un de l'autre sans nous mentir ni nous forcer à quoi que ce soit. Que pourrions-nous demander de plus ?

Elle ferma les yeux en songeant à la solide maison de pierre qui l'attendait là-bas, aux collines, au loch, à l'air pur et clair, à Corran et à l'existence qu'ils allaient partager avec leur enfant.

— Rien…

JUDY CHRISTENBERRY

Un mariage de raison

Traduction française de
CATHERINE BEDNAREK

HARLEQUIN

Titre original :
THE RANCHER TAKES A FAMILY

Ce roman a déjà été publié en 2017.

© 2006, Judy Russell Christenberry.
© 2017, 2022, HarperCollins France pour la traduction française.

1

— Ce n'est plus possible, John ! Il faut absolument faire quelque chose.

John Richey regarda son fidèle bras droit, Bill Hobbs, et soupira.

— Je sais, Bill, mais j'ai beau réfléchir, je ne vois rien d'autre à faire que de m'accommoder de la situation.

Malgré ses soucis, il sourit à Betsy, sa fille de neuf mois, tout en lui ôtant le biberon vide de la bouche. L'enfant lui adressa une mimique de contentement qui pour lui valait maintenant tout l'or du monde.

Insensible à ce touchant tableau, son régisseur revint à la charge.

— Bon sang, John ! Avec seulement Mickey et Jess pour nous aider, nous n'arriverons jamais à exploiter le ranch ! Sans compter que, maintenant, toi et moi ne travaillons qu'à mi-temps pour pouvoir nous occuper du bout de chou que voici.

— Je t'ai dit de l'appeler Betsy. C'est son nom, après tout !

— Tu te laisses encore distraire ! Mais, au cas où ça t'intéresserait, j'ai trouvé une solution.

Surpris, John leva les yeux.

— Tu es sérieux ? Quelle solution ?

— Elle ne te plaira pas.

— Tu es bien catégorique !

— Parce que j'en suis sûr. Mais c'est le seul moyen. Et il

te permettrait de venir en aide à quelqu'un d'autre, en plus de remédier à tous tes maux.

— Pourquoi as-tu attendu si longtemps pour m'en parler si c'est une solution miracle ? Je soupçonne une affaire louche, Bill.

— Je ne t'en parlerai que si tu promets de m'écouter jusqu'au bout.

— D'accord, je promets.

John posa Betsy sur son épaule et commença à lui tapoter le dos. Presque aussitôt, elle laissa échapper un rot sonore.

— A la bonne heure ! dit-il en souriant à son bébé.

Comme s'il n'attendait que ce signal, Bill reprit la parole.

— N'oublie pas, tu as promis de m'écouter jusqu'au bout.

— Très bien, je t'écoute, répondit-il, envahi par un mauvais pressentiment.

— Tu dois te remarier.

John se tourna pour le dévisager.

— Tu es fou ! C'est hors de question !

Il se leva aussitôt, Betsy dans les bras, prêt à quitter la pièce, mais Bill répéta :

— Tu as promis.

— De quel genre de travail s'agit-il, oncle Bill ? demanda Debra Williams avec hésitation après s'être enfin installée dans le vieux pick-up de son oncle.

Elle venait de passer une journée mouvementée. Andy et elle avaient effectué leur premier voyage en avion. Et, maintenant, ils se retrouvaient ballottés dans la camionnette de l'oncle Bill, sur une route défoncée qui menait à Westlake, dans le Wyoming.

Les cahots étaient pourtant le cadet de ses soucis. Elle avait traversé des épreuves bien plus terribles, et elle avait toujours survécu. Mais elle désirait plus que survivre ; elle voulait recommencer à vivre.

Son projet de devenir professeur avait tourné court

lorsqu'elle était tombée enceinte en classe de terminale. Jeff, le père du bébé, était malheureusement décédé avant sa naissance. Elle avait dû alors accepter le fait qu'elle devrait subvenir seule à leurs besoins.

Elle avait fait de son mieux, mais la vie ne s'était pas montrée très tendre envers elle. C'est pourquoi, lorsque oncle Bill l'avait appelée pour lui proposer un travail qui lui permettrait de rester auprès de son fils, elle avait immédiatement accepté son offre.

Dans l'avion qui les menait à Casper, elle avait eu le temps de réfléchir. Elle avait regretté de s'être montrée si impulsive. Elle n'avait pas revu son oncle depuis qu'elle avait cinq ou six ans. Que connaissait-il exactement de sa vie actuelle ? Sa mère recevait des lettres de lui assez régulièrement, mais, à sa connaissance, cela s'arrêtait là.

Eileen l'avait suppliée de ne pas partir avec Andy. Bien qu'émue par tant d'insistance, Debra ne s'était pas laissé influencer et avait tenu bon. Mais, maintenant, elle éprouvait le besoin d'être rassurée. Elle se demandait si elle avait bien fait d'embarquer son petit garçon de trois ans dans une telle aventure. Le travail que lui proposait Bill serait-il vraiment l'occasion d'un nouveau départ ?

Quelques minutes plus tôt, elle avait tenté de poser à Bill deux ou trois questions, mais il avait refusé d'y répondre tant qu'Andy resterait éveillé. Lorsque celui-ci parvint enfin à s'assoupir sur son siège-auto, elle se tourna aussitôt vers son oncle.

— Tu sais, je ne suis pas qualifiée pour beaucoup d'emplois. Je comptais suivre des cours du soir cet automne, mais tu as dit qu'il s'agissait d'un travail génial.

— C'est vrai, ma belle. Et il te permettra de rester auprès d'Andy. C'est ce que tu souhaites, n'est-ce pas ?

— Tu sais bien que oui, oncle Bill, mais il y a peu de métiers qui offrent cette possibilité. Que faudra-t-il que je fasse ?

— Des choses que tu sais déjà faire. Cuisiner, faire le ménage, garder des enfants.

— Il s'agit donc d'un poste de gouvernante ?

— Oui, en quelque sorte. Le problème, Deb, c'est que je ne pouvais pas continuer à t'envoyer de l'argent et…

— M'envoyer de l'argent ? De quoi parles-tu ?

Bill la fixa avec étonnement, visiblement troublé par ce qu'elle venait de lui dire. Elle dut l'avertir qu'une voiture arrivait en sens inverse.

— J'ai envoyé de l'argent à ta mère tous les mois pour t'aider. Elle m'a assuré qu'elle te le transmettait, lui dit-il d'une voix soupçonneuse.

Debra regarda par la vitre, incapable de faire face à son oncle. Une fois encore, Eileen l'avait trahie. Elles n'avaient jamais eu de bonnes relations. Après la mort de son père — elle avait alors neuf ans —, sa mère s'était repliée sur elle-même. Debra avait dû apprendre à se débrouiller seule. Mais elle ne pouvait imaginer que sa mère avait délibérément gardé l'argent destiné à aider sa propre fille.

Elle tenta de trouver une explication pour son oncle.

— Je suppose qu'elle a oublié.

Bill donna un coup de poing rageur sur le volant.

— Bon sang ! J'aurais dû m'en douter. Eileen a toujours été si… Peu importe. Tout ira mieux à présent.

— Je l'espère, dit Debra prudemment. Ce qui est sûr, c'est que je travaillerai avec énergie. Et ce sera merveilleux d'avoir Andy avec moi toute la journée !

Elle comprenait maintenant pourquoi Eileen l'avait subitement implorée de ne pas partir. Seule la cupidité avait motivé sa soudaine sollicitude maternelle. Mais elle refoula aussitôt ces sombres pensées. Une nouvelle vie s'offrait à elle et elle comptait bien en profiter.

— Je vais donc être gouvernante. Combien de personnes compte la famille ? Y a-t-il des enfants avec lesquels Andy pourra jouer ?

— Euh… il s'agit d'un veuf et de sa fille, bredouilla-t-il.

— Quel est le problème, oncle Bill ?

Parce que, visiblement, il y avait un problème. Elle aurait dû se méfier. Les heureux dénouements n'existaient que dans les contes de fées. Elle contempla son fils endormi. Elle le protégerait, quoi qu'il lui en coûte.

— Ecoute, Debbie chérie, je veux que tu saches que ton intérêt me tient vraiment à cœur.

Une sourde inquiétude s'empara d'elle. Elle avait accroché tous ses espoirs aux promesses de son oncle. Il n'allait pas la décevoir, n'est-ce pas ? En tout cas, il était hors de question de retourner à Kansas City vivre chez sa mère. Travailler comme cuisinière dans un restaurant, se lever à 4 h 30 tous les matins, et puis rentrer à la maison à 14 heures. Faire le ménage pendant la sieste d'Andy, jouer ensuite avec lui, préparer le dîner… Avant de se coucher pour tout recommencer. A vingt-deux ans, elle avait l'impression d'être déjà vieille. Qu'est-ce qui pouvait bien tracasser son oncle ?

— Je ne renâcle pas à la besogne, oncle Bill.

— Tant mieux, car tu devras travailler dur.

Le sourire qu'il lui adressa la rassura un peu. Bien qu'ayant dépassé la cinquantaine, son oncle restait un bel homme, grand et musclé, sans une seule mèche grise dans son épaisse tignasse brune. Il ressemblait exactement au souvenir qu'elle gardait de lui.

Ils venaient de parcourir plusieurs kilomètres de prairie lorsqu'une petite ville surgit devant eux. Quelques magasins, un café, une banque.

— Est-ce que c'est Westlake, oncle Bill ?

Sans répondre, il gara son pick-up devant le seul autre bâtiment facile à identifier : l'église.

— Ecoute, Debbie… il y a quelque chose dont je ne t'ai pas parlé à propos de ce travail.

Depuis le banc du premier rang sur lequel il attendait, Betsy assise sur ses genoux, John entendit la porte de l'église s'ouvrir. Il jeta un coup d'œil par-dessus son épaule. Cette date resterait à jamais gravée dans sa mémoire. Le 2 mars, jour de son second mariage… qui s'annonçait à coup sûr comme un désastre.

Il se retourna complètement lorsqu'il comprit que Bill se disputait avec sa nièce. Sans doute trouvait-elle le marché trop peu avantageux ? Sa première femme lui avait donné une bonne leçon. Si la nièce de Bill refusait son offre, il se débrouillerait bien sans elle.

En fait, cette idée de mariage était complètement absurde. Seul un fou aurait accepté. Et il n'était pas fou. Il se leva, prêt à sortir de l'église. Mais, pour regagner son pick-up, il devait passer devant Bill et sa nièce. Il s'y refusait.

Il s'aperçut que la jeune femme tenait son fils par la main. Le garçonnet était le seul élément de ce marché qui lui plaisait. Non pas qu'il ne soit pas fou de Betsy. Il devait admettre qu'au début il aurait préféré un fils, mais, à la minute où il avait tenu sa fille dans les bras, il avait été conquis. Néanmoins, la compagnie d'un petit garçon serait très agréable.

Des bruits de pas résonnèrent depuis le fond de l'église. Bill et sa nièce remontaient l'allée centrale. Elle avait donc fini par accepter. Il était trop tard pour fuir maintenant.

— Euh… John, dit Bill d'une voix qui trahissait sa nervosité. Voici ma nièce, Debra Williams, et son fils, Andy.

— Bonjour.

John savait qu'il devait au moins leur sourire, mais il n'y arrivait pas. En son for intérieur, il n'arrêtait pas de se répéter que c'était une folie… une pure folie…

Comme par hasard, une autre porte s'ouvrit au fond de l'église, laissant apparaître le visage avenant de leur pasteur, le révérend Tony Jackson. Il remonta la nef, arborant le large sourire de l'homme d'Eglise heureux de faire accéder deux amoureux à la félicité conjugale.

— Ah, voici le jeune couple ! John, présentez-moi à votre ravissante fiancée.

Il s'éclaircit la voix.

— Euh... révérend Jackson, voici Debra Williams, la nièce de Bill.

Ravissante ne lui semblait pas le terme exact pour la décrire, d'autant plus que, pour l'instant, elle arborait un air renfrogné. Bill venait sans doute de l'informer de toutes les tâches qu'elle aurait à accomplir. Peut-être feraient-ils mieux de s'arrêter là avant qu'il ne soit trop tard.

— Enchanté de faire votre connaissance, dit le révérend en serrant la main de la jeune femme. A présent, si vous voulez bien vous tourner vers l'autel... Euh, Bill, ajouta-t-il en fronçant les sourcils, pouvez-vous tenir les deux petits ?

— Bien sûr, mon révérend. Je vais m'asseoir ici au premier rang... Après tout, je suis aussi leur témoin.

John sentit son malaise s'accentuer. Il s'en voulait terriblement ! Après son dernier mariage, il avait juré de ne plus jamais se marier. De ne plus jamais faire confiance à une femme.

Il se força enfin à regarder sa nouvelle épouse en face. Elle avait des cheveux bruns, une peau claire, de beaux yeux gris... Non ! Son aspect physique n'avait aucune importance. Il engageait Debra pour un travail, pas pour être sa femme ! Il fallait qu'il s'accroche à cette idée, s'il voulait trouver le courage d'aller au bout de cette journée.

— Mes bien chers frères, nous voici rassemblés aujourd'hui pour unir cet homme et cette femme par les liens sacrés du mariage, commença le révérend Jackson.

John serra les lèvres, essayant de ne pas relever tout ce qui sonnait faux dans cette déclaration, et qui lui nouait les entrailles. Il se sentait comme un imposteur. Pas facile pour un homme qui avait mené jusque-là une vie honnête.

Avant même qu'il en prenne conscience, le pasteur avait prononcé les mots fatidiques : « Je vous déclare maintenant mari et femme. »

Se rappelant soudain le geste qui suivait d'ordinaire ces paroles, John dit précipitamment :

— Euh… merci, révérend Jackson. Il faudra à tout prix que vous veniez dîner chez nous après le vêlage.

Puis il lui glissa une enveloppe blanche dans la main avant de se tourner vers Bill pour récupérer Betsy. Alors qu'il tendait les bras pour la prendre, le garçonnet ébouriffé leva la tête pour l'observer.

— Vous êtes vraiment un cow-boy ? demanda-t-il timidement.

La question surprit John. Il inspecta son costume bleu marine. Il l'avait acheté trois ans auparavant, à la mort de son père — souvenir peu réjouissant, qu'il chassa aussitôt de son esprit.

— Oui, je suis un cow-boy.

— Pas maintenant, Andy, murmura la jeune femme.

John la toisa. En quoi était-ce si horrible que le petit garçon ait envie de poser cette question ? Puis il adressa un signe de tête à Bill.

— Tu les ramènes au ranch ? Je te verrai là-bas.

Sans prêter attention aux protestations de son régisseur, il sortit alors de l'église, emportant Betsy dans ses bras.

Debra suivit du regard l'homme qui sortait de l'église. Agé d'environ vingt-huit ans, grand et athlétique, des yeux d'un bleu intense… il était plutôt séduisant. Le genre d'homme que n'importe quelle jeune femme rêverait d'épouser. Sauf qu'elle était assez avisée pour savoir que l'apparence importait peu. Le père d'Andy était très beau, et n'avait pas été un mari très attentionné. John Richey ne semblait pas non plus très enthousiasmé par le mariage…

Elle pivota brusquement pour fusiller son oncle du regard.

— Tu m'as affirmé tout à l'heure que John était satisfait de cet arrangement, qu'il serait un père pour Andy, qu'il appréciait ce que je faisais, que lui et moi pourrions nous entraider !

— Allons, Debbie, ne te fâche pas ! Pas devant Andy…

— Tu m'as menti, oncle Bill ! dit-elle avec véhémence. Tu m'as attirée ici, et ensuite tu m'as menti !

— Ne t'inquiète pas, Debbie, je t'assure ! John est juste furieux de se remarier. Après tout, il est veuf depuis peu, et il a besoin de temps. Mais il en manque, car on est en mars et la période du vêlage va commencer. On a donc besoin de quelqu'un pour s'occuper de Betsy, et faire la cuisine et le ménage pour nous. Nous sommes en selle presque quinze heures par jour. C'est là que tu interviens.

Debra fixa son oncle tandis qu'il poussait un profond soupir.

— Pourquoi alors ne m'a-t-il pas simplement embauchée comme gouvernante ?

— Parce qu'il n'a pas d'argent, ma belle. Il pensait que personne ne voudrait travailler pour lui sans contrepartie.

— Oncle Bill, tu m'as dupée ! Si c'était possible, je retournerais chez moi sur-le-champ.

— Tu ramènerais Andy dans ton minuscule appartement alors que tu peux l'installer dans un magnifique ranch, où il aura plein de place pour jouer tout en profitant de ta compagnie toute la journée ? Voyons, Debra, tu es meilleure mère que ça. Et puis, pense à cette pauvre petite fille, élevée par deux cow-boys qui ignorent quasiment tout sur les bébés !

— Oh, laisse tomber, oncle Bill ! Ce qui est fait est fait. Conduis-moi vers mon nouveau foyer et vers l'avenir radieux qui m'attend, ajouta-t-elle avec lassitude.

Bill l'aida à remonter avec Andy dans son pick-up avant de reprendre la route. La petite ville disparut bientôt dans le rétroviseur.

— Je pensais sincèrement que John et toi pourriez vous épauler l'un l'autre. Il est seulement affolé à l'idée de s'être remarié, mais il se calmera si tu lui laisses un peu de temps.

— Ai-je vraiment le choix ? demanda-t-elle sans attendre de réponse.

Le reste du trajet se fit dans un silence de plomb. Jusqu'à ce que Bill arrête la camionnette devant une splendide demeure. Debra la contempla, ébahie. Sachant que son propriétaire n'avait pas assez d'argent pour payer une gouvernante, elle s'était attendue à découvrir une minuscule cabane en rondins.

A la place, elle voyait une imposante maison à étage, typique de la région, dont la façade s'ornait de grandes fenêtres et d'une engageante véranda à treillis. Les arbres qui bordaient la propriété la faisaient paraître accueillante et suffisamment vaste pour y loger un bataillon. C'était donc là son futur domicile ? Elle se tourna enfin vers son oncle.

— Je n'arrive pas à y croire… C'est une plaisanterie ?

— Uniquement pour le pauvre John… Je pense qu'il a épousé sa première femme trop vite, sans apprendre à la connaître, expliqua-t-il en voyant qu'elle continuait à l'interroger du regard.

— Comment l'a-t-il rencontrée ?

— Lors d'un rodéo, à Cheyenne. John venait de perdre son père et il avait besoin de se lier avec quelqu'un. Après leur mariage, elle a insisté pour avoir une nouvelle maison, une voiture neuve, des bijoux et tout ce qui lui passait par la tête. Comme il était amoureux, il s'est efforcé de satisfaire ses moindres caprices. Surtout lorsqu'il a découvert qu'elle était enceinte.

— Et puis elle est décédée, dit Debra à voix basse.

— Pas avant de s'être enfuie avec un homme qui lui promettait de faire d'elle une star de Hollywood. Elle a abandonné son bébé de deux mois sans l'ombre d'un regret, ajouta-t-il avec colère. Lorsque nous sommes rentrés ce soir-là, Betsy hurlait. Elle était trempée et affamée. Nous ignorions ce qui s'était passé. John a failli devenir fou avant que la police de la route ne le contacte.

Debra le regarda, horrifiée.

— Oui, confirma-t-il, John a été à deux doigts de craquer. Il l'aurait fait sans Betsy. Mais elle avait besoin de lui.

— Je vois, dit-elle lentement. Lui et moi avons plus en commun que je ne l'imaginais au début.

Bill posa une main calleuse sur la sienne.

— Je sais. Entre.

A l'intérieur, la maison était aussi belle que sa façade… hormis le fait qu'un peu de ménage ne serait pas superflu.

Debra contempla le salon, meublé de trois grands canapés agencés en U autour d'une imposante cheminée en pierre. A lui seul, cet espace était plus vaste que l'appartement de sa mère.

La tirant de sa contemplation, John entra dans la pièce en lui tendant une feuille de papier.

— Voici les consignes pour Betsy. Vous pouvez choisir la chambre que vous voulez à l'étage, mais évitez celle du rez-de-chaussée… C'est la mienne. Le dîner devra être prêt entre 7 et 8 heures. Nous serons quatre à table en plus de vous et des enfants. La buanderie est par là, ajouta-t-il en désignant l'arrière de la maison. Tout ce que vous pourrez faire pour nous aider sera apprécié.

Il parlait d'une voix calme mais pleine de défi, comme s'il la jugeait incapable de faire tout ce qu'il demandait.

— John…, commença Bill.

Mais l'éleveur n'attendit pas la suite.

— Je te retrouverai à l'écurie, dit-il en franchissant la porte.

Bill se tourna vers sa nièce, une expression soucieuse sur le visage.

— Ne t'en fais pas, oncle Bill. Je t'ai dit que je travaillerais dur… Est-ce que ce ranch est très grand ? demanda-t-elle en se redressant pour jeter un regard circulaire.

— Pas tant que ça. Sept mille hectares. C'est… Nous avions besoin d'aide, expliqua-t-il, penaud, en triturant le Stetson qu'il tenait entre ses mains. Debbie, je t'en prie, accorde-lui un peu de temps…

— Il en aura largement jusqu'à ce que je trouve un moyen de gagner assez d'argent pour rentrer chez moi avec mon fils.

Après avoir visité la maison, Debra choisit les deux chambres qu'Andy et elle prendraient à l'étage. La troisième, contiguë à la sienne, était occupée par une petite fille endormie. Elle s'approcha du berceau pour la contempler. Avec ses cheveux blonds, Betsy était adorable.

Debra sourit au souvenir de son fils au même âge. Entendant alors ce dernier l'appeler, elle sortit en hâte de la nursery pour l'empêcher de réveiller le bébé.

— Est-ce que ta chambre te plaît, Andy ?

— Elle est trop grande, maman. J'aimerais mieux rester avec toi.

Elle l'entoura de ses bras.

— Tu seras juste à côté de moi, mon cœur. Tu pourras ainsi dormir plus longtemps le matin sans que je te réveille. Tu t'y habitueras, j'en suis sûre, ajouta-t-elle en l'étreignant. Et maintenant, si on allait dans la cuisine voir si on peut te trouver un petit goûter ?

Au rez-de-chaussée, elle découvrit une superbe cuisine équipée d'appareils ménagers flambant neufs. Ayant travaillé comme cuisinière, elle appréciait le confort d'une grande cuisine moderne. Le seul et unique avantage de son emploi au restaurant Chez Joe était qu'il lui permettait de passer la fin de l'après-midi avec son fils. L'intégralité de sa paye allait à sa mère. Eileen réclamait de l'argent pour les laisser habiter chez elle, pour garder Andy — pour tout.

Le seul argent que Debra avait réussi à cacher était sa part des pourboires que Joe, le propriétaire, lui remettait à la fin de chaque mois. Bien que peu élevée, la somme récoltée lui avait permis d'acheter à Andy quelques vêtements et, de temps à autre, un jouet.

Elle aurait mieux fait de l'économiser ! Elle serait de retour au Kansas à l'heure qu'il était.

Mais elle s'arrêta soudain : désirait-elle vraiment repartir ? Reprendre sa vie d'avant ? Elle frissonna. La réponse était non. Elle ne resterait sans doute pas longtemps l'épouse de cet homme, mais elle aurait au moins une période de répit, afin de redémarrer une nouvelle vie où elle n'abandonnerait pas son fils tous les matins. Et où elle ne vivrait plus chez sa mère. Andy la tira de ses douloureuses réflexions.

— Maman ?

— Oh… oui, trésor, je suis désolée. Allons chercher ce fameux goûter.

Etant donné que son nouveau mari était si fauché qu'il ne pouvait payer personne pour l'aider, elle pensait trouver les placards vides. Elle constata pourtant que ce dénuement ne s'étendait pas à la cuisine. Le réfrigérateur était plein et un congélateur situé à proximité regorgeait de bœuf surgelé.

Vérifiant l'heure à l'horloge, elle sortit un peu de viande pour le dîner. Puis elle dénicha quelques biscuits et du beurre de cacahuètes pour Andy.

— J'aime bien le beurre de cacahuètes, dit-il en souriant pour la première fois depuis qu'ils avaient débarqué de l'avion à Casper le matin même.

— Je sais, trésor.

— Eileen ne voulait pas m'en donner, bougonna-t-il.

Sa mère tenait absolument à ce qu'il l'appelle par son prénom afin que personne ne sache qu'elle était grand-mère.

Debra se pencha pour écarter une mèche du front de son fils.

— C'est un des avantages d'habiter ici. Il n'y a pas d'Eileen… Et tu pourras rester à la maison avec moi et ta nouvelle petite sœur, Betsy.

Il fit la moue.

— Mais c'est une fille !

Elle eut du mal à se retenir de rire.

— Moi aussi, jeune homme. Tu finiras par aimer Betsy. Son père dit qu'elle se mettra bientôt debout et tu pourras alors mieux la connaître. Tu verras, ce sera super !

Tandis qu'Andy mangeait, elle fit le tour de la cuisine, repérant les ustensiles et les ingrédients. La femme de John devait être une fée du logis. Tout était très bien agencé.

Dans le moniteur posé sur la table, Debra entendit un gazouillis.

— Betsy est réveillée, dit-elle à Andy. Attends ici pendant que je vais la chercher.

Lorsqu'elle entra dans la nursery, la petite fille était

debout sur son lit, cramponnée aux barreaux, commençant à s'impatienter.

— Bonjour, Betsy. Je suis ta nouvelle maman, dit Debra en la prenant dans ses bras. Voyons… Ah oui, tu as besoin d'être changée, pas vrai ?

Elle attrapa une couche propre dans le sac à langer accroché au pied du berceau.

— Ton père est très organisé, n'est-ce pas ? Ce doit être un bon papa.

C'était bien la seule chose qu'elle trouvait sympathique chez John Richey.

John accéléra la cadence tandis qu'il bouchonnait son cheval.

— Désolé, Beauté, mais je suis pressé, lui murmura-t-il.

— Vous avez dit quelque chose, patron ? demanda Mickey en passant la tête derrière le mustang noir dont il s'occupait.

— Euh… non, Mickey, rien.

Mickey était jeune, mais travailleur.

— Vous êtes sûr que ça n'ennuie pas votre dame que nous venions dîner chez vous ce soir ? demanda Jess, son autre vacher.

John se hâta de détourner les yeux du visage réprobateur de Bill.

— Certain. Je lui ai dit que nous serions là tous les quatre. Mais j'ignore si elle cuisine bien. Prenez-vous-en à Bill si c'est immangeable.

— Je suis sûr que Debra aura préparé un excellent repas, déclara son régisseur d'un ton bravache. Elle travaillait comme cuisinière. Comment pourrait-il être mauvais ?

— J'ai tellement faim que je pourrais avaler un bœuf. Alors, dépêchons-nous ! dit Mickey.

Les quatre hommes se dirigèrent ensemble vers la maison. John commençait à regretter d'avoir prévu qu'ils viennent tous dîner chez lui ce soir. Il craignait que la jeune femme n'ait rien préparé, à seule fin de lui faire payer l'attitude grossière qu'il avait eue à son égard. Il serait complètement humilié.

Betsy ! Il l'avait abandonnée aux mains d'une étrangère ! Cette pensée ne l'avait même pas effleuré jusque-là. Comment avait-il pu faire ça ? Sa fille était pour lui la chose la plus précieuse au monde, et il l'avait confiée à une inconnue.

Se mettant aussitôt à courir, il atteignit la maison avant ses employés. Une fois entré, il ne remarqua ni le feu chaleureux dans la cheminée, ni le délicieux arôme qui flottait dans l'air, ni le couvert installé sur la table. Il ne pensait qu'à une chose : sa fille.

Lorsqu'il vit Debra sortir de la cuisine, ses seules paroles furent :

— Où est Betsy ?

2

— Betsy est déjà couchée. Il y a un problème ?

Debra scruta le visage inquiet de John. Avait-elle commis une faute ?

— Je monte la voir.

Elle lui barra le passage.

— Je me suis dit que vous aimeriez peut-être tous prendre une douche et vous changer avant de dîner.

— Pourquoi ? Nous ne sentons pas assez bon pour vous ?

Elle s'efforça de garder son calme.

— Je ne pensais qu'à votre bien-être.

— Eh bien, j'ai peut-être des vêtements propres ici, mais pas les autres, rétorqua-t-il sèchement.

Elle ouvrit de grands yeux faussement innocents.

— Vous voulez dire que tout le linge que j'ai lavé aujourd'hui était à vous ?

A peine commençait-il à parler qu'il referma la bouche pour la dévisager.

— Vous avez fait toute la lessive aujourd'hui ? finit-il par demander.

— Oui, répondit-elle, avant de pénétrer dans l'arrière-cuisine, d'où provenait la voix des autres cow-boys et de son oncle. J'ai réparti les vêtements par tailles, car j'ignorais lesquels appartenaient à chacun de vous, leur expliqua-t-elle. J'ai pensé que vous vous sentiriez plus à l'aise si, après avoir pris une douche, vous revêtiez une tenue propre que vous pourriez remettre demain matin pour travailler. Cela vous convient-il ? Pendant ce temps, j'apporterai le dîner sur la table.

Les trois cow-boys acquiescèrent docilement avant de s'emparer aussitôt de leurs vêtements propres et de se diriger vers la douche. Seul John était resté dans le vestibule. Il se tenait appuyé contre le mur, les bras croisés sur son large torse, plissant les yeux.

— Très habile de votre part de les mettre de votre côté.

Ravalant une repartie cinglante, elle lui tourna le dos et quitta la pièce sans un mot. Une fois dans la cuisine, elle poussa un profond soupir. Elle avait travaillé dur toute la journée, mais c'était un travail qui lui plaisait. Et puis elle avait Andy et Betsy comme compagnie. C'était tellement mieux que sa vie au Kansas ! Malgré ses réticences, elle avait décidé de tirer le meilleur parti de cette situation et de voir où cela la mènerait. Mais, apparemment, John n'était pas disposé à lui faciliter la tâche.

Elle commença à disposer le repas sur la table. Le plat de résistance se composait d'un énorme rôti de bœuf qu'elle avait fait cuire à point, accompagné de galettes de maïs faites maison, de purée mousseline, de brocolis et de haricots rouges.

Juste au moment où tout était fin prêt, les quatre hommes investirent la cuisine. Elle alla à leur rencontre et tendit la main aux deux qu'elle n'avait pas encore salués dans les règles. Bien qu'âgés d'une vingtaine d'années à peine, ils paraissaient robustes.

— Enchantée. Je suis Debra. Bienvenue dans ma cuisine, dit-elle en souriant.

Les vachers se présentèrent, mais elle devina que leur attention était concentrée sur la copieuse nourriture qui les attendait. Elle n'eut qu'un signe de tête à faire pour qu'ils s'attablent et attaquent aussitôt les plats.

— Ouah ! C'est le meilleur dîner que j'ai jamais mangé, madame Richey !

— Merci, Mickey, mais, s'il vous plaît, appelez-moi Debra.

— Je vous donnerai tous les noms que vous voudrez pour un repas comme ça !

— Debra ira très bien, Mickey, dit-elle avec un sourire.

— Merci aussi pour les vêtements propres, ajouta Jess entre deux bouchées.

— De rien. Si vous êtes en selle toute la journée, je ne vois pas comment vous pouviez vous occuper de tout le reste. Ce devait être épuisant.

— C'est vrai, avoua Jess en beurrant une galette. Et nous vous sommes rudement reconnaissants.

Ces deux-là lui étaient déjà tout acquis, pensa Debra. Malheureusement, pas son mari. Elle remarqua que le visage de John se rembrunissait de seconde en seconde. A l'évidence, il avait pensé qu'elle ne ferait pas son travail. Il était immédiatement monté voir Betsy avant de se doucher. Pensait-il qu'elle n'avait pas pris soin de la petite fille ? Personne n'aurait pu résister à un bébé aussi adorable.

Lorsque les hommes eurent terminé, Debra leur demanda s'ils aimeraient emporter un sandwich au rôti de bœuf le lendemain matin, puisqu'ils ne rentraient pas déjeuner. Sa proposition fut accueillie avec joie. Sauf par John.

— Peut-être ignorez-vous que vous devrez préparer le petit déjeuner à 6 heures ?

— Je me doutais bien que votre journée commençait tôt, John, répondit-elle calmement.

— Ma conception de « tôt » n'est pas 9 heures.

Elle feignit de ne pas entendre le sarcasme dans sa voix.

— Ces trois dernières années, je me suis levée à 4 h 30 tous les matins pour aller travailler. Le faire à 6 équivaudra donc pour moi à faire la grasse matinée.

Apparemment mouché, John resta silencieux tandis qu'elle débarrassait la table et y déposait un gâteau au chocolat fait maison.

— Est-ce que tout le monde prend du dessert ? demanda-t-elle d'une voix aussi sucrée que son glaçage.

Même John ne put dire non. Néanmoins, il ne se joignit pas au concert de louanges dont ses employés la gratifièrent. Lorsqu'elle commença à desservir, ces derniers apportèrent même leur assiette jusqu'à l'évier, geste de courtoisie auquel elle ne s'attendait pas. Elle les remercia chaleureusement et les envoya se détendre dans le salon.

Avec l'aide du lave-vaisselle, le nettoyage ne lui prit que quelques minutes. Elle passa un coup de balai, essuya le plan de travail, puis inspecta la cuisine du regard pour s'assurer qu'elle était immaculée, avant de se diriger vers la buanderie pour laver leurs vêtements sales. Alors qu'elle chargeait le lave-linge, elle sentit qu'on l'observait. John se tenait sur le seuil de la porte.

— Vous n'êtes pas obligée de faire ça ce soir. Vous avez déjà assez travaillé, dit-il en détournant les yeux.

— En fait, c'est la machine qui fera tout le travail… à moins que le bruit vous dérange ?

— Non, mais… Ecoutez, reprit-il en fixant le bout de ses bottes, je me suis montré grossier ce matin, et vous avez malgré tout exécuté toutes vos tâches. Je vous dois des excuses.

Ainsi, un être humain se cachait sous cette carapace de rudesse, se dit-elle en réprimant de justesse un sourire. Peut-être qu'oncle Bill avait raison : John avait simplement besoin de temps pour se réhabituer à l'idée du mariage. Elle était contente d'être appréciée pour son travail. Personne ne lui avait jamais fait éprouver ce sentiment — surtout pas sa mère.

— Je crois qu'oncle Bill nous a induits tous deux en erreur. Mais maintenant vous savez que je ne rechigne pas au travail, et j'apprécie les bénéfices qu'il apporte.

Quelque chose dans ce qu'elle venait de dire le contraria, elle s'en aperçut tout de suite. Il releva brusquement la tête et son dos se raidit. Avant qu'elle ait pu l'interroger, il avait tourné les talons.

Debra demeura immobile, le linge à la main. Qu'avait-elle dit pour faire ainsi fuir John Richey ? Et au moment où il s'apprêtait à faire la paix. Quand retrouverait-elle une autre occasion ?

John avait apprécié le succulent repas et les vêtements propres, mais cela ne le réconciliait pas avec son second mariage. Sa nouvelle épouse n'était pas là depuis deux jours, que déjà elle parlait de « recueillir des bénéfices ». Elle croyait donc pouvoir lui soutirer des faveurs comme Elizabeth ? Eh bien, elle se trompait.

Betsy semblait paisible. Propre, changée de frais, elle dormait à poings fermés. Elle se réveillerait à 4 heures du matin et, comme d'habitude, il lui donnerait alors son biberon. Il aimait sentir la chaleur de son petit corps dans ses bras, savoir qu'elle dépendait totalement de lui. C'était Betsy qui l'avait arraché au désarroi et à la haine dans lesquels la trahison d'Elizabeth l'avait plongé. C'était elle encore qui le maintenait sur le droit chemin, le poussant à se battre pour son ranch. Elle méritait ce qu'il y avait de mieux.

Si cette année les vêlages étaient bons, il pourrait régler certaines des dettes écrasantes qu'Elizabeth lui avait laissées sur les bras. Il avait été si amoureux d'elle qu'il lui avait accordé beaucoup plus que ce que ses moyens lui permettaient. Il voulait la rendre heureuse. En retour, elle l'avait plongé dans le désespoir. Tout en fixant l'écran de télévision, il serra les dents. Jamais plus il ne laisserait une femme lui faire ça.

— John ?

Il leva brusquement la tête. Debout près du canapé, Debra le regardait.

— Quoi ?

— Je peux vous parler un moment ?

En présence de ses employés, surtout de Bill, il n'avait pas d'autre choix que d'acquiescer. Suivant Debra dans la cuisine — impeccablement nette, constata-t-il —, il se prépara à entendre ses revendications.

— Que voulez-vous ?

— J'ai besoin de quelques articles d'épicerie. Y a-t-il une voiture que je pourrais emprunter pour aller à Westlake ? Avez-vous un compte au magasin, ou me donnerez-vous de l'argent ?

— J'aurais dû m'en douter. Les placards sont remplis de provisions ! Vous n'êtes là que depuis vingt-quatre heures et vous réclamez déjà de l'argent !

Il s'attendait à ce qu'elle essaie de lui faire du charme pour l'amadouer, avant de se mettre à pleurer. C'était la tactique habituelle utilisée par Elizabeth. Au lieu de cela, elle le fixa quelques secondes, puis quitta simplement la pièce.

Au bout d'un instant, il la suivit, certain qu'elle était allée plaider sa cause auprès de son oncle. Mais, lorsqu'il pénétra dans le salon, elle ne s'y trouvait pas.

— Debra n'est pas repassée par ici ?

Bill eut un regard surpris.

— Elle nous a souhaité bonne nuit avant de monter.

John n'en revenait pas. Pourquoi n'avait-elle pas insisté ? En y réfléchissant, Elizabeth n'avait jamais demandé d'articles d'épicerie. Ses requêtes avaient toujours été personnelles. Manquait-il vraiment un ingrédient culinaire essentiel dont Debra avait besoin ?

Après avoir arpenté le salon quelques minutes, sans que ses hommes y prêtent attention, il décida d'aller la voir. Sans doute s'attendait-elle d'ailleurs à cette visite.

Le couloir était sombre, mais un rai de lumière filtrait sous une porte — certainement celle de la chambre qu'elle s'était octroyée. Il frappa.

— Qui est-ce ? demanda une voix assourdie.

— C'est John.

Après une hésitation, elle entrebâilla la porte.

— Je m'apprête à me coucher, John. Que voulez-vous ?

— Que souhaitiez-vous acheter à l'épicerie ?

Elle soupira.

— Des céréales et des pépites de chocolat…

— Des céréales ? Pour quoi faire ?

— Betsy a déjà neuf mois. Elle devrait manger de la bouillie le matin et incorporer des aliments solides dans ses repas. Cela lui permettrait de dormir toute la nuit sans se réveiller.

— Vraiment ? Vous en êtes sûre ?

— Oui. Vous ne l'avez pas emmenée chez le médecin pour ses visites de contrôle ?

— Si, quand Elizabeth… au début. Mais je n'en vois plus la nécessité. Elle est en bonne santé !

— Oui, je sais. Mais il vous aurait donné des conseils concernant son alimentation.

— Vous vouliez donc acheter de la nourriture pour bébé ? Ces fameux petits pots ?

— Bien sûr, je peux lui cuisiner quelques plats. Je ne voulais pas trop demander à la fois. J'avais aussi besoin de pépites de chocolat pour faire des cookies pour Andy, que je pourrai aussi glisser dans votre panier-repas.

John leva la main pour l'interrompre.

— La voiture est dans le garage. Vous trouverez la clé accrochée près de la porte. Signez la facture au magasin et Charlie la mettra sur mon compte.

Ainsi, elle voulait vraiment acheter des produits d'épicerie… Elle agissait probablement en douceur pour mieux l'embobiner. Ce n'était pas le même style qu'Elizabeth, mais on ne pouvait se fier à une femme — aucune femme.

Le lendemain matin, tous les cow-boys arrivèrent à l'heure pour le petit déjeuner. Ils étaient sans doute alléchés par l'éventualité d'un repas aussi bon que celui de la veille.

Debra s'était levée à 5 h 15 pour pouvoir leur préparer aussi un casse-croûte substantiel pour le déjeuner. Des paniers-repas prêts à emporter attendaient sur le buffet.

— C'est délicieux, Debra, dit Bill avec un grand sourire. Surtout les galettes chaudes.

— Je suis contente que tout te plaise, oncle Bill.

Les deux vachers marquèrent un temps d'arrêt, puis Mickey demanda :

— C'est vraiment votre oncle ?

— Bien sûr, répondit-elle, pendant que ce dernier protestait. Pourquoi en doutez-vous ?

— Eh bien, dit Jess avec un clin d'œil, parce que vous êtes beaucoup plus jolie que lui et que vous cuisinez cent fois mieux.

Tout le monde rit, excepté John.

— Merci pour ces compliments, mais on a tous des talents dans différents domaines. Autrement, la vie serait très monotone.

Avant qu'ils ne quittent la maison, Debra distribua à chacun son déjeuner. Seul John le refusa.

— Non, merci.

— Autant le prendre puisque je l'ai déjà préparé pour vous, dit-elle en lui tendant le sachet.

Il lui jeta un regard noir et sembla hésiter. Debra retint sa respiration. Pour elle ne savait quelle raison, il lui semblait extrêmement important qu'il le prenne. Une sorte de gage d'approbation.

— Je n'ai pas le temps de déjeuner, maugréa-t-il avant de quitter la maison.

Debra resta debout sur le seuil ; des larmes de dépit lui montaient aux yeux. Elle ne s'était tout de même pas imaginé que sa nouvelle vie serait facile ? Il fallait qu'elle se concentre sur son travail. Entretenir la maison, cuisiner, s'occuper de Betsy et d'Andy... Sans escompter autre chose — surtout pas le respect et la confiance d'un mari. Après avoir enfourné les vêtements humides dans le sèche-linge, elle monta réveiller son fils.

— Chéri, c'est l'heure de te lever !

— J'ai envie de rester au lit ! Eileen me laissait dormir.

Voilà pourquoi elle avait toujours eu du mal à l'envoyer se coucher le soir ! Il n'avait certainement pas besoin d'autant d'heures de sommeil. Comme d'habitude, sa mère avait choisi la solution de facilité.

— Il n'y a pas d'Eileen ici, chéri. Je sortirai tes vêtements pendant que tu iras te débarbouiller. Habille-toi et descends dans la cuisine. Je vais préparer ton petit déjeuner.

Elle le poussa doucement vers le cabinet de toilette. Après avoir étalé ses vêtements sur le lit, elle se rendit dans la nursery. Betsy commençait à s'étirer et à bâiller.

— Bonjour, mon ange. Tu as bien dormi ? Je vais d'abord changer ta couche, puis nous déjeunerons. Ensuite, je te donnerai un bain. Si tu n'es pas trop pudique, je laisserai Andy m'aider. Après ça, nous irons faire des courses à l'épicerie. Est-ce que ce programme te convient ?

Comme si elle l'approuvait, Betsy lui sourit. Tout son visage s'illumina et ses prunelles pétillèrent. Elle avait les mêmes yeux turquoise que son père — sauf que visiblement les siens n'étaient jamais rieurs.

Debra haussa les épaules et commença à changer la petite fille. Avec toutes les tâches qui l'attendaient, elle n'allait pas perdre son temps à penser à John !

— Comment va Betsy ce matin ? demanda Bill à John, alors qu'ils s'éloignaient à cheval quelques minutes plus tard.

John tira brusquement sur les rênes, effrayant sa monture. Les yeux fixés sur son régisseur, il chercha avec affolement une réponse.

— Elle… ne m'a pas réveillé ! Bon sang, elle est probablement malade ! Il faut que j'y retourne. Je te rejoindrai ! cria-t-il par-dessus son épaule tandis qu'il repartait à bride abattue vers l'écurie.

Tout le long du chemin, il ne cessa de s'accuser. Il fallait être un père indigne pour partir sans s'assurer que son enfant allait bien.

Il s'arrêta juste à hauteur de la porte de derrière et attacha son cheval à la branche d'un arbre. Il se précipita dans la cuisine. Sa fille était là, assise sur la chaise haute. Elle babillait tout en tapant des poings sur sa tablette.

— Juste un instant, mon cœur, dit Debra sans se retourner.

Elle plaça une assiette d'œufs brouillés sur la table devant son fils puis tendit un biberon à Betsy. Andy se pencha alors en avant en murmurant quelque chose que John n'entendit pas. Mais il devina que le petit garçon signalait sa présence car Debra braqua instantanément les yeux sur lui.

— John ? Quelque chose ne va pas ?

Comme si le fait d'entendre son nom avait alerté Betsy, elle se mit à roucouler et à faire des moulinets avec les bras.

— Je crois que votre fille essaie de vous dire bonjour.

John s'approcha de la chaise haute.

— Bonjour, Betsy. Ton papa t'a manqué ? demanda-t-il en la soulevant de sa chaise.

— Euh…, elle n'a pas encore pris son bain, et elle ne sent donc peut-être pas très bon. J'ai pensé qu'il valait mieux la baigner après le petit déjeuner.

— Très bien. Mais elle ne m'a pas réveillé à 4 heures comme d'habitude. J'avais peur qu'elle soit malade.

— Oh, je suis désolée ! Je croyais vous l'avoir dit. Comme ils sont plus longs à digérer, les aliments solides permettent au bébé de dormir toute la nuit sans se réveiller.

— Cela suffit vraiment ? Je n'aurais jamais cru… Que lui avez-vous donné ?

— Hier soir, elle a mangé un peu de purée.

— Elle aurait pu s'étouffer !

— Les cuillerées étaient très petites, John. J'ai déjà nourri un bébé. Mais, si vous voulez que je l'emmène d'abord chez le médecin, je le ferai. C'est à vous de choisir.

— Non, je suppose que… Quand avez-vous prévu d'aller à l'épicerie ?

— Après le petit déjeuner et le bain de Betsy. J'ai présumé que le magasin n'ouvrait pas avant 8 heures.

— Son siège-auto est dans la voiture. Attachez-la bien, dit-il en reposant sa fille sur sa chaise haute. Soyez prudente. Ne conduisez pas trop vite.

— Entendu.

Il la fixa.

— Je me comporte comme un idiot ?

— Un tout petit peu, répondit Debra en souriant.

L'affection évidente qu'il portait à sa fille l'attendrissait. Elle lui pardonnait presque son attitude désagréable à son égard.

— Bon. Ramenez-la simplement saine et sauve à la maison.

— C'est promis.

John remonta sur son cheval pour rejoindre son équipe, mais ne parvint pas à oublier son inquiétude. C'était la première fois que quelqu'un d'autre que lui emmènerait Betsy quelque part.

Debra se sentait étrangement nerveuse tandis qu'elle conduisait la Cadillac Escalade pour se rendre à l'épicerie de Westlake. Elle n'était jamais montée dans un véhicule aussi luxueux. Cela lui semblait insensé que John ait acheté un 4x4 aussi onéreux pour la simple sécurité de Betsy.

Apparemment, l'épicier partageait son avis.

— J'ai eu du mal à y croire lorsque John a commandé cette voiture pour sa femme, dit Charlie. Ouais, ces engins-là coûtent une fortune !

— Il paraît. Mais tout ça c'est du passé.

— C'est à voir. Il pourrait encore la vendre pour régler certaines dettes.

— En tirerait-il un bon prix ?

— Certainement. C'est à peine s'il l'a conduite depuis la mort de sa femme.

— Peut-être se décidera-t-il à le faire. Merci de m'avoir aidée à porter les paquets.

— A votre service. Vous aviez déjà les mains prises avec les deux petits. Vous avez trouvé tout ce qu'il vous fallait ?

— Je crois. Quoi que Mme Richey ait fait, elle a en tout cas parfaitement bien approvisionné la cuisine.

— Détrompez-vous ! Ce n'est pas elle. John a embauché une gouvernante après leur mariage. Mme Richey y tenait. Mais elle était insatisfaite de son travail et l'a licenciée peu avant sa mort. Ça tombait bien d'ailleurs, car John n'avait plus les moyens de lui verser un salaire avec toutes les dettes qu'il avait contractées.

— J'espère qu'elle a trouvé une autre place.

— Sans aucun doute. Une bonne cuisinière trouve toujours du travail.

— Heureuse de l'entendre. Encore merci pour votre aide.

Les pensées se bousculaient dans la tête de Debra tandis qu'elle regagnait le ranch. Pourquoi John n'avait-il pas vendu l'Escalade ? Elizabeth n'était plus là pour s'en servir. Elle-même n'en avait pas besoin. Elle pourrait conduire le pick-up de John ou celui de Bill lorsqu'elle devrait se rendre à Westlake.

Cette excursion en ville avait été assurément fructueuse, pensa-t-elle en lorgnant le volumineux carton à l'arrière. John ne se formaliserait pas qu'elle ait acheté un parc pour Betsy, n'est-ce pas ? Après tout, la petite fille arrivait déjà à se hisser sur ses jambes, et elle apprendrait vite à marcher si elle disposait d'un endroit sûr pour essayer.

Dès qu'ils furent de retour au ranch, Debra entreprit de monter le parc de Betsy. Son fils croyait l'aider en lui passant les vis. Cela la ralentissait plutôt, mais il était important de développer la confiance en soi chez un enfant, même si cela exigeait un pieux mensonge et quelques sacrifices de temps en temps.

L'après-midi se passa tranquillement. Pendant que les deux enfants faisaient la sieste, elle entreprit de faire le ménage de la vaste maison. Puis, lorsqu'ils furent réveillés, ils s'attelèrent tous ensemble à la préparation des cookies.

Andy adorait confectionner des cookies avec elle. C'était un vrai moment de détente et de joie. Même Betsy était enthousiaste, mêlant ses cris à leurs rires. Pendant que les biscuits doraient dans le four, Debra s'assit pour lui parler, l'incitant à émettre des sons et à essayer de prononcer quelques mots.

Le plus facile était pa-pa. Debra doutait que le bébé sache qu'il désignait son père, mais elle pensait que cela ferait plaisir à John. Elle se souvenait clairement de la première fois où son fils l'avait appelée ma-man, et de la joie qu'elle en avait éprouvée.

Une fois les enfants baignés et couchés, elle commença à préparer le dîner, essayant de concocter des plats susceptibles de plaire à John. Ce qui n'était pas facile, étant donné qu'elle ne connaissait aucun de ses goûts.

Pourquoi ne cessait-elle de penser à cet homme ? Il la rendait folle. Elle n'était tout de même pas attirée par lui ? Elle compatissait juste à ses malheurs. Elle comprenait sa colère contre sa première femme — elle aussi en avait éprouvé envers Jeff. Mais maintenant elle en avait assez de souffrir. Elle allait se consacrer à son travail, aux deux enfants, et ne laisserait pas la mauvaise humeur de John l'empêcher de profiter de sa nouvelle existence…

3

— Betsy dort déjà ? demanda John avec irritation lorsqu'il rentra dîner ce soir-là.

— Oui, répondit Debra tandis qu'elle se dirigeait vers la cuisine. J'ai pensé qu'un horaire régulier serait bénéfique pour Andy et…

— Il ne s'agit pas de lui, mais de Betsy ! J'ai envie de la voir lorsque je reviens le soir !

Debra s'arrêta net et le regarda bien en face.

— Eh bien, dit-elle sèchement, voilà donc un autre mensonge.

Elle se dirigea vers la cuisine.

— De quoi parlez-vous ?

— Oncle Bill a dit que vous seriez un père pour Andy.

Bon sang, jamais il ne ferait de mal à un enfant ! songea John. Elle devait quand même l'avoir compris. Il était juste énervé — contre elle, surtout — et déçu. Depuis qu'il s'était remarié, le ranch tournait bien, mais il ne voyait presque plus sa fille. Il avait blessé Debra. Il devait s'excuser… Zut ! Il n'était pas doué pour ça, même si Elizabeth l'avait très souvent mis à l'épreuve. Au moment même où il allait se lancer, Debra lui décocha un regard aussi acéré qu'une lame de rasoir et s'éloigna.

Il s'excuserait plus tard. Ce qui comptait pour l'instant, c'était de voir Betsy. A l'étage, il constata que la petite fille dormait à poings fermés. Il lui caressa les cheveux et lui tapota le dos, mais, après plusieurs minutes, il comprit qu'elle ne se réveillerait pas. Il se contenta donc de l'embrasser sur la joue avant de redescendre se doucher. Tout le monde était déjà à table.

— Désolé, John, dit Bill d'un air inquiet. Debra nous a ordonné de commencer à manger.

— Pas de problème. Je voulais juste voir Betsy.

Les deux autres cow-boys lui firent bon accueil, mais il remarqua que la jeune femme restait silencieuse en lui passant les plats. Elle oublierait sa colère une fois qu'il se serait excusé.

Il attendit qu'ils aient tous fini le repas, y compris la tarte aux pommes. Il n'en avait jamais mangé de meilleure, mais s'était abstenu de tout commentaire, agacé par les éloges sans fin de Jess et Mickey.

Après leur départ, il resta assis à table sans bouger, pendant qu'elle empilait les assiettes.

— Vous avez besoin d'autre chose, monsieur Richey ?

Son ton cérémonieux le surprit.

— Pourquoi m'appelez-vous ainsi ?

— Ce n'est pas votre nom ? demanda-t-elle froidement.

Il ignora sa question.

— Je voulais m'excuser…

— Inutile. Vous avez été très clair.

Elle commença à charger le lave-vaisselle.

— Debra, arrêtez ! Je tiens à vous présenter mes excuses.

— Je regrette, mais j'ai beaucoup de travail et je suis fatiguée.

— Vous n'êtes pas Cendrillon, Debra !

— Bien sûr que non, je suis votre gouvernante.

— Vous êtes ma femme !

— Nous savons tous deux que ce n'est pas vrai. Maintenant, si vous permettez, je dois mettre une lessive en route.

Abandonnant la vaisselle, elle sortit de la cuisine. Il lui emboîta le pas.

— Je pourrai embaucher une gouvernante à l'automne.

Elle fit volte-face pour lui lancer un regard furieux, puis continua sa route vers la buanderie.

Qu'avait-il dit ? Il avait tenté de s'excuser, de lui proposer une trêve — et il n'avait réussi qu'à la mettre encore plus en colère. Pourquoi serait-elle mécontente qu'il engage une gouvernante ? Elizabeth avait insisté pour en avoir une.

Et pourquoi l'appelait-elle M. Richey ? Ils étaient mariés. Malgré sa réticence, il s'était quand même présenté avec elle devant le révérend pour échanger des vœux, non ? Visiblement, cela ne représentait rien pour elle.

John retourna dans la cuisine boire un autre café. Debra l'avait tellement énervé qu'il ne fermerait probablement pas l'œil de la nuit de toute façon. En tout cas, il était sûr d'une chose : cette femme le rendrait peut-être fou, mais ni elle ni son fichu horaire ne l'empêcheraient de voir sa fille. Demain, il rentrerait tôt.

Debra arrêta son oncle avant qu'il ait pu partir.

— Je peux te parler une minute, oncle Bill ?

— Ecoute, ma belle, je sais que John ne se comporte pas en bon mari pour l'instant, mais il va s'améliorer.

Elle l'interrompit d'un geste.

— Je ne veux pas discuter de ça avec toi. J'ai conduit l'Escalade pour aller à l'épicerie ce matin. Charlie a dit que John pourrait en tirer beaucoup d'argent s'il la vendait. Je me demandais pourquoi il ne l'avait pas fait. Cet argent serait certainement utile pour le ranch. John pourrait même engager un autre cow-boy pour l'aider.

Bill écarquilla les yeux.

— Tu es sérieuse ?

— A quel sujet ?

— Tu ne demandes rien pour toi ? Tu comprendrais s'il dépensait cette somme pour le ranch ?

— La voiture ne m'appartient pas. Et je peux très bien

conduire ton pick-up pour aller en ville si nécessaire, n'est-ce pas ?

— Bien sûr. C'est formidable, Debra. Je meurs d'impatience de rapporter tes paroles à John.

— Non ! Je t'interdis de mentionner mon nom. C'est toi seul qui as eu cette idée.

— Mais, Debra…

— Non, oncle Bill. Tu me dois au moins ça.

Si John décidait d'embaucher la gouvernante tout de suite au lieu d'attendre l'automne, eh bien, tant pis ! Andy et elle dénicheraient bien un autre endroit où aller. Après tout, Charlie n'avait-il pas affirmé qu'une bonne cuisinière trouvait toujours du travail ? Elle sentit son cœur se serrer à cette pensée. C'était pourtant impossible qu'elle ait déjà commencé à s'attacher à ce ranch… ou à cet homme !

Envahi par un sentiment de culpabilité, Bill passa un bras autour de ses épaules.

— C'est vrai, ma belle, je te suis redevable. D'accord, je ne dirai rien à ton sujet, mais John devrait savoir que cette idée vient de toi, et que tu n'as pas cherché à en tirer avantage.

— Non. Ça n'a aucune importance.

Il essaya de la convaincre, mais Debra leva la main.

— Je suis fatiguée, et je monte me coucher.

— Très bien, ma belle. Merci encore.

Après le départ de sa nièce, Bill resta debout dans le vestibule à s'interroger sur ce qu'il devait faire. Il décida d'en parler à John demain matin et de lui dire que cette idée lui était venue pendant la nuit. Ce dernier serait trop soupçonneux s'il rentrait lui en parler maintenant. Et il avait fait une promesse à Debra.

Lorsque John arriva dans la cuisine le lendemain matin, il fut surpris de trouver sa fille sur la chaise haute.

— Bonjour, ma chérie, dit-il aussitôt.

Mickey et Jess étaient déjà attablés.

— Oh ! tu n'as pas besoin de baratiner Debra. Elle a déjà préparé le petit déjeuner, plaisanta le premier.

La jeune femme ne dit rien, gardant le dos ostensiblement tourné.

— Je m'adressais à Betsy, se hâta de rectifier John. Elle n'a pas déjeuné avec nous depuis… euh… l'arrivée de Debra.

La jeune femme déposa rapidement une assiette d'œufs brouillés sur la table et déclara d'un ton sec :

— Vous devriez donner à Betsy ses céréales. Faites juste attention à ne pas trop remplir la cuillère.

Puis elle se retourna vers le plan de travail.

— Vous vous êtes levée du pied gauche, Debra ? demanda Mickey. Oh, peut-être devrais-je poser cette question à John, ajouta-t-il avec un petit rire.

Une fois encore, Debra choisit de faire la sourde oreille. Bill entra alors précipitamment.

— Désolé d'être en retard… Que se passe-t-il ? s'enquit-il, remarquant soudain l'atmosphère pesante de la pièce.

— Euh… rien, dit Mickey avant de se pencher vers lui. Je crois qu'ils se sont disputés, expliqua-t-il à voix basse.

Bill s'approcha de John.

— Est-ce que Debra et toi vous êtes querellés ?

— Non, pourquoi… Betsy, non ! s'écria-t-il en voyant la petite fille agripper la cuillère et déverser son contenu sur sa tablette et sur elle-même.

— Je ferais peut-être mieux de la nourrir pendant que vous prendrez votre petit déjeuner, dit Debra d'une voix calme.

— Non, je vais le faire, insista-t-il.

Cependant que les cow-boys quittaient la cuisine, elle resta alors à l'observer, tandis qu'il s'efforçait de faire ingurgiter des céréales à sa fille. Après quelques minutes, il leva les yeux.

— J'ai l'impression que je n'arrive pas à en mettre beaucoup dans sa bouche.

— Je finirai de la nourrir, si vous voulez.

— Merci.

John attrapa son chapeau et sortit en hâte, sans ajouter qu'il espérait voir Betsy au dîner ce soir-là. Au cours de la nuit blanche qu'il venait de passer, il s'était rendu compte qu'une longue journée pouvait être fatigante pour un bébé. Mais il était content que Debra ait compris qu'il était important pour lui de voir sa fille au moins une fois par jour.

Peut-être que les choses allaient s'arranger, finalement.

Betsy protesta lorsque son père quitta la pièce. Debra se précipita pour la consoler et l'aider à boire son lait.

— Tout va bien, ma chérie. Il progressera avec la pratique. A présent, laisse-moi te donner un peu de bouillie avant qu'elle refroidisse.

Après avoir nourri et changé la petite fille, elle réveilla Andy pour lui donner son petit déjeuner. Puis elle mit une lessive en route. Elle fut surprise lorsque le téléphone sonna au milieu de la matinée. Après une hésitation, elle décida de prendre l'appel.

— Allô ! Vous êtes la gouvernante ? demanda une voix féminine au bout du fil.

— Euh… oui.

— Oh, parfait ! Je me demandais si vous travailliez encore là-bas. C'est Adèle, du Centre de secours de Westlake. Nous tiendrons bientôt notre kermesse annuelle. Ce sera l'occasion de vendre tout ce qui vous encombre ou que vous aurez confectionné spécialement, confitures, couvre-lits, ce genre de choses… Dix pour cent de ce que vous vendrez ira au Centre de secours. Nous essayons d'acheter un nouveau camion de pompiers, vous savez.

Debra l'ignorait.

— Quand aura-t-elle lieu, Adèle ?

— Dans un mois, le 12 avril. Je sais que je ne devrais pas vous solliciter, mais j'espère que votre patron vous permettra d'apporter quelques toilettes d'Elizabeth. J'étais loin d'être une de ses admiratrices, mais elle avait un goût exquis.

— Je ne manquerai pas de le lui demander.

— Oh, merci ! Présentez-vous chez Mme Jones avant 8 heures, c'est tout.

— Je ne sais pas qui est Mme Jones, s'empressa-t-elle de dire avant que la femme puisse raccrocher.

— Demandez simplement autour de vous. Tout le monde la connaît.

Il y eut aussitôt un clic, et la ligne fut coupée. Cette conversation ouvrit à Debbie de nouvelles perspectives. Elle se dirigea vers le dressing d'Elizabeth. Pourquoi John avait-il conservé ces vêtements ? Etait-il trop déprimé ou trop occupé pour s'en débarrasser ? Il devait sans doute encore éprouver des sentiments pour elle, malgré la façon dont elle s'était comportée.

Debra s'y connaissait assez pour identifier certaines griffes de grands couturiers sur les tenues qui remplissaient la penderie. John pourrait probablement gagner une coquette somme d'argent en les vendant. Mais elle savait d'instinct qu'il ne le ferait pas. Il était trop fier.

Elle réfléchit ensuite aux articles « faits maison » qu'elle pourrait vendre à la kermesse. Les dessus-de-lit en patchwork étaient la meilleure option. Sa grand-mère lui avait appris à assembler des morceaux de tissu les uns aux autres lorsqu'elle était enfant.

Dans l'un des placards du vestibule, elle trouva une machine presque neuve, ainsi qu'un sac rempli de chutes de tissus. Sans doute Elizabeth avait-elle eu l'intention de faire un patchwork ? Ravie de sa trouvaille, elle transporta la machine et le tissu dans la cuisine. Son moral remontait en flèche.

— C'est quoi, maman ? s'enquit Andy, qui l'avait suivie.

— Une machine à coudre.

— Elle sert à quoi ?

Debra ne put s'empêcher de sourire.

— Je fabrique des vêtements grâce à elle. Et je peux réparer les trous dans les tiens.

— Je peux la faire marcher ?

— Pas encore. Quand tu seras plus grand, tu pourras si tu veux. Ce sont surtout les femmes qui s'en servent, ajouta-t-elle en poussant un profond soupir. Je crois que c'est l'heure de *Sesame Street*. Tu veux regarder ?

— Oh ! oui.

Vers la fin de la journée, elle avait élaboré des patrons pour les courtepointes en patchwork qu'elle avait l'intention de confectionner. Elle vendrait toutes celles qu'elle arriverait à terminer avant la kermesse et mettrait l'argent de côté. Ainsi, elle aurait de quoi subsister une fois que John aurait embauché une gouvernante.

L'après-midi suivant, elle laissa Betsy faire une sieste prolongée, afin qu'elle puisse dîner avec son père. Andy, qui avait peu dormi, se coucha tôt.

Elle fixa une barrette dans les boucles soyeuses de Betsy pour les retenir.

— Très bien, petite fille. Te voilà toute belle pour ton papa. Maintenant je vais te mettre dans ton parc pendant que je finis de préparer le repas.

Betsy leva les bras en appelant « ma-man ». Debra essaya de ne pas lui prêter attention, en vain.

— D'accord ! Et si je t'asseyais sur ta chaise haute pour attendre le retour de ton papa ?

Aussitôt, le bébé articula « pa-pa », les yeux rivés sur la porte.

Juste au moment où Debra posait le repas sur la table, elle entendit les cow-boys rentrer. Tous, à l'exception de John, prenaient à présent leur douche dans le bâtiment-dortoir. Ils se présentaient maintenant propres pour dîner.

Mais où était John ? Dès que son oncle entra dans la cuisine, elle lui posa la question.

— Il ne s'est pas arrêté ici ? Il a dit qu'il te préviendrait qu'il arriverait en retard.

Sous le regard insistant des trois hommes, elle mentit.

— Oh, oui… j'avais oublié.

Elle remplit une assiette, qu'elle recouvrit d'un film plastique.

— Je peux vous apporter autre chose ? leur proposa-t-elle.

— Tu ne manges pas, ma belle ? demanda Bill.

— Je le ferai plus tard. Pour l'instant, il faut que je nourrisse Betsy.

La petite fille se remit à babiller tout en mangeant. Plusieurs fois, elle dit « pa-pa », ce qui intrigua les vachers.

— Elle appelle son père ? s'enquit Jess.

— Je crois. J'espère qu'il sera content.

— Ça ne vous dérangera pas de cuisiner pour un autre cow-boy ? demanda Mickey, le visage soucieux.

— Un autre cow-boy ?

— Oui, le patron vient de l'engager… Nous pouvons commencer à faire notre propre cuisine, si nécessaire, ajouta Jess en guettant sa réaction.

— Ne soyez pas ridicule, Jess. C'est aussi facile de préparer à manger pour cinq que pour quatre. Cela ne posera aucun problème. C'est mon travail.

Un grondement de moteur attira alors leur attention. Par la fenêtre, Debra vit l'Escalade s'immobiliser devant la maison. Avant d'avoir pu réagir, elle entendit une portière claquer et le 4x4 repartir. Elle fixait la porte lorsque celle-ci s'ouvrit pour livrer passage à John.

— Désolé d'être en retard, dit-il en lui jetant un regard.

Elle réchauffa aussitôt son assiette, la posa devant lui, puis se tourna vers le bébé.

— Betsy, tu as dit bonjour à ton papa ?

La petite fille commença à agiter le bras tout en scandant « pa-pa ». John, qui s'apprêtait à prendre sa fourchette, suspendit son geste pour fixer sa fille.

— Elle dit… papa ?

— Oui, je crois, répondit Debra d'un air dégagé.

Tous les cow-boys entreprirent alors de parler à Betsy, la félicitant et l'encourageant à prononcer d'autres mots.

Un peu perdue face à tous ces hommes, la petite fille fit soudain la moue.

— Je pense que votre enthousiasme l'a effrayée, expliqua Debra aux hommes, qui se turent illico. Betsy, tu as dit bonjour à papa ? répéta-t-elle en voyant la petite fille babiller de nouveau.

Elle rapprocha son siège de la chaise haute.

— Je vais la nourrir pendant que vous dînerez… si vous voulez bien, ajouta-t-elle, incertaine de la réaction de John.

— Vous ne mangez pas ?

— Je l'ai déjà fait, mentit-elle, en commençant à donner à Betsy le reste de son repas.

— Où est Andy ? s'enquit-il subitement.

— Il est couché, répondit-elle, surprise.

— Nous ne l'avons pas revu depuis votre arrivée ici, remarqua Jess, l'air perplexe.

— Ce n'est pas bon pour lui de veiller aussi tard pour dîner.

— Tu prépares donc deux repas tous les soirs ? s'étonna Bill.

Debra esquiva leurs regards inquisiteurs.

— Ce n'est pas la mer à boire.

— Ne vaudrait-il pas mieux qu'Andy mange avec nous ? demanda John.

— Non, je ne crois pas.

Elle n'allait pas laisser son fils s'attacher à un foyer, sachant maintenant qu'il n'était que temporaire. Elle ne voulait pas le voir souffrir, il était encore très petit.

— Moi je crois qu'il doit apprendre à nous connaître.

Elle perçut de l'obstination dans sa voix.

— Nous en discuterons plus tard, John.

— Hé, les gars, une conversation sur l'oreiller ! proclama Mickey avec enthousiasme.

— Reprendrez-vous un peu de sauce et de pommes de terre, Mickey ? proposa-t-elle, dans l'espoir que la nourriture distrairait l'attention du jeune vacher.

— Très volontiers, s'il vous en reste. J'ai vraiment une faim de loup ce soir !

Jess lui donna une tape amicale dans le dos.

— Tu as toujours faim, Mickey.

— Hé, je suis encore en pleine croissance !

— Si tu continues à te goinfrer comme ça, John devra te réclamer un supplément pour la nourriture, plaisanta Jess.

Debra soupira, soulagée d'avoir échappé à leurs questions. Jusqu'à ce qu'elle croise le regard bleu perçant de John. Elle se sentit parcourue d'un long frisson. Il fallait qu'elle l'ignore. Ce qui n'était pas facile, car il semblait dominer la pièce par sa présence. Comment détourner son attention ?

— Vous avez engagé un autre cow-boy ? demanda-t-elle.

John se raidit.

— Comment le savez-vous ?

— Les autres en ont parlé, répondit-elle en le fixant à son tour. Comptiez-vous attendre qu'il apparaisse un beau matin pour me prendre au dépourvu ?

— Non, je comptais parler de ces changements domestiques en privé.

— Je pense avoir déjà tout prévu, hormis la date. Quand arrivera-t-il ?

— Il emménage dans le bâtiment-dortoir ce soir. Il sera là pour le petit déjeuner demain matin.

— Très bien. Je vais augmenter la quantité de nourriture.

— Ce n'est pas vraiment nécessaire, Debra, dit Jess. Nous pourrions tous manger un peu moins au petit déjeuner maintenant que nous prenons aussi un déjeuner, ajouta-t-il avec un sourire triste.

— Hé ! protesta Mickey, parle pour toi !

— Ce n'est pas le moment de discuter de ça ! tonna John.

Debra ne cilla même pas, mais les cow-boys sursautèrent.

— Entendu, patron, dit Jess. Euh… merci pour le dîner, Debra.

Il quitta précipitamment la table, talonné par Mickey.

— John, pourquoi hurles-tu après tout le monde ? demanda Bill.

— J'essaie d'avoir une conversation avec ma femme, mais chacun semble croire qu'il a le droit de s'ingérer dans mes affaires, répondit-il d'un ton furieux.

— Tu parles de moi ? s'indigna Bill. Je suis le régisseur de ce ranch. Je suis censé savoir tout ce qui s'y passe.

John souffla bruyamment. Sa subite colère venait de retomber d'un coup.

— Je ne voulais pas… Je pensais qu'il valait mieux informer Debra seul à seul, car j'ai vendu le 4x4 qu'elle était censée avoir à sa disposition.

— Bon sang, mon vieux, c'est elle qui a eu cette idée !

Debra vit l'effarement se peindre sur le visage de son oncle tandis qu'il se rendait compte qu'il venait de trahir sa promesse. Elle continua à nourrir Betsy sans se préoccuper des deux hommes, feignant de n'avoir rien entendu.

— De quelle idée parles-tu ? s'enquit John.

— Je t'ai menti… à sa demande. Elle craignait que tu rejettes cette excellente idée parce qu'elle venait d'elle. Mais tu devrais au contraire la remercier pour ça.

John la fixa.

— C'était votre idée ? Pourquoi ?

— Je pensais que cela vous permettrait de recruter un saisonnier pour le vêlage.

— Je n'ai pas besoin de votre pitié.

— Vous allez donc scier la branche sur laquelle vous êtes assis, juste pour me contredire ? demanda-t-elle, impassible.

— Absolument pas ! Le nouveau cow-boy sera là demain pour le petit déjeuner. Soyez prête !

Il se leva pour partir, mais un mot l'arrêta net : « Pa-pa ! » Debra le vit alors se métamorphoser complètement et se diriger vers la chaise haute pour en extirper sa petite fille.

— Désolé, ma chérie, papa a oublié, murmura-t-il en cajolant Betsy, qui commençait à se tortiller.

— Je crois que je devrais…

— Non, c'est mon enfant. Je peux m'en occuper.

— Bien sûr, dit Debra.

Elle l'observa du coin de l'œil, sachant ce que la petite fille se préparait à faire. John plissa soudain le nez tandis qu'une odeur bien définissable s'élevait de la couche de Betsy.

4

Debra regarda John, sans rien dire.

— Je vais m'en occuper, répéta-t-il en emportant sa fille hors de la cuisine pour monter avec elle à la nursery.

Jeff, son premier mari, n'avait pas connu Andy, mais elle avait entendu les serveuses du restaurant Chez Joe se plaindre que leurs époux refusaient de changer les couches de leur bébé. John au contraire, malgré toutes les charges qui pesaient sur ses épaules, tenait à s'occuper de sa fille. Elle l'admirait pour cela.

Tandis qu'elle rangeait la cuisine, elle pensa à la manière dont elle allait organiser son emploi du temps, avec cette nouvelle bouche à nourrir et les courtepointes à confectionner pour la kermesse. Elle décida de demander à chaque cow-boy d'apporter ses vêtements sales un jour précis, afin de pouvoir maîtriser la quantité de linge à laver.

Les cow-boys étaient en train de regarder la télévision dans le salon. Elle attendit un intermède publicitaire pour expliquer son plan et assigner à chacun un jour de lessive. Alors qu'elle se dirigeait vers la cuisine, elle aperçut John qui redescendait, manifestement irrité. Une fois de plus…

— Il y a un problème, John ? Est-ce que Betsy…

— Elle va bien, répondit-il en indiquant la cuisine de la tête.

Visiblement, ce qui le contrariait ne pouvait être révélé

à portée de voix de ses employés. A contrecœur, elle le précéda dans la cuisine.

— Qu'y a-t-il ?

— Vous avez nettoyé ma chambre !

— Et alors ?

— Je croyais vous avoir interdit d'y entrer !

— Jamais je n'y entrerai quand vous serez à l'intérieur, si c'est ce que vous craignez.

— Je ne crains rien ! Je veux simplement que vous respectiez mon intimité !

— Je suis gouvernante. Je refuse de voir ma réputation ternie parce que vous aimez vivre dans la crasse. Votre salle de bains n'avait pas été récurée depuis des mois !

— Je ne crois pas que votre réputation en pâtira. Et vous avez assez à faire avec les deux enfants, la lessive et la cuisine.

— Parfait !

— Parfait ! répéta-t-il en quittant la pièce.

Debra sortit la machine à coudre et commença à assembler quelques carrés de tissu, s'efforçant d'évacuer sa colère de façon constructive. Le ronronnement finit par l'apaiser un peu et elle put se mettre à réfléchir rationnellement. Elle continuerait à s'occuper de la chambre de John, mais se débrouillerait pour qu'il n'en sache rien. Il suffirait qu'elle ne fasse pas son lit. Elle lui avait mis des draps propres aujourd'hui, et il dormirait sans doute mieux. Mais, bien sûr, il ne l'admettrait jamais.

Bill entra pour lui souhaiter bonne nuit. La voyant coudre, il voulut savoir ce qu'elle confectionnait.

— Une courtepointe en patchwork, oncle Bill. J'en faisais avant avec grand-mère.

— Hé, tu as raison ! J'en possède une que maman m'avait envoyée. J'avais oublié sa provenance. Pour qui est celle-ci ?

— Pour la kermesse du Centre de secours de Westlake. Je pourrai ainsi gagner un peu d'argent pour plus tard.

— John t'en donnera, ma belle. Tu travailles assez pour ça.

— Non, je ne veux pas de son argent. Je gagnerai le mien. Bonne nuit, oncle Bill.

Elle avait pensé lui faire promettre de ne pas parler de son projet à John, mais elle se rappela l'épisode du 4x4. Elle décida donc de ne pas s'appesantir sur le sujet. Elle l'avait juste lâché en passant et, avec un peu de chance, son oncle l'oublierait.

En voyant John revenir dans la pièce quelques minutes plus tard, Debra soupira. Les enfants étaient bien plus faciles que les adultes !

— Que faites-vous ?

— Une courtepointe.

— On n'en a pas besoin.

— John, j'ai fait la cuisine et la lessive, la maison est propre et les enfants dorment. S'il faut que je fasse autre chose, je m'exécuterai. Sinon, je ferai ce qui me plaît, en l'occurrence une courtepointe. D'accord ?

— Je ne vous critiquais pas, Debra.

— Bien, conclut-elle en remettant la machine en marche.

John resta là à la regarder, et elle sentit son regard la transpercer tandis qu'elle continuait à coudre. Lorsqu'il sortit enfin de la cuisine, sans ajouter un mot, elle poussa un soupir de soulagement.

Le lendemain matin, après le petit déjeuner et la présentation de Darrell, le nouveau cow-boy, John et son régisseur partirent à cheval ensemble.

— Excellent, le petit déjeuner de ce matin ! J'adore les crêpes ! s'exclama ce dernier.

— Oui, mais tu n'as pas trouvé Debra un peu pâle ?

Bill le regarda d'un air circonspect.

— Tu te plains du petit déjeuner ?

— Grands dieux, non ! Il était délicieux. Mais Debra ne semblait pas aussi… dynamique que d'habitude.

— Peut-être qu'elle a veillé tard pour coudre cette courtepointe.

— C'est possible… J'ai remarqué que tu avais apporté un gros sac de vêtements sales ce matin. Tu cherches à la surmener ?

— Non, tu n'es pas au courant ? Oh, je suppose que tu étais à l'étage avec Betsy. Debra a attribué à chacun de nous un jour pour apporter notre linge. Cela lui évite de le trier tout en lui permettant de réguler les lessives. J'ai trouvé que c'était plutôt astucieux de sa part.

— Oui, j'imagine. Quel est mon jour ?

— John, tu es son mari et le patron. Tu peux faire laver tes vêtements quand tu veux.

— Elle a nettoyé ma chambre hier, dit John abruptement. Et je lui ai interdit de recommencer.

— Tu es fou, mon vieux ? Elle est censée le faire. C'est ta femme !

— Je peux m'en charger moi-même.

— Oh, tu n'en fais donc pas assez en selle toute la journée ?

— Si, mais…

— Tu scies la branche sur laquelle tu es assis ! cria Bill.

— C'est aussi ce que Debra a dit.

— Vraiment ? Elle a raison. C'est une expression que ma mère utilisait souvent, et elle aussi avait raison. Tu ne laisses aucune chance à Debra. Elle fait tout ce que tu lui as demandé et tu continues à te plaindre.

John baissa la tête. Bill disait vrai. Debra dépassait de loin ses attentes. Elle travaillait dur, cuisinait bien, se montrait parfaite avec Betsy et… ne lui avait rien réclamé. Alors, pourquoi se plaignait-il ?

En réalité, il avait peur de s'attacher, de se rendre vulnérable. Il détestait s'avouer cela. Il s'était toujours cru capable de dominer n'importe quelle situation. Mais il se sentait sans défense devant une femme.

Après seulement quatre jours de sa nouvelle vie, Debra s'était organisé un emploi du temps bien réglé, ce qui rendait tout beaucoup plus facile. Le fait de disposer d'une journée entière pour accomplir son travail lui semblait merveilleux. Elle reconnaissait volontiers que sa vie était bien plus agréable ici, au Wyoming, qu'elle ne l'avait été au Kansas. A tel point que, lorsqu'elle partirait de chez John, elle chercherait peut-être une place de gouvernante dans le Wyoming — si possible pas trop loin du ranch pour pouvoir rendre visite à Betsy.

Ce serait difficile pour elle de quitter la petite fille… Et John ? Elle devait admettre qu'elle éprouvait, malgré elle, de l'attirance pour lui. C'était un homme séduisant, à la carrure puissante et aux traits harmonieux. Un vrai cow-boy. Mais ce qui lui plaisait surtout chez lui, c'était la manière dont il plissait les yeux en souriant. S'ils pouvaient repartir de zéro, se marier normalement, elle sentait qu'elle aurait pu être la plus heureuse des femmes.

A cette pensée, elle se sentit rougir d'embarras. S'imaginer dans les bras de John, sa peau frôlant la sienne, était parfaitement incongru et n'entrait pas dans leur accord de mariage. Ce qui valait mieux, d'ailleurs, car il comptait se débarrasser d'elle à l'automne.

Cet après-midi-là, elle passa du temps à jouer avec les deux enfants sur le tapis du salon. Andy apprenait à marcher à quatre pattes à Betsy, qui se révélait plutôt douée. Dès qu'Andy se mettait à quatre pattes, elle se mettait derrière lui et le suivait à travers la pièce. Ces moments passés avec Andy et Betsy étaient l'un des meilleurs aspects de sa nouvelle vie. A Kansas City, elle était tout le temps fatiguée et avait rarement le temps de jouer plus d'une heure avec Andy. A l'heure du dîner, ce dernier se montra grognon.

— Je voudrais dîner avec tous les autres, comme Betsy. Pourquoi je ne peux pas, maman ?

Debra soupira. Elle avait redouté qu'il se plaigne de se coucher trop tôt.

— Je pense simplement que c'est mieux ainsi, mon chéri.

— S'il te plaît, maman ?

Elle finit par céder.

— D'accord, nous ferons un essai ce soir. Mais, si tu te fatigues trop, tu devras recommencer à te coucher de bonne heure.

— C'est promis, maman ! affirma-t-il en l'étreignant. Je pourrai m'asseoir à côté de John ?

— Je crois que tu seras placé entre oncle Bill et moi.

— Mais j'aimerais…

— Andy !

— D'accord, maman, dit-il, résigné.

Le voyant se tourner docilement vers la télévision, Debra se dirigea vers la cuisine.

Elle avait presque fini de préparer le dîner lorsqu'elle entendit un moteur démarrer dehors. Par la fenêtre, elle vit Bill s'éloigner à toute vitesse dans sa camionnette.

Qu'est-ce qui pouvait bien l'obliger à partir juste avant le dîner ? Elle espérait que ce n'était rien de grave.

Dès qu'elle entendit la porte de derrière s'ouvrir, elle se précipita dans le vestibule, impatiente de savoir ce qui se passait. Ce ne fut pas John qui franchit le seuil. Mais seulement Mickey, Jess et Darrell.

— Où sont John et Bill ?

— Euh… Ne vous affolez pas, Debra, répondit Mickey.

— A quel propos ?

Jess s'avança d'un pas.

— John est tombé de cheval.

— John ? Comment est-ce arrivé ?

— Son cheval a été surpris par un serpent.

— Il est blessé ?

Jess hocha la tête en la scrutant, comme s'il craignait qu'elle éclate en sanglots.

— On pense qu'il s'est cassé la jambe, c'est tout. Mickey a un peu dramatisé.

— Bill l'a donc emmené chez le médecin ?

— C'est exact. Ils devraient revenir bientôt.

— Merci, Jess, et à vous aussi, Mickey. Entrez, le dîner est prêt, ajouta-t-elle avec un sourire contraint.

Elle s'efforçait de parler d'une voix normale, alors que toutes ses pensées étaient tournées vers John. Souffrait-il vraiment beaucoup ? Elle était à deux doigts de fondre en larmes, mais pour rien au monde elle ne se serait laissée aller devant les cow-boys.

— Comment s'est passée votre première journée, Darrell ? demanda-t-elle.

— Très bien, madame Richey.

— Appelez-moi Debra. Excusez-moi un moment. Je vais chercher les enfants. Ils mangent tous deux avec nous ce soir.

Elle fit entrer Andy dans la pièce, en portant Betsy sur l'autre bras.

— Messieurs, voici mon fils, Andy. Il a trois ans, et il adore les cow-boys. Et, bien sûr, vous connaissez tous Betsy.

Les vachers saluèrent tous le petit garçon, qui restait cramponné à la main de sa mère.

— Chéri, va t'asseoir à côté de Jess, près de la chaise haute de Betsy.

Andy jeta un coup d'œil circulaire.

— Où est John ? Et oncle Bill ?

Les trois hommes la regardèrent.

— Euh…, bredouilla-t-elle, ils ont dû partir faire une course.

Elle jugeait inutile d'inquiéter son fils avant d'en savoir plus. Tandis qu'il s'asseyait à la place indiquée, elle installa Betsy sur sa chaise haute. Puis elle commença à servir le dîner. Tout en nourrissant la petite fille, elle garda un œil rivé sur la fenêtre.

— Je suis sûr que Bill et le patron arriveront bientôt, dit Jess, qui avait remarqué son anxiété.

— Je pense que…

La sonnerie du téléphone l'interrompit. Elle se leva d'un bond pour y répondre.

— Allô, Debra ? C'est Bill.

— Comment va John ?

— Les garçons t'ont raconté, je suppose. Il va se rétablir, mais comme il a de multiples fractures à la jambe il devra rester alité un moment. Le problème, c'est qu'ils manquent de personnel ici pour le prendre en charge. Le toubib a dit que, si tu peux t'en occuper et l'empêcher de marcher, il ne sera pas obligé de partir à l'hôpital. Sa jambe est tout enflée, et on ne pourra la plâtrer que dans deux ou trois jours, le temps qu'elle dégonfle.

— Bien sûr que je peux m'occuper de lui, Bill. Ramène-le à la maison tout de suite.

— Tu es sûre ? Il peut se montrer hargneux lorsqu'il est blessé.

— Tu crois vraiment que je remarquerai la différence ? demanda-t-elle avec un sourire amer.

Bill marqua un silence.

— Bon… D'accord, nous serons là dans une demi-heure environ. Demande aux gars d'attendre pour pouvoir m'aider à le transporter dans son lit.

— Entendu.

Après avoir raccroché, elle se tourna vers les cow-boys pour les informer des plans de Bill. Ils acceptèrent immédiatement.

— Vous voulez bien surveiller les enfants une minute ? Il faut que je prépare la chambre de John avant leur arrivée.

Mickey consentit à essayer de nourrir Betsy.

Debra se dirigea à toutes jambes vers la chambre de John. Elle arrangea les draps qu'elle avait changés la veille. John ne devait pas porter de pyjama — du moins, elle n'en avait jamais lavé. En fouillant rapidement dans la commode, elle en découvrit un dans le tiroir du bas. Elle le posa sur le lit, ainsi qu'un T-shirt. Puis elle se hâta de retourner dans la cuisine pour relayer Mickey et surveiller Andy. Tous venaient de terminer leur repas lorsqu'ils entendirent le pick-up de Bill revenir. Les trois hommes sortirent pour l'aider à transporter le blessé.

— Maman, qu'est-il arrivé à John ? demanda Andy.

— Il est tombé de cheval, trésor, et s'est cassé la jambe.

— Ça fait mal ?

— Oui, très. A présent, monte vite mettre ton pyjama. Je viendrai te border dès que je pourrai.

— Mais je n'ai pas pris mon bain, maman !

— Je sais, mais on va s'en passer ce soir. D'accord ? Maintenant, il faut aussi que je couche Betsy. Allez, file !

Après avoir bordé la petite fille dans son berceau, Debra fit un saut dans la chambre de son fils pour l'embrasser et lui demander de se mettre au lit.

Les cow-boys étaient juste en train de transporter leur patron dans sa chambre, lorsqu'elle redescendit. Elle se faufila pour rabattre les couvertures. John gémissait et paraissait assommé par les médicaments. Il ne sembla même pas s'apercevoir de sa présence.

— J'ai pensé que ce serait bien qu'il revête un bas de pyjama et un T-shirt. Ne serait-il pas plus à l'aise ? demanda-t-elle.

— Probablement, répondit Bill. Mais il risque de se mettre à jurer si on tente de le déshabiller.

— J'ai déjà entendu jurer, oncle Bill.

— Je ne crois pas que tu devrais rester là, murmura-t-il.

— A ton avis, qui va s'occuper de lui pendant la journée ? Toi et les autres serez dehors à vous décarcasser pour essayer de le remplacer.

— Tu as raison… Essaie de bouger sa jambe le moins possible. L'attelle ne la maintient pas très bien.

— Avez-vous besoin de nous pour ça, Bill ? s'enquit Jess.

— Euh… non, Debra et moi nous débrouillerons. Merci pour votre aide.

Aussitôt les cow-boys partis, Debra se tourna vers son oncle.

— Je vais lui enlever son jean pendant que tu le soulèveras du lit. Nous devons agir vite pour minimiser sa douleur.

— D'accord. Allons-y ! dit-il en se penchant pour passer les mains sous la taille du blessé.

Debra défit la fermeture Eclair et abaissa le jean jusqu'aux hanches, avant de le faire glisser avec précaution le long des jambes. Un gémissement l'informa que cette manœuvre avait été un peu douloureuse. Mais elle avait réussi. Ils lui enfilèrent ensuite l'ample bas de pyjama.

— Peut-être vaudrait-il mieux lui laisser sa chemise jusqu'à son réveil pour qu'il puisse nous aider à lui mettre le T-shirt ? suggéra Bill.

— Bonne idée. Où sont ses antalgiques ? Peut-il en prendre maintenant ?

Elle attendit que son oncle déloge le flacon de sa poche pour lire l'ordonnance.

— Toutes les quatre heures ? Je suppose qu'on lui en a donné avant qu'il quitte le cabinet du médecin.

— Oui, vers 7 h 30. Il ne peut donc plus en reprendre avant 11 h 30. Tu seras endormie depuis longtemps, mais je suis sûr qu'il peut tenir jusqu'à demain matin. As-tu encore besoin de moi ? demanda-t-il en faisant un pas vers la porte.

— Non, mais j'ai mis ton dîner de côté, si tu le veux. Il est dans le réfrigérateur.

— Merci, ma belle. Je meurs de faim.

Une fois seule avec John, Debra glissa deux oreillers sous sa jambe pour la surélever un peu. Puis elle remonta le drap et la couverture sur lui. Avant de quitter la pièce, elle éteignit la lumière dans l'espoir qu'il puisse dormir un peu.

Voilà qu'elle se retrouvait avec trois enfants sur les bras ! John serait aussi désarmé que sa fille, et probablement beaucoup plus grognon. Mais elle aurait au moins une chance d'apprendre à le connaître.

Résolue à veiller jusqu'à 11 h 30 pour pouvoir lui donner d'autres calmants, elle s'installa dans la cuisine et se remit à coudre une courtepointe.

Trois heures plus tard, elle alla voir John, un verre d'eau et deux comprimés à la main. Il gémissait et s'agitait, essayant de trouver une position confortable.

Elle s'assit sur le bord du lit et posa la main sur son torse.

— John, réveillez-vous ! J'ai des antalgiques pour vous.

— J'ai mal ! marmonna-t-il.

— Je sais, dit-elle d'un ton apaisant. Si vous pouvez vous soulever sur les coudes, je vous donnerai les cachets avec un verre d'eau. Allez, John !

Après avoir réussi à les lui faire avaler, elle se rassit à côté de lui, jusqu'à ce que le médicament fasse effet. Il était si beau lorsqu'il était détendu ! De la main, elle lui effleura le front, puis dessina le contour de sa mâchoire volontaire avant de remonter vers sa bouche. Elle s'attarda sur ses lèvres, fermes et rosées, luttant contre l'envie de voir quel goût elles avaient.

A regret, elle se leva en soupirant, puis, après lui avoir jeté un dernier regard, elle éteignit la lumière.

Pleine de confusion, elle remonta vers sa chambre. Qu'est-ce qui lui avait pris ? Cela n'aurait eu aucun sens de l'embrasser…

John se rendit compte qu'il faisait encore nuit lorsqu'il s'éveilla, mais il s'en moquait. Il voulait juste qu'on le soulage de cette douleur.

Presque aussitôt, il avait entendu une voix douce lui demander de se redresser pour prendre d'autres calmants. Sans ouvrir les yeux, il avait obéi à cette voix et avalé les comprimés avec de l'eau, avant de se laisser retomber sur l'oreiller. Une main délicate s'était alors posée sur son front et il avait aimé cette sensation. Puis, lentement, il avait de nouveau perdu conscience.

— Maman, où emmènes-tu cette nourriture ? demanda Andy qui s'était assis près du parc pour amuser Betsy.

— Tu te souviens, hier soir au souper on t'a dit que John s'était cassé la jambe ? Eh bien, il ne peut pas se déplacer jusqu'à la cuisine. Je lui apporte donc à manger.

— Je peux t'aider ?

— Non, chéri. Reste ici pour surveiller Betsy.

Juste au moment où elle atteignait la chambre, elle entendit un gémissement.

— John, je vous ai apporté un petit déjeuner, annonça-t-elle d'une voix douce.

Il ouvrit brusquement les yeux et la fixa tandis qu'elle déposait le plateau sur son lit.

— J'ai besoin de calmants, maugréa-t-il.

— Je sais, mais vous devez aussi manger. Je vous ai préparé une galette, des œufs au bacon et du jus d'orange. Avalez quelque chose et je vous donnerai vos médicaments.

Elle préleva un morceau de bacon avec la fourchette pour l'appâter. A sa grande surprise, il ouvrit docilement la bouche. Etait-il seulement conscient ?

— Je vais rajouter des oreillers dans votre dos pour vous permettre de vous redresser un peu. Pouvez-vous vous pencher en avant ?

John accomplit cet effort, mais avec difficulté.

— Je suis si… faible !

— N'importe quel accident affaiblit, dit-elle d'un ton rassurant tout en l'aidant. A présent, nous nous débrouillerons mieux.

Elle allait continuer à le nourrir lorsqu'il tendit la main pour attraper la fourchette. Mais il était trop faible, et elle dut prendre la relève. Il paraissait si vulnérable ! Elle éprouvait un étrange plaisir à le voir pour une fois baisser la garde. Le repas terminé, elle se pencha sur lui pour retirer les oreillers d'appoint afin qu'il puisse se recoucher.

— Vous sentez bon, murmura-t-il.

Debra s'arrêta net. C'était le premier compliment qu'il lui faisait, en dehors de vagues éloges sur sa cuisine. Elle le dévisagea. Etait-ce bien à elle qu'il s'adressait ? Mais, déjà, il sombrait dans le sommeil.

Avec un soupir, elle prit le plateau et repartit en direction de la cuisine. John ne devrait pas prendre d'antalgiques avant 12 h 30. Elle pourrait les lui donner en même temps que son déjeuner, et elle aurait le reste de l'après-midi libre pour s'atteler à sa courtepointe.

Encore fallait-il qu'elle arrête de rêvasser à son cow-boy de mari. Elle avait de plus en plus de mal à le chasser de son esprit.

5

Le soleil brillait, sa clarté se réfléchissant sur la blancheur immaculée de la neige autour de la véranda de derrière. Même si on était en mars, d'épaisses congères restaient accrochées au treillis de bois, donnant l'impression que la maison reposait sur une touffe de coton. Debra rit en se remémorant la description d'Andy. Il avait raison.

Elle se tenait sous la véranda, portant Betsy enveloppée dans une couverture. Andy courait dans la neige, pourchassant des oiseaux en quête de nourriture. Ce n'était pas facile pour un petit garçon de trois ans de rester enfermé toute la journée, aussi, dès que le temps s'annonçait beau et relativement chaud, il ne tenait plus en place. Elle ne pouvait pas lui refuser de s'amuser dehors quelques instants — ni se priver de ce spectacle. Les éclats de rire de l'enfant lui réchauffaient le cœur, autant que le bébé emmitouflé qu'elle serrait contre elle.

— Regarde, maman, j'ai dessiné un cœur avec mes pas !

Andy montra du doigt les empreintes irrégulières qu'il avait laissées dans la neige en poursuivant les oiseaux et, effectivement, un cœur apparaissait devant elle.

— Et pour qui est ce cœur ? minauda-t-elle.

— Pour toi, maman.

Il courut vers elle et lui enlaça les jambes avec toute la fougue dont il était capable. Elle se pencha pour l'embrasser, lorsque le moniteur qu'elle avait enfoui dans la poche de sa veste émit un son strident. John avait besoin de quelque chose.

Elle attrapa Andy par la main et le fit rentrer en hâte dans la maison. La sonnerie devint de plus en plus sonore et insistante tandis qu'ils pénétraient dans l'arrière-cuisine.

— Essuie tes bottes et attends-moi sagement… J'arrive, cria-t-elle, après avoir déposé Betsy dans le parc.

Elle enfila rapidement le couloir qui menait à la chambre de John.

— Je suis désolée, dit-elle en ouvrant la porte. Vous appelez depuis longtemps ? J'étais sous la véranda de derrière.

— Vous avez laissé Betsy seule ? demanda-t-il, l'inquiétude voilant instantanément son regard.

— Bien sûr que non ! Elle était dehors avec nous.

— Vous l'avez sortie ? Pourquoi ?

— Parce que Andy voulait jouer dans la neige. Emmener Betsy avec moi me semblait la chose raisonnable à faire… Pourquoi appeliez-vous ?

— Pour rien de particulier. Quand les hommes rentrent-ils ?

— Tard, comme d'habitude. Si vous avez besoin de quelque chose, dites-le-moi, ajouta-t-elle d'un ton sévère.

— J'ai besoin d'aller… à la salle de bains, maugréa-t-il.

— D'accord. Si je vous soutiens, est-ce que vous arriverez à sautiller jusque là-bas ?

— Il est hors de question que vous y entriez avec moi !

— Croyez-moi, je n'en ai aucune envie. Tout ce que je vous propose, c'est de vous y conduire. Vous pourrez… expédier votre affaire la porte fermée. Je vous aiderai ensuite à revenir vous coucher.

Il la fixa, comme s'il réfléchissait.

— D'accord.

Elle rabattit les couvertures.

— Hé ! hurla John en essayant aussitôt de les remonter.

Debra lui jeta un regard condescendant.

— Comment allez-vous sortir du lit si vous gardez les couvertures sur vous ?

— Je... n'ai plus mon jean, balbutia-t-il, l'air complètement déboussolé. Où est-il ?

— Je l'ai lavé aujourd'hui et je le rangerai en attendant que vous recommenciez à marcher. Vous pourrez alors le remettre avec des coutures fendues pour qu'il s'adapte à votre plâtre.

— A qui est-ce ? demanda-t-il en touchant le tissu soyeux de son bas de pyjama.

— Vous ne vous souvenez pas ? Je l'ai trouvé dans un tiroir de la commode. J'ai pensé qu'il serait plus confortable pour dormir tout en ménageant votre pudeur.

— Oh, oui, j'avais oublié que je l'avais.

— Pouvez-vous faire pivoter votre jambe valide pour la poser par terre ?

Il y parvint sans trop de peine. Elle lui prit alors le bras, qu'elle passa autour de ses épaules.

— Bon, à présent essayez de vous maintenir sur cette jambe. Vous aurez ainsi moins de mal à descendre l'autre du lit, je crois.

Il s'exécuta, mais, d'après sa grimace, elle comprit qu'une vive douleur venait de le traverser.

— Bon, allons-y ! dit-il après quelques secondes.

Ils parcoururent la pièce, John sautillant en s'appuyant sur elle. Lorsqu'ils arrivèrent à la salle de bains, elle resta avec lui jusqu'à ce qu'il atteigne le siège des toilettes et puisse se retenir au lavabo. Puis elle se retira discrètement, en fermant la porte derrière elle.

Dieu merci ! Le contact de son corps massif contre le sien l'avait troublée plus qu'elle ne l'aurait cru. Son parfum viril et boisé l'avait également grisée. Elle avait même senti ses propres jambes flageoler.

Quelques instants plus tard, il appela son nom. Après avoir ouvert la porte avec précaution, elle entra, lui prit de nouveau le bras pour le ramener au lit. Il était évident que cet effort l'avait épuisé. Il s'allongea aussitôt en fermant les yeux.

— John, vous devriez ôter votre chemise pour enfiler un T-shirt. Vous vous sentirez plus à l'aise. Vous y arriverez ?

Il ouvrit lentement les yeux et hocha la tête. Il commença à déboutonner sa chemise pendant qu'elle allait à la commode récupérer le T-shirt. Lorsqu'elle se retourna, John était adossé contre l'oreiller, dévoilant un torse musclé et puissant. Elle eut du mal à en détacher son regard.

Elle se passa la langue sur les lèvres, puis redressa les épaules en s'obligeant à baisser les yeux vers le T-shirt qu'elle avait en main.

— Si vous levez les bras, je vous aiderai à le mettre, proposa-t-elle, espérant qu'il s'obstinerait à le faire seul.

Au lieu de cela, il acquiesça. Gardant le visage tourné, elle lui passa alors le T-shirt par la tête et le fit glisser sur son torse. Ce n'était pas grand-chose après tout… Jusqu'à ce qu'elle se rende compte qu'elle tenait John quasiment enlacé. Le cœur battant la chamade, elle s'écarta de lui comme si elle venait de recevoir une décharge électrique. Elle frotta ses paumes contre son jean pour effacer cette sensation.

— Voulez-vous un goûter ? Vous ne pourrez reprendre des calmants que dans une heure… Ou quelque chose à boire ?

Zut ! Voilà qu'elle rougissait et bafouillait comme une midinette ! Elle prit une profonde inspiration pour se calmer avant de le regarder. Heureusement, il fermait les yeux, et ne l'avait donc pas vue se comporter comme une idiote.

— Oui, un goûter me plairait.

Elle partit lui chercher un verre de lait et des cookies.

— Pourquoi m'avez-vous apporté du lait ? demanda-t-il lorsqu'elle revint dans la chambre.

— Parce qu'il va bien avec les cookies et qu'il fortifie les os… Avez-vous besoin d'autre chose ? s'enquit-elle en gardant les mains derrière le dos au cas où elle serait encore tentée de caresser son corps brûlant.

— J'aimerais voir Betsy, répondit-il, la bouche pleine. Ces cookies sont vraiment bons, ajouta-t-il, alors qu'elle tournait les talons pour aller chercher la petite fille.

— Merci. Je reviens tout de suite.

Elle savait quelle difficulté l'attendait. Dès que son fils l'aperçut, il lui demanda ce qu'elle faisait.

— J'emmène Betsy voir son papa.

— J'ai envie de le voir aussi.

— Andy, je ne suis pas sûre… Bon, d'accord, dit-elle, attendrie par sa mine de chien battu, tout en espérant que John ne ferait pas de commentaires.

Elle sortit Betsy du parc, en lui annonçant qu'elle allait voir son papa. La petite fille fit aussitôt preuve d'enthousiasme, en répétant plusieurs fois ce mot. Lorsqu'ils entrèrent dans la chambre, John parut très surpris de voir Andy, mais il ne lui dit rien de blessant, au grand soulagement de Debra.

— Je peux tenir Betsy ?

— Bien sûr, si vous ne mangez pas de cookies. Elle essaiera de les attraper si vous ne vous méfiez pas, et je ne veux pas qu'elle mange déjà du chocolat.

— Est-ce qu'Andy mange les pépites de chocolat ?

Avant qu'elle ait pu répondre, son fils déclara d'un ton enjoué :

— Oui, je les adore !

— Et qu'est-ce que tu aimes d'autre ?

— J'aime les cow-boys.

— Ah ? Pourtant, on ne t'a pas beaucoup vu jusqu'ici.

— Maman me faisait coucher de bonne heure. Mais elle m'a laissé veiller hier soir, seulement tu n'es pas venu.

— J'aurais bien voulu, fiston, mais un serpent a effrayé mon cheval et je me suis cassé la jambe en tombant.

— Le serpent t'a mordu ? demanda Andy, les yeux écarquillés.

— Non, je crois qu'il a été aussi effrayé que mon cheval, et il s'est enfui.

— Pa-pa ! dit Betsy, attirant immédiatement l'attention de son père, qui l'avait assise sur son ventre.

— Salut, petite fille. Comment vas-tu ?

— Elle sait marcher à quatre pattes. Et elle se met debout et tape sur la table basse, expliqua Andy.

— C'est vrai ? Tu fais tout ça, Betsy ?

S'étant contentée jusque-là d'observer le touchant tableau qu'ils formaient tous les trois, Debra intervint alors.

— Oui. Et elle rampe d'ailleurs très vite.

— Bravo ! Je regrette de ne pas pouvoir assister à tous ces exploits, dit-il en inclinant Betsy vers son visage pour pouvoir lui embrasser la joue.

Ce mouvement la rapprocha aussi des cookies, dont elle s'empara aussitôt, les répandant sur le lit. Debra tendit les bras vers la petite fille.

— Vous feriez mieux de me laisser la prendre. Andy, peux-tu aider John à ramasser les cookies ?

Emporté par un excès d'enthousiasme, son fils perdit l'équilibre et atterrit en plein sur l'estomac de John. Ce dernier poussa un cri qui effraya le petit garçon. Il descendit à toute vitesse du lit, les larmes aux yeux.

— Je suis désolé, maman ! Je ne voulais pas lui faire mal, dit-il, le visage ruisselant de larmes.

— Ce n'est rien, trésor, dit-elle en lui caressant la tête de sa main libre pour le réconforter.

— Hé, Andy, je vais bien ! affirma John en souriant à l'enfant. Ne pleure pas. C'était vraiment chic de m'aider. Tu as juste perdu l'équilibre. Ce n'est pas grave.

John faisait preuve de beaucoup de tact à l'égard de son fils. Alors, pour la première fois depuis leur rencontre à l'église, elle lui adressa un sourire chaleureux et sincère. Elle s'était inquiétée concernant son attitude vis-à-vis d'Andy, mais il se montrait aussi gentil envers lui qu'envers Betsy.

— Tu vas bien ? s'enquit Andy timidement.

— Bien sûr, répondit John. A part cette stupide jambe cassée.

Debra fit un pas en avant.

— Maintenant que nous avons établi que tout le monde

va bien, Andy, tu dois retourner dans le salon. Betsy ira dans son parc et je commencerai à préparer le dîner.

— Euh... Debra, pouvez-vous dire à Bill de venir me voir quand il rentrera ? demanda John.

— Bien sûr. Mais il sera tard.

— Je sais, mais ce n'est pas grave.

— Vous pourrez prendre vos médicaments dans une demi-heure. Je reviendrai vous les donner.

— Non, je n'en veux pas. Ils m'abrutissent, expliqua-t-il en détournant les yeux.

— Ils vous permettent aussi de vous relaxer afin que votre corps récupère plus vite. Je vous conseille de les prendre après votre dîner. Ils vous aideront à mieux dormir, ajouta-t-elle sans lui laisser le temps de protester.

Lorsque les cow-boys rentrèrent du travail, elle envoya Bill voir le blessé, en lui demandant d'encourager ce dernier à avaler ses comprimés avant de s'endormir. A son retour dans la cuisine, tous les autres étaient déjà à table.

— J'ai veillé à ce qu'ils te laissent une part copieuse, oncle Bill, dit Debra, taquine. Comment as-tu trouvé John ?

— Eh bien, j'ai l'impression qu'il va mieux. Il ne veut plus de calmants, parce qu'ils l'assomment. Mais j'ai insisté, et il m'a chargé de te dire qu'il en prendra dès que tu seras prête.

— Je les lui amène tout de suite.

— Tu ne manges pas ?

— Non, j'ai dîné plus tôt avec les enfants.

Tandis qu'elle enfilait le couloir jusqu'à la chambre de John, elle sentit son cœur battre plus vite à la pensée de se retrouver de nouveau seule avec lui. Elle lui avait apporté son dîner une heure auparavant, et ils avaient échangé quelques propos agréables, comme si tout allait bien entre eux. Il s'était même montré presque amical.

En voyant la porte de la chambre entrouverte, elle devina que John s'était levé et que son oncle l'avait aidé à aller à la salle de bains. Elle n'y voyait aucune objection. Il valait mieux que le blessé ne s'appuie pas contre elle, après tout.

— Comment allez-vous, John ?
— Bien. J'ai apprécié le repas que vous m'avez apporté.
— Tant mieux. Voici vos comprimés et un verre d'eau.
— C'est un peu tôt, non ?
— Quand vous vous endormirez, il sera 9 heures. C'est bien l'heure à laquelle vous vous couchez d'habitude, non ?
— Parfois, je veille jusqu'à 10 heures.
— Vous voulez que les hommes installent le téléviseur ici ?
— Non, cela causerait trop de dérangement.
— Je suis sûre que cela ne les gênerait pas.
— Dans ce cas…
Elle était contente que sa suggestion le rende heureux.
Lorsqu'elle regagna la cuisine, les trois vachers, qui avaient fini leur repas, tenaient compagnie à Bill pendant qu'il mangeait.
— John se demandait si vous accepteriez d'installer la télévision dans sa chambre, leur dit-elle.
— Avec plaisir, déclara Jess en se levant.
— Une minute, ordonna Bill.
Tous les regards convergèrent vers lui.
— J'ai un téléviseur portatif dont je ne me sers pas dans le bâtiment-dortoir. Si tu veux bien aller me le chercher, je pourrai le brancher.
— Bien sûr, patron. Je reviens tout de suite.
Debra donna à son oncle un petit baiser sur la joue.
— C'est très gentil de ta part, oncle Bill.
— Jamais je n'aurais imaginé que ce grand gaillard voudrait regarder la télévision.
— Il doit s'ennuyer au lit toute la journée.
— Il ferait sans doute mieux de se mettre à jour dans sa paperasserie. Evidemment, il a horreur de ça…
Une fois Jess de retour, Bill et les vachers transportèrent le téléviseur dans la chambre du blessé. Le temps qu'ils réapparaissent, Debra avait fini de nettoyer la cuisine. Elle prit les comprimés de John et de l'eau, puis se dirigea vers la chambre de ce dernier.

— Prêt pour vos calmants ?

— Pas encore. Je viens de tomber sur ce film.

— John, je ne peux pas continuer à venir ici avec des médicaments que vous ne voulez pas prendre.

Chaque fois, la tentation était trop forte pour elle…

— Alors, asseyez-vous quelques minutes. Peut-être que je me lasserai de le regarder et que j'aurai envie de dormir.

Debra poussa un soupir théâtral avant de s'asseoir dans le fauteuil à côté du lit.

— De quel genre de film s'agit-il ?

— Je ne sais pas exactement. Une énigme policière, peut-être. Vous l'avez déjà vu ?

— Non. Je me couchais tôt à Kansas City, je devais me lever à 4 h 30.

— Vous ne mentiez donc pas ?

Elle se tourna vers lui.

— Non. Pourquoi aurais-je menti ?

— Parce que je vous en faisais voir de toutes les couleurs. Je croyais que vous l'aviez inventé pour me culpabiliser.

— Mais vous n'avez pas culpabilisé, n'est-ce pas ?

— Non, car je pensais que vous mentiez.

Tous deux se mirent à rire, puis Debra se renfonça dans le fauteuil pour regarder le film. Sur l'écran, une blonde pulpeuse entrait dans une pièce sombre. Elle se dirigea vers un lit, puis commença à défaire la ceinture de son manteau tout en parlant à l'homme couché sur ce lit. Comme il ne répondait pas, elle s'approcha pour le toucher avant de pousser un hurlement.

— Vous êtes sûr que ce n'est pas une comédie ? plaisanta-t-elle.

Il lui fit les gros yeux.

— C'est ce que vous penseriez si vous découvriez un cadavre ?

— Je monte me coucher maintenant, John. Je laisse les comprimés et l'eau sur votre table de nuit. N'oubliez pas de les prendre.

— Je vous ai froissée ? demanda-t-il.

— Non. Je suis juste fatiguée, répondit-elle avant d'éteindre sa lampe. Bonne nuit.

— Bonne nuit. Euh… Debra ? Merci de m'avoir aidé aujourd'hui.

Elle hocha la tête, et sortit précipitamment de la pièce, comme si elle avait eu le diable aux trousses. Sinon, même dans l'obscurité, John aurait vu ce qu'elle s'acharnait tant à cacher : son attirance pour lui.

Pour la première fois depuis le début de son « mariage », Debra se réveilla le cœur léger. John n'était plus un ennemi. Même si elle savait qu'il lui faudrait toujours prendre des dispositions pour l'avenir, cela rendait la vie plus facile… et plus compliquée aussi. Cessant de lutter contre lui, elle allait devoir lutter contre elle-même.

Elle entrebâilla discrètement la porte, juste pour vérifier que le blessé allait bien. Il ne bougeait pas, mais, en s'approchant de lui, elle remarqua une crispation sur son visage. Elle résista à l'envie de se pencher pour l'effacer d'un baiser. Au bout de quelques secondes, elle alla dans la cuisine chercher ses médicaments. En revenant dans la chambre, elle laissa cette fois la porte ouverte pour laisser pénétrer la lumière du couloir. Puis elle s'assit sur le lit à côté de lui.

— John ? C'est l'heure de prendre vos calmants.

— Quoi ? marmonna-t-il.

— Ouvrez la bouche pour que je puisse vous les donner.

Il l'ouvrit machinalement, et elle y enfourna les comprimés.

— Parfait. Maintenant, soulevez-vous et buvez quelques gorgées d'eau.

Il obtempéra aussi, mais cela sembla le réveiller tout à fait.

— Que faites-vous ?

— Je viens de vous donner vos médicaments afin que vous puissiez continuer à dormir sans souffrir.

— Quelle heure est-il ?

— 5 heures et quelques. Vous n'êtes pas obligé de vous lever tôt.

Elle se rendit compte soudain qu'elle avait encore un bras autour de ses épaules. Elle le retira doucement, laissant la tête de John retomber sur l'oreiller.

— Il faut que je parle à Bill avant qu'il parte.

— Pourquoi ?

— Je veux savoir comment ça se passe au ranch.

— Je me renseignerai pour vous, dit-elle d'un ton apaisant. Rendormez-vous.

Elle lui caressa le front, essayant d'estomper la profonde ride entre ses sourcils. Enfin, il parut se rendormir. Il fallait qu'elle arrête de le toucher. Elle s'attachait trop à lui, et elle savait qu'il la congédierait dès qu'il aurait assez d'argent pour engager une gouvernante. Elle se retrouverait alors de nouveau seule.

— Attendez ! cria John alors qu'elle s'apprêtait à sortir.

Craignant un problème, elle revint près du lit.

— Qu'y a-t-il ? Vous souffrez toujours ?

— Non..., répondit-il d'une voix somnolente. Je voudrais...

Debra s'agenouilla plus près de lui.

— Dites-moi ce qui vous manque et j'irai vous le chercher.

Il lui passa le bras autour du cou. Elle tenta de reculer, mais il la retint avec fermeté.

— John, qu'est-ce que...

Sa réponse ne fut qu'un murmure, mais elle la comprit clairement.

— Je voudrais un baiser.

Et, sans lui laisser le choix, il plaqua sa bouche contre la sienne.

6

Debra réussit tout de même à préparer le petit déjeuner à temps. Elle était complètement bouleversée par ce qui venait de se passer et avait le plus grand mal à rassembler ses idées. Il valait mieux qu'elle oublie leur baiser. John était à peine conscient, et il ne s'en rappellerait probablement pas. Mais comment oublier de telles sensations ?

Lorsque les cow-boys arrivèrent, elle demanda à Bill de rédiger un mot pour expliquer à John comment les choses évoluaient au ranch.

— Je pense qu'il se sent tenu à l'écart, expliqua-t-elle.

— Je suis obligé d'écrire ? Je ne peux pas simplement aller lui parler ?

— C'est que... il a pris des calmants quand je me suis levée. Il souffrait beaucoup.

— Tu n'as pas eu de mal à le convaincre ?

Sentant son visage s'embraser, Debra se pencha sur la cuisinière, dans l'espoir que les hommes croiraient que c'était à cause de la chaleur qu'elle dégageait.

— Non, il somnolait. Cela a donc été facile.

— Il ne se réveillera donc pas bientôt, alors ?

— Non, Bill, je crois qu'il dormira au moins jusqu'à 10 heures.

Jess vint à sa rescousse.

— Patron, je peux noter ce que vous voulez lui dire. Debra, vous avez un stylo et du papier ?

— Oui, je vais en chercher.

Elle fut contente de sortir de la cuisine, craignant que les cow-boys ne s'aperçoivent de son trouble et ne se doutent de quelque chose.

Une fois seule, Debra décida de s'accorder une petite pause. Elle se versa une tasse de café et mangea deux ou trois crêpes. Elle avait l'habitude de sauter les repas, ou de se contenter de grignoter, mais, ce matin, elle avait besoin d'avoir quelque chose dans l'estomac.

Depuis la mort de Jeff, elle était restée célibataire. Avec son fils à élever et un métier harassant, la moindre sortie était impossible. Elle n'avait donc pas été embrassée par un homme depuis plus de trois ans — et ne le serait probablement plus avant longtemps. Le baiser d'aujourd'hui avait été un accident. Dans son demi-sommeil, il avait dû la prendre pour Elizabeth.

Au dire de tous, il l'avait sincèrement aimée. Cette femme devait être folle de s'être enfuie en abandonnant un mari aimant et un magnifique bébé. D'autant que, déchargée de la cuisine et du ménage, son unique tâche était de s'occuper d'un mari follement amoureux d'elle et de Betsy.

Elle ferma les yeux, imaginant ce que ce serait d'être aimée par un homme solide, sur lequel elle pourrait compter et qu'elle pourrait admirer. Un homme qui voudrait partager sa vie avec elle. Une vision d'elle dans les bras de John la remplit de joie et d'excitation, la faisant frissonner de la tête aux pieds. Elle rouvrit aussitôt les yeux... Ce n'était qu'une illusion !

Entendant Betsy se réveiller, elle se hâta de monter à la nursery.

— Bonjour, Betsy. Comment vas-tu ce matin ?

— Ma-man ! dit la petite fille pour l'accueillir.

— Oui, ma chérie, c'est maman.

Elle la souleva du berceau pour l'embrasser avant de changer sa couche. Puis, en la portant dans les bras, elle entra sur la pointe des pieds dans la chambre de son fils pour voir s'il était réveillé.

Il commença à bouger tandis qu'elle l'observait.

— Andy ? Tu te lèves ? Le petit déjeuner est presque prêt.

— O.K., répondit-il avant de refermer les paupières.

— Allez, c'est l'heure ! Va te débarbouiller pendant que je sors de quoi t'habiller.

Les vêtements d'Andy commençaient à devenir vraiment trop petits pour lui. Elle devrait attendre d'avoir vendu une courtepointe pour pouvoir en acheter d'autres à sa taille.

Elle les installa chacun devant leur petit déjeuner. Après avoir regardé son bol de Blédine, la petite fille tendit la main vers les crêpes d'Andy.

— Non, Betsy, tu dois manger ta bouillie, dit-elle en glissant une cuillerée dans sa bouche. Je te donnerai un bout de crêpe après.

La voix de John retentit soudain.

— Euh… Andy, tu veux bien aller dire à John que je lui apporterai son petit déjeuner dès que j'aurai fini de nourrir Betsy ?

— Bien sûr, maman.

Il sauta de sa chaise et partit comme une flèche en direction de la chambre.

Debra tendit l'oreille, essayant de comprendre ce que John disait à Andy, mais, à part un murmure indistinct, elle n'entendit rien. Lorsqu'il remonta sur sa chaise, elle l'interrogea.

— Qu'a dit John ?

— Il a dit d'accord.

— C'est tout ? Il n'avait pas besoin d'aide pour aller à la salle de bains ?

— Il n'a rien dit, répondit-il en la regardant d'un air bizarre.

Il y eut alors un bruit de chute. Debra bondit de sa chaise instantanément.

— Andy, reste ici et surveille Betsy. Ne la laisse pas se hisser hors de sa chaise haute !

Elle s'élança dans le couloir en direction de la chambre de John. Comme elle s'y attendait, elle le trouva affalé par terre à quelques mètres de la salle de bains.

— John, vous vous êtes fait mal ?

Il réussit à se retourner sur lui-même pour lui jeter un regard furibond.

— C'est sûr que ça n'a rien arrangé !

Debra se redressa.

— Je vous demande pardon, mais je donnais à manger à Betsy. Si vous ne pouviez pas attendre, vous n'aviez qu'à le dire à Andy.

— Je sais, je sais, répéta-t-il d'un ton excédé. Mais je pensais y arriver seul.

— Laissez-moi vous relever. Je vous soutiendrai ensuite pour aller à la salle de bains, comme hier.

— Merci.

Il ne semblait guère reconnaissant. Elle lui suggéra de prendre appui sur le genou gauche pour qu'elle puisse l'aider à se remettre debout. La manœuvre ayant réussi, elle plaça le bras de John sur ses épaules et le saisit par la taille. Elle sentit la chaleur de son corps irradier dans le sien.

— Ça va ? demanda-t-il alors qu'ils arrivaient devant la salle de bains. Vous semblez essoufflée.

— Je... vais bien. J'avais juste peur que vous ne vous soyez blessé.

— Je n'ai rien.

— Tant mieux. Je vous attends ici.

Elle poussa un profond soupir quand la porte se referma entre eux. Si on ne lui posait pas son plâtre ambulatoire bientôt, elle risquait de lui sauter carrément dessus. Etait-elle à ce point assoiffée d'amour ? Elle eut un sourire de dérision. Il ne s'agissait pas d'amour, mais d'une simple attirance physique.

Lorsqu'il rouvrit la porte, elle l'aida à se recoucher.

— Je vais finir de nourrir Betsy. Je vous apporterai ensuite votre petit déjeuner. Vous voulez reprendre des calmants ?

Ce serait peut-être une bonne idée au cas où votre chute vous ferait souffrir.

— Non, je ne veux plus de médicaments. Vous m'en avez donné ce matin ? Autrement, je crois que je ne me serais pas réveillé aussi tard.

— Oui, car vous aviez mal. Il faut que je parte à présent.

Elle se hâta de sortir de la pièce avant qu'il ait pu ajouter autre chose. Mieux valait ne pas s'appesantir sur leur entrevue matinale.

De retour dans la cuisine, elle trouva Andy debout près de la chaise haute, en train de nourrir Betsy.

— Oh, merci, mon chéri !

— Regarde, maman, j'y arrive exactement comme toi. Mais elle essaie toujours de me prendre la cuillère.

— Laisse, trésor, je vais te remplacer. Va manger.

Andy retourna à ses crêpes.

— John va bien ?

— Euh… oui, je crois. Il est tombé, mais sans se faire mal. Je serai contente quand il aura son plâtre. Cela me facilitera la vie.

Et lui éviterait de devoir toucher John. Il était grand et fort, le genre d'homme dans les bras duquel on devait se sentir en sécurité. C'était un sentiment qu'elle n'avait jamais éprouvé, mais qu'elle mourait d'envie de connaître.

— Maman, je pourrai aller lui dire bonjour ? demanda Andy un peu plus tard, en la voyant préparer le petit déjeuner du blessé. Je lui demanderai si je peux signer son plâtre, comme je l'ai vu faire à la télé.

Elle acquiesça. Elle aurait dit oui à n'importe quoi pour ne pas se retrouver en tête à tête avec John.

— Allons-y tous ensemble, toi, moi et Besty. Je crois que cela fera plaisir à John.

Lorsqu'ils pénétrèrent dans la chambre, la télévision était allumée.

— Salut, John ! dit Andy en lui adressant un large sourire.

— Salut, fiston ! Comment vas-tu ce matin ?

— Bien. Je pourrai signer ton plâtre quand tu en auras un ?

Debra secoua la tête. Son fils allait toujours droit au but, sans détour.

— Bien sûr. Ce serait super. Euh… tu sais écrire ton nom ?

— En partie. C'est maman qui m'a appris, ajouta-t-il en lançant un coup d'œil par-dessus son épaule.

Suivant le regard du petit garçon, John se rendit compte alors qu'elle était là avec sa fille.

— Betsy ! Tu es venue me voir aussi ? Je suis vraiment gâté, pas vrai ?

— En effet, dit Debra. Pouvez-vous vous charger d'elle un moment, le temps que j'aille chercher votre plateau ?

— Bien sûr, je meurs de faim ! répondit-il en attrapant une Betsy toute remuante.

Elle s'assura qu'il la tenait bien avant de quitter la pièce. Elle n'avait pas envie d'un autre accident.

Quelques minutes plus tard, elle revint avec le plateau, le mot de Bill soigneusement plié en évidence à côté des couverts. Après l'avoir posé sur la table de nuit, elle tendit les bras vers Betsy, qui l'accueillit avec un « ma-man » sonore. Debra regarda furtivement John. Il fronçait les sourcils.

— Je ne lui ai pas appris ce mot. Elle le connaît par Andy.

Il hocha la tête.

— Je présume.

Mal à l'aise, elle montra le plateau du doigt.

— Voilà un mot de Bill. Je lui ai dit que vous vouliez être avisé de ce qui se passe au ranch.

— Vous êtes sûre qu'il est de lui ?

— Pourquoi demandez-vous ça ?

— Parce qu'il ne sait pas très bien écrire, répondit-il en dépliant la feuille.

— Je l'ignorais.

— Oui, j'ai écrit la plupart des lettres qu'il vous a envoyées, à vous et à votre mère. Je pensais que vous étiez au courant.

— Non. Je n'ai jamais lu ces lettres.

— Mais vous avez reçu l'argent, n'est-ce pas ?

— Non. Mangez avant que votre petit déjeuner refroidisse.

Il prit une bouchée, mais continua de l'interroger.

— Pourquoi n'avez-vous rien reçu ? Je sais que Bill en envoyait tous les mois.

— Il l'envoyait à ma mère. Elle ne m'en a jamais parlé.

— Votre propre mère vous a fait ça ?

— Toutes les femmes ne font pas forcément de bonnes mères, John. Elle était très égocentrique. Elle me prenait aussi toute ma paye.

— Vous avez trimé tout ce temps et elle vous a pris tout votre salaire ? Pour quelle raison ?

— Nous partagions son petit appartement et elle gardait Andy pendant mes heures de travail.

— Je vois.

— Mangez votre petit déjeuner, John.

Avant de lui obéir, il lui demanda :

— Ne partez pas tout de suite !

Elle le regarda un peu interloquée. C'était la première fois qu'il réclamait sa présence.

— Nous… pouvons rester quelques minutes, si c'est ce que vous souhaitez.

— Très bien. C'est vous qui avez écrit le mot ?

— Non. Bill l'a dicté à Jess.

— Un bon point pour Jess. Je suppose qu'il est au courant que Bill sait à peine lire et écrire. Mais c'est un véritable expert pour ce qui est de l'élevage en ranch.

— Je vois.

— Vous êtes allée à l'université ?

— Non. Je suis tombée enceinte d'Andy en terminale. Lorsque j'ai obtenu mon baccalauréat, j'étais déjà mariée et veuve.

— Qu'est-il arrivé à votre mari ?

— Jugeant le mariage trop étouffant et un emploi trop difficile à garder, il a tout abandonné pour devenir dealer.

— Un métier plutôt dangereux ! Il ne s'intéressait pas à son enfant à naître ?

Debra contempla Andy, qui jouait avec Betsy.
— Non, il était trop jeune.
— Quel âge aviez-vous ?
— Dix-huit ans.
— Je suppose que vous n'avez touché aucune prime d'assurance à son décès ?
— Personne n'assure les dealers.
— Je suis désolé, Debra. J'étais loin de me douter que la vie avait été aussi dure pour vous. C'est ma faute si Bill a cessé de vous envoyer de l'argent. Il m'a dit que je pouvais garder la majeure partie de son salaire jusqu'à ce que nous retombions sur nos pieds.
Elle haussa les épaules.
— Aucune importance. Nous avons survécu. Et rien ne saurait me faire regretter mon fils.
— Oui, comme moi avec Betsy. Je pense que nous avons beaucoup en commun.
— Moi aussi. Vous avez fini votre petit déjeuner ?
Elle n'avait aucune envie d'approfondir le sujet. Le passé était le passé et elle n'aimait pas en parler. Certes, elle avait fait de mauvais choix, mais elle avait eu Andy. Il était son rayon de soleil.
— C'est drôle, n'est-ce pas ?
— Quoi ?
— Ma femme menait une vie facile, mais cela ne lui suffisait pas. Elle a dépensé beaucoup d'argent pour tenter de trouver le bonheur, avant de se décider à partir. Je suppose qu'elle ne m'aimait pas vraiment.
Sa voix semblait si triste que Debra ne put s'empêcher de lui tapoter l'épaule.
— Elle vous aimait sans doute autant qu'elle en était capable, mais elle ressemble à ma mère. Elle ne s'intéressait qu'à elle-même, et même Betsy n'a pas suffi à la retenir.
Il but une gorgée de café avant de lui adresser un sourire.
— Merci d'essayer de me remonter le moral, Debra. Mon expérience avec Elizabeth m'a rendu amer. J'étais hostile

à l'idée de Bill, mais, apparemment, il avait raison. Vous m'avez été d'un grand secours.

Oui, elle avait fait l'affaire, mais temporairement. A l'automne, il engagerait une gouvernante. Elle réalisa soudain à quel point ce serait pénible pour elle de partir.

— Il faut que j'aille ranger la cuisine. Andy, tu es prêt ?

— Je viens, maman. Au revoir, John, dit-il spontanément.

Elle voulut reprendre Betsy, mais son père s'accrocha à elle.

— Qu'allez-vous en faire pendant que vous effectuerez le ménage ?

— Je la mettrai dans son parc et Andy regardera *Sesame Street* en sa compagnie. Elle aussi aime cette émission, et cela les distraira tous les deux.

— J'ai une télévision ici. Ils pourraient rester avec moi.

— Vous êtes sûr de vouloir regarder un programme pour enfants ?

— Oui, je tiens à voir ce que Betsy regarde. Et, si j'ai du mal à comprendre, Andy pourra m'expliquer. D'accord, fiston ?

— Bien sûr. On peut, maman ?

— Je... suppose que oui. Je vais chercher le parc de Betsy.

Après avoir installé les deux enfants, elle ordonna à son fils de ne pas monter sur le lit. Puis elle quitta la pièce avant que cette petite scène de bonheur familial ne lui soit trop pénible.

John s'adossa contre les oreillers. Malgré sa jambe cassée, il se sentait bien. Les enfants étaient là avec lui, il n'était obligé d'aller nulle part. Il pouvait simplement se détendre, l'estomac plein. Que demander de plus ?

— Hé, John, regarde, c'est l'ogre Cookie !

— Est-ce qu'il te fait peur ? demanda-t-il, perplexe, en regardant la marionnette en peluche bleue.

— Non. Il ne fait peur à personne. Il aime juste les cookies, comme moi, répondit le petit garçon en gloussant.

— S'il s'agit des cookies faits par ta maman, alors je suis un ogre aussi !

Andy pouffa de rire.

— Viens donc t'asseoir sur le lit, fiston. Ce sera plus confortable que par terre. Tu vas attraper un torticolis, sinon.

— Mais maman m'a…

— Je lui dirai que je t'ai invité. Elle ne te grondera pas.

Andy accepta, et grimpa sur le lit. John le plaça à sa droite, afin d'éviter qu'il heurte par mégarde sa jambe cassée.

John ne prêtait qu'une attention distraite à l'émission préférée d'Andy. Il pensait à Debra. Quelle vie difficile elle avait eue ! Comme c'était triste que sa mère ait gardé tout l'argent que Bill lui avait envoyé ! Elle avait sans doute pensé trouver avec son premier mari l'affection qu'elle n'avait manifestement pas eue chez elle. Il pensa alors à Betsy. Elizabeth aurait été une très mauvaise mère. Debra, elle, savait y faire avec les enfants.

— Pa-pa ! geignit soudain la petite fille, en tendant les bras vers lui par-dessus le parc.

— Debra ? cria John.

Andy se redressa immédiatement.

— Pourquoi appelles-tu maman ?

— Je crois que Betsy veut monter ici avec nous.

— Peut-être que je devrais descendre, dit le petit garçon en commençant à se décaler vers le bord du lit.

— Non, fiston, ça va, je t'assure.

Il entendit les pas de Debra dans le couloir.

— Oui, John ? demanda-t-elle en franchissant le seuil. Andy, je t'avais dit de rester par terre !

— Je suis désolé, maman…

— Debra, ce n'est pas sa faute. C'est moi qui lui ai demandé de venir près de moi. Il ne m'a pas du tout dérangé.

— Alors, pourquoi m'avez-vous appelée ?

— Je me demandais si Betsy ne pourrait pas se joindre à nous. Elle a l'air jalouse, parce qu'elle reste dans le parc alors qu'Andy est sur le lit avec moi.

— Le plus simple serait qu'il revienne s'asseoir par terre.

John sourit.

— Cette solution ne me plaît pas. C'est plutôt agréable d'avoir de la compagnie. Je me sentais trop seul auparavant.

Debra cligna des yeux en entendant ces mots. Elle ne demandait pas mieux que de le rejoindre au lit… sans les enfants. Betsy mit, fort heureusement, un terme à l'étrange tournure que prenaient ses pensées en scandant « pa-pa ».

— D'accord pour quelques minutes, dit-elle en soupirant. Ce sera bientôt l'heure de son bain, de toute façon. Vous êtes sûr de pouvoir vous charger des deux ?

— Oui, et Andy m'aidera.

— Bon, mais ne la lâchez pas. Elle pourrait tomber du lit.

— C'est promis, dit-il en arborant un large sourire.

Debra lui jeta un regard étrange avant de déposer Betsy sur le lit entre Andy et lui. Puis elle se tourna vers son fils.

— Ne laisse pas Betsy essayer de se mettre devant toi, d'accord ?

— Aucun souci, Debra. On se débrouillera, répondit John en lui souriant de nouveau.

Il trouvait curieux que ses sourires ne la dérident pas. Elle semblait même se crisper davantage. Pourquoi ? Les choses s'étaient arrangées entre eux, non ? Il se montrait affectueux avec Andy, passait du temps avec lui. Qu'attendait-elle d'autre de lui ?

Peut-être était-elle surmenée. Comment faire pour qu'elle travaille un peu moins ? Il devrait y réfléchir, car il souhaitait qu'elle soit heureuse.

Comme pour Elizabeth. Il s'était plié en quatre pour qu'elle soit heureuse, et il avait lamentablement échoué. Non, il n'était vraiment pas doué avec les femmes.

7

Debra donnait son bain à Betsy lorsque le téléphone sonna. Elle laissa à John, qui avait un combiné près de son lit, le soin de répondre.

Betsy poussa un petit cri en l'éclaboussant.

— Petite vilaine ! dit-elle avec un sourire avant de s'essuyer le visage avec une serviette.

Betsy adorait prendre le bain et jouer avec l'eau.

— Debra ? appela John.

Elle commençait à regretter le temps où il ne lui adressait pas la parole ! Avec un soupir, elle lui cria en retour :

— Je suis en train de donner le bain à Betsy !

Elle continuait de shampouiner les cheveux de la petite fille, lorsqu'elle entendit des pas dans l'escalier. C'était Andy, qui jouait les messagers.

— Maman, c'est le médecin qui a téléphoné. Il veut que John vienne se faire poser le plâtre ce matin.

— Je crains que ce soit impossible, Andy. Je viendrai parler à John dès que j'aurai fini d'habiller le bébé.

— D'accord, je vais lui dire.

Son fils repartit en trombe. Debra s'inquiéta de le voir aussi concerné par l'état de John.

Lorsqu'elle arriva dans la chambre, Andy était sur le lit. Lui et John étaient en pleine discussion. Ce dernier leva les yeux à leur entrée.

— Qui est Eileen ?

Debra s'immobilisa brusquement.

— Pourquoi ?

— Andy en a parlé. J'étais juste curieux.

— C'est ma mère. Vous voulez tenir Betsy une minute ? Elle vient de prendre son bain.

— Bien sûr. Viens ici, ma chérie, dit-il en lui ouvrant les bras.

John était toujours prêt à prendre sa fille avec lui.

— Andy m'a rapporté que le médecin souhaite vous poser le plâtre ce matin ?

— Ou cet après-midi. A son avis, comme ma jambe a suffisamment désenflé, il vaut mieux la plâtrer le plus tôt possible. Je pourrai ainsi aller à la salle de bains seul, ajouta-t-il avec un sourire.

— Dois-je appeler oncle Bill sur le talkie-walkie pour lui demander de venir ?

John eut l'air surpris.

— Pourquoi ? Vous ne pouvez pas m'emmener ?

— Je ne peux pas les emmener, expliqua-t-elle en désignant les enfants. Vous croyez que c'est raisonnable ?

— Si vous pouvez vous en occuper pendant qu'on me posera mon plâtre, je crois qu'on se débrouillera. Ma camionnette a une seconde banquette pour leurs sièges. En plus, si vous avez besoin de faire quelques courses après, je pourrais les garder.

Debra hocha la tête.

— Dans ce cas, je crois que c'est faisable.

— Pouvez-vous aller me chercher mon jean et une chemise ?

— Bien sûr. Je les poserai dans la salle de bains.

Elle ouvrit le placard de John et attrapa le jean avant de choisir une chemise en lainage bleue assortie à la couleur de ses yeux.

— C'est bon, dit-elle après avoir mis Betsy dans le parc. Allons à la salle de bains.

— Nous sommes si pressés que ça ? demanda-t-il tout en prenant appui sur elle pour descendre du lit.

— Oui. Les enfants devront déjeuner puis faire leur sieste dès notre retour.

— Oh, je vois ! Je vais me dépêcher.

— Maman, je pourrai venir ? s'enquit Andy, les yeux brillants.

— Oui, trésor, mais tu devras être très sage. Je ne pourrai pas te porter à cause de Betsy.

En ouvrant la porte de la salle de bains, John fronça les sourcils.

— Pourquoi avez-vous choisi cette chemise, Deb ?

— La couleur me plaisait. Vous ne l'aimez pas ? Je vais en chercher une autre si…

— C'est ma première femme qui l'a achetée, c'est tout. Mais ne vous inquiétez pas, ça va. Je m'habille tout de suite.

Il ne lui fallut que deux minutes avant de sortir à cloche-pied de la salle de bains et annoncer qu'il était prêt.

— Très bien. Attendez-moi ici pendant que j'installe les enfants.

Une fois les deux enfants confortablement installés dans la camionnette, Debra reprit ensuite la direction de la salle de bains. Ce serait la dernière fois qu'elle serait obligée de le toucher. Avec le plâtre ambulatoire, il redeviendrait autonome. Elle se sentit étrangement émue lorsqu'il posa la main sur son épaule afin de se tenir en équilibre sur une jambe.

— Prêt ? demanda-t-elle en lui passant le bras autour de la taille.

Elle le soutint fermement jusqu'à ce qu'il monte dans la camionnette.

— Dès que j'aurai refermé la portière, vous pourrez vous y adosser pour allonger votre jambe sur la banquette.

Durant tout le trajet, Debra eut une conscience aiguë de la présence de John tout près d'elle… et de son regard rivé sur elle. Elle était à la fois troublée et très flattée de cette attention. Peut-être la trouvait-il à son goût ? Mais, plutôt que de s'interroger sur les pensées de John, elle essaya de se concentrer sur la route. La présence de John, ses regards insistants mettaient ses nerfs à rude épreuve, presque autant que les incessantes questions d'Andy.

Enfin, ils arrivèrent devant le petit dispensaire médical situé aux abords de Westlake. Les enfants pourraient rester seuls dans la voiture le temps qu'elle aide John à descendre. Celui-ci avait déjà réussi à faire pivoter ses jambes.

— J'arriverai à descendre seul, affirma-t-il. Vous pourrez ensuite m'aider à marcher.

Mais sa jambe valide se révéla plus instable qu'il ne le pensait. Debra se précipita juste à temps pour le rattraper et le maintenir debout. Ils réussirent tant bien que mal à atteindre la porte d'entrée. L'infirmière derrière le bureau d'accueil vint aussitôt à leur rencontre.

— Nous sommes ravis que vous soyez venu aujourd'hui, John. Le médecin sera absent demain. Passons donc tout de suite dans la salle de consultation, si vous voulez bien, mademoiselle… ?

Debra allait donner son nom lorsque John s'interposa.

— Ellen, je vous présente ma femme, Debra.

— Ainsi, c'est vrai ! Une rumeur circulait ici concernant votre remariage, mais comme je vous avais entendu jurer que cela n'arriverait plus jamais, je n'en étais pas sûre.

Ellen s'interrompit lorsqu'ils atteignirent la table d'examen.

— Pouvez-vous prendre appui sur votre jambe valide pour vous asseoir ici, John ? Oh, vous êtes une excellente assistante ! ajouta-t-elle en se tournant vers Debra. John a de la chance de vous avoir.

— Merci, dit-elle avec un vague sourire. A présent, il faut que j'aille sortir les enfants de la camionnette, si vous n'y voyez pas d'inconvénient.

— Les enfants ? D'autres que Betsy ? Je suppose que vous en avez aussi ?

— Un fils de trois ans.

— C'est merveilleux !

— Oui. Si vous voulez bien m'excuser…

Debra alla chercher les enfants. Betsy avait été tirée de sa sieste et se montrait grognon. Mais, une fois entrée dans la salle d'attente et munie de son biberon, elle se calma aussitôt. Andy, assis docilement sur la chaise voisine, suivait les allées et venues d'Ellen avec un air inquiet.

— Où est John ? demanda-t-il.

— Je suis sûre que le médecin est avec lui maintenant, murmura Debra.

L'infirmière raccrocha le combiné et les regarda.

— Oh ! là, là ! Comme Betsy a grandi ! Est-ce qu'elle va bien ? s'enquit-elle en se levant de son bureau pour venir à leur rencontre.

Debra retira le biberon de la bouche de la petite fille, qui fit la moue avant de protester : « Ba-ba-ba-ba ! »

— Oh, écoutez-la parler ! Elle progresse vite, n'est-ce pas ?

— En effet.

— Et voilà certainement votre fils !

— Il s'appelle Andy.

— Eh bien, bonjour, Andy ! Mon nom est Ellen. Bienvenue à Westlake. Tu te plais ici ?

Debra retint sa respiration tandis que son fils réfléchissait.

— Je crois que oui, répondit-il avec un grand sourire.

— Nous ne sommes là que depuis une semaine, expliqua Debra.

— Bien sûr, j'aurais dû m'en douter. C'est étrange, je n'ai pas entendu parler des fiançailles de John, et le voilà déjà marié… Ne t'inquiète pas, Andy, ajouta-t-elle sans transition, tu t'y plairas beaucoup après y avoir séjourné un moment.

Debra n'était pas sûre qu'ils resteraient assez longtemps pour que son fils puisse savoir s'il se plaisait ou non à Westlake. Mais, hélas, ils resteraient suffisamment pour qu'il ait — comme elle — le cœur brisé lorsqu'il devrait quitter le ranch.

En attendant que John sorte de consultation, Ellen lui prodigua de nombreux conseils concernant l'alimentation de Betsy. Au bout d'une demi-heure, le médecin sortit de son cabinet. Grand, le visage orné d'une barbiche brune bien taillée, il portait une blouse blanche par-dessus son pantalon en velours côtelé et sa chemise en tissu écossais.

— J'avais envie de rencontrer la nouvelle Mme Richey. Enchanté, madame. Je suis le Dr Harms. Bienvenue à Westlake.

— Merci, docteur. Comment va notre patient ?

— Il sortira sous peu. J'étais juste curieux de voir la jeune femme dont il m'a parlé.

Ainsi, John parlait d'elle ? Elle aurait donné n'importe quoi pour découvrir ce qu'il avait dit.

Le médecin se pencha en souriant vers Betsy.

— Elle a l'air en pleine forme. Vous vous êtes bien débrouillée, Debra. J'espère que cela ne vous gêne pas que je vous appelle par votre prénom ?

— Bien sûr que non, docteur.

— Allons, vous pouvez m'appeler Tom, comme tous les membres de notre petite communauté. Je réponds souvent à leurs questions par téléphone — et elles ne concernent pas toujours la médecine, d'ailleurs !

Debra rit avec lui.

— Je m'en souviendrai, Tom.

— Puisque vous êtes ici, Betsy a besoin de deux ou trois piqûres. Pouvons-nous les faire maintenant ?

— Je pense que oui, si John est d'accord.

— Il est d'accord. Voulez-vous amener Betsy dans mon cabinet ?

— Bien sûr. Andy…

— Il peut venir aussi, il ira tenir compagnie à John, qui s'ennuie ferme. Ça te convient, Andy ?

— Oh ! oui.

Les piqûres ne prirent que quelques minutes, mais Betsy pleura beaucoup.

— Quand devrai-je revenir ici avec elle ?

— Lorsqu'elle aura un an… A présent, ajouta-t-il en ouvrant la porte de son cabinet, je ferais bien d'aller voir votre mari. Il devrait être prêt à repartir dans quelques minutes. Et je le féliciterai. Ses progrès dans le choix d'une épouse sont spectaculaires !

— Merci, dit Debra sans pouvoir s'empêcher de rougir.

Malheureusement, Tom s'en aperçut, car il se mit à rire tandis qu'elle traversait la salle d'attente.

Oh ! mon Dieu ! Elle ne s'était pas attendue à rencontrer les habitants de Westlake. Tous aimaient bien John, semblait-il, et se montraient accueillants envers elle. S'ils savaient de quel genre de mariage il s'agissait ! Ils tomberaient de haut lorsque son époux se débarrasserait d'elle à l'automne. A quoi bon s'en inquiéter ? Ce serait son problème à lui, pas le sien.

Au même moment, John sortit du cabinet du médecin, comme si le fait de penser à lui suffisait à le faire apparaître. Il s'avança lentement mais sûrement ; un volumineux plâtre blanc lui enserrait la jambe des orteils à la cuisse.

Debra éprouva un soulagement infini. Plus besoin de se coller à lui pour l'aider à se déplacer ! Il pouvait enfin se débrouiller seul.

Il s'arrêta devant elle.

— Qu'en pensez-vous ? Plutôt épatant, non ?

— Sensationnel ! J'espère que vous avez remercié Tom comme il se doit. Il m'a assurément simplifié la vie.

John haussa les sourcils.

— A vous entendre, on dirait que j'étais difficile à supporter.

Debra fit la grimace.

— Vous pesez au moins trente kilos de plus que moi et je devais vous soutenir quand vous sortiez du lit. Vous croyez que c'était facile ?

John lui souleva alors le menton, puis se pencha pour l'embrasser, la laissant totalement stupéfaite.

— Sans doute que non, mais vous ne vous êtes jamais plainte. Prête à partir ? demanda-t-il, les yeux plissés par ce sourire qu'elle admirait tant.

— Euh… oui. Je suis prête.

— Moi aussi, dit Andy en se manifestant derrière lui. Et je meurs de faim !

— Et si on allait tous déjeuner au café ? suggéra John.

Debra le regarda, médusée. Qui était cet homme souriant, qui les invitait à manger dans un lieu public ? Il paraissait à des années-lumière du butor renfrogné qu'elle avait épousé.

— Je doute que ce soit une bonne idée, murmura-t-elle.

— Pourquoi ?

— Nous en discuterons dans la camionnette. Merci encore, Tom, ajouta-t-elle à voix haute en se retournant.

— N'hésitez pas à m'appeler si vous avez besoin de moi.

— Merci. Je n'y manquerai pas.

En sortant du dispensaire, elle tendit la main à son fils, mais John s'interposa.

— Andy va me donner la main. Il m'aidera à garder l'équilibre, dit-il en souriant au petit garçon.

Après qu'ils furent remontés dans le pick-up, il la pressa de s'expliquer.

— Alors, dites-moi pourquoi on ne peut pas aller au café.

Elle se tourna vers lui.

— Je ne suis pas sûre que rencontrer d'autres habitants de Westlake tout de suite soit une bonne idée.

— Il n'y en aura pas beaucoup en milieu de journée. Bon, un samedi soir, je pourrais comprendre votre réticence, mais nous serons probablement les seuls clients pour le déjeuner. Ils font de super hamburgers avec des frites, ajouta-t-il à l'adresse d'Andy. Ça te plairait ?

L'enfant écarquilla les yeux.

— Comme chez McDo ?

— Encore meilleurs, je t'assure !

— Oh, s'il te plaît, maman !

Debra capitula.

— Bon, mais c'est vous qui paierez, dit-elle à John. Je n'ai pas d'argent.

— Evidemment. Je suis le papa, pas vrai, Andy ?

— Ouais !

Après avoir garé la camionnette, Debra descendit du véhicule, s'apprêtant à récupérer Betsy.

— Je l'ai déjà prise. Faites descendre Andy de l'autre côté, cria John. Vous pensiez que je n'y arriverais pas, hein ? Allez, Debra, avouez-le, ajouta-t-il.

— Vous avez raison. Je craignais que vous ayez quelques difficultés. Je ne voulais pas que Betsy se blesse.

— Moi non plus, dit-il en passant un bras autour des épaules de Debra. Andy, tu es là ? Alors, allons-y !

Ils pénétrèrent ainsi dans le restaurant. Ils étaient l'image même de la famille heureuse.

— Doit-on attendre qu'un serveur nous place ? demanda Debra à voix basse.

John rit.

— Si on le faisait, on resterait là toute la journée. Choisissez une table.

Elle en repéra une près de la fenêtre, garnie de quatre couverts, pendant que John se dirigeait vers le comptoir et faisait tinter une clochette plusieurs fois.

— Ohé ! Vous avez des clients ! cria-t-il.

Un homme corpulent, à l'épaisse chevelure blanche, surgit par une porte latérale.

— John ? Que fais-tu en ville au milieu de la journée ?

— Je viens manger, Baldy. Je suis passé chez le médecin me faire poser mon plâtre. Et j'ai amené ma famille ici pour déjeuner.

— Ta famille ?

Avant que John ait pu répondre, le vieil homme repassa la tête par la porte.

— Hé, Lucy, Aggie, venez voir la famille de John !

Debra eut alors l'absolue certitude qu'elle avait fait une terrible sottise en entrant ici.

8

John fut étonné du plaisir qu'il ressentit à présenter sa nouvelle famille à ses vieux amis.

Debra se montra charmante, rougissant chaque fois qu'ils la complimentaient. Il repensa à l'unique occasion où il avait amené Elizabeth dans ce café. Elle s'était moquée de Baldy et lui avait fait honte. Il n'avait jamais réitéré l'expérience.

Avec Debra, tout semblait tellement plus facile ! Chaque fois qu'il avait eu besoin d'aide, elle n'avait pas hésité à accourir, même quand il se montrait odieux. Et surtout elle traitait Betsy comme sa propre enfant.

Elizabeth était très belle, mais il avait vite découvert sa vraie nature. La première fois qu'il avait vu Debra, il n'avait pas remarqué à quel point elle était jolie. Mais plus le temps passait, plus il la trouvait belle. Sa beauté venait de l'intérieur : elle était douce, aimante, maternelle.

Après avoir bavardé un moment avec le trio, ils passèrent leur commande.

— Nous pouvons vous préparer des petits pois à la crème, si vous voulez, proposa Aggie. C'est notre spécialité.

— Très volontiers, répondit Debra.

Mince et alerte, bien qu'approchant des soixante-dix ans, Aggie paraissait avoir l'énergie d'une adolescente.

— J'en prendrai aussi, Aggie, renchérit John. Et n'oublie pas les frites pour Andy et pour moi.

— Aucune chance, déclara Baldy en souriant. C'est le plat du chef.

Au lieu de suivre le couple dans la cuisine, Lucy resta sur place, la main posée sur le dossier de John.

— Alors, comment vous êtes-vous connus tous les deux ?

Voyant Debra s'empourprer, John prit la parole.

— Par correspondance. Nous échangeons des lettres depuis un moment.

— Des lettres ? Mon Dieu, tu as pris un sacré risque, John ! Mais je crois que tu as eu de la chance, ajouta-t-elle en faisant un clin d'œil à Debra.

— Voyons, Lucy, tu pourrais dire que c'est elle qui a eu de la chance de tomber sur un homme aussi remarquable que moi, protesta-t-il pour plaisanter.

— Je pourrais…

Le rire de la serveuse resta suspendu en l'air tandis qu'elle quittait leur table pour regagner la cuisine.

— Nous nous sommes écrit des lettres ? demanda Debra, les joues encore rouges, après avoir jeté un rapide coup d'œil vers son fils, qui jouait avec Betsy.

John haussa les épaules.

— J'ai dû réfléchir vite. C'est la meilleure réponse qui m'est venue à l'esprit. D'ailleurs, c'est presque la vérité. J'ai écrit les lettres de Bill à votre mère.

— Que je n'ai jamais lues.

— Si j'avais dit la vérité, cela vous aurait vraiment embarrassée.

— Et vous aussi.

— Peut-être, reconnut-il avec un sourire.

Mais, en ce moment même, il n'éprouvait aucune gêne. En fait, il se sentait empli de fierté en contemplant sa famille. Oui, il avait fini par prendre conscience qu'il était un homme chanceux.

Durant tous ces moments difficiles, son seul bonheur avait été Betsy et, en y repensant, c'était grâce à elle que Debra et Andy étaient entrés dans sa vie.

— A quoi songez-vous ? demanda Debra, le surprenant.
— A la chance que j'ai.

Elle le regarda sans rien dire. Elle était peu loquace, contrairement à Elizabeth. Mais celle-ci ne parlait que d'elle ou de ce qui l'intéressait. A l'époque, il était si épris d'elle qu'il s'était imaginé qu'elle allait changer. A tort.

Il avait cru que faire l'amour avec Elizabeth serait fabuleux. Avant leur mariage, elle avait usé de tous ses charmes pour le séduire. Mais, dès qu'il l'avait épousée, elle s'était révélée une amante égoïste et peu passionnée.

Tandis que Debra sirotait son verre, il la contempla. Jamais l'idée de coucher avec elle ne lui avait traversé l'esprit. Il avait besoin d'aide pour le ranch et Betsy, voilà tout. Encore une autre erreur de jugement. Depuis quelques jours, il n'arrêtait pas de penser à lui et Debra partageant le même lit. Debra en avait-elle aussi envie que lui ?

En ce moment même, elle le regardait d'un air soupçonneux. Ce n'était pas très encourageant. Il fallait qu'il lui montre à quel point il l'appréciait. Son projet initial de diminuer la charge de travail qui pesait sur ses frêles épaules était excellent.

— Je crois qu'on devrait passer au magasin après ça, dit-il.

Les yeux de Debra s'agrandirent.

— Pourquoi ?
— Il faut que je me renseigne sur certains articles. Vous avez besoin de quelque chose ?

Il savait que sa garde-robe n'était pas très fournie. Il avait remarqué qu'elle était souvent habillée de la même façon.

— Non, de rien.
— Et les enfants ?
— Betsy a besoin de nouvelles tenues. Elle grandit et la saison change.
— Bon. Vous pouvez faire des achats pour elle. Et Andy ?
— Je m'occuperai de lui plus tard.
— Andy, pourrais-tu venir ici ?

Le petit garçon descendit de sa chaise et s'approcha de lui.

— Qu'y a-t-il, John ?
— Je voulais montrer quelque chose à ta maman.
— Quoi ?
— Combien tu as grandi.
— Je deviens grand. Maman se plaint que mes pantalons raccourcissent trop vite.
— Tu grandis juste comme il faut, mon chéri, dit Debra en souriant à son fils.
Après que ce dernier fut reparti jouer avec Betsy, elle jeta à John un regard courroucé en murmurant :
— Je n'ai pas encore d'argent. Mais j'en aurai, et j'achèterai un autre jean à Andy à ce moment-là.
— Et comment comptez-vous gagner cet argent ?
— Peu importe, tant que je ferai tout ce que vous me demanderez.
L'expression ouverte, chaleureuse, qu'elle arborait lorsqu'elle s'occupait des enfants avait disparu, laissant place à l'irritation.
— Debra, je peux payer quelques vêtements pour vous trois. Il n'y a aucune raison d'attendre.
Elle l'ignora.
Juste à cet instant, Baldy, Aggie et Lucy sortirent de la cuisine avec leur commande.
— Mon Dieu, Andy, ce hamburger est presque aussi gros que toi ! s'exclama Debra. Les frites seules suffiraient à te rassasier. Je ne sais pas comment tu arriveras à manger tout ça !
Andy avait les yeux exorbités.
— Moi non plus, marmonna-t-il.
— Ne t'inquiète pas, fiston. Je t'aiderai, au cas où tu en aurais besoin.
— Merci, John.
Il réprima son envie de serrer le petit garçon dans ses bras. Andy avait la gentillesse de sa maman — et son charme. A leurs côtés, Betsy aurait de bonnes chances d'acquérir la même personnalité. Il pouvait du moins l'espérer.

Il remarqua alors que Debra, qui nourrissait la petite fille, n'avait pas touché à sa propre salade.

— Vous ne mangez pas ?

— Je le ferai dès que Betsy aura fini.

Après avoir dévoré la moitié de son hamburger, il constata qu'elle s'occupait toujours de sa fille.

— Laissez-moi vous relayer pendant que vous goûtez un peu de votre salade.

— Ce ne sera plus très long.

— Debra, je veux nourrir Betsy, dit-il en se rapprochant de la chaise haute pour lui retirer la cuillère des mains. Déjeunez maintenant.

Il vit une lueur de colère briller dans ses yeux.

— Je sais que vous êtes fâchée contre moi, mais vous méritez de prendre vos repas en même temps que nous.

— Cela fait partie de mon travail, dit-elle d'un air buté.

— Vous croyez que Betsy ne mangeait rien avant votre arrivée ? demanda-t-il, espérant la mettre de meilleure humeur en la taquinant.

— Elle ne consommait pas d'aliments solides à cette époque. Vous risquez de lui donner de trop grosses bouchées.

— Vous avez raison. Vous l'avez aidée à modifier son alimentation et ses habitudes de sommeil. Mais cela ne m'interdit pas de donner un coup de main. Je ne veux pas qu'elle m'oublie.

— Elle ne vous oubliera pas.

— Elle pourrait. A présent, prenez votre déjeuner, sinon vous allez les vexer, ajouta-t-il en indiquant la cuisine de la tête. Ils croiront que vous n'aimez pas leur plat.

Visiblement, Debra se braquait dès qu'il s'agissait d'elle. Elle ne pensait qu'aux autres, sans jamais se soucier de son propre confort. Elle semblait plus maigre qu'à son arrivée. Il devrait surveiller ça.

Lucy revint s'assurer qu'ils ne manquaient de rien. Quinquagénaire depuis peu, elle ne faisait absolument pas son âge. Même si sa taille s'était un peu épaissie, elle avait toujours sa chevelure rousse naturelle. Et elle était prête à materner tout le monde.

— Que fais-tu, John ? demanda-t-elle.

— Je nourris ma fille. Apparemment, elle a l'appétit de son papa.

— Finis ton déjeuner. Je n'ai rien à faire, et Betsy et moi nous sommes toujours bien entendues, dit-elle en le poussant hors de sa chaise. Prends-en une autre à une des tables.

— Je serai ravie de lui donner à manger, intervint Debra.

— Balivernes ! Vous avez tous les deux besoin de manger. Il faut beaucoup d'énergie pour élever des enfants. Je sais de quoi je parle, j'en ai élevé six.

— Ça, par exemple ! s'exclama Debra. Alors, vous êtes une experte. J'avais un peu peur que John donne à Betsy de trop grosses bouchées. Mais je sais que vous le ferez correctement.

John roula les yeux.

— Merci, ma chère épouse, de tout votre soutien.

Voyant Debra baisser brusquement la tête, il craignit d'avoir poussé le bouchon un peu loin.

— Allons, Deb, je ne voulais pas vous froisser.

— Je ne le suis pas, affirma-t-elle toujours sans le regarder, avant de se remettre à manger sa salade.

— Les hommes ont vraiment du mal à se rendre compte de tout ce qu'une femme doit faire, dit Lucy. Mon cher mari pensait que c'était une affaire simple.

— Est-ce qu'il s'en rend mieux compte aujourd'hui ? demanda Debra.

— Non, mon petit, il est mort il y a huit ans. Nous avions encore trois enfants à la maison. Et il continuait à croire qu'ils apparaissaient tout habillés et prêts à partir à l'école.

Debra se mit à rire.

— J'espère que vous exagérez.

— A peine. Mais ne vous faites aucun souci à propos de John. Bill et lui se sont très bien occupés de Betsy. Dites, on m'a dit que vous étiez parente avec Bill. C'est vrai ?

— Oui, je suis sa nièce.

— Alors, vous êtes doublement bienvenue ici. Bill est un vieil ami. Et obligez votre mari à vous ramener ici un samedi soir. C'est notre grand soir. Prévenez-nous, et nous vous réserverons une table.

— C'est très aimable à vous, Lucy, mais préparer le dîner fait partie de mon rôle. Je ne suis pas sûre que John…

— Je crois qu'il acceptera, coupa John. Vous pourrez mettre votre plus jolie robe et nous ferons la fête toute la soirée.

— On verra, dit Debra en baissant de nouveau la tête.

Qu'est-ce qui n'allait pas chez cette femme ? songea-t-il. Elle prenait la mouche pour une petite taquinerie et lorsqu'il lui proposait une sortie en ville — si modeste fût-elle —, elle n'acceptait même pas l'invitation ?

— Je pense qu'elle a assez mangé maintenant, Lucy, reprit Debra. Donnez-lui un biscuit pour terminer. Vous pourrez rester nous tenir compagnie.

Betsy s'attaqua au biscuit, et chacun put se concentrer sur son assiette. Debra posa à Lucy de nombreuses questions concernant ses six enfants et le café. Mais lorsque la serveuse l'interrogea à son tour sur sa vie avant leur mariage, Debra resta évasive.

John se leva alors pour se resservir un verre de Coca-Cola. Lucy bondit sur ses pieds.

— Je vais t'en chercher, John. Et toi, Andy, tu en veux encore ?

Après avoir regardé sa mère, le petit garçon secoua la tête.

— Non, merci.

— Oh, Andy, quel gentleman tu es ! Je vois que ta maman t'a inculqué les bonnes manières.

L'enfant regarda de nouveau sa mère.

— C'est un compliment, maman ?

— Oui, mon chéri.

— Merci, dit Andy à Lucy.

Cette dernière lui adressa un sourire ravi.

— Il est à croquer, pas vrai ?

— Oui, confirma John. C'est un enfant adorable.

Quelques minutes plus tard, ils avaient terminé leur repas et dit au revoir à Baldy, Aggie et Lucy, en promettant de revenir très vite. Mais comme les promesses de Debra avaient l'air plus que vagues, John commença à se demander si elle n'avait pas feint de s'amuser pendant le déjeuner.

— Ce café ne vous a pas plu ? demanda-t-il tandis qu'elle faisait marche arrière pour sortir de la place de parking.

Elle tourna la tête vers lui.

— Je crois vous avoir dit que si.

— Oui, mais vous pourriez l'avoir dit par pure gentillesse.

— Non, il m'a plu vraiment.

— Alors pourquoi n'avez-vous pas accepté franchement d'y revenir un samedi soir ?

— Parce que je vous embarrasserais.

— Comment ?

— Je n'ai aucune robe à me mettre.

— Eh bien, c'est donc le moment d'aller faire des courses.

— Vous ne pouvez pas m'acheter de vêtements !

— Désolé, Debra, je peux vous acheter tout ce que je veux. Je suis votre mari.

Lorsqu'ils entrèrent dans le magasin, John expliqua à Debra qu'il devait discuter avec Charlie, le propriétaire.

— Entendu. Nous vous retrouverons à l'entrée dans quelques minutes.

Elle emmena alors Betsy et son fils au rayon layette.

— Andy, on n'achètera des choses que pour Betsy aujourd'hui, d'accord ?

— D'accord, maman.

Son regard triste lui chavira le cœur, mais elle n'y pouvait rien. Elle n'aurait de l'argent qu'après avoir vendu une courtepointe. Elle choisit quatre tenues pour le bébé et un lot de couches-culottes avant de se diriger vers l'entrée du magasin, où se trouvait la caisse.

John s'entretenait toujours avec le propriétaire.

— Vous avez trouvé tout ce qu'il vous fallait ? s'enquit-il.

— Oui, répondit-elle en posant ses achats sur le comptoir.

Il jeta un coup d'œil sur les vêtements, puis, sans commentaire, se tourna vers l'autre homme.

— Pourrais-tu trouver un jean pour Andy ? Il grandit vite.

Dès que Charlie se fut éloigné en direction du rayon enfants, elle murmura entre ses dents :

— Je vous avais dit que je lui achèterais un jean plus tard !

— Et moi je lui en achète un maintenant !

Portant Betsy sur un bras, elle resta plantée devant lui, raide comme la justice, jusqu'à ce que le propriétaire revienne avec deux jeans, afin qu'il puisse faire un choix.

— Nous prendrons les deux, Charlie. Et peut-être aussi deux ou trois chemises.

John partit aussitôt avec lui au rayon enfants, en emmenant Andy, tout excité. Une fois revenu avec trois chemises pour son fils, il tendit les bras pour prendre Betsy.

— Donnez-la-moi et allez vous choisir une jolie robe.

— Non, merci, dit-elle, impassible.

— Deb, vous aurez besoin de vêtements, ne serait-ce que pour aller à l'église. C'est un rite important dans notre communauté.

— Je trouverai quelque chose à mettre, marmonna-t-elle, résolue à ne pas céder.

John soupira.

— O.K., Charlie, ce sera tout.

Après avoir payé, il saisit le sac d'achats et sortit en boitillant du magasin. Il explosa dès qu'ils furent installés dans la camionnette.

— Je suis très en colère contre vous, Debra ! Pourquoi vous obstinez-vous à refuser ces vêtements ?

— J'ai essayé de vous expliquer que je tiens à payer ce que j'achète, répondit-elle d'un ton glacial.

— Comment allez-vous gagner cet argent ? Vous travaillez comme une esclave pour moi. Vous n'avez pas de temps pour un autre emploi. Et je ne vois pas en quoi le fait d'accepter une robe ou deux poserait problème. Vous avez gagné bien plus que ça.

Elle ne dit rien.

— Alors, comment irez-vous à l'église dimanche ? Expliquez-moi un peu.

Elle continua à se taire.

Il eut un geste d'exaspération.

— J'espère que vous n'apprendrez pas aux enfants à être aussi têtus.

Ils gardèrent le silence pendant le reste du voyage. Dès leur arrivée, Debra emmena les enfants à l'intérieur de la maison. Empoignant le sac, John lui courut après.

— Vous laisserez Andy garder ces vêtements, j'espère ?

Elle fit volte-face.

— Bien sûr que oui, John. Je ne me montrerais jamais cruelle envers mon fils. Mais je vous les rembourserai.

Il arracha aussitôt les étiquettes des vêtements, espérant ainsi l'empêcher de connaître leur prix.

— Ne soyez pas si puéril ! cria-t-elle, avant d'ajouter, d'une voix beaucoup plus douce : C'est l'heure de ta sieste, Andy.

— Oh ! maman…, commença-t-il, mais le regard sévère de sa mère le fit se raviser. Merci pour mes nouveaux jeans et mes chemises neuves, John, ajouta-t-il en se tournant vers lui.

— De rien, Andy.

— A présent, monte dans ta chambre. Je viendrai te voir après avoir couché Betsy, dit Debra avec un sourire affectueux pour son fils.

En traînant les pieds, le petit garçon commença à gravir les marches devant elles.

— Hé ! Et moi alors ? s'écria John.

— Vous devriez sans doute vous reposer aussi. Je suis sûre que marcher avec ce plâtre est fatigant, répondit Debra en continuant à monter l'escalier.

Déterminé à ne pas suivre son conseil, John s'installa devant la télévision, en baissant le son pour ne pas déranger Andy. Il était sur le point de s'assoupir lorsqu'il entendit la jeune femme redescendre. Il se redressa un peu et fit semblant d'être captivé par le programme.

— Vous avez décidé de ne pas vous reposer ?

— Je n'ai pas besoin de sieste. Je suis un peu plus âgé qu'Andy !

— J'espère bien ! Mais vous n'êtes pas resté debout aussi longtemps depuis que vous vous êtes cassé la jambe.

— Je peux tenir. Demain, en revanche, j'aurai peut-être besoin de repos.

Debra marqua un temps d'arrêt avant de le regarder.

— Pourquoi demain et pas aujourd'hui ?

— Parce qu'il est temps que je retourne en selle, répondit-il avec nonchalance.

Debra n'en croyait pas ses oreilles.

— Il est temps que quoi ?

— Que je retourne en selle.

— Vous voulez dire que vous monterez à cheval une heure ou deux pour vous réhabituer ?

— Non, je veux dire que je partirai à cheval demain matin avec tous les autres.

9

Debra s'activa frénétiquement dans la cuisine, en faisant le plus de bruit possible. Qu'est-ce que cela pouvait lui faire que John s'abîme de nouveau la jambe ? Elle s'en moquait bien ! Ce serait absurde de se soucier d'un homme qui se débarrasserait d'elle à la fin de l'été. Mais qu'il projette de remonter à cheval dès demain matin la dépassait.

— Debra ? appela John depuis l'embrasure de la porte, comme s'il craignait d'entrer dans sa propre cuisine.

— Oui ?

— Je ne voulais pas vous contrarier, mais il faut que je retourne travailler. Maintenant que nous sommes cinq — grâce à votre idée de vendre l'Escalade d'ailleurs —, je crois que nous réussirons à nous en sortir. C'est la seule chose qui compte.

— Gagner plus d'argent n'est pas le plus important ! Vous devez reprendre votre activité en douceur. Si vous êtes épuisé, vous commettrez des erreurs susceptibles de mettre les autres cow-boys en danger. Pourquoi ne partez-vous pas seulement une demi-journée ? Vous pourrez ensuite rentrer déjeuner et vous reposer.

— Dans ce cas, je devrais ramener tout le monde ici. Quand on est patron, on ne s'accorde pas de traitement de faveur.

— Personne d'autre ne s'est cassé la jambe !

— C'est vrai, mais…

— Oh, sortez donc de ma cuisine ! Moi aussi j'ai du travail à faire !

Elle avait déjà mis de la viande à mariner dans le réfrigérateur pour le dîner. Elle projetait maintenant de faire une tarte aux pêches, une de ses recettes préférées. Il fallait qu'elle se change les idées. Elle devrait pourtant se réjouir que son éleveur de mari se remette à travailler. Les choses reprendraient ainsi leur cours normal. C'était ce qu'elle souhaitait, non ?

Elle était furieuse contre John à propos des vêtements d'Andy et de la robe, mais, en vérité, c'était l'idée qu'il lui arrive quelque chose qui lui était insupportable. Ce qui était complètement ridicule. Cet homme n'était rien pour elle, et d'ici à quelques mois elle serait partie.

D'ailleurs, à propos de la robe, elle devait bien admettre qu'elle avait un gros problème. On était mercredi, et il ne lui restait que quatre jours pour trouver une tenue à mettre pour aller à l'église dimanche.

John y avait apparemment réfléchi aussi, car, en revenant dans la cuisine, il dit :

— A propos de votre situation vestimentaire… Peut-être pourriez-vous jeter un coup d'œil dans le dressing d'Elizabeth ? Je veux dire, vous êtes à peu près de la même taille, et ça ne sert à rien de garder tous ces vêtements accrochés là.

— Une femme prénommée Adèle a téléphoné au sujet de la kermesse du Centre de secours de Westlake le mois prochain. Elle aimerait que vous vendiez les toilettes de votre femme. Elle a dit que vous gagneriez beaucoup d'argent.

— Prenez donc celles qui vous plaisent, et on donnera les autres aux bonnes œuvres. Il est temps que je vide son placard, de toute façon. Pourriez-vous vous en charger ? Et ne vous tracassez pas à l'idée qu'un habitant du coin ait pu voir ces vêtements sur Elizabeth. Elle ne fréquentait pas Westlake, et n'allait jamais à l'église avec moi.

L'amertume qu'elle décela dans ces paroles lui donna envie de le serrer contre elle, de chasser les rides qui plissaient son front. Visiblement sa première épouse lui avait fait passer des moments difficiles. Ce n'était guère étonnant qu'il se soit montré aussi désagréable envers elle au début.

— Je m'en chargerai, promit-elle en gardant la tête baissée et en continuant à préparer la pâte pour deux tartes.

— Merci. Vous m'ôtez une épine du pied, dit-il avec un profond soupir.

Puis il repartit s'asseoir devant la télévision dans le salon.

Inutile de trop le plaindre, songea-t-elle. Après tout, sa vie à elle n'avait pas été une partie de plaisir non plus…

Doublement résolue à ne s'apitoyer ni sur elle-même ni sur John, elle se concentra sur ses tartes. Elle était en train de les enfourner lorsqu'elle entendit la voix de John derrière elle.

— Elles ont l'air bonnes.

— Merci. Vous ne regardez pas la télévision ?

— Ils ne passent que des âneries. Soit des feuilletons à l'eau de rose, soit des débats politiques. Je ne sais pas lesquels sont les pires.

— Essayez de fermer les yeux pour vous reposer.

— Je ne veux pas dormir ! C'est bien pour ça que je me suis levé !

— Je me ferai une joie de vous réveiller avant l'arrivée des cow-boys.

— Non, merci. Je vais voir dans le congélateur s'il reste de la glace à la vanille pour accompagner ces tartes. Les hommes vont se régaler.

Elle était contente qu'il s'en aille. A Kansas City, ils travaillaient à plusieurs dans la cuisine du restaurant, mais la seule présence de John dans la sienne la déconcentrait beaucoup trop.

— Nous avons bien assez de glace à la vanille, annonça-t-il en revenant. Voire trop, si c'est possible.

— Eh bien, j'essaierai de ne pas y recourir trop souvent.

— Ne vous en faites pas. Les cow-boys raffolent de votre cuisine depuis le premier jour. En rentrant au ranch chaque soir, ils essaient de deviner ce qu'il y aura au menu.

— Ah bon ? Je l'ignorais. Ils avaient l'air satisfait mais…

— Je crois avoir oublié de vous dire que vous faisiez un travail formidable, coupa John en regardant ses pieds. Je craignais que vous vous fassiez de fausses idées si je vous complimentais trop.

Il fallut un moment à Debra pour comprendre le sens de ses paroles.

— De fausses… Oh, non. Je sais très bien pourquoi je suis ici.

John fixa la jeune femme. Il mourait d'envie de lui demander si elle verrait un inconvénient à ce qu'ils modifient les termes de leur contrat. Mais il sentait qu'elle n'était pas encore prête.

Lui si. A sa grande surprise, il ne parvenait pas à chasser de son esprit l'image de lui et de Debra partageant le même lit. Il la regarda de nouveau, avant de froncer les sourcils. Elle semblait fragile, presque frêle. Que se passait-il ?

Se souvenant qu'il s'était promis de surveiller son alimentation, il s'assit à la table.

— Que faites-vous ?

— Je sors les assiettes pour mettre le couvert, répondit-elle.

— Mais vous avez le temps avant l'arrivée des cow-boys. Vous ne vous reposez donc jamais ?

— Bien sûr que si. Une fois la cuisine nettoyée, j'ai la soirée libre.

Elle se mit alors à peler des pommes de terre pour préparer une salade, comme s'il n'était pas là. Mais elle sentait son regard brûlant lui vriller le dos. Au bout de quelques minutes, elle n'y tint plus.

— John, vous devez trouver quelque chose à faire. Vous me rendez folle.

— Pourquoi ?

— Parce que vous n'arrêtez pas de me fixer. Et la paperasserie dont Bill m'a parlé ? Il paraît que vous avez du retard à rattraper.

— Je suppose que je pourrais m'y mettre, dit-il en se levant. Vous avez des cookies ? Je prendrais bien un en-cas.

Exaspérée, Debra lui remplit une assiette de cookies et lui versa un verre de lait.

— Je n'ai pas bu autant de lait depuis mon adolescence.

Elle tendit aussitôt la main pour reprendre le verre, mais il l'écarta d'un geste vif.

— Non, ce n'était qu'un commentaire, pas un reproche.

— Alors, allez trier vos papiers en savourant vos cookies.

John sourit en quittant la cuisine. Ainsi, son regard la perturbait ? Tant mieux. Il voulait la troubler, l'obliger à penser à lui. C'était la première étape pour l'amener à devenir sa femme… dans tous les sens du terme.

Le lendemain matin, après avoir servi le petit déjeuner aux cow-boys, Debra donnait ses céréales à Betsy. La petite fille se montrait anormalement rétive. Entre deux bouchées, John intervint.

— Vous vous souvenez que Lucy a dit hier que les mères ont besoin d'avoir de l'énergie pour leurs enfants ? Eh bien, il faut de la nourriture pour acquérir cette énergie. Vous êtes beaucoup trop maigre.

— J'aurai le temps de manger plus tard, John. Je ne pars pas à cheval aujourd'hui, moi, dit-elle en lui jetant un regard noir.

— Voyons, Debra, je ne peux pas me blesser avec la jambe dans le plâtre.

— Si vous le dites…

Elle se désintéressa de lui pendant tout le reste du repas. Plus tard, lorsque les cow-boys se retirèrent, elle s'attendit à le voir leur emboîter le pas. Ce qu'il fit, mais seulement après lui avoir dit au revoir… en l'embrassant. Un sentiment de stupeur, puis de plaisir, l'envahit, aussitôt chassé par la panique. Elle n'était pas censée désirer cet homme. C'était totalement déplacé. Il comptait la renvoyer dès qu'il pourrait.

— Qu'il ne s'imagine pas parvenir à ses fins avec moi ! marmonna-t-elle après son départ.

— Qu'est-ce qu'il y a, maman ? Tu es fâchée contre John ?

— Non, trésor. J'essaie simplement de veiller à tout, répondit-elle en se reprochant d'avoir oublié à quel point son fils de trois ans était perspicace et sensible. Finis ton petit déjeuner à présent.

— John a dit que tu devais déjeuner aussi, dit Andy en l'observant.

Elle lui jeta un regard agacé, puis prit un morceau de bacon qu'elle commença à mastiquer.

— Je mange, tu vois ?

Voilà qu'elle avait deux hommes pour la surveiller ! Son fils passait trop de temps avec les adultes. Elle regrettait de ne connaître aucune personne ayant un enfant de l'âge d'Andy. S'ils allaient à l'église, elle pourrait rencontrer une autre mère et fixer avec elle un moment pour que leurs enfants jouent ensemble.

Une fois le repas d'Andy et de Betsy terminé, elle transporta la petite fille et son parc dans la chambre de John.

— Que fais-tu, maman ? demanda son fils en entrant derrière elle.

— Je range la chambre de John. Ensuite, je devrai vider le placard de son épouse.

— Je croyais que c'était toi.

— Je suis sa seconde épouse, trésor. Je voulais parler de la mère de Betsy.

— Ses vêtements sont encore ici ?

— Oui. John a dit que je pouvais porter ceux que je voulais.

— Oh. Je peux regarder la télévision ici avec toi et Betsy ?

— D'accord, chéri. Laisse-moi enlever les draps du lit.

Après les avoir mis dans le panier à linge, Debra épousseta la chambre et nettoya la salle de bains. Lorsqu'elle ouvrit le dressing où étaient suspendus les vêtements d'Elizabeth, elle eut l'impression d'entrer dans une boutique de haute couture dont elle aurait été l'unique cliente. Elle sélectionna deux jeans, griffés mais néanmoins assez fonctionnels, ainsi que quelques chemisiers — de soie, bien entendu.

La plupart des autres toilettes étaient trop tape-à-l'œil pour elle, mais elle dénicha deux tailleurs discrets qu'elle pourrait revêtir pour aller à l'église.

Au final, bien qu'elle ait doublé le volume de sa propre garde-robe, elle avait prélevé moins d'un dixième de celle d'Elizabeth. A quoi bon garder tous ces vêtements inutilisés, autant les vendre. John pourrait employer cet argent à bon escient.

— Maman ? Tous ces vêtements, c'est pour une seule dame ?

— Une seule, oui, répondit-elle avec un sourire désabusé.

— Oh ! là, là ! Elle en avait beaucoup !

Son fils avait raison, bien sûr. Certains n'avaient même jamais été portés. Cet ensemble kaki, par exemple, sur lequel était encore fixée l'étiquette.

Après avoir transféré tous les vêtements dans un placard vide de la nursery, elle coucha les enfants, puis s'installa à la table de la cuisine pour coudre. Le soir précédent, elle avait veillé très tard afin de terminer sa première courtepointe. Elle ne pourrait pas se permettre de le faire souvent, malgré son désir d'en avoir quatre prêtes pour la kermesse. Une autre occasion de vendre le fruit de son travail ne se représenterait pas de sitôt.

Avec détermination, elle travailla sur son ouvrage. Elle s'étira, puis se versa une tasse de café, espérant que la caféine ferait effet. Puis ce fut l'heure de préparer le dîner et de réveiller les enfants de leur sieste. Elle changea la couche de Betsy et alla voir ce que faisait Andy. Il jouait tranquillement avec deux petits camions que John lui avait offerts.

— Tu es prêt à te lever, mon chéri ?

— Oui, maman. J'ai essayé de ne pas faire de bruit pour ne pas réveiller Betsy.

— Elle s'est réveillée toute seule. Allez, suis-nous dans la cuisine.

Au moment où ils arrivaient au pied de l'escalier, ils entendirent la porte de derrière s'ouvrir. Debra se précipita dans l'arrière-cuisine.

— Oncle Bill ? Que se passe-t-il ?

— Rien de grave, Debra. J'ai simplement estimé que John était resté en selle assez longtemps. Est-ce que ça va s'il se repose ici sur le canapé jusqu'au dîner ?

— Bien sûr. Andy, va me chercher les deux oreillers sur le lit de John.

L'enfant fila sur-le-champ.

— Ne dites rien, Debra. J'aurais pu terminer la journée, dit John, les dents serrées.

— Bien sûr, Superman.

Elle alla dans la cuisine lui verser une tasse de café chaud. Lorsqu'elle fut de retour, John fourrait des oreillers derrière son dos sur le canapé.

— Voilà, dit-elle en posant la tasse et une assiette de gâteaux sur la grande table basse.

Voyant Andy loucher vers les gâteaux, elle étala une serviette sur laquelle elle en déposa quelques-uns à son intention.

— N'en mange pas trop, chéri. Tu devras dîner dans une heure ou deux.

— Oui, maman, dit Andy, le visage radieux.

— Et, à moi, vous ne m'interdisez pas de manger trop ? demanda John.

— Non, vous pouvez manger ce que vous voulez, répondit-elle un peu sèchement, comme si elle s'en moquait.

Mais ce n'était pas le cas. Avec le temps, elle avait fini par se rendre compte qu'elle éprouvait des sentiments pour lui. C'était un homme bon et juste, qui n'avait pas toujours eu la vie facile.

Les rares moments où elle n'avait rien à faire, elle se plaisait à songer à ce que ce serait si elle et John se comportaient comme de vrais mariés. Certes, ils l'étaient légalement. Mais elle voulait être autre chose qu'une sorte de gouvernante pour lui. Elle voulait être près de lui, le toucher quand elle en avait envie.

Lors de ses moments de rêverie, elle s'abandonnait à ses fantasmes les plus fous.

Une fois Debra repartie dans la cuisine, Andy se pencha vers John pour lui parler à voix basse.

— Maman est en colère contre toi ?

— Oui, je crois.

— Qu'est-ce que tu as fait ? demanda-t-il, la bouche pleine de biscuit.

— Elle m'avait conseillé de ne pas travailler toute la journée, mais j'ai insisté pour le faire.

Andy hocha la tête.

— Ma maman, quand j'ai fait des bêtises, elle me fait toujours un câlin avant que je m'endorme.

John ne put s'empêcher de sourire.

— Je ne suis pas sûr qu'elle fera ça pour moi, Andy. Mais merci quand même.

Sans crier gare, l'image de Debra s'approchant de lui pour le border s'insinua dans son esprit. La chambre était plongée dans la pénombre… elle portait son peignoir, qui s'entrouvrait tandis qu'elle se penchait sur lui, laissant apercevoir sa peau d'un blanc laiteux… et il humait ce parfum vanillé qu'il adorait chez elle…

Il frémissait d'impatience d'aller se coucher.

10

Après le dîner, Debra travaillait sur sa courtepointe lorsque John vint de nouveau la déranger.

— Il y a une bonne émission à la télévision. Vous voulez la regarder avec moi ?

— Non, merci. Je suis occupée.

— Vous ne regardez jamais la télévision ?

— Pas vraiment.

Gardant la tête baissée, elle poursuivit son ouvrage. Elle faillit sursauter lorsqu'elle sentit les mains de John sur ses épaules.

— Au nom du ciel, que faites-vous ?

— Holà ! du calme, Debra ! Je voulais juste vous masser un peu les épaules. Elles semblaient tendues.

Elle eut l'impression qu'elle allait exploser. Ils ne se touchaient jamais, sauf en cas d'extrême nécessité. Son massage ne l'aiderait certainement pas à se décontracter.

— John, aurais-je oublié de faire quelque chose ?

— Non, rien. Le dîner était excellent ce soir. Je reprendrais bien une part de gâteau, s'il en reste.

Elle repoussa sa chaise pour se lever.

— Non, restez assise. Je peux me servir moi-même. Vous avez dîné ce soir ?

— Pourquoi me demandez-vous ça ?

— Je pense que vous ne mangez pas assez. Je parie

que si je mettais mes mains autour de votre taille, elles se rejoindraient.

Elle eut un mouvement de recul.

— Je vous défends d'essayer.

— Alors, laissez-moi vous couper un morceau de gâteau. Vous voulez du lait ? Moi, je vais en prendre, et je vous en verserai aussi un petit verre.

Deux minutes plus tard, il déposa le tout à côté d'elle. Elle leva les yeux, s'attendant à ce qu'il disparaisse ensuite dans l'autre pièce. Au lieu de cela, il s'assit en face d'elle.

— Que faites-vous ? demanda-t-elle avec méfiance.

— Je mange mon en-cas.

— Et la bonne émission de télé dont vous m'avez parlé ?

— Elle n'est pas aussi bonne que ça. Je préfère bavarder avec vous.

— John, vous êtes bouché ? Je travaille ! Je ne veux pas bavarder avec vous. J'ai un ouvrage à terminer !

— J'ai bien compris, dit-il en la fixant, mais pourquoi est-ce si important ?

— Eh bien, je confectionne ces courtepointes pour les vendre à la kermesse le mois prochain. Je pourrai ainsi gagner un peu d'argent.

— Si vous avez besoin d'argent, il suffit de le demander. Vous l'avez plus que gagné.

— Non, merci. Maintenant partez et laissez-moi tranquille.

Sans autre parole, John prit sa tasse et son assiette, et sortit de la cuisine. Debra le suivit du regard, les yeux emplis de larmes.

Aujourd'hui même, elle avait fini par s'avouer qu'elle commençait à s'attacher à cet homme. Mais à quoi bon ? Leur mariage était voué à l'échec depuis le début. Elle se remémora ce jour fatidique, dans la petite église, sa dispute avec son oncle, la colère de John à son égard…

Ses larmes redoublèrent, coulant sur ses joues et sur son chemisier. Elle pleurait parce qu'elle l'aimait, le désirait — et qu'elle ne pourrait jamais l'avoir. Pourquoi continuait-il à la torturer ?

John se leva tôt le lendemain matin. La lampe de la cuisine était la seule allumée. Debra s'était-elle endormie devant sa machine à coudre sans aller se coucher ?

En arrivant dans la pièce, il constata qu'elle était debout et préparait le petit déjeuner. Il se racla la gorge, histoire de la prévenir qu'elle n'était pas seule. Elle pivota sur elle-même.

— John ? Que faites-vous de si bonne heure ?

— Je craignais que vous n'arriviez pas à vous lever. Vous voulez de l'aide ?

— Non, merci, répondit-elle avant de lui tourner le dos pour se remettre à remuer la pâte à crêpes.

— Debra, je m'inquiète pour vous. Je veux que vous vous détendiez un peu, que vous profitiez de la vie.

Elle mit la pâte à crêpes de côté pour brancher la cafetière.

— Le café sera prêt dans quelques minutes, annonça-t-elle, ignorant sa remarque.

Puis elle posa une grande poêle sur la table de cuisson et commença à faire frire des tranches de bacon.

John remarqua qu'elle avait déjà préparé les déjeuners.

— Debra, quand vous êtes-vous levée ce matin ?

— Il y a une demi-heure.

— Seulement ? Vous travaillez vite.

— Oui, question d'habitude.

Elle cassa des œufs dans un bol.

— Nous avons aussi des œufs brouillés ?

— Oui. Certains cow-boys les apprécient.

— Moi aussi. En fait, je n'ai rien trouvé dans ce que vous faites que je n'apprécie pas… A propos, j'ai un service à vous demander.

Elle se tourna vers lui.

— Vous êtes sérieux ?

— Oui. Des livreurs vont apporter une machine à laver

et un sèche-linge dans le bâtiment-dortoir cet après-midi. Pouvez-vous leur indiquer où les mettre et vérifier que tout fonctionne avant de les laisser repartir ? Ils livreront aussi un téléviseur pour le dortoir.

Debra le dévisagea.

— Pourquoi ? Que comptez-vous faire ?

— J'ai décidé d'alléger un peu vos corvées. Les cow-boys peuvent tous faire leur propre lessive. Rien ne vous oblige à vous en charger.

— Mais je…

— Je ne veux pas que vous vous épuisiez. Vous devez dormir davantage et manger plus.

— Vous me reprochez de mal faire mon travail ?

— Grand Dieu, non ! Vous en faites plus à vous seule que deux personnes réunies. J'essaie simplement d'améliorer un peu votre qualité de vie. D'accord ?

— Les cow-boys penseront que je me suis plainte.

— Non, je leur expliquerai que c'est à cause de moi. Je suis trop jaloux pour accepter que ma femme soit fatiguée parce qu'elle plie les sous-vêtements de plusieurs autres types.

— C'est ridicule. Ils ne le croiront jamais.

— Et pourquoi donc ? C'est la vérité.

— Bien sûr que non.

Il lui agrippa les épaules.

— Je veux que vous vous consacriez entièrement à Betsy et à moi. C'est ça qui est normal, pas le contraire, affirma-t-il.

Puis il déposa un baiser sur ses lèvres.

Debra ne put s'empêcher de remarquer qu'il était meilleur encore que le précédent, avant de le repousser avec force.

— Arrêtez !

— Pourquoi ? Ça me plaisait bien…, ajouta-t-il en inclinant de nouveau la tête.

— Quelque chose brûle !

Elle se retourna vivement pour piquer avec une fourchette une tranche de bacon presque carbonisée.

— Debra…

— Il faut que le petit déjeuner soit sur la table dans dix minutes. Allez donc chercher les enfants.

John dut s'incliner. Il monta lentement l'escalier, en se maudissant de ne pas lui avoir avoué qu'il voulait simplement être seul avec elle pour l'embrasser.

Debra ferma les yeux quelques secondes après que John eut quitté la cuisine. Elle devait faire en sorte qu'il cesse de l'embrasser. C'était trop pour elle. Puis, après avoir consulté sa montre, elle se remit à préparer le petit déjeuner avant l'arrivée des cow-boys.

Tout en confectionnant les galettes, elle se demanda comment ils réagiraient en apprenant qu'ils devraient dorénavant faire leur propre lessive. Elle espérait qu'ils ne croiraient pas lui avoir causé trop de tracas. Ils se montraient reconnaissants de ce qu'elle faisait et étaient tous charmants avec elle.

Est-ce que John leur achetait une télévision pour qu'ils ne s'attardent plus dans le salon ? Et d'où tirait-il tout cet argent ? Visiblement les affaires marchaient bien, il allait pouvoir prendre une gouvernante. Elle prit soudain conscience qu'elle quitterait le ranch peut-être bien plus tôt que prévu.

Juste à cet instant, John revint dans la cuisine avec Betsy, qui tendit les bras vers elle en appelant : « Ma-man ! »

— Bonjour, ma chérie, dit Debra en se penchant pour lui donner un baiser.

John l'installa sur la chaise haute.

— Andy descendra dans une minute. C'est vraiment un gentil gamin.

— Merci. Tenez, ajouta-t-elle en lui passant une tasse de lait pour la petite fille. Commencez par lui donner ça pendant que j'attrape ses céréales.

— Une tasse ? Pas de biberon ?

— Elle doit apprendre, répondit-elle par-dessus son épaule. A un an, elle devra être complètement sevrée.

— C'est donc logique. Hé, regardez ! Elle sait boire toute seule !

Tenant la tasse par ses deux oreilles, Betsy se mit en fait à… renverser le lait sur sa tablette. Debra se précipita vers elle avec une éponge.

— Parfois, elle rate sa bouche. Ce serait mieux de la guider un peu.

— Je vois. Eh bien, Betsy, tu as encore beaucoup à apprendre — et moi aussi. Je pense qu'on y arrivera ensemble.

Au même moment, les cow-boys entrèrent l'un derrière l'autre, chacun saluant Debra au passage. Comme c'était jeudi, Darrell l'informa qu'il avait déposé son sac de linge sale dans la buanderie. Elle lui assura que la lessive serait faite avant son retour ce soir-là.

— Mais, ensuite, ce sera la fin de ce service, intervint John. Debra s'exténue à s'occuper de nous tous. Je ferai donc livrer une machine à laver et un sèche-linge au bâtiment-dortoir aujourd'hui, afin que vous puissiez faire votre propre lessive.

Tous les hommes approuvèrent, surtout lorsque John leur annonça qu'il leur avait acheté aussi une grande télévision.

— Ainsi, vous pourrez la regarder tout en pliant vos vêtements.

Pendant qu'ils riaient tous, Andy entra en trottinant dans la pièce. Il se glissa sur sa chaise. Puis Debra lui prépara des crêpes.

— Andy, mange aussi tes œufs, s'il te plaît.

— Oh, maman ! protesta-t-il.

— Fiston, tu dois écouter ta mère. C'est ce que font tous les cow-boys, dit John, parfaitement sérieux.

Andy fit la moue.

— C'est vrai ?

— Demande-leur, dit John en désignant d'un geste les autres autour de la table.

Comme un seul homme, tous affirmèrent au petit garçon qu'ils obéissaient à leur maman. Debra eut du mal à dissimuler son sourire. Elle n'en croyait rien, mais si cela incitait son fils à suivre ses ordres… Relevant alors la tête, elle croisa le regard de John.

Elle y lut de la connivence, comme s'ils partageaient des secrets, à l'image de certains vieux couples. Quelle pensée ridicule ! Elle ne resterait au ranch que six mois tout au plus. Elle s'empressa de détourner les yeux.

— C'est vraiment bien ce que tu as fait, déclara Bill à John, qui chevauchait à côté de lui.

— De quoi parles-tu ?

— De ces machines que tu as achetées pour que nous puissions faire notre propre lessive. C'est une grosse corvée en moins pour Debra, Je suis sûr qu'elle s'est montrée très reconnaissante, ajouta-t-il avec un rire grivois.

— Pas du tout.

Bill fronça les sourcils.

— Vraiment ? Pourquoi ? Ce ne peut pas être parce qu'elle aime laver notre linge sale ?

— Elle a réagi comme si je l'accusais de ne pas en faire assez… Elle travaille comme deux et ne se plaint jamais, reprit-il après une pause. Et maintenant elle passe une partie de la nuit à coudre une courtepointe qu'elle compte vendre. J'ai essayé de savoir pourquoi elle avait besoin d'argent, mais elle refuse de s'expliquer. Tu sais de quoi il retourne ?

— Elle m'a dit qu'elle faisait des dessus-de-lit en patchwork. C'est ma mère qui lui a appris. Je croyais qu'elle cousait par plaisir.

— Réfléchis, Bill. Après la cuisine, le ménage, la lessive et les soins aux deux enfants, tu crois vraiment qu'il lui reste du temps pour un hobby ? J'aimerais qu'elle puisse sortir un peu, avoir quelques moments de loisir.

— Ce serait parfait, dit Bill. Mais elle a l'air en forme.

— Tu ne trouves pas qu'elle a maigri ?

— Peut-être un peu, mais elle va bien.

— Je m'inquiète pour elle.

— Eh bien, c'est ton devoir de mari, et je suis content que tu l'accomplisses. Elle ne t'a pas séduit tout de suite, hein ?

— Bon sang, Bill, tu sais que je ne voulais pas me remarier ! Mais Debra est encore mieux que tu me l'avais décrite. Et nous l'avons tous deux flouée le jour du mariage. Elle n'a même pas reçu de fleurs !

— Vous n'aurez pas grand-chose à raconter à vos enfants, pas vrai ?

— Si jamais nous en avons.

— Je ne vois pas pourquoi vous n'en auriez pas, si vous en voulez.

— Peut-être parce que nous ne partageons pas la même chambre, encore moins le même lit !

— Non ?

— Bon sang, Bill, elle n'est là que depuis deux semaines. Tu ne crois pas que je devrais la laisser s'adapter ? Je ne lui plais peut-être même pas ! J'ai gaspillé beaucoup de temps et d'argent pour offrir à Elizabeth le mariage dont elle rêvait, mais elle a tout gâché. Et elle n'avait rien fait pour le mériter non plus. Alors que Debra…

Le regard perdu au loin, il songea à sa seconde épouse. Grâce à Dieu, elle était tout à fait l'opposé de la première. Mais il exigeait plus. Il voulait être vraiment son mari, prendre soin d'elle et de leurs deux enfants, en faire d'autres, laisser un héritage qui se perpétuerait de génération en génération. Il voulait sentir son corps couché à côté du sien, se blottir contre elle lors des nuits fraîches… ou torrides. Il voulait partager les bons et les mauvais moments avec Debra.

— A quoi penses-tu, mon garçon ? Seraient-ce des pensées d'ordre très privé ?

John sentit ses joues brûler.

— Qu'est-ce qui te fait croire ça ?

— L'expression de ton visage, j'imagine. Allons, nous devons surveiller le troupeau pour nous assurer qu'aucune des vaches n'est mal en point.

Ils donnèrent l'ordre aux cow-boys de parcourir le pâturage à la recherche d'éventuelles vaches en détresse.

— Si vous avez besoin d'aide, tirez un coup de feu en l'air.

Tous se dispersèrent alors pour explorer l'enclos. John devait rester aux aguets, afin de pouvoir leur apporter un coup de main, si nécessaire. Il comptabilisa plusieurs veaux, manifestement nés la nuit précédente. Découvrant une vache couchée, il sortit les chaînes de sa sacoche de selle, au cas où il aurait besoin d'extraire son petit. Cela pouvait s'avérer vital, pour le petit comme pour sa mère.

Il était évident que la mise bas se passait mal. Il réussit à attacher les chaînes aux pattes arrière du veau et à l'extirper, avant de lui nettoyer les naseaux. Il fallut un moment au nouveau-né pour s'adapter, mais il commença à respirer et, deux minutes plus tard, il était debout sur ses petites pattes vacillantes.

John remonta ensuite sur son cheval et continua son inspection.

Les cow-boys ratissèrent le pâturage jusqu'à la tombée de la nuit. Puis ils se rassemblèrent pour retourner ensemble à l'écurie, sachant que Debra leur aurait mitonné un délicieux repas. Lorsque John entra dans la maison, pendant que les autres partaient se doucher, d'alléchants effluves vinrent lui chatouiller les narines.

Debra avait déposé ses vêtements propres sur le banc où il s'asseyait toujours pour enlever ses bottes. Il se déshabilla, prit sa douche, puis se changea rapidement. Il repensa à l'époque où, rentrant fourbus à la nuit tombée, lui et ses hommes devaient encore préparer leur souper. C'était un miracle qu'ils ne se soient pas empoisonnés entre eux !

Il se dirigea vers la cuisine, où il fut accueilli par Andy et Betsy. Il les embrassa, en les étreignant tous deux. Debra, qui avait le dos tourné, ne se retourna pas. Il s'approcha d'elle par-derrière pour l'enlacer, la faisant tressaillir de surprise. Ne pouvant atteindre ses lèvres, il lui donna un baiser sur la joue.

— Comment s'est passée votre journée ? demanda-t-il en la relâchant.

— Très bien. Et la vôtre ?

— Bien. Nous avons beaucoup de veaux nouveau-nés.

— J'ai envie de les voir ! s'écria Andy.

John se versa une tasse de café et s'assit à la table.

— Nous fixerons un jour où je pourrai t'emmener, fiston. Ça ne t'ennuiera pas de monter à cheval avec moi, n'est-ce pas ?

— Oh ! non, au contraire ! répondit-il d'un ton enthousiaste.

— Il est trop jeune, John.

Andy et lui la regardèrent avec surprise. Il posa la main sur l'épaule du petit garçon pour l'empêcher de parler.

— Je vous assure que mon cheval n'est pas dangereux, Debra. Il est vraiment bien dressé et je ne le laisserai pas galoper.

— Il n'est pas dangereux tant qu'il ne voit pas de serpent !

— Des accidents arrivent, Debra, mais la foudre ne frappe jamais deux fois au même endroit.

— Je ne crois pas que ce soit une bonne idée.

— Maman, il y a plein d'enfants qui font du cheval !

— Pas des enfants de trois ans, Andy.

— Quand auras-tu quatre ans, fiston ? s'enquit John.

— Je ne sais pas. Quand j'aurai mon anniversaire, maman ?

— En octobre, trésor, et c'est dans longtemps.

— On essaiera de convaincre ta mère avant, mais si on n'y arrive pas, tu monteras sans faute à cheval le jour de ton anniversaire.

— Chouette ! s'exclama Andy. D'accord, maman ?

— D'accord, trésor… si nous sommes encore là.

11

— De quoi parlez-vous, Debra ? demanda John en se levant pour attirer son attention.

La porte de derrière s'ouvrit au même moment, et il sut alors qu'il avait perdu sa chance de l'interroger, du moins en privé. Il devrait patienter jusqu'à la fin du dîner.

— Hé, Debra, je vous jure qu'on sentait l'odeur de votre cuisine depuis le dortoir ! annonça Mickey dès son entrée, sans paraître remarquer la tension qui régnait dans la pièce.

— J'espère qu'elle était appétissante, Mickey, dit-elle d'une voix affable.

— Bien sûr, intervint Jess en adressant un sourire à la jeune femme, qui le lui rendit.

John la regarda, dépité. Elle ne lui réservait jamais ce genre d'accueil chaleureux.

— Debra, que mange-t-on ce soir ? s'enquit-il en l'observant attentivement.

Elle débita le menu à toute allure, sans même daigner le regarder. Il allait poser une autre question lorsque Bill le devança :

— Qu'y a-t-il pour dessert, ma belle ?

De nouveau, John la vit sourire tout en répondant à son oncle. Bon sang ! Aimait-elle tout le monde mieux que lui ? Il resta stoïquement assis pendant tout le dîner, l'irritation lui coupant presque l'appétit. Du coin de l'œil, il observait Debra. Elle fit le service, surveilla Andy, nourrit Betsy, mais n'avala rien elle-même. Le repas terminé, elle devait encore débarrasser la table avant de coucher les enfants.

— Je donnerai son biberon à Betsy ce soir, proposa-t-il. J'y arriverai tout aussi bien avec un plâtre que sans.

— Je peux m'en charger.

— Non, je le ferai pendant que vous baignerez Andy. Cela permettra de les mettre au lit plus tôt.

— Je vais juste changer sa couche...

— Je sais le faire, Debra. Vous ne pouvez pas tout prendre sur vos épaules.

— Parfait, dit-elle d'un ton agacé, avant de monter à l'étage avec Andy.

Un sourire désenchanté aux lèvres, il emmena Betsy dans la nursery pour la changer. Puis ils redescendirent dans la cuisine, où il réchauffa le biberon, avant de s'installer sur un des canapés en cuir devant la télévision. Il se rappela alors les soirées où il s'efforçait de nourrir Betsy avant de prendre son propre dîner, épuisé et malheureux. Ce soir, il avait bien mangé et portait des vêtements propres. La vie était douce.

Mais jusqu'à quand ? Qu'avait voulu dire Debra lorsqu'elle avait laissé entendre qu'elle ne serait peut-être plus là en octobre ? Il tenta d'en discuter avec la petite fille, mais elle battit seulement des cils. A voix basse, il lui raconta sa journée, décrivant les jeunes veaux, qui chancelaient lorsqu'ils essayaient de marcher. Elle ne quittait pas ses lèvres des yeux tout en buvant son biberon.

Debra redescendit avant que le bébé ait fini.

— Je vous remplace ? demanda-t-elle.

— Non merci. Il n'y en a plus pour très longtemps.

Elle repartit aussi sec et il l'entendit s'affairer dans la cuisine. Il fallait qu'il lui parle. Si seulement Betsy voulait bien se dépêcher un petit peu. Deux minutes plus tard à peine, le biberon était vide et la petite fille s'était assoupie. Après l'avoir couchée, il redescendit aussi vite que son plâtre le lui permettait pour retrouver Debra dans la cuisine. Elle était en train de fermer le lave-vaisselle et le mettait en marche.

— Debra, vous avez mangé ?

Elle se retourna, l'air courroucé.

— Oui. J'ai grignoté différentes choses et goûté les plats que je préparais.

— Il ne s'agit pas d'un vrai repas. Vous avez maigri. Les recommandations de Tom n'ont donc servi à rien ?

— Je suis assez résistante pour faire mon travail, John. Dites-moi dans quel domaine vous trouvez que je me relâche, et j'y remédierai.

— Il n'y a rien à redire sur votre travail, Debra. C'est de votre santé que je me préoccupe.

— C'est inutile. Je suis adulte. Je peux prendre soin de moi.

— D'accord. Changeons de sujet. Qu'entendiez-vous par « si nous sommes encore là » ? Pourquoi n'y seriez-vous plus ? Comment pouvez-vous tenir des propos qui risquent de déstabiliser Andy ?

— Mon fils va bien. Il sait que je m'occuperai de lui.

— Alors dites-moi ce que vous entendiez par là.

— Rien. La vie change. On ignore ce qu'elle nous réserve.

— Debra, vous me dissimulez quelque chose.

Il avait appris que les paroles de Debra pouvaient être ambiguës. Celles-ci avaient évidemment un sens caché.

— Vous savez tout ce que je sais, et aucun de nous ne peut lire l'avenir. Maintenant, si vous voulez bien m'excuser…

— Vous allez vous remettre à coudre à la machine ?

— Oui, à moins que vous ayez autre chose à me demander.

— Et si je vous proposais de me tenir compagnie et de regarder un film avec moi ?

— Non, merci. Je préfère coudre.

John sortit en clopinant de la cuisine, démoralisé et contrarié. Il y avait un problème, et elle refusait de lui en parler. Peut-être pourrait-il demander à Bill de l'interroger ? Mais lui-même avait l'air de ne pas trop savoir comment s'y prendre avec Debra.

Une autre pensée lui vint à l'esprit. Si Debra pouvait vendre ses courtepointes au fur et à mesure de leur confection, sans être obligée de les terminer toutes pour une date précise, une partie de la pression disparaîtrait. Il appellerait Charlie dans la matinée pour lui demander s'il n'avait pas besoin de ce genre d'articles pour son magasin.

Il allait devoir trouver un prétexte pour rester à la maison jusqu'à l'ouverture de la boutique. Il pourrait simuler une fatigue extrême. Elle y croirait facilement. Elle n'avait pas cessé de le mettre en garde depuis qu'on lui avait posé le plâtre.

Ce plan établi, il se détendit et regarda la télévision… jusqu'à ce qu'il s'endorme. A son réveil, il était plus de minuit, et Debra était toujours en train d'actionner sa maudite machine à coudre. Se levant péniblement du canapé, il boitilla jusqu'à la porte de la cuisine.

— Debra, vous ne croyez pas que vous devriez vous coucher ?

Elle sursauta.

— Quelle heure est-il ?

— Presque 1 heure du matin !

— Oh, je ne savais pas. Je vais tout ranger et monter me coucher… Que faites-vous debout si tard ? demanda-t-elle alors en levant les yeux.

Il sourit.

— Je me suis endormi sur le canapé vers 20 h 30. Je viens de me réveiller.

Il fit un pas en avant.

— Je vais la remettre en place, dit-il en posant la main sur la poignée de l'étui dans lequel elle insérait la machine.

— Je peux me débrouiller.

— Je sais, mais laissez-moi vous aider juste cette fois-ci.

Elle le regarda avec méfiance, mais finit par accepter.

— Et si vous faisiez la grasse matinée demain ? Je préparerai le petit déjeuner pour les autres.

— Certainement pas ! C'est à moi de le faire.

— Ce n'est pas comme si vous risquiez de vous faire virer en prenant un jour de congé, Debra !

— Je me lèverai à mon heure habituelle, répliqua-t-elle, avant de gravir lentement l'escalier.

John resta immobile au pied des marches, regrettant de ne pouvoir l'emmener dans sa chambre, où il aurait pu la choyer, l'aider à se détendre, à se sentir mieux. Pourquoi n'avait-il pas rencontré Debra en premier, au lieu d'Elizabeth ? Elle incarnait exactement ce qu'il recherchait chez une femme. Mais elle n'était pas là lorsque, après la mort de son père, il avait cherché à nouer une relation. C'est à cette époque que lors d'un rodéo, à Cheyenne, il avait rencontré Elizabeth. La belle ne se doutait pas alors que regarder des cow-boys n'avait rien à voir avec le fait de vivre parmi eux.

Debra, en revanche, était la femme que tout homme sensé choisirait. Mais, même si leur mariage s'était fait dans des circonstances particulières, ils étaient légalement mariés, ce qui lui donnait des droits sur elle. Elle ne partirait nulle part avant le mois d'octobre — à moins que ce ne soit en voyage de noces avec lui.

John se leva de nouveau aux aurores le lendemain matin. Debra n'en fut pas surprise. Visiblement, il avait l'intention de la surveiller et de vérifier si elle faisait correctement son travail. Elle était résolue à lui prouver qu'il avait tort. Elle rattraperait son manque de sommeil cet après-midi, pendant la sieste des enfants.

Elle lui remplit une grande tasse de café, qu'elle posa sur la table devant sa place habituelle.

— J'aurais pu me servir.

— Inutile, affirma-t-elle.

Elle ajouta même un sourire, malgré l'effort que cela lui coûtait ce matin-là. Elle devait couver quelque chose, mais ce ne serait pas la première fois qu'elle travaillerait avec la grippe.

A l'arrivée des cow-boys, elle avait déjà tout installé sur la table, sauf la seconde fournée de galettes, qu'elle préférait garder au four. Ils en avaient ainsi des chaudes à tout moment.

Elle donna à manger à Betsy, fière d'avoir réussi à tout mener à bien comme si elle avait eu huit heures de sommeil au lieu de quatre. Elle était consciente de ne pas avoir assez dormi, mais il lui restait si peu de temps ! Elle avait presque terminé la deuxième courtepointe. Si elle se dépêchait, elle pourrait en finir quatre avant la kermesse.

— Ne touche pas à la cuillère, Betsy, lui ordonna-t-elle tout en la nourrissant.

La petite fille grandissait vite, et apprenait de nouvelles choses tous les jours.

La sonnerie du four retentit. Debra se leva d'un bond pour aller chercher les galettes chaudes. Soudain, tout se mit à tourner autour d'elle et, sans un bruit, elle s'affaissa par terre.

John sauta aussitôt de sa chaise, mais Bill, qui était assis près d'elle, l'avait déjà relevée. Il arracha la jeune fille des bras de son oncle et reprit la situation en main.

— Bill, appelle le toubib pour voir s'il peut passer. Jess, occupe-toi de Betsy. Mickey, surveille Andy, et toi, Darrell, sors les galettes du four.

Il étendit ensuite la jeune femme avec précaution sur son lit, avant de se précipiter dans la salle de bains pour mouiller une serviette. Lorsqu'il revint près du lit, Debra clignait des paupières et essayait de s'asseoir.

— Recouchez-vous, ordonna-t-il immédiatement.

A sa grande satisfaction, elle lui obéit.

— Qu'est-ce que... je fais ici ?

— Vous avez perdu connaissance en vous levant pour aller sortir les galettes du four.

Elle tenta une deuxième fois de se redresser.

— Pas question. Recouchez-vous. Darrell a sorti les galettes.

— Betsy…

— Jess s'en occupe, et Mickey surveille Andy.

— Mais je ne suis pas malade !

— Je crois que si, et Bill a appelé le médecin. Vous ne quitterez pas ce lit avant qu'il arrive.

— Mais ce n'est pas le mien !

— Je n'ai pas voulu prendre le risque de vous transporter à l'étage avec ma jambe.

— Je vais aller m'asseoir sur le canapé en attendant le médecin. Vous êtes sûr qu'il viendra ? Je veux dire… ce n'est pas la peine qu'il se dérange pour si peu.

De nouveau, elle entreprit de s'asseoir. Il lui posa la main sur l'épaule.

— Debra, vous devez rester allongée jusqu'à ce que Tom découvre ce qui ne va pas, dit-il, avant de se rappeler qu'elle ne pensait jamais à elle. Et si vous vous étiez évanouie en portant Betsy ?

A son brusque sursaut, il comprit qu'elle venait de prendre conscience de la situation. Elle n'essaya plus de se lever.

— Est-ce qu'Andy peut… venir me voir ? Je sais qu'il est inquiet.

— Bien sûr. Si vous promettez de ne pas bouger, je vais le chercher.

La voyant acquiescer, il s'empressa de retourner dans la cuisine.

— Andy, ta maman est réveillée. Elle a pensé que tu voudrais peut-être venir la voir afin que tu ne t'inquiètes pas.

— Oui, merci.

John n'en revenait pas qu'il reste aussi calme et poli. Prenant la main du petit garçon, il l'entraîna dans le couloir.

— Mais la chambre de maman est en haut, fit observer Andy.

— Oui, mais ne lui en parle pas. Cela la mettrait mal à l'aise parce qu'elle emprunte mon lit.

Ils entrèrent dans la chambre où Debra était couchée, pelotonnée sur le côté.

— Andy ! dit-elle en lui tendant la main. Tu vas bien ?

— Bien sûr, maman. C'est toi qui es tombée, pas moi.

Bill entra alors dans la pièce.

— Le toubib est en route.

— Il ne devrait pas faire tout ce déplacement juste pour moi. Je suis certaine de n'avoir qu'une petite grippe.

Son oncle lui tapota l'épaule.

— Je crois que John a raison. Tu dois t'assurer que tu n'as rien. Tu pourrais te faire vraiment mal.

— Comment va Betsy ? demanda-t-elle.

John soupira.

— Vous ne serez pas satisfaite tant que tout le monde ne sera pas là, hein ? Je vais la chercher. Bill, tu ferais mieux de partir avec les hommes. Je vous rejoindrai si Deb va bien.

— Bill, les paniers-repas vous attendent sur le buffet, lui cria-t-elle alors qu'il quittait la pièce.

— Restez couchée, dit John avant d'aller chercher sa fille.

Il avait une idée assez précise de ce dont souffrait Debra, mais, sachant qu'elle ne l'écouterait pas, il voulait que ce soit le médecin qui le lui dise. Tandis qu'il se dirigeait vers la cuisine, il entendit de petits cris mécontents. Assise sur sa chaise haute, Betsy protestait contre son baby-sitter.

— Pourquoi fais-tu des misères à ma fille, Jess ?

— J'essaie de lui donner à manger, mais elle détourne sans cesse la tête en rouspétant. Je crois qu'elle est contrariée parce que Debra et toi n'êtes pas là.

La petite fille gesticula en l'appelant. Il s'approcha d'elle pour la prendre.

— Tout va bien Betsy, dit-il en lui embrassant la joue. Tu devrais remercier Jess… Merci pour elle, Jess. J'apprécie votre aide à tous. Darrell, tu as éteint le four ?

— Oui. Et nous avons mangé presque toutes les galettes, confessa-t-il en baissant les yeux. On n'en a laissé que deux.

— Aucun problème. Je vais rester ici avec Debra et les enfants jusqu'à l'arrivée du médecin.

— Nous te remplacerons, mon garçon. Occupe-toi bien d'elle, dit Bill en reconduisant dehors le reste de l'équipe.

John plaça son déjeuner au réfrigérateur avant d'emmener Betsy dans la chambre. Dès qu'elle aperçut Debra, la petite fille tendit les bras et prononça « ma-man ». Voyant la malade se soulever, John la réprimanda du regard.

— Vous avez promis de rester allongée.

— Je voulais juste rassurer Betsy, dit-elle en se recouchant.

— Et si vous vous poussiez un peu, Andy et vous, afin que Betsy et moi puissions vous rejoindre sur le lit ?

Les deux enfants se montrèrent enchantés de cette solution et, bien que moins enthousiaste, Debra s'exécuta. Dès que Betsy se retrouva à proximité de cette dernière, elle tenta de s'échapper des bras de son père pour pouvoir la toucher.

— On dirait qu'elle sait que vous êtes souffrante, dit John en observant sa fille.

— Je ne le suis pas — ou si peu. Il s'agit sûrement d'une petite grippe. Je l'ai sentie arriver en début de matinée.

— Et vous n'avez rien dit ? Quelle mouche vous a piquée, jeune femme ? Vous croyez pouvoir continuer comme ça ?

— C'est ce que j'ai fait dans le passé, répondit-elle sans le regarder.

— Vous n'avez jamais pris de congé maladie ?

— Dans un restaurant ? Impossible. Quand on est absent un jour, ils embauchent quelqu'un d'autre.

— Ça ne marche pas comme ça ici, Deb, dit-il avec brusquerie. Si vous êtes malade, il suffit de le dire, et on se chargera de votre travail jusqu'à ce que vous puissiez le reprendre.

Elle l'observa en silence avant de se mettre à bavarder avec les enfants. Andy jouait à faire coucou à Betsy, comme Debra le lui avait enseigné. Assise dans les bras de son père juste à côté d'elle, la petite fille se rejetait en arrière en éclatant de rire devant les pitreries du petit garçon. Elle leva ensuite les mains pour se couvrir les yeux, exactement comme lui.

— Je ne l'ai jamais vue faire ça, dit Debra. Et toi, Andy ?

— Moi non plus, maman, répondit-il entre deux fous rires.

N'arrivant pas à prononcer « coucou », la petite fille disait simplement « cou », ce qui le rendait hilare. Même John ne put s'empêcher d'être amusé. Il contempla la jeune femme qui souriait aux enfants.

— Tout ça c'est grâce à vous, Debra. Je ne suis pas sûr que Betsy aurait appris à rire si vous n'étiez pas entrés dans sa — notre — vie.

Elle détourna la tête.

— Alors, je suis contente d'être ici. Betsy devrait toujours avoir l'occasion de rire.

— Et moi ? demanda-t-il à voix basse.

— Tout le monde devrait avoir l'occasion de rire.

— Bien. Je suis heureux de l'entendre.

Mais un malaise persistait entre eux et, il avait beau faire, il n'arrivait pas à le dissiper. Pourquoi refusait-elle de devenir son amie ? Même s'il aspirait à bien plus, ce serait au moins un départ.

Il se demanda soudain s'il devait laisser le médecin faire son diagnostic sans un entretien préalable, ou au contraire l'accueillir à la porte pour l'informer de la situation.

— Qu'y a-t-il ? demanda Debra, l'arrachant à ses réflexions. On dirait que vous vous apprêtez à prendre une grande décision. Si elle me concerne, je veux la connaître. Si Andy et moi ne sommes plus désirés ici, nous ferons nos bagages, dit-elle d'un ton acerbe.

Andy la regarda.

— Mais, maman, tu as dit qu'on habiterait ici longtemps. C'est déjà fini, longtemps ?

Remarquant l'air inquiet du petit garçon, John tendit le bras pour lui tapoter l'épaule.

— Non, c'est loin d'être fini, Andy. Nous avons rendez-vous tous les deux pour partir à cheval voir les bébés veaux très bientôt. Je crois que j'arriverai à convaincre ta maman de rester jusque-là.

— C'est vrai ? demanda-t-il, tout excité.

— Oui. Je sais qu'elle veut que tu sois heureux. N'est-ce pas, Debra ?

Au moment où elle se détournait, ils entendirent tous la voix du médecin.

— Nous sommes dans la chambre du bas, Tom ! cria John en restant sur le lit avec Debra et les enfants.

Le médecin apparut sur le seuil.

— Que faites-vous donc ? De la publicité pour *Parents Magazine* ?

12

John se leva pour aller serrer la main du généraliste.

— Merci d'être venu, Tom.

— Ça tombait bien. Juste avant ma permanence au dispensaire. Alors, quel est le problème ?

— Ma femme s'est évanouie ce matin au petit déjeuner.

Tom fixa Debra.

— Vous êtes toute pâle. Comment vous sentez-vous ?

Elle essaya de s'asseoir, avant de s'affaler sur l'oreiller, l'air confus.

— Un peu… étourdie.

Tom se tourna vers lui.

— John, et si tu emmenais les enfants dans le salon pendant que j'examine Debra ?

— Bon… entendu, répondit-il, résigné, en attrapant Betsy. Viens, Andy, allons jouer.

Le petit garçon descendit rapidement du lit pour prendre sa main, mais en gardant les yeux fixés sur sa mère.

— Ne t'inquiète pas, Andy. Le médecin va me soigner. Ensuite, j'irai bien.

— D'accord, maman.

Une fois la porte refermée, Tom s'assit sur le lit.

— Première question. Pourriez-vous être enceinte ?

— Non, répondit-elle, les joues en feu.

— Comment le savez-vous ?

Debra eut un sourire amer.

— Parce que notre mariage est un mariage de convenance, et que nous ne partageons pas la même chambre.

Tom haussa les sourcils, mais s'abstint de tout commentaire.

— Laissez-moi écouter votre cœur.

Elle tenta de se soulever, mais la pièce se mit à tournoyer. Dépitée, elle se laissa lourdement retomber sur l'oreiller.

— Pourquoi ai-je… ces vertiges ?

— Restez donc allongée pendant que je vous ausculte.

Tom plaça le stéthoscope sur sa poitrine. Puis il la regarda dans les yeux tout en se redressant.

— Bon. Répondez à ces questions : combien d'heures avez-vous dormi la nuit dernière ?

— Quatre. D'habitude, je dors plus. Mais ces derniers jours j'essayais de terminer une courtepointe, et j'ai veillé très tard.

— Qu'avez-vous mangé au petit déjeuner ce matin ?

— Je ne crois pas en avoir pris. Je nourrissais Betsy…

— Et au dîner, hier soir ?

— Je, euh…

— Debra, à quand remonte votre dernier vrai repas ?

Elle garda le silence.

— Vous avez perdu du poids ?

— Deux… ou trois kilos.

— Davantage, à mon avis. Ce que j'aimerais savoir, c'est pourquoi. Est-ce que John exige trop de vous ? Avez-vous besoin d'un peu de temps libre ?

— Non, je peux faire mon travail.

— Pas si vous ne mangez pas. Vous êtes une femme intelligente, Debra. Quand on saute des repas et qu'on ne dort pas assez, on s'affaiblit. Vous devriez le savoir.

— Je ne me rendais pas compte… Je voulais finir les courtepointes.

— En quoi est-ce si important ?

— Il faut que je les vende à la kermesse.

— C'est John qui vous a demandé de le faire ?

Elle sentit de nouveau ses joues devenir cramoisies.

— Non, ça n'a rien à voir avec lui.

Tom hocha la tête. Elle eut le sentiment qu'il n'était pas satisfait, mais au moins il cessa de la questionner.

— Eh bien, vous restez couchée. Je vais demander à John de vous préparer un petit déjeuner. Il faudra tout avaler jusqu'à la dernière miette et rester au lit jusqu'au déjeuner, où vous devrez aussi manger tout ce qu'il vous apportera. Si vous vous sentez bien après avoir fait une sieste, vous pourrez vous lever pour le dîner. Vous avez bien compris ? ajouta-t-il, le regard sévère. Si vous ne suivez pas mes instructions, vous risquez de tomber gravement malade et vous ne serez plus alors d'aucun secours pour personne, et encore moins pour vous-même.

John serra la main de son ami.

— Merci, Tom. Je pensais qu'elle ne me croirait pas si je lui disais la même chose.

— Tu savais ce qui se passait ?

— J'avais remarqué sa perte de poids, sa pâleur.

— Pourquoi n'as-tu rien fait ?

— Nous n'avons pas ce genre de relation. En outre, elle est un peu têtue.

— Elle m'a dit qu'elle travaillait beaucoup pour vendre des courtepointes. Excuse-moi, John, mais je dois te le demander. Tu es fauché ?

— Non. C'est un peu juste, mais, depuis que j'ai vendu l'Escalade, j'ai assez d'argent pour tenir jusqu'à la vente de mes veaux cet automne. Je sais qu'elle confectionne des courtepointes, mais j'ignore pourquoi. Elle t'a dit quelque chose ?

— Non. Mais tu aurais intérêt à le découvrir et à régler le problème avant qu'elle ne se rende vraiment malade.

— Oui. Merci encore, Tom.

Une fois le médecin reparti, John installa confortablement les enfants avant d'aller dans la cuisine concocter un petit déjeuner pour Debra. Il fit des œufs brouillés, réchauffa une saucisse restante, grilla du pain et versa du lait dans un verre. Puis il apporta le tout dans sa chambre. La jeune femme ouvrit les yeux à son entrée. Après avoir déposé le plateau, il attrapa deux oreillers d'appoint pour lui caler le dos.

— Merci, John. Je peux me nourrir seule.

— Non. Jusqu'à ce que vous ayez repris des forces, vous ne ferez rien. Je vais vous donner à manger, et nous discuterons sérieusement de ce qui s'est passé.

Elle détourna les yeux, comme si elle craignait qu'ils la trahissent.

— Allez, prenez une bouchée. Maintenant, vous pouvez critiquer ma cuisine, ajouta-t-il pour la taquiner.

A mesure qu'elle mangeait, elle semblait peu à peu se détendre. John l'obligea à boire la totalité du verre de lait, et à absorber tous les aliments sur le plateau. Il menaça de rappeler Tom si elle ne le faisait pas.

Bien qu'il eût espéré lui parler, il remarqua son regard somnolent tandis qu'elle finissait le copieux repas. Sans un mot, il se leva pour enlever les oreillers derrière son dos. Puis il l'embrassa sur la joue en lui disant de se reposer. Elle dormait déjà lorsqu'il atteignit la porte.

— Comment va maman ? s'enquit Andy, le visage inquiet.

— Elle va bien, fiston. Elle a mangé un bon petit déjeuner avant de s'endormir. Elle a veillé très tard hier soir pour coudre une courtepointe.

— Je sais.

— Tu sais pourquoi ? demanda John, avant de se rendre compte avec effroi qu'il essayait de cuisiner un enfant de trois ans. Peu importe, Andy. On éclaircira ça plus tard. En tout cas, aujourd'hui, Betsy et toi vous resterez avec moi.

— Je t'aiderai, John. Je sais faire rire Betsy.

— C'est vrai, fiston, tu es un as pour ça. Je vais finir de ranger la cuisine. Ensuite, tu pourras m'aider à la baigner.

— D'accord.

Ils passèrent toute la journée ensemble, lui et les deux

enfants. Ils rendirent visite à Debra à l'heure du déjeuner pour vérifier qu'elle mangeait. Andy et Betsy la rejoignirent plus tard sur le lit pour leur sieste. Il commença alors à élaborer le dîner, en utilisant quelques expédients, comme des galettes en sachet. Si ses hommes se plaignaient, il leur dirait de s'estimer heureux de ne pas avoir à cuisiner eux-mêmes.

Il n'avait pas encore eu de conversation sérieuse avec Debra. Malgré son impatience, il tenait à ce qu'elle se sente bien avant de l'obliger à avouer la vérité. Sinon, il aurait l'impression d'être une brute, harcelant sa femme.

Lorsque les cow-boys dînèrent, aucun ne se plaignit. John leur demanda ensuite de nettoyer la cuisine pendant que Bill mettrait les enfants au lit, puis il apporta le plateau de Debra dans sa chambre. Elle avait bien mangé à midi et dormi une grande partie de la journée. Un autre bon repas la remettrait certainement sur pied.

Dès qu'elle le vit entrer, la malade s'assit.

— La pièce ne tourne pas ? Vous devez vous sentir mieux.

— Oui. Je me sens aussi un peu idiote d'avoir laissé les choses en arriver là.

— Inutile. On commet tous des erreurs. Voilà, c'est moi qui ai préparé le dîner. Notre cordon-bleu habituel ayant dû prendre un congé maladie, j'ai fait de mon mieux.

— Je suis sûre que ce sera très bon. J'aurais pu venir à table pour vous épargner la peine de me l'apporter.

— Non. Je veux que vous restiez au lit toute la journée. Cela nous laissera en plus un peu de temps pour discuter. Il y a un problème, et je veux savoir ce que c'est.

— Non, tout va bien, dit-elle d'un ton peu convaincant.

— Ecoutez, Debra, je sais que je vous ai malmenée au début. Je n'arrivais pas à croire qu'une femme puisse être désintéressée, travailleuse et, de surcroît, vraiment gentille. Mais vous possédez toutes ces qualités.

— Non.

— Je suis certain que si, dit-il en prenant sa main libre dans la sienne. Ne pourrait-on pas repartir de zéro ?

— Vous avez toujours l'intention d'embaucher une gouvernante cet automne ?

— Oui, j'espère que ce sera possible.

Elle retira sa main en baissant les yeux.

— Alors, nous n'avons plus rien à nous dire.

John s'efforça d'interpréter les paroles qu'ils venaient de prononcer. Quelque chose paraissait illogique.

— C'est le fait que j'embauche une gouvernante qui vous chagrine ? Si je vous laisse continuer à vous épuiser à tout faire, vous serez satisfaite ?

— Si je ne travaille plus ici, je devrai simplement chercher un emploi ailleurs.

Elle gardait la tête baissée, afin de ne pas croiser son regard.

— Attendez ! Vous parlez comme s'il n'y avait que deux possibilités. Vous croyez que si la gouvernante arrive vous partirez ? Parce que je l'aurai choisi ?

Elle lui jeta un coup d'œil furtif, avant de baisser de nouveau la tête.

— Debra, tu es folle, ou quoi ?

Folle ? Debra se demanda si elle ne l'était pas, en effet. Ce que disait John ne tenait pas debout. Elle avait travaillé d'arrache-pied pour pouvoir rester au ranch, et tout s'écroulait aujourd'hui. Il projetait…

— Debra, engager une gouvernante ne signifie pas que je souhaite ton départ. Je veux que tu restes, quoi qu'il arrive. Nous sommes mariés. Je ne t'ai pas recrutée comme saisonnière. Tu es ma femme.

— Non, je… nous… c'est-à-dire…

John se pencha soudain pour l'embrasser. Puis il déplaça le plateau pour s'asseoir à côté d'elle.

— Tu ne m'as pas repoussé…

Elle secoua la tête, sans le regarder. Il lui souleva le menton.

— J'étais contre l'idée de t'épouser parce que je pensais que tu serais comme ma première femme, même si Bill m'affirmait le contraire. Mais j'ai vite compris que tu ne ressemblais pas à Elizabeth. Le premier soir, au dîner, j'ai été émerveillé par tout ce que tu avais réussi à faire. Mais je refusais d'admettre que j'avais tort. Je te présente mes excuses pour ça.

— Ce n'est pas grave.

— Si, mais, même si je ne peux rien changer à ma conduite passée, j'ai envie que notre mariage marche, qu'il devienne une réalité. Je veux… que tu m'aimes comme je t'aime. J'attendrai le temps qu'il faudra. Et, si j'envisageais d'embaucher une gouvernante, c'était pour te faciliter la vie, pas pour me débarrasser de toi.

— Oh ! fit-elle simplement.

— Alors, tu veux bien rester ?

— J'ai envie de rester, murmura-t-elle, mais… nous formons un tout, Andy et moi.

— Debra, Andy n'est pas un problème. C'est un petit garçon génial. Il était même, à mes yeux, le seul élément positif de notre mariage, car je pensais ne jamais avoir de fils.

Elle restait toutefois hésitante.

— Que se passera-t-il si tu… nous avons un fils ?

— Andy aurait un petit frère. Si tu ne pars pas, lui non plus. Il sera mon fils aussi longtemps que je vivrai. Tu crois que cela lui plairait ?

— Beaucoup. Il n'a jamais eu de papa. Il est mort avant sa naissance, et le mien est mort jeune, lui aussi.

— Alors, c'est moi qui le deviendrai. Et, si nous avons d'autres garçons, ils auront un grand frère pour les aider.

Elle hocha la tête, le visage encore grave.

— Il y a autre chose ? demanda-t-il.

— Tu ne m'as pas questionnée à propos de Betsy.

Il se pencha plus près pour lui donner un autre baiser, qu'il fit durer un peu plus longtemps.

— C'est superflu, ma chérie. Tu la traites déjà comme ta propre fille. Elle t'appelle maman. Tu es la seule mère qu'elle ait connue, hormis les deux premiers mois de sa vie, et c'est un miracle qu'elle en ait réchappé. La meilleure chose que j'aie faite pour elle a été de t'épouser.

— Je l'aime tant ! Je suis contente que tu ne t'inquiètes pas.

— Pousse-toi, ordonna-t-il.

Elle se déplaça sur le côté tandis qu'il s'allongeait près d'elle et lui passait un bras autour des épaules.

— Combien d'enfants crois-tu que nous devrions avoir ? demanda-t-il tout en ajustant son corps contre le sien.

— Je… ne sais pas.

— A mon avis, peut-être quatre de plus. Ça ferait six. Nous pourrions y arriver avec six, non ?

Debra se redressa pour le dévisager.

— Six ? Tu crois que ce serait facile ? On aura absolument besoin d'une gouvernante !

— A la bonne heure ! dit-il en riant. Je savais que tu avais l'esprit combatif. La frilosité ne te sied pas, ajouta-t-il avant de poser de nouveau ses lèvres sur les siennes.

Elle prenait goût à ses baisers. Emportée par une vague de désir, elle l'enlaça. Comme s'il n'attendait que ce signal, il approfondit son baiser. Lorsque leurs bouches se séparèrent quelques minutes plus tard, ils étaient à bout de souffle.

— Oh ! mon Dieu, Debra Richey ! Je suis heureux que tu sois déjà ma femme !

— Moi aussi, dit-elle avec un sourire timide.

— Maintenant il ne nous reste plus qu'un sujet à aborder. Pourquoi cette fascination pour les courtepointes ? Allons, Debra, avoue.

— Comme tu avais dit que tu engagerais une gouvernante à l'automne, j'ai cherché un moyen de gagner de l'argent pour Andy et moi en prévision de notre départ. J'espérais coudre quatre courtepointes avant la kermesse.

— Miséricorde ! Pendant tout ce temps, tu te tuais à accomplir toutes les corvées que je t'imposais en continuant à penser que je te renverrais sans un sou ? Tu devais me considérer comme un monstre !

— Non, John. Je savais que tu étais en colère, et je comprenais pourquoi.

— Je l'étais, je ne le nierai pas. Mais je ne suis pas un goujat. Je te dois beaucoup, ma chérie. Si les choses n'avaient pas marché, je t'aurais au moins donné de l'argent.

— Je ne voulais pas ton argent, murmura-t-elle.

— Dis-moi ce que tu voulais.

— Toi. C'est tout. Toi et Betsy.

— Je connais déjà la réponse de ma fille et, pour ma part, je t'appartiens entièrement. Non seulement je t'apprécie, mais je t'aime. J'aime ton esprit altruiste, ton courage, tes talents de cuisinière, ton ravissant sourire et, surtout, ton cœur chaleureux. Tu as adopté Betsy tout de suite. Je suis heureux d'avoir réussi à te plaire aussi.

— Oh, c'est le cas ! Et je veux te consoler de ton passé en construisant un avenir avec toi.

Il l'embrassa de nouveau en promenant ses mains sur son corps. John fut le premier à recouvrer ses esprits.

— Que fais-tu ? demanda Debra, alarmée.

— Je vais m'installer sur l'un des canapés du salon.

— Mais c'est ton lit ! Je peux monter dans ma…

— Non ! Je refuse que tu t'éloignes. Je coucherai sur le canapé aussi longtemps qu'il te plaira, mais tu dormiras ici à partir d'aujourd'hui.

— Mais je…

— Debra, je t'aime assez pour attendre que tu sois prête. Je te dois au moins ça. Prends donc le temps de réfléchir, et avertis-moi quand tu souhaiteras que je revienne ici, ajouta-t-il avant de tourner les talons.

Debra ne prononça qu'un seul mot, qui le fit s'arrêter net.

— Maintenant.

Il se retourna si vite qu'il faillit perdre l'équilibre.

— Qu'as-tu dit ?

— Je te veux maintenant, John. Je n'ai pas envie de rester sans toi.

— Tu en es sûre ? demanda-t-il en la fixant.

— Certaine. Tu as conquis mon cœur dès que j'ai compris à quel point tu aimais Betsy.

— Je n'aurais jamais imaginé que la paternité pouvait engendrer autant de bonheur, dit John, radieux, tout en regagnant le lit.

Épilogue

Des accords s'élevèrent dans l'église, annonçant le début de la marche nuptiale. Vêtue d'un élégant ensemble blanc, Debra remonta lentement la nef, un gros bouquet de fleurs à la main. Elle n'en revenait pas que John ait réussi à la convaincre de participer à cette cérémonie pour leurs voisins.

Lorsqu'elle rejoignit son mari à l'autel, elle s'attendait à ce que le révérend Jackson les convie à échanger leurs vœux. Au lieu de cela, John commença par l'embrasser avant de se tourner vers leur assemblée.

— Mesdames et messieurs, nous vous avons invités à venir ici aujourd'hui pour célébrer nos noces. Nous nous sommes mariés en mars dernier, mais ce fut, au mieux, une cérémonie sommaire. En vérité, j'ai épousé cette femme avec colère, car je m'étais déjà fourvoyé dans un mariage qui s'était révélé un échec colossal.

Il lui étreignit la main.

— Dieu m'a envoyé un ange, que j'ai d'abord méprisé. Mais, aujourd'hui, je veux que vous sachiez que je ré-épouse cette femme avec amour. Je n'avais pas envie que nos enfants gardent le souvenir de cet autre mariage.

Il se tourna vers Andy et Betsy.

— Nous avons en effet la chance d'avoir deux merveilleux enfants qui ont participé à notre union. Andy, peux-tu venir ici avec Betsy ?

Ayant été préparé à son rôle en secret par son nouveau

papa, Andy se leva discrètement du banc en prenant la main de la petite fille, qui trottinait déjà. Les deux enfants s'avancèrent ensemble vers leurs parents. Après avoir passé Betsy à Debra, John souleva le petit garçon dans ses bras vigoureux.

— Nous aimerions aussi vous faire partager notre bonheur en vous annonçant l'arrivée prochaine d'un frère pour Andy et Betsy.

Debra rougit. Elle avait dit à John que se remarier alors qu'elle était manifestement enceinte de leur premier enfant n'était pas convenable. Il lui avait rétorqué que c'était parfaitement de circonstance. Tous les invités se mirent alors à applaudir, prouvant ainsi qu'ils étaient d'accord avec lui.

John et elle se retournèrent ensuite pour renouveler leurs vœux. Et, de nouveau, son mari l'embrassa.

Après la cérémonie, ils se retirèrent au café, où une pièce montée et beaucoup d'autres mets attendaient leurs amis et leurs voisins.

Lucy enlaça Debra.

— Je suis si heureuse pour vous deux !

— Merci, Lucy. Et tu ne peux pas savoir combien je suis contente que tu sois à présent notre gouvernante ! J'avais peur que John ramène une étrangère.

— Il suffisait de demander, mon petit ! Baldy et Aggie me gardaient parce qu'ils s'inquiétaient pour moi. Mais c'est un vrai plaisir de travailler pour toi et John !

Debra rit.

— Un plaisir, avec tout le travail que tu fais ? Mais nous veillerons à ne pas te laisser t'éreinter.

John les rejoignit.

— Hé, vous complotez contre moi, toutes les deux ?

— Jamais de la vie ! dit Debra, avec un sourire qui le chavira.

— Comment te sens-tu, ma chérie ? Tu ne veux pas t'asseoir ?

— Non, je vais bien. Lucy et moi ne faisions que nous réjouir de notre bonheur.

— Est-ce que cela aurait quelque chose à voir avec ton oncle Bill ? demanda-t-il en prenant un air innocent qui ne trompa aucune des deux dames.

Lucy devint écarlate, et Debra le réprimanda.

— Un peu de tenue, John ! Tu ne devrais pas taquiner Lucy.

— Bien sûr que non, dit-il avec un petit rire. Mais je dois reconnaître que cela m'amuse de voir Bill connaître les affres de l'amour.

— Tu n'arranges rien, protesta Debra.

— D'accord, changeons de sujet, dit-il en levant une coupe de champagne et en la choquant contre son verre de jus de fruits. Parlons de l'amour infini que je te porte.

Et John le lui manifesta sur-le-champ en l'embrassant.

NICOLA MARSH

Le fiancé d'un jour

Traduction française de
LÉONIE GADES

HARLEQUIN

Titre original :
THREE TIMES A BRIDESMAID…

Ce roman a déjà été publié en 2016.

© 2010, Nicola Marsh.
© 2016, 2022, HarperCollins France pour la traduction française.

1

Dénicher l'homme idéal pour vous accompagner à un mariage était plus compliqué qu'il n'y paraissait, songea Eve Pemberton. Avec un soupir excédé, elle repoussa le luxueux carton d'invitation gravé à l'or fin, posé sur son bureau, et ouvrit son ordinateur portable.

— Au boulot ! marmonna-t-elle.

A quoi bon tergiverser ? Mieux valait reprendre sans attendre la quête du parfait chevalier servant. Ses doigts pianotaient à toute vitesse sur le clavier et, en quelques secondes, la page d'accueil d'un des rares sites de rencontres qu'elle n'avait pas encore visité s'ouvrit sous une pluie de cœurs roses. Quelle perte de temps ! Elle avait un million de choses à faire, à commencer par dénicher un chapiteau pour la cérémonie du coup d'envoi de la saison de l'Australian Football League.

Elle adorait son travail de coordinatrice d'événements et elle aurait mille fois préféré s'y consacrer plutôt que de chercher le prince charmant sur Internet.

Mais elle n'avait pas le choix.

Une fois qu'elle eut rentré ses coordonnées et ses desiderata, un premier profil apparut à l'écran. La tension qui lui nouait les épaules se relâcha. Pas mal, pour un début… Visage sympathique, sourire sympathique, mais… trop sympathique, justement, et ce n'était pas ce qu'elle recherchait. Ce qu'il lui fallait était un homme à tomber par terre.

Elle poursuivit sa recherche, mais au bout du vingt-cinquième candidat, tout espoir l'avait désertée. Aucun d'eux ne sortait du lot. Aucun n'impressionnerait les « pin-up », comme elle surnommait ses trois meilleures amies, Linda, Carol et Mattie. Elle était, depuis un moment maintenant, la seule demoiselle d'honneur encore célibataire lors des nombreux mariages qui se succédaient dans le cercle de leurs relations, et elle était lasse des tentatives bien intentionnées de ses amies pour lui trouver un « bon parti ».

Cette fois-ci, c'était au tour de Mattie de convoler en justes noces. Eve ne voulait surtout pas, en arrivant seule une fois encore, être une cause de préoccupation pour son amie lors du plus beau jour de sa vie. Elle avait donc décidé de prendre les choses en main.

La pensée qu'après cet ultime mariage elle aurait sans doute la paix pendant quelque temps lui insuffla un regain d'énergie. Parvenue au cinquantième profil, elle rechignait encore à admettre sa défaite.

Malheureusement, tous ces types se ressemblaient. Ils recherchaient « amitié, et plus si affinités ». Ils aimaient les promenades sur la plage et les repas en amoureux. Eh bien, elle n'avait pas besoin d'amitié, ni d'une relation, ni de quoi que ce soit d'autre, merci bien ! Elle était une femme d'affaires très occupée qui avait besoin d'un homme pour l'accompagner à quelques soirées, un point c'est tout. Habituée à utiliser Internet pour son travail, elle avait cru qu'y trouver l'homme qu'il lui fallait serait un jeu d'enfant.

Après avoir rencontré en chair et en os cinq prétendants contactés par des sites spécialisés — et qui semblaient de prime abord correspondre au profil —, elle avait dû déchanter.

Ce nouveau site constituait sa dernière chance, et, à en juger par ce qu'elle avait vu, c'était mal parti. Elle se laissa retomber contre le dossier de son fauteuil avec un soupir de découragement. Mais, alors qu'elle se frottait machinalement l'arête du nez, son regard fut attiré par une petite photo en haut à droite de l'écran, sur le site d'information en ligne qui lui servait de page d'accueil.

Elle cliqua sur l'icône pour afficher l'article et les battements de son cœur s'accélérèrent alors que l'image s'agrandissait pour occuper la moitié de l'écran. Des yeux bleus d'une intensité incroyable, un sourire charismatique et une fossette dans la joue droite qui donnait à ce visage viril d'une beauté saisissante un charme juvénile.

Elle voulait un homme à tomber par terre ?

Son vœu était exaucé.

Le seul problème était que Bryce Gibson, puisque c'était bel et bien lui, était parfaitement conscient de l'effet qu'il faisait aux femmes et plus particulièrement à elle.

Ignorant résolument la fossette adorable qui lui chavirait le cœur autrefois, elle parcourut l'article en diagonale. Elle apprit qu'un chasseur de têtes avait recruté Bryce — publicitaire de génie qui exerçait jusque-là ses talents à Sydney — pour le compte d'une agence de pub de Melbourne, etc., etc. Malgré elle, son regard revint rapidement sur la photo, comme attiré par un aimant.

Bryce n'avait pas changé. Toujours trop sûr de lui, trop séduisant, trop… tout.

Il avait toujours eu du charme à revendre, et elle avait longtemps réussi à feindre l'indifférence à son égard. Jusqu'à la soirée que Tony avait donnée pour son vingt et unième anniversaire, où son existence avait été radicalement bouleversée.

Cette nuit constituait le catalyseur qui l'avait à terme transformée en ce qu'elle était aujourd'hui : une femme d'affaires élégante et sûre d'elle-même.

Elle aurait dû être reconnaissante à Bryce d'avoir flirté avec elle, de lui avoir donné pour la première fois de sa vie l'impression qu'elle était une femme. A moins qu'elle ne doive lui lancer son poing dans la figure pour ce qui s'était passé ensuite. Après qu'ils avaient failli s'embrasser…

Quoi qu'il en soit, elle aurait donné cher pour que M. Super-sûr-de-lui la voie aujourd'hui.

Une idée commença à germer dans son esprit, presque malgré elle. Elle avait besoin d'un petit ami à exhiber. Du genre « le type le plus sexy de la planète », afin de prouver à ses amies qu'elle allait bien, qu'elle était capable de harponner un type beau comme un dieu, et que si elle ne l'avait pas fait jusque-là, c'était par choix.

Eve se redressa brusquement et lâcha la souris comme si celle-ci était soudain devenue brûlante.

Avait-elle perdu la tête ? Il s'agissait de Bryce « Cool » Gibson. Le gars qui lui avait fait son numéro de charme légendaire avant de la laisser tomber avec une brutalité qui l'avait marquée au fer rouge.

« Mais c'était il y a longtemps », lui objecta une petite voix intérieure. N'avait-elle pas envie de lui montrer le chemin qu'elle avait parcouru, de lui faire réaliser ce à quoi il avait renoncé ?

Toutefois, si elle lui demandait de sortir avec elle, n'allait-il pas s'imaginer qu'il lui plaisait toujours ? Or, si elle avait eu recours à des sites de rencontres en ligne, c'était justement pour rester pragmatique et éviter le côté sentimental de la chose.

Mais, après tout, qu'est-ce qui l'empêchait de proposer une relation non sentimentale à Bryce ? se dit-elle en contemplant la photo du jeune homme.

Il correspondait parfaitement au compagnon qu'elle recherchait. Il était séduisant, il avait réussi sur le plan professionnel, il irradiait le charme, bref, sa présence à ses côtés prouverait sans peine à ses amies que si elle était toujours célibataire c'était qu'elle avait décidé de privilégier sa carrière plutôt que sa vie sentimentale.

Tambourinant du bout des ongles sur son bureau, Eve savait qu'elle n'avait pas le choix. Les types qu'elle avait vus jusqu'à présent ne convenaient pas du tout à son objectif, tandis que l'homme idéal se trouvait sous ses yeux.

L'estomac noué, elle tendit la main vers le téléphone. A l'instant de saisir le combiné, elle hésita cependant. Ne s'apprêtait-elle pas à commettre une folie ?

Même si elle se promettait de rester prudente, elle était consciente de n'être pas totalement immunisée contre le charme de Bryce, malgré les années. Les filles comme elle ne parvenaient jamais à oublier complètement les garçons comme lui. Et peu importaient ses robes de grands couturiers, ses escarpins dernier cri, sa coupe de cheveux impeccable, les innombrables événements qu'elle gérait avec l'aisance d'une reine, ou son carnet de commandes plein pour l'année à venir…, elle ressentait toujours au fond d'elle-même ce manque de confiance qui lui faisait redouter que Bryce ne s'éloignât d'elle aussitôt qu'il l'apercevrait, comme il l'avait fait ce soir-là.

Des règles strictes, voilà ce dont elle avait besoin. Des règles qui rappelleraient son cœur à l'ordre si elle s'avisait un seul instant de considérer Bryce comme autre chose qu'un petit ami de dépannage pour les festivités liées au mariage de son amie.

N'était-ce pas son sens de l'organisation qui lui avait permis de devenir une femme d'affaires florissante ? Il lui suffirait d'appliquer ses méthodes professionnelles à sa relation avec Bryce et elle parviendrait à ses fins : ses amies seraient convaincues qu'elle allait bien sur le plan personnel, et Mattie profiterait pleinement de sa cérémonie de mariage, sans s'inquiéter pour elle.

Forte de cette résolution, elle décida de ne pas tenir compte du trac qui lui tordait l'estomac et s'empara enfin du combiné d'une main tremblante.

— Chouette vue, n'est-ce pas ? fit remarquer Davin.

Bryce se détourna de la fenêtre de son nouveau bureau pour faire face à son collègue. Les gratte-ciel de Melbourne étaient superbes, en effet, mais moins glamour que la vue spectaculaire sur la baie de Sydney qu'il avait quittée pour ce poste à l'agence de publicité Ballyhoo.

La nouvelle carrière qui s'offrait à lui faisait cependant passer le panorama au second plan. Ballyhoo était une agence très importante, et il était impatient de relever les nouveaux défis qui l'attendaient.

— Pas mal, en effet, répondit-il. Mais j'ai l'impression que je n'aurai pas trop le temps de regarder par la fenêtre.

D'un geste de la main, il désigna la pile de documents que le directeur des ressources humaines avait déposés sur son bureau. Dès qu'il serait seul, il les parcourrait et commencerait à fixer les priorités.

— Tu as déjà rencontré Sol ?

Bryce secoua la tête tout en se laissant tomber dans son fauteuil en cuir.

— Pas depuis mon arrivée. Il est à Auckland pour la journée. Je dois le voir à son retour.

— Tu sais que nous sommes numéro un à Melbourne, n'est-ce pas ? reprit Davin.

Comment aurait-il pu l'ignorer ? Solomon Perlman, P.-D.G. de Ballyhoo, lui avait longuement vanté les mérites de son agence quand il était venu le recruter à Sydney. Bryce avait été impressionné par les réalisations de l'agence et stupéfait par les défis excitants qu'on lui proposait. Pour finir, Sol l'avait conquis avec une offre de salaire mirobolante.

Travailler pour une compagnie de cette envergure allait propulser sa carrière dans la stratosphère ; ces années de travail acharné avaient fini par porter leurs fruits, et il estimait qu'il n'avait que ce qu'il méritait.

— Sol l'a mentionné, effectivement, dit-il. Où veux-tu en venir ?

Davin se tortilla légèrement et une expression sournoise traversa furtivement ses traits doucereux.

— Le bruit court que tu as été engagé pour secouer les habitudes. Sol est très intéressé par le type de clients que tu avais à Sydney, et il veut que tu obtiennes les mêmes résultats ici. Et rapidement.

— Ça prend des mois pour nouer des contacts dans ce métier. Sol le sait forcément.

— Je voulais simplement t'expliquer comment la boîte fonctionne. Sol attend des résultats, et il n'est pas réputé pour sa patience.

— Merci de m'avoir prévenu.

— C'est normal, nous sommes dans la même équipe, maintenant.

Au sourire mielleux de Davin, Bryce avait compris où son obséquieux collègue voulait en venir avant même qu'il n'ait prononcé ces dernières paroles. Il voulait s'assurer que, une fois que Bryce ramènerait les gros contrats, le bénéfice rejaillirait sur lui aussi. Il connaissait ce genre de collègues — vaguement tire-au-flanc et toujours prêts à profiter du travail des autres — pour en avoir côtoyé dans l'agence où il travaillait à Sydney.

— A propos d'équipe, reprit Davin, des gars du bureau vont boire un verre ce soir après le boulot, tu veux te joindre à nous ?

— Volontiers.

Bien qu'il n'eût aucune envie de lier plus ample connaissance avec Davin, Bryce savait que partager une bière était le meilleur moyen de connaître ses futurs collègues et l'ambiance qui régnait dans l'agence.

— On se retrouve généralement vers 18 heures au bar du coin de la rue.

— Ça me va.

— A plus.

Quand Davin eut quitté le bureau, Bryce s'étira dans son fauteuil. Il aurait voulu chasser l'avertissement déguisé de son collègue de son esprit, mais c'était impossible. Il savait que Sol l'avait engagé pour qu'il booste les performances de son équipe.

Et s'il ne se montrait pas à la hauteur ?

Le doute, comme un python qui menaçait d'étouffer son assurance si chèrement acquise, s'insinua en lui. S'il avait toujours été déstabilisé par la possibilité d'échouer, ses succès à répétition avaient pratiquement réussi à lui faire oublier cette sensation de doute, désormais enfouie au plus profond de lui-même. C'est pourquoi cette soudaine résurgence, au moment où sa carrière prenait un nouvel essor, l'ennuyait au plus haut point.

Il venait de faire pivoter son fauteuil pour contempler la vue quand la sonnerie du téléphone retentit.

— Bryce Gibson, dit-il en décrochant.

— Bryce, c'est Eve Pemberton. La sœur de Tony.

Cette précision était tout à fait inutile. Il savait parfaitement qui était Eve Pemberton. Ce qu'il aurait voulu savoir, c'est ce qu'elle avait fait de sa voix. Elle n'avait pas cette voix veloutée quand elle était adolescente. Il fallait dire qu'à l'époque, elle n'était pas très bavarde.

— Salut, Eve. Comment vas-tu ? Ça fait longtemps…

— Je vais bien, merci.

Elle s'interrompit et la curiosité de Bryce augmenta d'un cran. Que pouvait bien lui vouloir la douce Eve, surtout après la façon dont les choses s'étaient terminées entre eux ?

Comme si elle avait deviné ses pensées, elle reprit :

— J'ai une proposition professionnelle à te faire. Tu es libre ce soir, après le travail ?

— En fait, j'ai déjà quelque chose…

Les mots moururent sur ses lèvres quand il perçut un soupir presque indiscernable à l'autre bout du fil. Il aurait juré que sa réponse l'avait déçue. Pourquoi ? A part Tony — qu'il avait perdu de vue depuis que celui-ci avait déménagé à New York huit ans auparavant —, ils n'avaient rien en commun.

La « binoclarde ». C'est ainsi que certains la surnommaient derrière son dos. C'est pour cette raison qu'il mettait un point d'honneur à bavarder régulièrement avec elle, autrefois. Il savait ce que c'était d'être différent, même s'il s'était donné beaucoup de mal pour que personne ne s'aperçoive de sa propre différence.

— Et demain ?

La note de désespoir qui pointait dans sa voix à la douceur de miel ne lui échappa pas, cette fois-ci.

L'imperturbable et distante Eve Pemberton, désespérée ? Allons donc !

— Tu as une proposition à me faire, c'est ça ?

Il avait délibérément baissé la voix, comme pour sous-entendre qu'il pourrait s'agir d'un autre genre de proposition, et il regretta aussitôt d'avoir voulu flirter avec elle. Il avait essayé, une fois. Et le résultat n'avait pas été brillant.

— Tu ne connais personne à Melbourne, reprit-elle, tu as tout intérêt à me rencontrer.

Il s'apprêtait à rétorquer qu'il avait pris un engagement pour la soirée quand elle ajouta à mi-voix :

— Tu ne seras pas déçu.

Sous l'effet de la surprise, il se redressa si précipitamment que son genou heurta le bureau. Se mordant la langue pour étouffer un juron, il fixait le téléphone comme si Eve venait de passer la main à travers le combiné pour lui pincer l'oreille.

La jeune femme qu'il avait connue n'avait jamais eu cette voix : douce, légèrement rauque, qui semblait promettre monts et merveilles. Sauf lors de la soirée d'anniversaire de Tony. Soirée chargée de promesses qui s'était terminée dans un tel sentiment de honte qu'il s'était efforcé de la rayer de sa mémoire.

— Bryce ?

Prenant une de ces décisions rapides qui avaient fait sa réputation dans le monde de la publicité, il jeta un bref coup d'œil sur son agenda.

— Je dois faire acte de présence à une soirée entre collègues de bureau vers 18 heures. On peut se voir après ?

— 19 h 30, à l'Aria ? C'est le bar de l'hôtel Langham.

— Ça me va.

— Parfait. A tout à l'heure.

Pour effacer l'impression étrange que cette conversation lui avait laissée, il préféra la clore par une plaisanterie.

— Comment te reconnaîtrai-je ?

— Je suis sûre que tu me reconnaîtras sans peine, répliqua-t-elle.

Sa voix légèrement tremblante quand elle raccrocha le plongea de nouveau dans un abîme de perplexité. Ne sachant que penser, il entra le lieu et l'heure de leur rendez-vous dans son BlackBerry. Eve Pemberton voulait parler affaires. Mais de quel genre d'affaires pouvaient-ils bien discuter après toutes ces années ?

2

Eve avait menti.

Bryce faillit ne pas reconnaître la déesse à la chevelure aux reflets chocolat retombant sur les épaules, aux jambes interminables et à la démarche chaloupée qui entra dans le bar branché où elle lui avait donné rendez-vous.

L'Eve Pemberton qu'il connaissait n'avait jamais été sûre d'elle. Les épaules voûtées sous le poids des livres qu'elle transportait partout, elle ne se redressait que pour remonter ses lunettes aux verres épais sur son nez ou pour mordiller un crayon, l'air pensif.

Mais les lunettes avaient disparu, tout comme s'étaient volatilisés le jean et les T-shirts informes qui constituaient son uniforme au temps du lycée.

Il enregistra machinalement la couleur prune foncé de son élégant tailleur-pantalon et les escarpins bicolores coordonnés. De toute évidence, ces vêtements sortaient d'une boutique de créateur et claironnaient à la face du monde qu'Eve Pemberton avait réussi. Sans compter qu'ils mettaient en valeur un corps sublime qu'il n'aurait pas imaginé dans ses fantasmes d'adolescent les plus fous.

Elle parcourut le bar du regard jusqu'à ce que leurs yeux s'accrochent. A son grand étonnement, elle répondit par un sourire chaleureux à son signe de la main avant de le rejoindre. Bryce ne put s'empêcher de noter que tous les hommes se retournèrent, plus ou moins discrètement, sur son passage.

— Bryce ! Quel plaisir de te revoir !

Il serra la main qu'elle lui tendit, refrénant *in extremis* le réflexe surprenant qui le poussait à l'embrasser en guise de salutation. Certes, ils n'étaient pas des inconnus l'un pour l'autre — surtout après les confidences qu'ils avaient échangées ce soir-là. Mais la façon dont ils s'étaient quittés l'incitait à garder ses distances.

Etouffant le sentiment de honte que ce souvenir éveillait encore aujourd'hui en lui, il invita Eve à s'asseoir.

— Moi aussi, je suis content de te revoir, lui dit-il. Tu es superbe.

Un sentiment indéchiffrable traversa fugitivement son regard, puis elle rejeta sa chevelure en arrière avant de s'asseoir.

— C'est impressionnant ce que des lentilles de contact et une nouvelle garde-robe peuvent changer une fille, hein ? fit-elle remarquer.

C'était plus compliqué que cela, songea Bryce. Elle possédait à présent une aisance, une maîtrise de soi et un calme fascinants. Que s'était-il passé au cours des huit années écoulées pour que la jeune fille timide d'autrefois se soit métamorphosée en cette femme sûre d'elle à l'élégance sophistiquée, qui n'avait pas hésité à l'appeler pour le rencontrer après ce qui s'était passé entre eux ?

— Je t'aurais quand même reconnue, répondit-il avec un sourire. Huit ans, ce n'est pas si long.

Eve haussa les sourcils et sa bouche esquissa une moue ironique.

— Je vois que tu es toujours aussi charmeur.

Croisant les bras, il se pencha vers elle et plongea son regard dans ses yeux d'un brun profond.

— Et ça marche ? demanda-t-il.

Elle éclata d'un rire grave et doux qui le ramena huit ans en arrière. Elle avait beaucoup ri, ce fameux soir, où pour la première fois elle avait répondu du tac au tac à son badinage, au lieu de le fuir comme elle avait coutume de le faire.

— Je ne suis pas venue ici pour me faire draguer. Même si ça peut se révéler utile pour le marché que j'ai à te proposer.

— Quel marché ?

Décidément, la nouvelle Eve l'intriguait chaque minute davantage. L'arrivée d'un serveur interrompit brièvement leur conversation. Bryce en profita pour se caler confortablement au fond du fauteuil et observer avec intérêt la façon dont le jeune homme rougissait tandis qu'Eve, un sourire nonchalant aux lèvres, lui passait sa commande.

Eve Pemberton, le rat de bibliothèque introverti, s'était littéralement métamorphosée. Au lieu de la jeune femme distante et rêveuse qu'il s'était attendu à retrouver, il découvrait un véritable canon !

— Bon ! Où en étions-nous ?

Elle s'était retournée vers lui, les yeux brillants, et l'espace d'une seconde il oublia la surprise que lui avait causée son coup de fil, le marché qu'elle s'apprêtait à lui soumettre et la façon désastreuse dont s'était terminée leur dernière rencontre pour se demander ce qu'il éprouverait s'il sortait avec elle.

— Tu étais en train de me proposer un marché, lui rappela-t-il.

Il était passé expert dans l'art de décrypter le langage corporel de ses interlocuteurs. Très tôt dans l'existence, cette faculté lui avait permis de compenser ses insuffisances dans d'autres domaines. En ce moment, son instinct lui disait que ce « marché » dépassait le cadre strictement professionnel.

A moins qu'il ne prenne ses désirs pour la réalité ? Le fait de la revoir l'avait secoué plus qu'il n'aurait voulu l'admettre, et son esprit fertile, habitué à imaginer des arguments de vente et des slogans publicitaires percutants, tournait à présent à plein régime. Mais son imagination prenait un tour très inhabituel.

— J'ai cru comprendre que tu avais été recruté à grands frais par Ballyhoo…, commença-t-elle.

Impatient qu'elle entre dans le vif du sujet, il acquiesça d'un hochement de tête. Plus tôt ils en auraient terminé avec cette affaire, plus vite ils pourraient passer à des sujets plus intéressants. Par exemple, ce qu'elle avait fait ces huit dernières années. Ou : y avait-il un homme dans sa vie ?

— L'article que j'ai lu disait que Ballyhoo comptait sur toi pour engranger de gros contrats. C'est vrai ?

— C'est comme ça que fonctionne le monde de la publicité.

C'était justement cette nécessité de prouver sans cesse, à soi-même et aux autres, qu'on était le meilleur qui l'avait attiré dans la publicité.

— Dans ce cas, que dirais-tu si je te présentais à quelques-unes des personnes qui comptent vraiment dans le monde des affaires à Melbourne ?

— Ce serait super.

Cela semblait trop beau pour être vrai. Que pouvait donc cacher cette proposition plus qu'alléchante ?

— Je ne te demanderai qu'un petit service en échange, poursuivit Eve.

— Qui serait… ?

Hésitante, elle mordillait nerveusement sa lèvre inférieure. Ce geste, bien qu'inconscient, n'en était pas moins érotique et Bryce ne parvenait pas à détacher les yeux de ses lèvres pulpeuses. Dire qu'il avait été à deux doigts de l'embrasser…

— J'aurais besoin que tu sortes avec moi pendant un mois.

3

Comme il fallait s'y attendre, sa requête prit Bryce complètement au dépourvu. Eve ne pouvait pas l'en blâmer. Ce n'était pas tous les jours qu'une femme désespérée vous proposait de sortir avec elle en présentant sa demande comme un contrat.

Elle ne s'étonna pas davantage de le voir recouvrer rapidement son sang-froid. Déjà, au lycée, rien ne pouvait le démonter. Elle se souvenait encore de sa démarche assurée quand il parcourait les couloirs avec l'air de celui qui se fiche éperdument de ce que les autres pensent de lui.

Redouté pour ses reparties cinglantes, il tenait tête aux enseignants comme aux autres élèves. Pour cette raison, Eve l'avait toujours soigneusement évité. Elle était déjà suffisamment mal dans sa peau pour ne pas essuyer les sarcasmes d'un petit malin de son espèce.

Non qu'elle ait eu à se plaindre de lui. Au contraire, quand il venait à la maison avec Tony, il avait toujours pris la peine d'échanger quelques paroles avec elle, accompagnées d'un de ses sourires qui lui coupait le souffle. Au lycée, en revanche, il l'ignorait royalement. Il fallait dire qu'il avait un an de plus qu'elle, il ne voulait sûrement pas s'abaisser à bavarder avec une gamine à la dégaine de première de la classe.

Elle ne se souvenait pas à quelle époque exactement elle était tombée amoureuse de lui. Etait-ce quand il venait faire du skate avec Tony, ou un peu plus tard, qu'elle s'était mise à attendre avec impatience leurs brèves rencontres, tout en feignant l'indifférence chaque fois qu'il lui parlait ?

La fête de Tony avait tout changé, car ce soir-là, elle avait décidé d'enfin assumer sa féminité. Et quoi de mieux, pour tester son courage tout neuf, que de se comporter comme une fille ordinaire avec le garçon dont elle était secrètement amoureuse depuis des années ?

Quand Bryce, par pure politesse, lui avait adressé la parole, elle lui avait répondu pour la première fois de sa vie. A sa grande surprise, il ne s'était pas aussitôt détourné pour rejoindre ses amis sur la piste de danse.

Au contraire, il était resté avec elle. Leur conversation avait progressivement glissé vers le flirt et ils avaient failli s'embrasser.

Failli seulement. C'était un autre regret que le souvenir de cette soirée éveillait généralement en elle.

Aujourd'hui, cependant, les regrets n'avaient plus de place dans sa vie. Et elle avait eu la satisfaction de constater que Bryce était pratiquement tombé de sa chaise quand elle avait fait son entrée dans le bar.

— Tu veux sortir avec moi ? répéta-t-il, comme pour s'assurer qu'il avait bien compris.

Voyant que ses lèvres commençaient à s'étirer en un sourire, Eve sentit sa résolution l'abandonner et elle faillit prendre ses jambes à son cou pour s'épargner l'humiliation d'être rejetée. Mais la perspective de se rendre seule au mariage de Mattie lui fit immédiatement recouvrer la raison. Après tout, les festivités liées au mariage ne dureraient qu'un mois.

— Non, je ne veux pas sortir avec toi, reprit-elle posément. Je veux que tu m'accompagnes dans des soirées, nuance. Ma dernière amie encore célibataire va se marier et j'ai besoin d'un petit ami à mes côtés pour que mes copines arrêtent de vouloir me caser moi aussi.

Le sourire de Bryce s'élargit.

— Ça n'a pas l'air trop compliqué, fit-il. Je suis flatté que tu aies pensé à moi…

— Ne va pas te faire des idées. Il s'agit d'un arrangement purement « professionnel ». Tu m'accompagnes à ces soirées et, en échange, je te présente aux gens qui comptent à Melbourne. C'est tout.

Et c'était mieux ainsi, songea-t-elle. Elle n'était pas assez folle pour penser que ce sourire dévastateur — dont Bryce connaissait incontestablement le pouvoir sur ses interlocuteurs — et cette lueur admirative dans son regard cobalt fussent autre chose qu'un réflexe de séducteur-né.

Elle devait toutefois reconnaître qu'il était fascinant, et si elle l'avait trouvé mignon quand il n'était encore qu'un adolescent, que dire du mâle magnifique qu'il était devenu ?

Elle cherchait un homme à tomber par terre pour épater les pin-up, et Bryce l'incarnait à la perfection, avec ses yeux rieurs, ses lèvres charnues qui semblaient avoir été créées pour embrasser, ses larges épaules dont elle devinait la musculature harmonieuse sous sa chemise de popeline et ses longs doigts qui effleuraient sa tasse de café — la veinarde !

L'essentiel était de ne pas se laisser prendre au jeu et d'oublier les idées folles qui lui traversaient l'esprit. Comme celle de sortir avec lui pour de bon.

Ses expériences mitigées avec les hommes l'avaient échaudée. En tout et pour tout, elle pouvait revendiquer trois brèves relations, si on pouvait qualifier de « relations » des liaisons qui n'avaient pas duré plus de deux mois… Quand les choses menaçaient de devenir trop sérieuses à son goût, elle préférait rompre. Non par phobie des relations durables, mais simplement parce qu'elle n'avait pas rencontré l'homme de ses rêves.

C'est pourquoi, au lieu de sortir tous les soirs dans l'espoir de le trouver et devoir écouter un type imbu de sa personne essayer de lui faire bonne impression, elle préférait rester chez elle. Cependant, quand Mattie lui avait annoncé qu'elle allait se marier, elle n'avait pu s'empêcher de penser qu'elle passait peut-être à côté de quelque chose.

Bryce prit tout son temps pour finir sa tasse de café,

puis il posa nonchalamment un bras sur le dossier de son fauteuil. Espérait-il lui faire croire qu'il recevait tous les jours ce genre de proposition ?

— Tu peux m'en dire davantage sur ces fameux contacts professionnels ? demanda-t-il.

Eve réprima un soupir de soulagement. Voilà une question sensée à laquelle elle pouvait répondre sans problème.

— Tu connais Hot Pursuit ?

— La plus grosse entreprise d'articles de sport d'Australie ?

— Celle-là même. Il se trouve que je connais très bien Angus Kilbride, son P.-D.G. C'est justement le fiancé de Mattie. Je pourrais te le présenter à la soirée qui a lieu avant le mariage, tu pourrais de nouveau bavarder avec lui lors du mariage, partager une bière ou deux au barbecue prévu après les festivités, et enfin, jouer au poker avec lui et ses amis lors de la soirée vidéo-souvenir.

Une autre idée lumineuse lui venant à l'esprit, elle claqua des doigts avant de poursuivre.

— Sans compter que mon amie Linda est mariée avec Anton Schultz, qui possède la chaîne de bijouteries German Anton, et que le mari de mon amie Carol est Duane Boag, qui dirige le plus gros réseau d'agences immobilières d'Australie.

Décidément, Bryce n'était pas seulement diablement séduisant, songea-t-elle, il possédait également une classe folle. Au lieu de saliver à l'énumération de clients potentiels qu'elle venait de lui faire, il se contentait de la fixer comme s'il espérait avant tout percer ses véritables motivations. L'intensité de son regard lui fit baisser les yeux.

— Je vais être honnête avec toi, finit-il par déclarer, ça m'arrangerait effectivement d'être présenté à des gens de cet acabit…

— Mais… ?

— Une femme comme toi doit avoir l'embarras du choix. J'aimerais comprendre pourquoi tu as pensé à moi pour ce rôle.

Surtout après la façon dont les choses ont tourné à l'anni-

versaire de Tony... Sans qu'il ait eu besoin de la prononcer, cette phrase flotta un instant entre eux.

Secrètement ravie qu'il puisse penser qu'elle n'avait qu'à se baisser pour ramasser un petit ami, Eve haussa les épaules.

— Est-ce que tu crois au destin ?

— Non.

— C'est pourtant lui qui t'a mis sur mon chemin. Je travaillais sur mon ordinateur quand je suis tombée sur un article en ligne annonçant ton recrutement par Ballyhoo. Quand j'ai compris que tu ne connaissais personne en ville...

A la lueur narquoise qui brillait dans ses prunelles cobalt, elle comprit que Bryce ne croyait pas un mot de ce qu'elle lui racontait.

— Tu as eu pitié de moi, c'est ça ?

Elle n'eut pas le temps de s'attarder sur la pointe d'amertume qu'elle crut déceler dans sa voix, car Bryce se mit à rire doucement.

— D'un autre côté, cette histoire m'intrigue, reprit-il. Et rencontrer les gens dont tu me parles ne pourra pas me faire de mal. Alors, d'accord, j'accepte ta proposition.

— Super !

Elle dut se retenir pour ne pas sauter de joie. Il était inutile de se ridiculiser plus qu'elle ne l'avait déjà fait en lui proposant ce marché.

— Mais je ne comprends toujours pas tes motivations, ajouta Bryce.

Ses explications évasives ne l'avaient visiblement pas satisfait.

— Festivity, la société que je dirige, se charge d'organiser des événements. Ma vie sociale se confond pratiquement avec ma vie professionnelle. Le peu de temps libre qui me reste, je préfère le passer à la maison. En gros, je n'ai pas le temps de sortir avec des hommes.

Et les rares fois où elle l'avait fait, l'expérience n'avait pas été concluante, se retint-elle d'ajouter. Elle préférait nettement passer ses soirées ou ses week-ends chez elle, à expérimenter de nouvelles recettes de cuisine. Malheureusement, sa passion pour la gastronomie n'allait pas convaincre les pin-up que sa vie sentimentale n'était pas un fiasco, alors que Bryce y parviendrait sans problème.

Une pensée lui traversa soudain l'esprit et elle dut retenir de justesse une exclamation de contrariété.

— Je suis désolée. Je ne t'ai même pas demandé si tu voyais quelqu'un en ce moment…

— Pas de femme, pas de petite amie, je suis libre comme l'air, répondit Bryce en agitant sa main gauche dépourvue d'alliance sous son nez.

Quand il lui fit signe de l'index de s'approcher, elle ne put faire autrement que de se pencher vers lui. Elle était si proche à présent qu'elle pouvait distinguer les petites tâches émeraude qui parsemaient son iris.

— Je vais te confier un secret, murmura Bryce quand elle fut à sa hauteur. Je n'aurais pas accepté de te rencontrer si je sortais avec quelqu'un. Pour quel genre de type me prends-tu ?

Son clin d'œil complice décuplait le charme qui émanait de toute sa personne et Eve éprouva soudain le besoin d'inspirer une grande bouffée d'air pour s'éclaircir l'esprit. Mais son parfum envoûtant, mélange de café fraîchement torréfié et d'agrumes, lui monta à la tête et elle dut se retenir d'attirer son compagnon contre elle pour nicher son visage dans le creux de son cou. Comme elle s'apprêtait à parler, il la prit de vitesse.

— A vrai dire, je préfère que tu ne répondes pas à cette question, dit Bryce.

Puis il éclata de nouveau de rire et se redressa sur son fauteuil. Le charme dont elle s'était sentie prisonnière se rompit et Eve se mordit la lèvre pour se retenir d'annuler sur-le-champ le marché stupide qu'ils venaient de conclure.

— Tu as des nouvelles de Tony ? lui demanda Bryce, changeant de sujet.

— Il va bien. Les affaires marchent pour lui à Wall Street,

et il n'est pas revenu en Australie depuis des années. Je suis surprise que vous n'ayez pas gardé le contact, tous les deux.

— Les garçons se perdent souvent de vue. Après le lycée, nos centres d'intérêt ont changé.

Ce qui ne l'avait pas empêché de venir au vingt et unième anniversaire de Tony…, songea Eve.

Cette soirée était toujours imprimée dans son esprit. Ce soir-là, elle s'était sentie empotée et mal à l'aise dans sa robe de soirée en taffetas bleu électrique, la seule qu'elle possédait. Bryce, par contraste, était arrivé avec son sourire conquérant aux lèvres, comme si le monde lui appartenait.

C'était d'ailleurs le cas. Sa présence avait suffi à animer la soirée. Pendant la première heure suivant son arrivée, il était allé de groupe en groupe pour bavarder et échanger des plaisanteries avec ses amis de lycée tandis qu'elle faisait tapisserie.

Puis le miracle tant espéré s'était produit. Bryce devait la surveiller du coin de l'œil, car quand elle s'était éclipsée discrètement sur la terrasse du club de l'Albert Park, que Tony avait loué pour la soirée, il l'avait suivie.

Pendant une heure entière, ils avaient bavardé, plaisanté et ri. Sous le regard attentif dont il la couvait, elle avait eu la sensation d'être enfin vivante. Elle n'avait jamais rien ressenti de tel. Quelques changements mineurs dans son apparence — des lentilles de contact, une robe, du rouge à lèvres et des talons hauts — lui avaient conféré le pouvoir de flirter avec un garçon comme Bryce.

Même ce qui s'était passé ensuite n'avait pas réussi à lui faire oublier cette sensation de puissance. A partir de ce soir-là, elle avait décidé qu'elle ne pourrait plus s'en passer et c'est ainsi qu'elle avait pris son destin en main.

— La dernière fois que j'ai vu Tony, c'était à la soirée pour ses vingt et un ans. Tout comme toi, d'ailleurs. Tu t'en souviens ?

Oh oui, elle se souvenait du moindre détail. Le jean délavé de Bryce, son blouson en cuir, qu'il avait glissé sur ses épaules quand il avait vu qu'elle tremblait, sans se douter que c'était sous l'effet de sa présence troublante.

Elle se rappelait aussi qu'il lui avait tendu une coupe de champagne et que le simple contact de ses doigts contre les siens l'avait plus grisée que l'alcool lui-même.

Elle se souvenait encore qu'elle s'était appuyée contre la rambarde de la terrasse pour contempler les reflets qui dansaient à la surface du lac de l'Albert Park et la vue à couper le souffle sur Melbourne illuminé à l'arrière-plan. Bryce se tenait derrière elle, leurs corps se touchaient ; il avait saisi ses bras pour la faire pivoter sur elle-même et…

Elle cligna les yeux dans l'espoir illusoire d'effacer de sa mémoire le souvenir de ce qui s'était passé ensuite. Elle était consciente, pourtant, qu'ils allaient devoir l'évoquer à un moment ou à un autre. Mais pas tout de suite.

Un sourire séduisant étirait les lèvres de Bryce quand il posa l'index sous son menton pour lui faire relever doucement la tête.

— Il faudra bien que nous parlions de ce qui s'est passé ce soir-là, dit-il.

Prisonnière de ses prunelles ardentes, elle était incapable de bouger. Seigneur ! Toute cette histoire prenait une tournure incontrôlable. Comment comptait-elle conserver un caractère purement platonique à leur relation alors qu'elle réagissait comme une gamine amoureuse chaque fois que Bryce lui souriait ?

Il ne faisait aucun doute à ses yeux que le jeune homme ne se priverait pas de lui faire du charme. Pour l'avoir observé quand il n'était encore qu'un adolescent, elle savait que séduire était sa seconde nature et que cela ne signifiait rien pour lui. A l'époque, elle-même ne s'expliquait pas les réactions aberrantes que provoquait en elle ce garçon qui utilisait son pouvoir de séduction comme une arme. Jusqu'à ce qu'elle réalise que certains phénomènes étaient tout simplement inexplicables. Face à Bryce, c'étaient son instinct, ses hormones, et non son cerveau, qui réagissaient.

Mais ce n'était plus le cas aujourd'hui. Du moins l'espérait-elle.

Se forçant à rire, elle baissa la tête pour regarder sa montre.

— Je resterais volontiers encore un peu pour évoquer le bon vieux temps, déclara-t-elle, mais j'ai du travail.

— O.K. Quand est-ce qu'on se voit pour répéter ?

— Répéter ?

— Si tu veux convaincre tes copines que nous sortons ensemble, il vaut mieux que nous mettions notre histoire au point avant notre première sortie officielle. Il va falloir aussi qu'on s'entraîne à avoir l'air de roucouler comme des colombes.

La désagréable impression d'avoir entrouvert la boîte de Pandore s'empara d'Eve. Son expression devait trahir son désarroi, car Bryce éclata de rire et lui prit la main.

— Détends-toi ! la rassura-t-il. Je plaisantais. Mais il faut vraiment que nous bavardions un peu avant de nous lancer. Tes amis vont nous poser les questions habituelles sur la façon dont nous nous sommes rencontrés, si c'était le coup de foudre..., et ce genre de choses.

— Tu as raison.

Cela faisait d'ailleurs partie de son plan. Mais la présence de Bryce lui avait fait oublier l'aspect pratique de son stratagème.

— Je peux te passer un coup de fil une fois que j'aurai fait le point avec mon agenda ?

— Pas de problèmes.

Il soutint son bras tandis qu'elle se levait, et ce contact propagea un frisson dans tout son corps. « Pas de problèmes »... Pour lui, c'était facile à dire. Mais pour elle, c'était loin d'être gagné.

4

Ecoutant d'une oreille distraite Sol détailler les marges de profit de la société, Bryce ne pouvait empêcher ses pensées de revenir sans cesse vers Eve.

Bien qu'il se fût repassé leur entrevue une centaine de fois dans son esprit, il ne parvenait toujours pas à comprendre les motivations de la jeune femme. Certes, selon ses dires, son travail accaparait la majeure partie de son temps, mais de là à ne pas trouver un homme parmi ses connaissances pour lui servir de chevalier servant... Cela semblait inconcevable.

Et pourquoi avait-elle jeté son dévolu sur lui ? C'était plus que surprenant, après la façon calamiteuse dont s'était terminée leur dernière rencontre. Mais si son instinct lui soufflait qu'Eve lui cachait quelque chose, étant donné les termes avantageux du marché qu'elle lui avait proposé il n'avait pas hésité à l'accepter.

— Bryce ? Où en es-tu de la prospection de nouveaux clients ?

Reportant son attention sur Sol et sur la réunion, Bryce sortit plusieurs listes de son porte-documents. A Sydney, ses collègues le surnommaient le « roi des listes », mais cela lui était égal. C'était sa façon de travailler depuis toujours. Lui-même considérait que ces fameuses listes, en l'aidant à hiérarchiser ses priorités et à se concentrer sur l'essentiel, étaient l'une des clés de son succès.

— J'ai établi une liste de personnes que je compte contacter.

— Peux-tu être un peu plus précis ?

— Angus Kilbride, Anton Schultz et Duane Boag. Pour commencer.

— Le contrat Hot Pursuit arrive à son terme bientôt, reprit Sol en frottant pensivement son double menton. Puisque Kilbride est sur ta liste, ce serait bien si tu nous rapportais le budget.

Un flot d'adrénaline envahit les veines de Bryce. Décidément, il avait eu du flair en acceptant le marché d'Eve. Le fait d'être présenté à Angus de façon informelle lui donnerait inévitablement accès à des informations privilégiées.

— O.K.

Sol le scruta encore quelques secondes comme pour le jauger, avant de conclure la réunion en tapant du poing sur la table de la salle de conférences.

— Quant à vous autres, déclara-t-il, je veux des résultats pour la semaine prochaine. Que chacun d'entre vous me présente un nouveau client à notre prochaine réunion. Bryce, comme tu viens d'arriver et que tu vises très haut, je te laisse un mois. Au travail !

Habitué à ce type de comportement théâtral, monnaie courante dans le monde de la pub, Bryce retint un sourire. Pour sa part, il préférait laisser parler ses résultats. Et jusqu'à présent, sa puissante créativité — qu'il considérait comme un don du ciel — lui avait toujours permis de briller dans son domaine. Un mois… Il avait réussi à harponner des gros poissons en moins de temps que ça, au cours de sa carrière. Et avec l'aide d'Eve, qui sait jusqu'où il pourrait aller ?

— Tu penses vraiment que tu pourras mettre le grappin sur Hot Pursuit ?

Tandis que les collaborateurs quittaient la salle de réunion, Davin s'était approché de Bryce. Une lueur calculatrice brillait dans son regard.

— Oui. Sinon je n'en aurais pas parlé.

— Si tu as besoin d'un coup de main, n'hésite pas…

Bryce n'avait nullement l'intention de demander de l'aide

à un lèche-bottes comme Davin. A ses yeux, c'eût été un aveu de défaite.

— Je n'y manquerai pas, répondit-il poliment.

Puis, saluant son collègue d'un bref mouvement de tête, il sortit afin de se rendre à une autre réunion, qui promettait d'être beaucoup plus amusante que celle à laquelle il venait d'assister.

Eve souleva le couvercle de la cocotte en fonte pour humer l'arôme délicatement parfumé à la cannelle de son tajine d'agneau à la marocaine. Tout en chantonnant, elle ajouta une poignée de coriandre fraîchement ciselée à la préparation, puis elle baissa le feu, avant de remettre le couvercle.

Elle avait été incroyablement nerveuse tout l'après-midi. C'est d'ailleurs pour cette raison qu'elle s'était mise à cuisiner. C'était sa façon de lutter contre le stress. Certains allaient se dépenser dans une salle de gym, d'autres s'adonnaient à la marche à pied ou à la méditation. Eve, elle, cuisinait. C'était une véritable thérapie.

Faire la cuisine l'avait aidée à oublier ses problèmes d'adolescente, ou à surmonter le chagrin causé par la mort de son père quand elle avait dix-huit ans.

Aussi, quand Bryce l'avait prévenue de son intention de passer la voir après le travail pour mettre au point une histoire qui tienne la route à propos de leur « couple », s'était-elle mise aux fourneaux pour composer un véritable festin. Pour accompagner l'agneau, elle avait préparé une semoule aérienne parfumée aux citrons confits et divers légumes méditerranéens grillés.

Maintenant, il allait arriver d'un moment à l'autre. L'homme avec qui elle était censée sortir ; celui qui allait convaincre ses amies qu'elle n'était pas une indécrottable célibataire condamnée à assister aux mariages sans jamais trouver son prince charmant.

L'ironie de la situation était que, jusqu'à présent, le célibat ne lui pesait pas le moins du monde. Enfin, la plupart du temps. Car toutes ses amies étaient mariées ou sur le point de l'être, et baigner dans cette atmosphère de félicité amoureuse ou conjugale finissait par taper sur les nerfs de ceux qui, comme elle, étaient exclus du cercle magique.

Elle adorait pourtant la compagnie de ses amies et de leurs compagnons, mais la conscience d'être la seule célibataire de leur petit groupe lui donnait souvent l'impression d'être la cinquième roue du carrosse. Et peu s'en fallait qu'elle ne se mette à s'apitoyer sur son sort.

Heureusement, dans un mois, les festivités diverses entourant le mariage de Mattie seraient terminées. La pression retomberait et ses amies la laisseraient de nouveau vivre sa vie comme elle l'entendait. Après tout, si son travail et sa maison suffisaient à la combler, quel mal y avait-il à cela ?

Un coup frappé à la porte l'arracha à ses réflexions. En un clin d'œil, elle avala deux gorgées d'un divin shiraz de la Clare Valley et vérifia son reflet dans la porte du four. Puis elle se dirigea d'un pas délibérément lent vers l'entrée.

Quand elle ouvrit la porte, elle affichait le sourire engageant qu'elle avait répété pendant des semaines avant de se lancer dans l'aventure de Festivity. A en juger par le regard dont Bryce la dévora, elle avait atteint son but.

— Pour toi, dit-il simplement en lui tendant un superbe bouquet de gerberas orange, jaunes et grenat.

Décidément, quand M. Grand-ténébreux-charmant voulait impressionner une fille, il sortait le grand jeu.

— Merci, il ne fallait pas…

— Mais si, il fallait, dit Bryce en franchissant le seuil avec un sourire de conspirateur. Je dois me familiariser avec mon rôle de petit ami.

— Bonne idée, répondit-elle en masquant sa déception. Entre.

Tandis qu'elle se dirigeait vers la cuisine, Bryce sur les talons, Eve se maudissait intérieurement d'avoir espéré, l'espace d'un instant, qu'il lui avait apporté des fleurs parce qu'il en avait tout simplement envie.

— Ça sent bon, fit-il remarquer.

La pensée de la quantité pantagruélique de nourriture qui les attendait la fit sourire. Quand ils pénétrèrent dans la cuisine, la réaction de Bryce ne se fit pas attendre.

— Waouh ! s'exclama-t-il.

Tournant sur elle-même, Eve éclata de rire en découvrant l'expression ébahie du jeune homme. Prenant pitié de lui, elle l'invita d'un geste de la main à s'installer devant le comptoir qui occupait le centre de la vaste pièce.

— Tu attends du monde ? demanda-t-il quand il fut assis.

Eve secoua la tête et coupa le feu sous le tajine.

— J'aime cuisiner. Ça me détend.

— A vue de nez, tu es un véritable cordon-bleu.

Il prit une branche de céleri dans le panier de crudités et la trempa dans la sauce au saumon fumé et au camembert. L'expression de pur bonheur qui se peignit sur son visage enchanta Eve.

En effet, si elle aimait cuisiner, elle aimait encore presque davantage voir les gens apprécier ses plats. Ravie du succès obtenu par sa sauce, elle remplit les verres de vin blanc.

— C'est délicieux !

— Goûte ça aussi.

Elle poussa un plat contenant des petits samosas et des beignets au curry devant lui. Au moins, pendant qu'il mangeait, elle n'avait pas besoin de faire la conversation. Certes, cette attitude n'était pas raisonnable, car si elle voulait que Linda, Carol et Mattie croient en leur couple, ils allaient devoir se mettre d'accord sur ce qu'ils allaient raconter, mais la présence de Bryce chez elle la troublait plus qu'elle ne l'avait prévu.

Sa maison était son sanctuaire, l'endroit où elle pouvait s'isoler du reste du monde et être elle-même. Son assurance s'évaporait dès l'instant où elle ôtait ses verres de contact et son maquillage. Toute son attitude se relâchait au fur et à mesure qu'elle quittait ses vêtements de couturier pour son vieux jean délavé et un T-shirt trop grand.

Elle avait passé des années à se forger une personnalité destinée à camoufler la jeune fille peu sûre d'elle-même qu'elle était autrefois, mais, dès qu'elle franchissait le seuil de sa maison, c'était comme si elle se glissait dans son ancienne peau, plus confortable que jamais.

Levant son verre, elle désigna le jardin qui jouxtait la cuisine.

— Tu veux t'asseoir dehors un moment, ou tu meurs de faim ?

— Après cet apéritif, je pense que je peux patienter jusqu'au dîner. Allons dans le jardin.

Il avait tapoté son estomac d'un geste éloquent et Eve se retrouva soudain hypnotisée par la vision de son polo noir qui mettait en valeur des abdominaux à damner une sainte. A la pensée de la musculature puissante qu'elle devinait sous l'étoffe, l'eau lui monta à la bouche.

— Tu as changé, murmura-t-il.

La douceur de sa voix lui fit lever les yeux. Lorsque leurs regards se rencontrèrent, elle y découvrit une lueur de désir qui reflétait le sien.

— Tu veux dire que je ne suis plus une binoclarde ?

Sa franchise le fit sursauter, mais il se ressaisit rapidement et lui lança un sourire penaud.

— Les gosses peuvent être cruels.

Oh oui ! Elle était bien placée pour le savoir. Avec ses vêtements informes, ses grosses lunettes et son Q.I. au-dessus de la moyenne, elle ne s'était pas fait beaucoup d'amis au collège ni au lycée. A vrai dire, cela lui avait toujours été égal. Les seules fois où elle regrettait d'être « différente » c'était quand Tony ramenait Bryce à la maison. Il ne la traitait jamais comme la fille ringarde qu'elle était, et elle était progressivement tombée amoureuse de lui.

— Ils ne faisaient que décrire la réalité, dit-elle en se

dirigeant vers la porte donnant sur le jardin, son verre de vin à la main.

— Je ne t'ai jamais appelée comme ça.

— Et je me demandais bien pourquoi.

Elle poussa la porte et la tint ouverte pour lui céder le passage. Bryce fit un pas vers l'extérieur et lui saisit le bras quand elle le rejoignit.

— Je sais que tu n'as pas envie d'en parler, dit-il à mi-voix, mais nous n'y couperons pas.

Ses longs doigts puissants lui brûlaient la peau, et son regard, tout aussi brûlant, alluma un brasier en elle.

— Ce qui s'est passé ce soir-là n'a aucun intérêt.

— Je ne partage pas ton avis. Et je pense que je me suis conduit comme un imbécile.

Une lueur sombre, presque douloureuse, traversa son regard, qui ne correspondait ni au garçon charismatique qu'il était autrefois, ni à l'homme puissant qu'il était devenu. Eve ne put s'empêcher de songer qu'une pointe de vulnérabilité ne faisait qu'ajouter à son charme.

— Pas tout le temps, lui rappela-t-elle.

— Mais au moment le plus important, oui.

Son regard ensorcelant plongé dans le sien, il l'incitait à se souvenir. Elle n'avait pas un grand effort à fournir. Il lui suffisait de baisser les yeux vers les lèvres masculines, et le moment exact où la magie s'était brisée lui revenait à la mémoire. Juste avant que ses lèvres ne touchent les siennes.

— Inutile de te sentir coupable, le rassura-t-elle. Tes copains nous ont surpris alors que nous allions nous embrasser. Ils se sont moqués de toi et tu as dit que tu n'étais pas sérieux. Tu avais raison. Maintenant, assieds-toi ici, je vais chercher les hors-d'œuvre.

A son expression déterminée, elle comprit que Bryce n'avait pas l'intention d'en rester là, mais, pour elle, la séquence nostalgie était terminée. Si elle voulait survivre au mois qui l'attendait, elle avait intérêt à se concentrer sur le présent et non sur le béguin embarrassant qu'elle avait jadis éprouvé pour un type hors de sa portée.

— Eve ! Ça ne s'est pas passé comme ça…

Sans lui laisser le temps d'achever sa phrase, elle se dirigea précipitamment vers la cuisine. Au prix d'un immense effort, Bryce se retint de la suivre.

— J'en ai pour une minute ! déclara-t-elle.

Que cherchait-il au juste ? La faire sortir de ses gonds pour qu'elle admette qu'il s'était conduit comme le dernier des idiots ? Ou qu'elle reconnaisse que la majeure partie de cette soirée avait été merveilleuse, jusqu'à ce qu'il gâche tout ?

Il ne pouvait tout de même pas la harceler de questions sous son propre toit… D'après ce qu'il pouvait en voir — la cuisine chaleureuse dont les étagères débordaient de livres de recettes, le jardin charmant où les fleurs poussaient en un savant désordre —, Eve accordait tous ses soins à son foyer.

Il se rappelait qu'elle avait toujours veillé à rendre la maison de son enfance accueillante. Des fleurs fraîches ornaient les vases, elle cuisinait pour son père et son frère. Bryce savait qu'ils avaient perdu leur mère très jeunes. Il s'était souvent demandé si le côté maternel d'Eve venait de là. Sa mère avait dû cruellement lui manquer, surtout à l'adolescence, quand elle se sentait rejetée par ses camarades. La pointe de souffrance dans son regard quand elle avait évoqué son surnom de « binoclarde » ne lui avait pas échappé. Elle lui avait fait l'effet d'un coup de poing dans le ventre, car bien qu'il ne l'ait jamais appelée ainsi lui-même, il l'avait pensé.

Le grincement de la porte battante annonça le retour de son hôtesse. S'apercevant qu'elle était chargée, il se leva, non sans avoir promené un long regard appréciateur sur ses fesses mises en valeur par son jean moulant, puis sur la peau hâlée de sa taille que son T-shirt brodé de perles dévoila quand elle leva les bras pour pousser la porte.

Si elle avait toujours été élancée et athlétique, la nouvelle

Eve avait indéniablement gagné en féminité. Et les mains lui démangeaient de parcourir de caresses son corps de déesse.

— Laisse-moi t'aider, proposa-t-il quand il fut près d'elle.

— Merci.

Son petit sourire timide quand elle lui tendit un plat de vol-au-vent était à mille lieues de l'attitude de fière amazone qu'elle arborait dans le bar quelques jours auparavant.

Bryce avait pris le temps de faire quelques recherches sur Internet pour savoir exactement qui était Eve Pemberton. Il avait découvert qu'elle dirigeait en fait une société très prospère. Cependant, s'il admirait la femme d'affaires, la version plus simple qu'il avait sous les yeux en ce moment était tout aussi séduisante.

Il n'en revenait pas ! Lui qui habituellement ne sortait qu'avec des actrices et des mannequins qui n'auraient pour rien au monde passé une soirée tranquille chez elles, voilà qu'il était attiré par une femme qui adorait visiblement son intérieur.

Quand il tira une chaise pour l'inviter à s'asseoir, il devina au regard étonné qu'elle lui lança qu'elle n'avait pas pour habitude de fréquenter des hommes galants.

— De toute évidence, tu ne veux pas qu'on parle du passé, dit-il en s'asseyant à son tour en face d'elle. Parlons donc de notre marché et de la façon dont tu vas me présenter à tes amis. Tu comptes leur dire qu'on était copains autrefois, ou suis-je censé être le nouvel amour de ta vie ?

— Nous n'avons jamais été copains, répondit-elle en le fusillant du regard. Mais mieux vaut rester le plus proche possible de la vérité.

— C'est-à-dire... ? Je suis ton nouvel amant en titre et tu ne peux plus te passer de moi ?

Se délectant de constater qu'elle avait légèrement rougi, il engloutit une bouchée de vol-au-vent, un sourire narquois aux lèvres. Seigneur, comme il aimait ce côté un peu émotif, qui constituait une faille dans son personnage plein d'assurance.

— A propos de ça, justement..., commença-t-elle. Il va

falloir qu'on se tienne par la main ou par la taille…, enfin, ce genre de choses, pour que notre relation ait l'air authentique. Ça ne te t'embête pas, j'espère ?

L'embêter ? Elle devait plaisanter ! A la première occasion qui se présenterait, il avait bien l'intention de glisser son bras autour de sa taille et de la serrer contre lui. Si le simple fait d'évoquer ce contact physique la troublait à ce point, il était impatient de voir comment elle réagirait quand il la toucherait pour de bon. Il n'avait pas l'intention de laisser passer sa chance une deuxième fois.

Retenant tant bien que mal un sourire taquin, il afficha une expression candide pour demander :

— Et on devra s'embrasser ?

— Certainement pas !

— Les couples passent leur temps à s'embrasser, fit-il remarquer tandis qu'elle engloutissait un samosa pour se donner une contenance. Cela ajouterait une touche de réalisme. Tu veux que tes amies pensent que nous sortons vraiment ensemble, oui ou non ?

Eve marmonna quelque chose qui ressemblait à un juron, avant de lui adresser un sourire embarrassé qui lui donna l'envie de bondir par-dessus la table pour la prendre dans ses bras. Elle était adorable, avec ses contradictions, et l'exécution du plan pour lequel elle avait fait appel à lui s'annonçait beaucoup plus plaisante qu'il ne l'avait d'abord soupçonné.

— On avisera le moment venu, d'accord ? dit-elle.

Luttant pour ne pas afficher un sourire de triomphe, Bryce acquiesça avant de prendre sa main. Quand elle humecta ses lèvres du bout de la langue, il sentit les battements de son cœur s'accélérer.

— Ne t'inquiète pas, la rassura-t-il. Je serai un petit ami modèle.

A l'éclair dubitatif qui traversa ses prunelles couleur chocolat, il comprit que c'était justement ce qu'elle redoutait.

5

Eve n'en revenait pas de l'état dans lequel la mettait la présence de Bryce. Elle était la raison faite femme, toutes ses actions étaient mûrement réfléchies, et voilà que la plus grande confusion régnait dans son esprit. Comment était-ce arrivé ?

La mine extatique de son hôte quand il eut avalé la dernière bouchée de sa *panna cotta* à la pistache et au miel lui fournit la réponse à sa question.

Aucune femme normalement constituée n'aurait pu garder son sang-froid face à ces yeux indigo, à cette fossette qui creusait sa joue droite chaque fois qu'il souriait, et à ces lèvres à la courbe sensuelle.

— C'était sans conteste le meilleur repas que j'aie jamais mangé, affirma-t-il en poussant un soupir terriblement sexy.

— Pourtant, les jeunes loups de la pub doivent passer leur temps à emmener leurs clients dans des restaurants cinq étoiles.

— Effectivement. Et je persiste à dire que c'est le meilleur dîner que j'aie jamais fait.

Il appuya son compliment d'un clin d'œil qui la fit fondre.

— Si je comprends bien, un simple tajine d'agneau aux petits légumes, un peu de couscous et un dessert hypersucré suffisent à te conquérir ?

Quand les yeux de Bryce se voilèrent de façon incroyablement sensuelle, Eve regretta les paroles qui avaient franchi ses lèvres presque malgré elle.

— Si tu savais ce qui suffit à me conquérir…, murmura-t-il en la dévisageant avec une intensité troublante. Mais tu auras sans doute l'occasion de le découvrir, puisque nous allons sortir ensemble pendant un mois.

Alors qu'elle s'apprêtait à rassembler les couverts et les assiettes pour masquer son embarras, Bryce posa la main sur son bras.

— Laisse. Après un festin pareil, le moins que je puisse faire est de débarrasser la table.

La chaleur qui émanait de la paume tiède et ferme de Bryce se propagea dans tout son corps comme une coulée de lave. Dans un éclair de lucidité, elle réalisa qu'elle devait absolument fixer les règles de leur « idylle » dès maintenant, si elle ne voulait pas que sa libido lui dicte sa conduite vis-à-vis de ce redoutable don Juan.

— D'accord, dit-elle. Mais ne t'occupe pas du lave-vaisselle, je le mettrai en route plus tard.

Oubliant ses résolutions, elle l'observa tandis qu'il empilait les assiettes et les plats, et elle ne put s'empêcher de s'attarder sur ses longs doigts élégants, sur ses bras puissants recouverts de poils sombres, et de noter l'aisance avec laquelle il manipulait sa précieuse porcelaine. Son regard remonta jusqu'à ses épaules athlétiques, dont elle admira les muscles harmonieux.

Mmm… En définitive, ce n'était pas une si mauvaise idée de laisser son invité débarrasser la table. Quand elle pivota discrètement sur sa chaise pour le suivre du regard alors qu'il rentrait dans la cuisine, un soupir concupiscent s'échappa de ses lèvres.

Bryce Gibson était vraiment sublime.

Et pas seulement sur le plan physique. La soirée qu'ils venaient de passer ensemble lui avait fait comprendre à quel point elle s'était trompée sur son compte, autrefois.

Peut-être qu'il n'était pas aussi « cool » qu'il le laissait paraître, peut-être qu'il avait des problèmes qu'elle ignorait, ou peut-être que, comme beaucoup de garçons de son âge, il n'était pas si bien dans sa peau que ça... Toujours est-il que le garçon qu'elle avait catalogué comme un pauvre type après la soirée de Tony était devenu un homme absolument adorable.

— A voir le sourire qui illumine ton visage, je donnerais cher pour connaître tes pensées.

Perdue dans sa rêverie, Eve n'avait pas entendu Bryce reprendre place face à elle.

— Il ne vaut mieux pas, crois-moi, répondit-elle.

Comment se faisait-il qu'en sa présence elle perde tous ses moyens ? Ce n'était pourtant pas la première fois qu'elle dînait avec un séducteur invétéré. Mais aucun homme ne l'avait jamais déstabilisée ainsi.

Parfaitement détendu, Bryce avait croisé ses mains derrière sa nuque et continuait à l'observer.

— Oh ! j'ai compris, reprit-il. Tu étais en train de penser que ça allait être super de sortir avec moi.

Si Eve parvint à garder son sérieux devant sa suffisance feinte, elle ne put se retenir de rire, en revanche, quand il fit mine de s'examiner de la tête aux pieds.

— Ce n'est pas moi qui t'en blâmerais, poursuivit-il. Je suis irrésistible.

Il venait d'exprimer exactement ce qu'elle pensait en son for intérieur quelques secondes auparavant ! Elle ne pouvait cependant pas lui laisser deviner à quel point il lui plaisait, sinon elle était perdue. Mieux valait en venir immédiatement à l'objet de ce repas et mettre Bryce à la porte avant que ses yeux énigmatiques et sa fossette ravageuse ne lui fassent perdre la tête.

— Et en plus, tu es modeste, répondit-elle, taquine. Si nous passions aux choses sérieuses, avant que je ne succombe à ton charme irrésistible ?

— Tu te moques de moi ?

— Un petit peu, admit-elle en levant la main et en tenant son pouce et son index écartés de quelques centimètres.

Les yeux scintillant de malice, Bryce captura sa main. Aussitôt, une vague de chaleur se diffusa en elle, la réchauffant plus que le plus épicé des tajines. Décidément, elle ferait mieux de se dépêcher d'entrer dans le vif du sujet, car leur conversation l'entraînait sur un terrain glissant.

— Se taquiner est un bon début, déclara-t-il d'une voix légèrement rauque qui la fit frissonner. C'est ce que font généralement les gens qui sortent ensemble.

— Exactement !

Sous prétexte de prendre un verre d'eau, elle libéra sa main. Mais, au lieu d'une gorgée, elle avala tout le verre. Il n'en fallait pas moins pour éteindre l'incendie que la présence de Bryce avait allumé en elle.

Seigneur ! Dans quel guêpier s'était-elle fourrée ? Comment avait-elle pu penser une seconde qu'elle parviendrait à avoir une relation purement platonique avec Bryce tout en prétendant qu'ils sortaient ensemble ?

Malheureusement, il était trop tard pour reculer, car elle avait eu Mattie au téléphone dans l'après-midi. Son amie ayant évoqué la possibilité de la présenter à un lointain cousin qui pourrait l'accompagner au dîner de répétition du mariage, Eve s'était vue obligée de lâcher le morceau.

Mattie avait poussé des oh ! et des ah ! ravis et, aussitôt qu'elle avait raccroché, elle avait certainement organisé une conférence téléphonique avec Linda et Carol pour propager la bonne nouvelle. La perspective du dîner avec Bryce l'ayant rendue suffisamment nerveuse, Eve avait laissé son répondeur remplir ses fonctions quand les numéros de ses amies s'étaient affichés une demi-heure plus tard. Malgré l'affection indéfectible qu'elle éprouvait pour elles, Eve ne se sentait pas le courage d'affronter le feu de leurs questions. « C'est le bon ? Il est beau ? Riche ? Quand allez-vous vous marier et avoir des enfants ? » L'intérêt des pin-up pour le mariage frôlait l'obsession.

Prenant son courage à deux mains, elle reposa son verre sur la table et déclara :

— Il faut que nous parlions de notre arrangement.

A sa grande surprise, Bryce sortit un petit carnet de sa poche, inscrivit quelques mots et traça des colonnes.

— Tu prends des notes ?

Il se crispa brièvement, mais ce fut très fugitif.

— Je veux être sûr de ne rien oublier d'essentiel. Je sais par expérience que le perfectionnisme finit toujours par payer.

Si Eve admirait cette philosophie de l'existence, elle ne put néanmoins s'empêcher de penser que son comportement avait quelque chose de bizarre.

— Pour commencer, si tu me donnais quelques détails sur tes amies ?

— Mattie est la mariée. Elle est hôtesse de l'air et c'est ainsi qu'elle et A.J. se sont rencontrés.

— A.J. ?

— Angus James Kilbride. Tout le monde l'appelle AJ.

— O.K. Et les autres ?

— Carol est mariée avec Duane Boag. Tu en as entendu parler ; c'est le propriétaire d'un des plus gros réseaux d'agences immobilières d'Australie. Et le mari de Linda est Anton Schultz, le roi de la bijouterie. Elle-même travaille dans les relations publiques et Carol est rédactrice publicitaire. Les pin-up sont géniales.

— Les « pin-up » ?

— C'est le surnom que je leur ai donné, expliqua Eve. Mais elles ne sont pas seulement des filles canon ; elles sont aussi les meilleures dans leurs domaines respectifs. Malheureusement, depuis que Linda s'est fait passer la bague au doigt, les mariages sont devenus leur obsession. J'ai été demoiselle d'honneur à leurs mariages et, Dieu merci, après celui-ci, ce sera fini.

— Tu ne m'avais pas dit que tu serais demoiselle d'honneur.

— C'est la croix que je dois porter. Avec les pin-up, pas question d'échapper à la corvée d'essayage de robes en satin ; il faut aussi se laisser tripoter les cheveux par Edouard-aux-mains-d'argent, puis passer sous le brumisateur d'autobronzant de la maquilleuse…

— Sont-elles obsédées par le mariage au point d'essayer de trouver l'âme sœur pour toi ?

Eve acquiesça. Combien de rencontres « accidentelles » — en fait méticuleusement organisées par ses amies — n'avait-elle pas dû subir ?

— J'ai l'impression qu'elles ne parviennent pas à accepter que mon travail m'apporte toutes les satisfactions que je recherche, et que je n'ai pas besoin d'un homme pour donner un sens à ma vie.

Le regard de Bryce brilla et son sourire tellement sexy étira ses lèvres.

— C'est pour ça que tu n'as pas fait appel au premier type venu pour les impressionner. Tu m'as choisi, moi.

Eve ne put se retenir de rire.

— Ne te monte pas la tête, l'avertit-elle en agitant l'index sous son nez. Le hasard a voulu que tu apparaisses sur mon écran au bon moment.

— Tu cherchais un petit ami sur Internet ?

— Oui, admit-elle en espérant que son embarras n'était pas trop visible. Je pensais que ce serait facile et rapide.

— Et que s'est-il passé ?

« Tu es apparu, avec tes yeux incroyables, ta fossette craquante, ton sourire qui ferait renoncer une bonne sœur à ses vœux. Ton charme crevait l'écran, mais il est encore plus puissant en réalité », se retint-elle de répondre.

— J'ai accepté des rendez-vous, mais ça n'a rien donné. On dirait que les types qui fréquentent les sites de rencontres tiennent tous le même discours pour être sûrs d'être sélectionnés.

— Comme « Apprécie les balades sur la plage, les dîners aux chandelles et les week-ends en amoureux dans un hôtel de charme à la campagne » ?

— Ne me dis pas que toi aussi… ?

— J'ai géré la campagne d'un de ces sites. Je me suis documenté.

De nouveau, ils éclatèrent de rire, et la complicité qu'ils partageaient rappela à Eve cette soirée merveilleuse où elle avait réussi — trop brièvement à son goût — à captiver son attention.

Ce soir, elle avait prévu de discuter avec lui des détails pratiques de leur marché, d'échanger quelques propos polis, rien de plus. Mais il l'avait de nouveau subjuguée par son charme, sa chaleur, sa gentillesse.

Décidément, Bryce sortait de l'ordinaire. Les pin-up allaient être conquises. Ce qui était le but recherché, n'est-ce pas ?

Mais que se passerait-il si elle aussi était conquise ?

6

Bien que son dressing débordât de tenues extrêmement chic — mais bien trop classiques — dessinées par les plus grands créateurs du moment, Eve devait admettre qu'il ne contenait pas la robe qui impressionnerait Bryce et lui permettrait d'effectuer une entrée fracassante au dîner du lendemain.

C'était à des moments comme celui-ci qu'elle regrettait plus particulièrement d'avoir perdu sa mère alors qu'elle n'était encore qu'un bébé. Quand elle était adolescente, personne ne l'avait jamais aidée à choisir ses vêtements, ne lui avait expliqué comment se maquiller. Elle avait envié les autres filles, que leurs mères, habillées à la dernière mode, accompagnaient parfois devant l'école, déposant un baiser sur la joue des adolescentes réticentes. Que n'aurait-elle donné pour partager des moments de complicité mère-fille ! Son père avait fait de son mieux pour l'élever, mais il lui arrivait de se demander si les conseils d'une femme ne l'auraient pas aidée à acquérir une plus grande confiance en elle et à être plus extravertie.

Elle venait de refermer la porte du dressing quand son regard tomba sur son ordinateur portable posé sur le lit. Une illumination vint chasser la vague de découragement qui s'insinuait en elle. Comment n'y avait-elle pas pensé plus tôt ? Elle avait bien trouvé le cavalier idéal sur Internet, pourquoi n'y trouverait-elle pas la robe idéale ?

Quand elle découvrit ce qu'elle cherchait sur le site d'un jeune couturier prometteur au nom imprononçable, elle bondit littéralement de joie. Au comble de l'excitation, elle contempla quelques instants la robe qui scintillait de l'éclat de milliers de sequins argentés, pour s'assurer qu'elle ne rêvait pas. C'est à peine si elle jeta un œil sur le prix. Elle travaillait suffisamment dur pour pouvoir se permettre ce genre d'extravagance.

Fébrilement, elle passa sa commande et demanda une livraison express.

Demain, elle aurait la robe.

Demain soir, elle aurait l'homme.

Depuis quand sa vie était-elle devenue aussi excitante ?

— Pas de recommandation de dernière minute avant que j'épate tes copines ?

— On ne peut pas dire que tu manques de confiance en toi, répliqua Eve en esquissant un sourire destiné à masquer sa nervosité.

Bryce tapota sa main qui reposait sur son bras et lui adressa un clin d'œil.

— Avec une femme sublime à mes côtés, c'est facile.

L'espace d'un instant, son sourire enjôleur et le contact de sa main tiède faillirent faire oublier à Eve que Bryce utilisait sans doute ce genre de baratin avec toutes ses conquêtes.

— Détends-toi, ajouta-t-il en effleurant sa joue d'une légère caresse.

« Détends-toi »… C'était facile à dire, songea Eve qui n'en menait pas large. Comment une femme pouvait-elle être détendue quand un homme aussi sexy et élégant la dévisageait comme si elle était vraiment sa petite amie ?

Quand il prit sa main dans la sienne, leurs doigts enlacés lui semblèrent la chose la plus naturelle du monde. Tout ceci paraissait tellement réel. Surtout depuis qu'elle avait enfilé la *Comète argentée*, comme elle avait surnommé la robe extraordinaire qu'elle s'était achetée pour la soirée. A la seconde où Bryce avait posé les yeux sur elle, toute d'argent scintillant vêtue, sa mâchoire s'était légèrement affaissée et elle avait su qu'elle avait fait le bon choix.

Il s'était rapidement ressaisi et le choc qu'elle avait lu dans ses yeux s'était transformé en un sentiment plus intense, presque effrayant.

Il lui suffisait de repenser au regard dont il l'avait toisée pour que ses bras se hérissent de chair de poule..., et qu'elle regrette d'avoir conclu un marché avec lui.

— Tu veux tout arrêter ? demanda Bryce.

Pour ne rien arranger, voilà maintenant qu'il lisait dans ses pensées ! Sa perspicacité à son égard ne fit qu'accroître son anxiété.

— Je dois être folle pour avoir manigancé un truc pareil.

Bryce la couva d'un sourire mi-rassurant, mi-amusé.

— Ton travail ne te laisse pas le temps de rencontrer des hommes. Et il n'y a pas de honte à être célibataire.

Quand il posa un doigt sous son menton pour lui faire relever la tête, elle pria pour qu'il ne devine pas la vague de désir que ce simple geste avait éveillée en elle. Ils étaient si proches. Il n'avait qu'à pencher la tête et...

— Mais si tu as besoin d'un chevalier servant pour tes tribulations nuptiales, poursuivit-il, je suis à toi.

Le trouble qu'elle avait ressenti quand il avait caressé sa joue se mua en affolement quand il effleura sa lèvre inférieure du bout du pouce. Mais elle recouvra rapidement ses esprits.

— Allons-y ! déclara-t-elle en espérant qu'il n'avait pas remarqué à quel point ses jambes flageolaient.

— Ah, voilà qui est mieux !

Après avoir échangé un sourire, ils montèrent les quelques marches menant à l'entrée de l'Anchorage. Lorsqu'ils eurent franchi la porte, Eve prit une profonde inspiration. D'une seconde à l'autre, l'une de ses amies allait l'apercevoir.

Ce fut Mattie qui leva la tête en premier et qui se chargea de prévenir Linda et Carol par des coups de coude.

— Nous avons été localisés, déclara-t-elle à l'attention de Bryce.

Au large sourire qui éclaira le visage de son compagnon, elle comprit qu'il s'amusait follement d'être aux premières loges de la pièce qui allait se jouer. Se penchant vers elle, il lui murmura dans le creux de l'oreille :

— Tu veux que je t'embrasse, pour ajouter une touche de réalisme supplémentaire ?

— Non !

Comme par enchantement, le rire grave de son compagnon, ainsi que la lueur de complicité qui illumina ses yeux fit disparaître la tension qu'elle éprouvait. Il était temps, car déjà les pin-up s'étaient frayé un chemin entre les tables pour les rejoindre.

— Que le spectacle commence ! murmura Bryce en glissant un bras autour de sa taille.

— Chérie, tu es fabuleuse ! s'exclama Mattie quand elle arriva devant eux.

Eve apprécia à sa juste valeur le fait que son amie ait pris le temps de jeter un coup d'œil admiratif sur sa nouvelle robe avant de se tourner vers Bryce.

— Et vous, continua Mattie, vous devez être le petit ami d'Eve. Je suis ravie de faire votre connaissance.

Sans se laisser démonter par la curiosité dont il faisait l'objet, Bryce serra la main de Mattie.

— Bryce Gibson. Je suis aussi ravi de vous rencontrer.

Reculant d'un pas pour inclure dans la conversation Linda et Carol qui venaient de rejoindre leur petit groupe, il leur dédia son plus beau sourire avant de déclarer :

— Alors, laquelle de ces charmantes jeunes femmes est la future mariée ?

Elles se mirent toutes à parler en même temps, excitées comme des poules venant de découvrir un ver de terre. Eve admira le calme imperturbable avec lequel Bryce accueillit leur flot de paroles décousues. Prodigue en compliments, il répondit à chacune avec son aisance naturelle.

Une fois les présentations terminées, Mattie passa d'autorité un bras sous celui de Bryce.

— Je vais te présenter aux garçons, déclara-t-elle. Pendant que vous ferez connaissance, on pourra bavarder entre filles.

Bryce pressa une dernière fois la main d'Eve pour lui insuffler du courage. Ses lèvres s'incurvèrent en un sourire et, tandis que Mattie l'entraînait vers les invités, il lui lança :

— Ne soyez pas trop dures avec moi.

— Nous ne pouvons rien promettre, répliqua Linda en riant.

— Toi, ma cocotte, tu nous dois de sérieuses explications, marmonna Carol à l'intention d'Eve quand Bryce fut hors de portée de voix.

Ses amies ne se laissèrent pas impressionner par la mine faussement innocente qu'Eve affichait quand elles se retrouvèrent toutes les quatre dans le foyer des spacieuses toilettes pour dames de l'établissement. De l'autre côté de la porte, la soirée battait son plein.

— Seigneur, Eve ! Où as-tu déniché ce type ? commença Linda. Il est absolument sublime !

— Il est trop craquant ! renchérit Carol en l'obligeant à s'asseoir sur une confortable banquette. Raconte-nous tout !

Eve lissa posément l'étoffe scintillante de sa robe et fit mine de réfléchir. Elle savait qu'elle mettait ses amies sur les charbons ardents.

Mattie se dressa devant elle, les mains sur les hanches.

— Eve Pemberton, si tu ne nous dis pas immédiatement ce qui se passe, nous nous verrons contraintes de prendre des mesures drastiques.

Sachant que rien ne servait de résister aux pin-up quand elles s'étaient mises en mode « inquisition », Eve leva les mains en signe de capitulation.

— O.K. Laissez-moi seulement reprendre mon souffle. Bryce n'est pas de tout repos, lâcha-t-elle enfin.

— Tu veux dire…

— Vous avez déjà…

Eve éclata de rire et croisa les jambes, admirant au

passage ses escarpins argentés à talons vertigineux. Quand elle avait ouvert la porte à Bryce, plus tôt dans la soirée, il avait longuement regardé sa robe qui épousait ses formes et ses chaussures étincelantes. Puis il avait saisi sa main et l'avait fait pivoter sur elle-même.

« Tu es absolument éblouissante », avait-il murmuré d'une voix très douce.

Ses paroles ne faisant que confirmer ce qu'exprimait son regard, elle n'avait pas douté une seconde de la sincérité du jeune homme. Oublié, le souvenir de la façon dont il l'avait laissée tomber pour rejoindre ses amis qui se moquaient d'elle, huit ans auparavant.

Le vilain petit canard s'était transformé en cygne. Bien sûr, elle savait qu'au fond d'elle-même elle était toujours la jeune fille timide qui n'en revenait pas qu'il s'intéresse à elle, mais elle savourait pleinement aujourd'hui le sentiment merveilleux d'être admirée par lui.

Et sa robe ultrasexy n'expliquait pas tout. En effet, elle avait déjà décelé la même lueur d'appréciation purement masculine dans son regard quand elle était entrée à l'Aria.

Elle lui plaisait indubitablement…

Quittant la banquette, elle sortit son bâton de rouge à lèvres de sa pochette et s'approcha du miroir.

— Ne vous emballez pas, les filles. Nous avons à peine commencé à sortir ensemble.

Les pin-up entonnèrent à l'unisson un « Oh » de déception et Eve ne put se retenir de rire devant leurs mines déconfites.

— Ne soyez pas si tristes ! reprit-elle. Vous serez les premières informées dès que quelque chose de croustillant se produira.

Mattie s'éventa le visage de la main et se laissa tomber à son tour sur une banquette.

— Avec un type comme Bryce, le croustillant n'est qu'une affaire de temps, affirma-t-elle. Bon sang, qu'est-ce qu'il est sexy !

A son grand étonnement, Eve éprouva un pincement de

jalousie à la pensée que Bryce plaisait à sa superbe amie aux cheveux de feu. Elle fut encore plus surprise de réaliser que son imagination commençait à battre la campagne à l'idée de ce que « croustillant » pouvait signifier avec Bryce.

— Je me doutais bien que vous alliez être impressionnées, déclara-t-elle.

— *Impressionnées* ? s'exclama Carol en lissant son carré parfait. Eve, mon chou, cet homme est plus qu'impressionnant.

— J'ai lu un article récemment qui comparait le sex-appeal des hommes à du chocolat, déclara Linda. Dans le cas de Bryce, je pense que nous avons affaire à la plus exceptionnelle qualité suisse.

La comparaison — très pertinente, à son avis — plongea Eve dans une rêverie dont le rire de Mattie l'arracha brutalement.

— Inutile de nous faire un dessin, déclara son amie en lui tapotant affectueusement le bras. Ton expression était suffisamment éloquente.

« Quelle expression ? » se demanda Eve dans un sursaut de panique. Elle ne pouvait pas avoir d'expression alors que sa relation avec Bryce était — et resterait — purement platonique ! Elle n'allait tout de même pas se laisser berner par la mascarade qu'elle avait elle-même organisée.

Carol et Linda s'étaient à leur tour approchées du miroir pour rafraîchir leur maquillage.

— Laisse-la tranquille, ordonna Linda. Tu vois bien qu'elle est tellement gaga de ce type qu'elle meurt d'envie de le retrouver.

— Je ne suis pas gaga, se défendit Eve en tentant désespérément d'ignorer la petite voix qui lui soufflait le contraire.

Bryce était comme un poisson dans l'eau.

La fête était splendide, la nourriture délicieuse, les invités intéressants. Et il accompagnait une femme époustouflante.

Quand Eve revint dans le restaurant, il la repéra dès la

seconde où elle franchit le seuil, et son estomac se noua tandis qu'il la suivait du regard, hypnotisé par sa démarche chaloupée alors qu'elle se frayait un passage entre les tables pour le rejoindre.

Elle était complètement différente des mannequins ou des starlettes de télévision avec lesquelles il était sorti jusque-là. Physiquement, aucune ne lui arrivait à la cheville. Mais, au-delà de la beauté, Eve possédait quelque chose de plus que ces femmes. Etait-ce dû à ce mélange de tranquille assurance, d'élégance subtile et d'intelligence hors norme ? Toujours est-il qu'il aspirait à mieux connaître sa « petite amie ».

Quand elle arriva à sa hauteur, elle lui sourit et il eut soudain envie de l'embrasser passionnément pour lui montrer à quel point il la trouvait séduisante. Mais le moment était mal choisi, se ravisa-t-il. A moins que... Si elle voulait convaincre ses amies, quel meilleur moyen que... ?

— Quelles que soient tes intentions, je te conseille de les oublier, l'avertit Eve d'un ton moqueur.

— Rabat-joie !

Tout en protestant, il écarta la chaise à côté de lui pour qu'Eve puisse s'asseoir. Machinalement, il posa la main dans le creux de son dos et il sentit qu'elle se raidissait imperceptiblement.

Eve avait beau avoir insisté pour que leur « relation » reste purement platonique, son corps tenait un tout autre langage.

— Les filles sont très impressionnées, déclara-t-elle.

— Par moi ?

— Non, par mon nouveau BlackBerry, rétorqua-t-elle du tac au tac en levant les yeux au ciel. Qu'est-ce que tu t'imagines ?

— J'imagine que je vais me faire un plaisir de les convaincre que nous formons un couple.

— Tu as fait du bon boulot jusque-là.

— Je te parie que je peux faire encore mieux.

Il laissa un doigt glisser le long de son bras nu, s'attardant dans le creux de son coude. A sa grande satisfaction, il vit qu'elle retenait son souffle quand il caressa son poignet. Les battements erratiques de son pouls indiquaient clairement qu'elle partageait son émoi.

— Je pense que ce n'est pas nécessaire, murmura-t-elle d'une voix presque inaudible.

Encouragé par sa proximité, par son parfum vanillé qui lui rappelait le délicieux dessert qu'elle lui avait préparé quelques jours auparavant et par l'attirance indéniable qui existait entre eux, il glissa un bras autour de sa taille et l'attira contre lui.

— Oh que si, murmura-t-il.

Les yeux plongés dans les siens, il la défiait de l'arrêter.

— Ce n'est pas ce que nous avions décidé…

Poussé par le besoin irrésistible de découvrir comment elle réagirait à son désir, ce qu'il éprouverait à la tenir dans ses bras, le goût qu'avaient ses lèvres, il l'embrassa.

Dans son esprit, ce baiser devait être un préliminaire, un premier contact plein de tendresse entre deux personnes qui se découvraient peu à peu. Mais quand Eve pencha légèrement la tête et entrouvrit ses lèvres sur un soupir de bien-être, il perdit la tête.

Elle répondit à son baiser avec une avidité qui le surprit et l'enflamma, et le monde autour d'eux disparut dans le néant. En un éclair il réalisa tout ce à quoi il avait renoncé huit ans auparavant, quand il l'avait stupidement rejetée.

— J'en mourais d'envie depuis que je t'ai vue sur le pas de ta porte, tout à l'heure, murmura-t-il tout contre ses lèvres.

Un réflexe chevaleresque le poussa à reculer légèrement afin de donner à Eve la possibilité de se dégager. Mais elle ne saisit pas l'occasion. Au contraire, elle s'inclina vers lui et effleura sa bouche du bout des lèvres avant de s'enhardir.

Glissant une main dans sa chevelure, il l'attira contre lui pour approfondir leur baiser. Grisé par ce qu'il ressentait, il perdit son self-control pendant un moment qui lui sembla une éternité. Mais le souvenir du motif de sa présence à cette soirée finit par le rappeler à la raison.

Il était ici pour affaires. S'il se faisait passer pour le petit ami d'Eve c'était pour lancer sa carrière à Melbourne. Qu'est-ce qui lui avait pris d'agir sur un coup de tête au risque de tout faire échouer ?

Interrompant son baiser, il s'écarta de la jeune femme pour tenter de deviner son état d'esprit. Alors qu'il s'attendait à y lire l'indignation, voire la colère, le désir brûlant qui hantait ses prunelles expressives lui fit soudain envisager l'avenir sous un jour nouveau. Puisqu'elle ne semblait pas lui en vouloir de l'avoir embrassée, puisqu'elle semblait désireuse d'aller plus loin, pourquoi ne sortiraient-ils pas ensemble pour de bon ? Qu'est-ce qui les empêchait de prendre du bon temps tout en sachant que ça n'aboutirait à rien d'autre qu'à leur satisfaction mutuelle ?

— Eve ?

— Hmm ?

— J'ai l'impression que je me suis montré plutôt convaincant, tu ne trouves pas ?

— Pour les autres, je ne sais pas, mais tu m'as convaincue.

L'intonation rêveuse de sa voix, ainsi que le geste émouvant qu'elle eut d'effleurer ses lèvres du bout des doigts avec une expression mélancolique lui donnèrent envie de recommencer à l'embrasser. Incapable de se maîtriser, il se pencha en avant et effleura de nouveau ses lèvres d'un baiser très doux.

— Moi aussi, je suis convaincu.

— Tu es très doué pour jouer la comédie.

Ses paroles lui firent l'effet d'une douche glacée. Eve était persuadée qu'il l'avait embrassée pour parfaire la petite comédie destinée à ses amies. Certes, c'était bien son intention première, mais ses motivations avaient changé en cours de route. Il ne l'avait pas embrassée pour prouver quoi que ce soit à qui que ce soit. Il avait tout simplement été incapable de résister à une jeune femme passionnée qui mordillait à présent nerveusement sa lèvre inférieure.

La solution de facilité aurait été de ne pas la détromper, mais il n'avait jamais aimé les solutions de facilité.

Entrelaçant leurs doigts, il murmura :

— Et si ce n'était pas de la comédie ?

Ses pupilles chocolat se dilatèrent sous l'effet de la surprise et elle passa machinalement le bout de la langue sur ses lèvres légèrement gonflées.

— Mais… Et notre plan… ?

— Les plans peuvent changer.

La pression de sa main se fit plus insistante et son pouce se mit à tracer des cercles sur le dos de sa main.

— Ils évoluent, ils se développent et s'ouvrent sur des perspectives plus excitantes, ajouta-t-il.

Si elle n'avait d'abord pas eu l'air convaincue, au moment où il crut qu'elle allait retirer sa main, le sourire radieux qui illumina ses traits réchauffa le cœur de Bryce, lui rappelant le sentiment de victoire qu'il avait ressenti le jour où il avait obtenu sa première promotion.

— Bryce Gibson, tu devrais avoir un avertissement collé dans le dos, répliqua-t-elle en secouant la tête.

— Et qui dirait… ?

— « Produit dangereux. A manipuler avec précaution. »

Il éclata de rire.

— Allez, admets-le, la taquina-t-il.

— Que dois-je admettre ?

Son sourire s'évanouit progressivement quand elle s'aperçut qu'il fixait avidement ses lèvres. Lui-même était stupéfait de découvrir qu'il mourait d'envie de les dévorer de baisers encore et encore.

— Admets que tu as adoré, répondit-il.

Croisant les bras sur sa poitrine, elle redressa le menton. Son attitude désapprobatrice lui rappela celle de tous les professeurs auxquels il avait tenu tête.

— Tu peux toujours courir !

— Je ne te lâcherai pas tant que tu ne l'auras pas fait.

Avec une lenteur délibérée, il effleura son bras. Un sourire victorieux se dessina sur ses lèvres quand il sentit qu'elle frémissait malgré elle. Se penchant légèrement vers elle, il frotta son nez contre la peau délicate derrière son oreille.

— J'ai toute la nuit, tu sais, murmura-t-il. Et crois-moi, j'ai plus d'un tour dans mon sac.

— Bon, d'accord. Ça m'a plu. Tu es content ?

A la fugitive lueur de panique qui traversa son regard, Bryce comprit que leur baiser l'avait aussi profondément bouleversée que lui-même et il reprit espoir.

— Encore quelques baisers incroyables comme ça et je serai encore plus content.

— Oh, Bryce, je t'en prie !

Sa mimique d'exaspération feinte céda sous le fou rire irrépressible qui l'agitait. Joignant son rire au sien, Bryce la prit par l'épaule et l'attira contre lui.

— Tu y as autant pris de plaisir que moi.

Tout en riant, elle posa les mains contre son torse pour le repousser doucement.

— Personne ne t'a jamais dit que tu étais trop sûr de toi ?

— Dans mon boulot, ça paye. Ça a dû déteindre sur ma personnalité.

— A propos de ton boulot, reprit-elle, comment ça s'est passé avec AJ ? Avez-vous commencé à nouer une amorce de franche amitié virile ?

— Au premier abord, il a l'air plutôt sympa. Tout comme Duane et Anton.

Tout en parlant, il se rendit compte que, depuis qu'ils étaient arrivés, toute son attention s'était focalisée sur Eve, et ses préoccupations professionnelles étaient passées au second plan. Oubliant son projet de tisser son réseau, il n'avait songé qu'à flirter avec sa cavalière depuis l'instant où elle lui était apparue dans cette robe sublime qui épousait les courbes parfaites de son corps.

— Ils sont tous super, acquiesça Eve. Même si de mon côté j'ai dû subir un interrogatoire digne de l'Inquisition dans les toilettes des dames.

— Pourquoi les femmes éprouvent-elles toujours cet étrange besoin de tout raconter à leurs meilleures amies ?

— On se serre les coudes !

Son sourire avait disparu et son regard s'était assombri. Bryce devina qu'elle culpabilisait de mentir à ses amies.

— Ne fais pas cette tête ! dit-il en lui prenant la main. Tu ne fais rien de mal. On est des vieux copains qui font une virée ensemble et, pour ma part, je m'amuse énormément. On continuera à se voir de temps en temps quand tout ça sera terminé, ce n'est donc pas la peine de te sentir coupable.

Comme elle le lui avait justement rappelé quelques jours auparavant, ils n'avaient jamais été « copains », mais il était prêt à faire une entorse à la vérité si cela pouvait rendre sa bonne humeur à Eve.

Visiblement plus détendue, elle se pencha vers lui pour lui murmurer à l'oreille :

— Merci. Tu es un type bien.

— Seulement « bien » ?

Levant son verre pour porter un toast, il lui adressa un clin d'œil appuyé.

— Aux meilleurs copains-petits-amis ! lança-t-il.

— Ça me va.

Si seulement il pouvait se contenter d'être son « copain » et oublier combien il mourait d'envie de donner un tout autre tour à leur relation…

7

L'idée de mentir à ses amies contrariait Eve plus qu'elle ne l'avait anticipé. La joie sincère et évidente dont celles-ci avaient fait preuve lors du dîner montrait à quel point elles se souciaient de son bonheur. Bien sûr, à leurs yeux, ce bonheur ne pouvait être complet sans un homme dans sa vie. Et, par une étrange ironie du sort, quand le regard de Bryce croisait le sien et qu'il lui lançait un de ses sourires craquants, elle-même en venait à secrètement partager l'opinion des pin-up.

Poussant un soupir excédé, elle ouvrit son portable pour consulter son agenda. Rien de mieux que de se plonger dans le travail pour oublier à quel point sa vie était soudain devenue compliquée. Elle avait voulu un homme pour épater ses amies, et, sur ce plan, Bryce avait comblé toutes ses attentes. Malheureusement, elle n'avait pas prévu qu'elle aussi tomberait sous son charme au-delà du raisonnable.

Se comporter avec lui comme s'ils sortaient ensemble, lors de la réception à l'Anchorage, avait confiné à la torture. Il s'était montré tellement prévenant et adorable qu'il l'avait subjuguée, au point qu'elle n'avait pas prêté la moindre attention aux mets raffinés qui se succédaient dans son assiette, ce qui ne lui ressemblait guère.

Ses amies s'étaient apparemment donné le mot pour la laisser le plus souvent en tête à tête avec Bryce, dans l'espoir sans doute de favoriser l'intimité qu'elles souhaitaient voir éclore entre eux. Elle n'avait donc pas eu d'autre choix que de se perdre dans son sublime regard indigo, de bavarder à bâtons rompus et de flirter avec lui.

Et ces baisers… Elle ferma les yeux, mais rien ne pouvait chasser le souvenir de ce qu'elle avait ressenti. Sous la douce pression de ces lèvres masculines, elle s'était sentie terriblement femme et désirable. Mais elle ne se berçait pas d'illusions. Si Bryce l'avait surprise, quelques heures plus tard, sans ses lentilles de contact, démaquillée, vêtue d'un pyjama gris hors d'âge, il serait parti en courant, comme il l'avait fait huit ans auparavant.

C'était cette crainte, profondément ancrée en elle, d'être de nouveau rejetée qui la poussait à minimiser la portée du baiser qu'ils avaient échangé. Mais en même temps, elle ne cessait de repenser à Bryce, à l'intensité de son regard, de sa voix, quand il avait murmuré : « Et si ce n'était pas de la comédie ? »

Son cœur s'était arrêté de battre pendant une fraction de seconde et elle avait dû se retenir de se jeter dans ses bras sur-le-champ. La poule mouillée qui sommeillait en elle avait préféré considérer sa question comme une boutade. Mais Bryce ne s'était pas laissé démonter par son éclat de rire. Il avait enchaîné en évoquant l'idée que leur relation puisse évoluer et prendre une autre dimension…

Elle avait toutefois fait la sourde oreille à sa proposition alléchante. L'expérience lui avait appris qu'elle était trop vulnérable pour flirter et, à plus forte raison, pour s'engager dans une relation plus sérieuse, malgré la soif d'affection qu'elle éprouvait parfois.

L'arrivée du directeur marketing de l'Australian Football League, introduit par sa secrétaire, la rappela à la réalité. Néanmoins, bien que l'A.F.L. fût l'un de ses plus gros clients et que l'organisation de leurs événements ait grandement contribué au succès de Festivity, elle eut toutes les peines du monde à se concentrer sur les paroles de son visiteur. Si, par la force de l'habitude, elle parvenait à répondre aux questions de son client, puis à lui expliquer le déroulement de la soirée autour du coup d'envoi de la saison, son esprit revenait sans cesse vers Bryce. Elle pouvait encore sentir ses lèvres sur les siennes, à la fois tendres et passionnées, expertes et hésitantes. Comme s'il s'attendait à ce qu'elle le repousse, alors que cette pensée ne lui avait même pas traversé l'esprit. Dès l'instant où il l'avait embrassée, ses sages résolutions s'étaient évanouies et elle s'était retrouvée à des années-lumière de la vraie vie, sur une planète où les vilains petits canards finissaient avec le prince charmant. Bon, d'accord, elle mélangeait un peu les contes de fées, mais chaque fois qu'elle repensait à ce baiser, elle sentait un sourire béat se dessiner sur ses lèvres.

— Vous avez déjà une idée du lieu où ça pourrait prendre place, mademoiselle Pemberton ?

Confuse de s'être laissé distraire par sa rêverie éveillée, elle reporta toute son attention sur son client.

— J'adore organiser des événements dans des lieux uniques et originaux, comme une usine désaffectée, un fort, un train, une île au large, ou le toit d'un immeuble. Dites-moi ce qui vous fait envie et je vous promets que votre soirée sera inoubliable.

Elle avait assis sa réputation sur des soirées dont les thèmes sortaient des sentiers battus, et ses idées novatrices la démarquaient de ses concurrents. C'est un client conquis par l'éventail de ses propositions qu'elle reconduisit à la porte.

Habituellement, pour célébrer ce type de réussite, elle rentrait chez elle et se préparait un gâteau avec des tonnes de chocolat et de crème ; puis elle s'allongeait dans son canapé pour le déguster en écoutant un disque de jazz.

Alors, pourquoi cette soudaine impulsion de prendre son téléphone pour annoncer la bonne nouvelle à Bryce et lui proposer d'aller boire un verre pour fêter l'événement ? Avait-elle oublié que si elle « sortait » avec Bryce c'était pour prouver aux pin-up qu'elle n'était pas une vieille fille désespérée ? Il n'avait jamais été question pour elle de réellement sortir avec lui.

Le regard irrésistiblement attiré par le téléphone posé sur

son bureau, ses doigts la démangeaient de le décrocher et de composer le numéro de Bryce. Aussi, quand son téléphone portable sonna, décrocha-t-elle sans même vérifier l'identité de son correspondant, saisissant ce moyen pour résister à la tentation.

— Comment va ma fabuleuse petite amie aujourd'hui ?

En reconnaissant la voix chaude de Bryce, une vague de pur bonheur la submergea.

— Bien, répondit-elle. En fait, je pensais justement à toi.

Grinçant des dents, elle se donna un coup sur la tête de sa main libre. Qu'est-ce qui lui avait pris de dire ça ?

Le frémissement délicieux qui la parcourut quand le grondement de son rire grave résonna à son oreille lui apporta sa réponse. Seigneur ! Il lui suffisait d'entendre le son de sa voix pour que son cerveau se tétanise.

— En bien, j'espère.

— C'était à propos de mon boulot.

— Bien sûr.

Son ton moqueur la fit rougir. Il savait parfaitement qu'il la faisait craquer, et elle le maudit intérieurement pour sa capacité à lire en elle à livre ouvert.

— A propos de boulot, reprit-il, AJ m'a invité au lancement d'un nouveau produit Hot Pursuit.

— C'est super, le félicita-t-elle.

— Il m'a suggéré de venir avec ma petite amie. D'ailleurs, les Drôles de Dames seront là.

— Les Drôles de Dames ?

— Tes trois meilleures amies. C'est le surnom que je leur ai donné. Une blonde, une brune et une rousse… Je trouve que ça leur va comme un gant.

Content de sa trouvaille, il s'esclaffa comme un gamin. Entraînée par son rire communicatif, Eve se joignit à lui.

— Les pin-up, les Drôles de Dames…, je me demande ce que les filles diraient si elles apprenaient notre petit secret.

— Lequel ?

N'ayant pas envie de s'appesantir sur un sujet qui ne ferait que raviver son sentiment de culpabilité à l'égard de ses amies, elle jeta un œil sur son ordinateur pour vérifier son emploi du temps. Elle constata avec satisfaction que son dernier rendez-vous de la journée avait été annulé.

— Que dirait mon « petit ami » si je lui proposais de venir boire un verre pour fêter le nouveau contrat que je viens de conclure ?

— Félicitations. Ça me semble une bonne idée. Où et quand ?

— J'ai encore quelques bricoles à régler ici, répondit-elle en regardant les factures de sous-traitants empilées sur son bureau. Ça ne devrait pas me prendre plus d'une heure. Je t'enverrai un texto.

— Parfait.

Il s'interrompit et elle perçut un murmure de voix impatientes à l'arrière-plan.

— Désolé, s'excusa-t-il quand il reprit la conversation. Mon nouveau patron attend des résultats. Pour hier. Alors, tu m'accompagneras à la soirée de Hot Pursuit ?

— Oui.

Avait-elle le choix ? En effet, si Bryce s'y rendait sans elle, les filles se poseraient des questions.

— Bien. Maintenant je dois te laisser, c'est un peu la panique ici. A tout à l'heure.

— A tout à l'heure.

Quand elle eut raccroché, elle scruta la pile de factures. Elle n'allait en faire qu'une bouchée, car plus tôt elle en aurait fini avec cette corvée, plus tôt elle retrouverait Bryce.

Eve remercia le portier de l'immeuble de Bryce d'un sourire quand il la salua après l'avoir introduite dans l'appartement du jeune homme.

Elle se sentait un peu mal à l'aise de s'y trouver en l'absence de son occupant, mais il avait insisté et, plutôt que d'attendre quarante-cinq minutes au bar où ils avaient rendez-vous, elle avait cédé.

Quand elle pénétra dans la vaste salle de séjour, elle s'immobilisa, estomaquée. Un lustre géant se reflétait dans les dalles de marbre noir du sol. Les fauteuils étaient recouverts d'un tissu léopard et des statuettes d'inspiration africaine ornaient les étagères. A travers les voilages sombres qui couvraient les immenses baies vitrées, les lumières nocturnes de Melbourne scintillaient comme des pierres précieuses sur une cape de velours.

L'impression générale qui se dégageait de cette pièce était sophistiquée et décadente. Un peu comme celui qui vivait ici, comme l'homme qui lui était apparu sur son écran d'ordinateur : séduisant, sûr de lui, au sommet professionnellement et prêt à conquérir le monde.

Elle ne put s'empêcher de penser que l'appartement de Bryce semblait tout droit sorti d'un film de James Bond, alors que son cottage du quartier de South Yarra rappelait plutôt *La Petite Maison dans la prairie*, avec ses meubles de chêne clair verni, son canapé à carreaux tilleul et son antique cheminée.

La différence flagrante entre leurs styles de vie renforça sa conviction qu'ils étaient eux aussi fondamentalement différents.

Les sourires complices de Bryce, sa tendresse quand il tenait sa main, l'avaient dupée. A moins que l'attirance qu'elle éprouvait pour lui ne l'ait aveuglée ?

Bryce était un extraverti irrésistible, capable de s'emparer du cœur d'une femme sans méfiance. Elle-même était une introvertie passée maître dans l'art de simuler une assurance qu'elle n'éprouvait pas. Bryce était un boute-en-train qui aimait faire la fête, tandis qu'elle abandonnait son apparence sophistiquée dès qu'elle franchissait la porte de sa maison, pour se pelotonner dans son canapé avec un bon livre.

En résumé, Bryce était son contraire à tous points de vue et, s'il avait accepté de sortir momentanément avec elle, il n'y avait aucune chance pour qu'il éprouve un jour des sentiments pour elle.

Du moins, pas le genre de sentiments qu'elle sentait de nouveau éclore en elle. Ces sentiments qu'elle avait mis sur le compte d'un engouement de gamine, autrefois. Ces sentiments qu'il avait piétinés le soir de l'anniversaire de Tony.

Effrayée par le cours que prenaient ses pensées, elle songea qu'elle était pathétique. N'était-ce pas elle qui avait insisté pour que leur relation reste purement platonique ? Et voilà qu'elle était chez lui, pour célébrer un nouveau contrat avec celui qui avait illuminé son existence depuis qu'il y était réapparu. Au fond, elle n'avait pu s'empêcher de nourrir le fantasme secret qu'il se prendrait au jeu et sortirait vraiment avec elle.

Parcourant une dernière fois du regard la pièce à l'ambiance sensuelle, elle secoua la tête. Elle devait s'en aller pendant qu'il était encore temps, avant qu'il n'arrive et qu'elle ne succombe un peu plus encore à son charme.

Vouloir convaincre ses amies qu'elle sortait avec Bryce était une chose. Tomber dans son propre piège en était une autre.

Arrachant une feuille à son calepin, elle rédigea une brève note qu'elle posa sur la console de l'entrée. Elle avait besoin de temps pour ériger ses défenses et pour laisser s'éteindre le feu qu'il avait allumé en elle. Mais, en quittant l'appartement, elle se dit que tous les pompiers de la ville n'y suffiraient pas.

Bryce n'était généralement pas pressé de quitter le bureau. A moins qu'il ne dût se rendre à une soirée. En fait, il détestait rentrer chez lui.

Les vieilles habitudes étaient tenaces.

Et celle-ci remontait à son enfance, quand rentrer signifiait affronter les questions et les récriminations interminables de sa mère. Quand son père était présent — ce qui était rare —, c'était encore pire. En effet, si l'illustre Victor

Gibson honorait le foyer familial de sa présence, Bryce devait supporter sa condescendance et son mépris. Son père semblait toujours se demander comment le fils unique d'un brillant obstétricien de renommée internationale et d'une talentueuse sage-femme pouvait être aussi stupide. Pour éviter cela, Bryce préférait traîner dehors.

L'habitude lui était restée, même aujourd'hui, et il rentrait aussi tard que possible chez lui.

Non qu'il considérât l'appartement de fonction que Ballyhoo lui avait octroyé comme son « chez lui », car chaque fois qu'il en franchissait le seuil, il avait l'impression de pénétrer sur un plateau de cinéma.

Ce soir, toutefois, il était impatient de rentrer et il sifflotait même en ouvrant la porte, car il savait que la femme la plus fascinante qu'il ait jamais rencontrée l'attendait.

— Eve, tu es là ?

Intrigué par le silence qui régnait dans l'appartement, il referma la porte et laissa tomber sa sacoche par terre pour regarder sa montre. Il était monté directement du parking par l'ascenseur privé, sans s'arrêter à la réception pour demander au portier si son invitée était arrivée.

Balayant l'entrée du regard, il découvrit une note sur le plateau de verre de la console. Il s'en empara et la lut attentivement, comme il le faisait toujours.

« Salut Bryce,

Désolée, mais je ne pouvais pas rester. J'ai reçu un coup de fil du boulot. Tu sais ce que c'est. Je te rappelle bientôt.

Eve. »

Son premier réflexe fut de penser que c'était mieux ainsi. Leur relation commençait à prendre une tournure un peu trop dangereuse s'il était la seule personne avec qui Eve avait envie de fêter un succès professionnel.

S'il repensait aux regards indéchiffrables qu'elle lui lançait quand elle croyait qu'il ne la voyait pas et à la façon dont elle avait répondu à son baiser au dîner, l'autre soir, il aurait dû se sentir soulagé.

Pourtant il éprouvait surtout une immense déception.

Il ne pouvait se permettre d'aller trop loin avec Eve. Quand elle découvrirait son secret — ce qui arriverait inévitablement s'ils sortaient vraiment ensemble —, il ne pourrait pas supporter sa pitié. Une femme aussi intelligente et brillante qu'elle ne pourrait qu'éprouver de la pitié pour lui, et s'il y avait bien une chose qu'il détestait plus que d'être jugé, c'était la pitié des gens.

Oui, c'était mieux ainsi.

Son invitation à boire un verre après le travail l'avait surpris. Il pensait qu'après leur baiser, elle prendrait ses distances. Il était d'ailleurs prêt à parier qu'elle n'avait lancé cette invitation que dans l'euphorie de la victoire. Il connaissait bien cette sensation. Une fois arrivée chez lui, elle avait repris ses esprits.

Il ne pouvait pas la blâmer, lui-même ayant sérieusement réfléchi à ce qui se passait entre eux depuis la nuit dernière. Mais alors qu'il avait fini par décider qu'il était prêt à donner une nouvelle tournure à leur relation, Eve était apparemment parvenue à la conclusion inverse.

Il aurait dû lui être reconnaissant. Grâce à son revirement, il pourrait consacrer la soirée à travailler d'arrache-pied sur un dossier qu'il avait rapporté du bureau.

Après avoir écrasé la note dans son poing, il la lança dans la corbeille à papier, puis il décrocha le téléphone.

Traiteur chinois pour une personne, ce soir. Tout ce qu'il aimait.

Dans ce cas, comment expliquer ce goût amer dans sa bouche ?

8

— Tu t'amuses bien ?

Troublée par le souffle tiède de Bryce qui lui chatouillait l'oreille, Eve parvint néanmoins à se ressaisir rapidement.

— Oui. La cérémonie s'est déroulée sans le moindre incident, je n'ai pas trébuché en remontant l'allée centrale ni entraîné les autres demoiselles d'honneur dans ma chute, et cette réception est fabuleuse.

— Dans ce cas, pourquoi françois-tu les sourcils ? rétorqua-t-il en effleurant son front du bout du doigt.

Sa tentative d'afficher son habituel détachement avait visiblement échoué. Tout comme avaient échoué ses efforts pour éviter que son cœur ne chavire face à cet homme que son smoking rendait encore plus sexy.

— C'est l'organisatrice d'événements qui reprend le dessus, déclara-t-elle. Je me demandais comment on pouvait atteindre une telle perfection.

A l'expression dubitative de Bryce, elle sut que son explication ne le satisfaisait pas, mais il n'insista pas.

— L'aquarium de Melbourne est un endroit original pour une réception de mariage, se contenta-t-il de faire remarquer.

— J'y ai déjà organisé des cocktails et des sessions de *team building* pour des entreprises, mais jamais un mariage. Cet endroit donne vraiment un cachet particulier à un événement, tu ne trouves pas ?

— Si on aime être entouré de requins mangeurs d'hommes

qui évoluent derrière des vitres pas si épaisses que ça, oui, c'est sûr, c'est une ambiance particulière.

Devant son expression renfrognée, elle éclata de rire.

— J'avais oublié que tu n'aimais pas la mer !

— Qui t'a dit ça ?

— Ça doit être Tony, répondit-elle, intriguée par son ton méfiant. Ou alors je l'ai déduit du fait que tu trouvais toujours une excuse pour ne pas nous accompagner à la plage.

A vrai dire, à l'époque, elle avait mis sur le compte de sa propre présence le refus de Bryce de se joindre à eux, car la seule fois où il était allé à Mornington c'était sans elle.

Désireuse de détendre l'atmosphère, elle lui donna une tape sur le bras.

— Je suppose que Tony t'a enrôlé comme navigateur, poursuivit-elle. Moi, je détestais ça ! Il fallait tout le temps lire ces fichues cartes pendant qu'il nous bombardait de questions sur notre position.

Au lieu du sourire escompté, elle vit les lèvres de Bryce se crisper.

— Ouais, je suis passé par là, moi aussi, admit-il.

L'orchestre commença à jouer, interrompant leur conversation. Avant qu'elle puisse trouver un prétexte pour se défiler — ce n'est pas en dansant tout contre Bryce qu'elle parviendrait à maintenir le côté platonique de leur relation —, son compagnon s'était emparé de sa main.

— Viens danser, dit-il.

Comment aurait-elle pu refuser alors qu'il l'entraînait fermement vers la piste de danse aménagée dans un des tunnels qui traversaient un aquarium géant, donnant l'impression d'être sous l'eau.

Glissant un bras autour de sa taille et maintenant sa main dans la sienne d'une douce pression, il l'attira contre lui. Ses seins frôlaient son torse, leurs cuisses se touchaient. L'irrésistible attirance qui vibrait entre eux était palpable, et Eve ne songeait même plus à la nier.

— Voilà qui est mieux, dit Bryce à son oreille tandis

qu'il commençait à la faire danser au son de la musique avec un sens du rythme qui ne l'étonna pas de la part d'un fêtard tel que lui.

Les hommes qu'elle connaissait, y compris AJ, Duane et Anton, qui buvaient leurs bières au bord de la piste, auraient préféré plonger nus du pont du Rialto plutôt que de danser, et les pin-up devaient les supplier pour qu'ils se lancent sur la piste. Mais Bryce était de toute évidence plus à l'aise maintenant que lorsqu'ils évoquaient le passé. Elle pouvait le comprendre, elle-même n'aimant pas particulièrement revivre cette époque ; pourtant, elle avait cru déceler quelque chose de plus derrière la réticence de son compagnon. Quelque chose qui expliquerait son attitude désinvolte à son égard huit ans auparavant et la complicité chaleureuse avec laquelle il la traitait aujourd'hui.

— Pourquoi es-tu si nerveuse ?

Il avait dû sentir qu'elle s'était crispée et il fit remonter sa main le long de son dos en une lente caresse qui lui fit l'effet d'une traînée de feu à travers la fine étoffe de sa robe. S'il pensait que ce geste allait l'aider à se détendre… Quand il inclina la tête vers elle et que son souffle caressa sa joue, elle s'enivra de son odeur masculine où flottait une note de citrus. A cet instant, elle se sentit totalement en harmonie avec lui.

— Je dois admettre que sortir avec toi comporte quelques à-côtés agréables, déclara-t-il.

— Comme danser ?

Il déposa un baiser léger comme un papillon sur sa tempe avant de répondre.

— Comme te tenir dans mes bras.

Trop émue pour parler, Eve se contenta d'acquiescer. Quand il la serrait dans ses bras, quand il la touchait, lui parlait comme en cet instant, elle se sentait vraiment unique. Désirable. Et elle ne voyait pas pourquoi elle ne s'abandonnerait pas sans arrière-pensées aux sensations merveilleuses qu'il faisait naître en elle. Fermant les yeux, elle nicha sa tête au creux de son épaule masculine et savoura le parfum subtil qui imprégnait l'étoffe de son smoking.

Quel moment parfait, en compagnie de l'homme parfait…, songea-t-elle avant de se raviser. Elle était bien placée pour savoir, en effet, que la perfection n'existait pas.

Elle rouvrit les yeux à contrecœur et releva la tête. Il ne lui restait plus qu'à graver le moment qu'elle était en train de vivre dans sa mémoire, pour l'évoquer lors des longues soirées solitaires qu'elle passerait devant sa cheminée cet hiver.

Elle aimait ces soirées et le sentiment de paix qu'elles lui procuraient, mais elle devait reconnaître qu'il lui était arrivé de souhaiter les partager avec quelqu'un, et en cet instant précis, lovée dans les bras puissants de Bryce, ce rêve avait resurgi, plus vivace que jamais.

Quand la musique s'arrêta, ils restèrent encore quelques instants immobiles. Eve était consciente que, malgré le désir vibrant qu'il éveillait en elle, Bryce n'était pas l'homme qu'elle attendait.

— Je déteste quand la chanson s'arrête, murmura-t-il, ses magnifiques yeux bleus plongés dans les siens.

— Les meilleures choses ont une fin, dit-elle en esquissant un faible sourire. Retournons à notre table, je pense que le dessert est servi.

S'écartant de lui, elle se dirigea vers leur table, se maudissant intérieurement d'être incapable de résister à un type qui prendrait ses jambes à son cou s'il s'apercevait qu'au fond d'elle-même elle était restée semblable à l'adolescente d'autrefois.

Quand Bryce coupa le moteur devant la maison d'Eve, il croisa les doigts pour qu'elle l'invite à boire un dernier verre. Il espérait de tout son cœur qu'elle était aussi curieuse que lui d'approfondir le lien qui, indéniablement, existait entre eux.

Malheureusement, quand elle se tourna vers lui, l'expression impassible qu'elle affichait lui apprit qu'il finirait la soirée seul.

— Merci, déclara-t-elle. J'ai passé une soirée très agréable.

Elle avait dû débiter ces remerciements impersonnels à des milliers d'hommes avant lui. Ces mots lui paraissaient creux à côté de ceux qu'il avait secrètement espéré entendre. Pourquoi ne voulait-elle pas admettre que quelque chose était en train de se passer entre eux, malgré leur pacte initial qui impliquait qu'ils ne s'aventurent pas au-delà d'une relation purement fictive ?

Il aurait pu répondre sur le même ton détaché, mais il n'aurait pas réussi dans l'existence s'il n'avait pas su prendre des risques quand cela s'imposait.

— Je n'ai pas l'intention de jouer à ce petit jeu, Eve.

— Quel jeu ?

— Je ne vais pas tourner autour du pot ni me cacher derrière notre accord alors que nous savons tous les deux qu'il se passe quelque chose entre nous.

Devant sa franchise, Eve détourna la tête et fixa obstinément la rue déserte à travers la vitre. Ses doigts jouaient nerveusement avec l'ourlet de la robe qui l'avait rendu fou tout au long de la journée. Jusqu'à présent, toutes les robes de demoiselles d'honneur qu'il avait vues étaient des tenues ennuyeuses en satin de couleur vive. Rien à voir avec cette robe de mousseline vieux rose qui drapait le corps sublime d'Eve et révélait ses courbes à chacun de ses pas. Il avait dû faire des efforts surhumains pour se retenir de la toucher.

— Il ne se passe rien entre nous.

— Menteuse, dit-il dans un murmure en se penchant vers elle pour saisir son menton et l'obliger à le regarder.

Elle pouvait protester tant qu'elle voulait, ses grands yeux bruns la trahissaient. Retenant sa respiration, il attendit tandis qu'elle redressait la tête, comme à regret. Quand leurs regards se rencontrèrent enfin — le sien direct et scrutateur, celui d'Eve sombre et réticent —, il ne fallut qu'une fraction de seconde pour que l'hésitation disparût et que le regard chocolat fonde sous l'effet du désir qui la consumait. En réponse à son invitation muette, il se pencha vers elle et l'embrassa.

Si leur premier baiser avait débuté comme une démonstration destinée à prouver aux amies d'Eve qu'ils filaient le parfait amour, celui-ci fut passionné dès l'instant où leurs bouches se joignirent.

Un gémissement de plaisir échappa à Eve tandis qu'il dévorait ses lèvres avec fougue, et elle agrippa les revers de sa veste pour l'attirer vers elle et approfondir leur baiser. Bryce avait enfin obtenu la réponse qu'il attendait. L'ardeur avec laquelle elle répondait à son baiser trahissait ses sentiments mieux que des mots. Elle le désirait autant qu'il la désirait. Une passion brûlante irriguait ses veines comme un torrent furieux. C'était exactement comme dans les fantasmes qui le hantaient depuis qu'il avait goûté pour la première fois la saveur de ses lèvres pulpeuses.

Quand il entreprit d'explorer son visage, puis la peau délicate de son cou, il perçut la respiration hachée de sa compagne. Son propre pouls s'accéléra de façon spectaculaire quand elle caressa à son tour son visage avant de descendre le long de sa nuque puis de tirer sur son nœud papillon.

— Eve ?

— Hm ?

Elle posa les lèvres sur la veine qui battait dans son cou et il laissa tomber sa tête en arrière en poussant un soupir de plaisir. Quand elle entreprit d'y tracer des sillons du bout de la langue, puis de le mordiller doucement, il crut qu'il allait se consumer de désir.

— Tu réalises que nous ne sommes pas en train de faire semblant ? parvint-il à murmurer d'une voix rauque.

Elle cessa aussitôt son exploration et il regretta d'avoir parlé. Toutefois, il fallait qu'il en ait le cœur net. Il devait s'assurer qu'elle n'agissait pas simplement dans un souci de rendre leur supercherie plausible. Il voulait être sûr qu'elle l'embrassait parce qu'elle le désirait.

— Qu'est-ce que tu veux dire ?

— Je ne sais pas pour toi, mais j'ai l'impression que notre petit arrangement a bifurqué vers quelque chose de moins platonique que ce qui était initialement prévu. Et j'aimerais avoir ton avis sur la question.

Elle scruta son regard avec intensité, comme si elle voulait y déceler..., quoi, au juste ? Le réconfort, la sincérité ?

Bon sang, il n'avait vraiment pas eu l'intention de se laisser embarquer dans une histoire avec elle, au départ. Il avait d'ailleurs pour principe de ne jamais se laisser entraîner dans une relation sérieuse. Il préférait de loin de brèves aventures. A ses yeux, l'amour était trop compliqué. Trop risqué, également. En effet, s'il se livrait pieds et poings liés à une femme, il savait qu'elle finirait tôt ou tard par découvrir son secret.

Eve avait été sur le point de lui faire baisser sa garde, lors de l'anniversaire de Tony, mais il s'était protégé *in extremis*..., en se comportant comme un salaud avec elle.

Dans ce cas, pourquoi prenait-il le risque d'approfondir leur relation aujourd'hui ? Une fille intelligente comme elle ne mettrait pas longtemps à découvrir les véritables raisons qui l'avaient poussé à s'enfuir huit ans auparavant et qui l'incitaient à garder ses distances aujourd'hui.

Malgré tout, il était incapable de mettre un terme à ce qui se passait entre eux. C'est lui qui avait commencé à jouer cartes sur table, il n'allait pas rebrousser chemin.

Si elle le désirait autant qu'il la désirait, elle ne semblait cependant pas prête à l'admettre.

— Je ne veux pas précipiter les choses, murmura-t-elle.

— Moi non plus. Je voulais juste te faire comprendre que je ne fais pas ça pour m'amuser.

Secouant la tête, il passa une main dans ses cheveux. Bon sang ! Il était réputé parmi ses pairs pour inventer des slogans percutants à la chaîne et voici qu'il était incapable d'aligner deux phrases sensées face à Eve.

— Ce que je veux dire, précisa-t-il, c'est que je ne profite pas de notre arrangement pour prendre du bon temps. J'aime vraiment être avec toi.

Eve glissa une main dans la sienne. Elle entrelaça leurs doigts puis pressa doucement sa main.

— Merci pour ta franchise. Moi aussi j'apprécie ta compagnie, mais je ne veux pas que ça devienne trop compliqué.

La jubilation qu'il avait d'abord éprouvée à son aveu s'évanouit en une seconde.

— Qu'est-ce qui est compliqué ? demanda-t-il.

A son attitude et à son regard soudain fuyant, il devina qu'elle redoutait les confrontations.

— Je n'ai pas de temps à consacrer à une relation en ce moment, répondit-elle. Je reconnais qu'il y a une étincelle entre nous, mais je préférerais que nous en restions là.

Une « étincelle » ? Le terme était faible si on considérait qu'ils avaient été sur le point de s'arracher mutuellement leurs vêtements quelques minutes auparavant.

La prudence lui recommandait de laisser tomber cette discussion, mais c'était comme si une force invisible le poussait à lui soutirer des réponses qu'il redoutait pourtant d'entendre.

— Si je comprends bien, reprit-il, tu veux qu'on continue à faire semblant de sortir ensemble jusqu'à la fin du mois ?

Elle hésita quelques instants, et Bryce eut la surprise de découvrir une — très fugitive — lueur craintive dans son regard quand elle le baissa pour contempler ses mains. Qu'est-ce qui pouvait l'effrayer au point qu'elle préférait renoncer à passer un peu de bon temps avec lui ?

— Oui, répondit-elle d'une voix légèrement tremblante.

Elle paraissait soudain tellement vulnérable qu'il aurait voulu la prendre dans ses bras pour la réconforter, mais il s'abstint. S'il la touchait de nouveau, il serait incapable de lui cacher ses véritables sentiments. Il préféra s'en tirer par l'humour, comme il l'avait toujours fait.

— Dans ce cas, je vais raccompagner ma princesse

devant sa porte avant que mon carrosse ne se transforme en citrouille et que je ne me transforme moi-même en crapaud.

Quand elle lui sourit, son cœur se serra et il sut qu'elle avait raison. Mieux valait s'en tenir à leur plan original.

Envisager un autre type de relation serait pure folie.

9

Quand elle vit que Mattie, Carol et Linda se dirigeaient résolument vers elle, Eve se prépara mentalement à affronter le feu de leurs questions. Depuis son arrivée au pique-nique organisé le lendemain du mariage dans le parc de la résidence au bord de l'océan que possédait AJ, elle avait réussi à éviter les pin-up en restant accrochée au bras de Bryce. Dieu sait pourtant que Bryce était la dernière personne dont elle souhaitait être proche après ce qui s'était passé la nuit précédente.

Le baiser qu'ils avaient échangé dans la voiture avait été un désastre. Enfin, pas le baiser en lui-même, qui avait été fabuleux. Mais la discussion qui l'avait suivi lui avait fait regretter, une fois de plus, d'avoir organisé cette mise en scène. En effet, si leur premier baiser l'avait troublée, après le second, elle ne pouvait plus prétendre qu'elle maîtrisait la situation.

La femme d'affaires farouchement attachée à son indépendance s'était muée en une jeune fille romantique qui se consumait de désir pour un homme qui n'était pas fait pour elle.

Ils avaient perdu tout sens commun. Personne n'était là pour les voir et s'ils s'étaient laissé emporter par leur passion, c'était qu'ils en mouraient d'envie l'un comme l'autre. Le simple souvenir de ce baiser déclenchait d'ailleurs de délicieux frissons érotiques dans tout son corps et elle fut incapable de réprimer le sourire radieux qui s'était formé sur ses lèvres.

— Eh bien, regardez-moi ça ! Tu m'as l'air bien contente, dit Mattie en lui tendant une coupe de champagne. Loin de moi l'idée de te le reprocher, d'ailleurs, car plus je connais Bryce, plus je comprends pourquoi tu faisais la fine bouche en matière de garçons.

— Tu préférais attendre l'homme parfait au lieu de perdre ton temps avec des seconds couteaux, ajouta Carol.

— Eh ! les filles, vous ne vous êtes pas trop mal débrouillées, vous non plus, leur fit-elle remarquer en éclatant de rire.

— C'est vrai qu'on a toutes tiré le gros lot, admit Carol en poussant un soupir.

Elle promena un regard rêveur sur le groupe composé de Duane, AJ, Anton et Bryce qui buvaient une bière près du barbecue.

Mettant de côté son sentiment de culpabilité, Eve décida qu'il était trop tôt pour leur dévoiler la vérité. Mattie était encore sur son petit nuage, les garçons s'entendaient bien, et elle ne voulait pas prendre le risque de leur donner une mauvaise image de Bryce. C'était à sa demande qu'il avait accepté de se faire passer pour son petit ami. Comment réagiraient ses amis quand ils apprendraient la vérité ? S'ils se sentaient bernés, ils pouvaient tout à fait ternir la réputation de Bryce auprès des milieux d'affaires de la ville. Elle n'avait pas envisagé la question sous cet angle quand elle avait échafaudé son plan.

Non, ce n'était pas le moment de soulager sa conscience. Sans compter qu'elle ignorait où se situait la vérité. A la vive émotion qu'elle éprouvait quand elle entendait Bryce rire aux éclats, on aurait juré qu'ils sortaient vraiment ensemble.

— Hé ! qu'est-ce qui t'arrive ?

Eve s'arracha à la contemplation de Bryce et se tourna vers Mattie qui avait posé une main sur son bras. Pour la première fois de sa vie, elle avait besoin d'un conseil avisé en matière de relations hommes-femmes.

— Je peux vous demander quelque chose, les filles ?

— Tout ce que tu veux, répondirent-elles à l'unisson avant d'éclater de rire comme des gamines dans la cour de récréation.

Eve hésita encore une fraction de seconde, car en posant la question qui lui brûlait les lèvres elle risquait de dévoiler son manque de confiance en elle à ses amies. Cette perspective la terrifiait. Les pin-up ne l'avaient jamais connue autrement que posée, cool, sûre d'elle et collectionnant les succès professionnels. Elles se retrouvaient régulièrement pour bavarder autour d'un brunch ou d'un cappuccino. Elle les invitait chez elle pour leur mitonner des dîners gastronomiques, elles allaient à l'opéra et partageaient des fous rires pendant leur cours de salsa.

Elle ne leur avait pourtant jamais avoué que quelques heures d'intense attention de la part d'un jeune homme à une soirée huit ans auparavant avaient transformé son existence. A dater de ce jour, elle avait voulu retrouver au quotidien l'agréable sensation qu'elle avait éprouvée. Elle avait fait des choix en conséquence, et depuis, elle vivait exactement la vie qu'elle avait souhaitée. Pourtant, au fond d'elle-même, elle était restée une fille timide, terrorisée à l'idée que Bryce découvre sa vraie nature et lui tourne le dos de nouveau.

— Dis donc, ça m'a l'air sérieux !

Linda posa un bras sur son épaule et fit signe à Carol et Mattie de s'approcher.

— Tu veux savoir comment on fait les bébés ? ajouta-t-elle.

Elles éclatèrent toutes de rire et Eve lança un regard reconnaissant à son amie pour avoir détendu l'atmosphère.

— Vous allez probablement vous moquer de moi, mais je me demandais à quel moment vous laissiez vos hommes vous voir telles que vous êtes vraiment ?

— Tu veux dire : la vraie « moi » ? demanda Mattie en plissant son nez comme si l'idée qu'AJ puisse la voir sans son ensemble Gucci préféré lui semblait totalement incongrue.

— Vous savez, insista Eve, sans maquillage ni brushing, avec votre vieux jogging, bref, quand vous ne ressemblez pas à de véritables déesses.

Carol fronça les sourcils et tapota son carré comme pour en vérifier la parfaite tenue.

— Oh, tu veux parler de *ça* !

Tandis qu'elles retournaient sa question dans leur esprit, le silence s'abattit sur leur groupe. Eve n'en revenait pas du temps qu'il leur fallait pour répondre à cette question qui lui paraissait pourtant simple.

Ce fut Linda qui reprit la parole la première. Elle posa un doigt sur ses lèvres au rouge assorti à celui de ses ongles.

— Je pense que j'ai laissé tomber le maquillage à la maison au bout du premier mois où je sortais avec Anton.

Une vague d'effroi submergea Eve. Il lui était impossible d'envisager de dévoiler son « vrai moi » à Bryce dans un délai aussi bref.

Mattie haussa un sourcil surpris.

— Si tôt ! s'écria-t-elle. Je ne pense pas qu'AJ m'ait vue sans maquillage avant nos fiançailles.

— Vraiment ? intervint Carol en étudiant ses ongles parfaitement manucurés. Eh bien je pense que Duane ne m'a jamais vraiment vue « au naturel ».

— Quoi ? s'exclamèrent les autres en chœur.

— Je pense qu'il faut toujours être parfaite aux yeux de son mari. Ça entretient son intérêt pour nous.

— A quelle époque vis-tu ? demanda Mattie en secouant la tête. Et au cas où tu ne l'aurais pas remarqué, Duane pense que tu sais marcher sur l'eau ; il se fiche complètement que tu sois maquillée ou verte comme l'Incroyable Hulk.

— Quoi qu'il en soit, ça ne peut pas faire de mal d'être toujours vue sous son meilleur jour, pas vrai, Eve ?

Eve partageait l'avis de Carol. Quand vous étiez tirée à quatre épingles, le regard des autres changeait.

— Si tu t'inquiètes pour Bryce, tu as tort, reprit Mattie. C'est évident qu'il t'adore.

Malgré elle, le bourgeon d'espoir qui sommeillait dans son cœur commença à s'épanouir. Etait-il donc si bon acteur que ça ? Ou éprouvait-il réellement des sentiments pour elle ?

— C'est vrai, renchérit Linda. Chaque fois que tu t'approches de lui, il a ce regard qui dit « je suis amoureux de cette fille et je ne sais plus ce que je dois faire ».

Bryce choisit cet instant précis pour lui adresser un clin d'œil, auquel elle répondit par un sourire.

— Tu vois ? Il est amoureux, reprit Mattie d'un ton sentencieux. Détends-toi, ma chérie, ce n'est peut-être que le début entre vous deux, mais mon intuition me dit que le sublime Bryce ne bronchera pas, même si tu déambules devant lui le visage recouvert de boue.

Comme par miracle, Eve sentit ses vieilles appréhensions s'évanouir. N'exagérait-elle pas un peu, au fond ? Allait-elle laisser ses complexes entraver ses chances de bonheur ? Aujourd'hui, Bryce la rendait heureuse, et elle pressentait que si elle baissait un peu sa garde, elle pourrait l'être encore davantage.

— Merci, déclara-t-elle.

Puis elle avala le reste de sa coupe de champagne, ragaillardie par une détermination nouvelle.

Elle allait avouer à Bryce qu'elle avait envie de sortir avec lui. Pour de bon.

Bryce observait les Drôles de Dames qui s'agitaient autour d'Eve comme une nuée de papillons. Aussi charmantes fussent-elles, aucune d'entre elles ne supportait cependant la comparaison avec Eve.

Seigneur ! Il la désirait avec une force qui ne laissait pas de le surprendre et, même si elle refusait de lui accorder plus qu'ils n'étaient convenus, il était bien décidé à insister.

Il n'avait pas l'intention de la demander en mariage, mais ils pourraient tout à fait sortir ensemble. Pour de bon. Rien ne les empêchait, au terme de leur accord, de reprendre chacun leur liberté. De toute façon, il ne sortait jamais plus longtemps qu'un mois avec une femme ; son aventure avec Eve ne serait pas bien différente.

Tous les deux y trouveraient leur compte.

Dans ce cas, pourquoi la pensée de l'abandonner de nouveau lui donnait-elle l'impression d'être un salaud ?

— Au fait, Bryce, j'ai entendu dire que tu travaillais pour Ballyhoo ?

Bryce se tourna vers AJ et acquiesça.

— Oui. Je viens de commencer chez eux.

— J'ai peut-être une opportunité pour toi. Le budget publicitaire de Hot Pursuit doit être renégocié. Je n'ai jamais travaillé avec Ballyhoo, mais j'ai l'impression que tu es un type sérieux. Ça te dirait de me faire une proposition ?

Bryce dut se retenir de bondir d'excitation.

— Ce serait super. Merci.

Malgré son ton délibérément posé et professionnel, AJ avait dû percevoir sa jubilation intérieure, car il leva sa canette de bière dans sa direction et lui adressa un sourire complice.

— Appelle mon assistante pour qu'elle t'arrange un rendez-vous. Pour info, il y a trois autres agences sur les rangs et elles doivent nous présenter leurs projets au début du mois prochain. Ce n'est pas trop court pour toi ?

Pas s'il travaillait jour et nuit jusqu'à la date limite. Et c'est bien ce qu'il comptait faire, car la proposition d'AJ était justement ce sur quoi il comptait pour asseoir sa position chez Ballyhoo. Quand il avait accepté le marché que lui avait proposé Eve, il espérait nouer des contacts. Mais, même dans ses rêves les plus fous, il n'avait pas espéré décrocher une opportunité pareille. S'il apportait le budget Hot Pursuit à l'agence, sa carrière serait propulsée dans les hautes sphères. Son but ultime serait atteint et il pourrait considérer que le passé était bel et bien derrière lui.

Faisant tinter sa canette contre celle d'AJ, il lui assura que les délais serrés ne lui posaient pas de problèmes. Au contraire, il aimait travailler sous pression.

— Parfait, répliqua AJ. Je suis impatient de voir ton projet.

Après avoir bu une gorgée de bière, AJ promena son regard sur sa femme et ses amies qui bavardaient à quelques mètres d'eux.

— Et ne va pas t'imaginer qu'Eve y est pour quelque chose, poursuivit-il. Elle ne m'a pas demandé de faveur, et même si elle l'avait fait, j'ai pour habitude de ne jamais mélanger ma vie privée et les affaires. Mais je me suis renseigné sur toi. J'ai écouté les gens et j'ai discuté avec toi… Je suis curieux de voir de quoi tu es capable. Maintenant, je vais devoir te laisser. Mon épouse me fait les yeux doux. A plus.

Tandis qu'il regardait AJ rejoindre Mattie, Bryce sentit son euphorie s'éteindre. Tout à sa joie d'avoir obtenu cette fabuleuse opportunité, il avait complètement oublié ce que cela impliquait pour Eve et lui.

Son refus de laisser ses affaires sentimentales interférer avec son travail tant qu'il n'aurait pas atteint son objectif ultime n'aurait plus de raison d'être. Maintenant qu'il touchait au but, son succès risquait bel et bien de précipiter sa perte.

Courtiser une femme pour assouvir un désir brûlant et réciproque était une chose. S'engager dans une relation sérieuse avec cette même femme pour découvrir si elle était celle qu'il attendait dans le secret de son cœur en était une autre.

Le rire d'Eve l'arracha au dilemme qui le tiraillait. Il l'observa au milieu de ses amis et sa décision fut prise.

Il allait se focaliser sur son travail. Et malgré son envie puissante de donner un tour plus intime à leur relation, il allait calmer le jeu avec Eve. S'il obtenait le budget Hot Pursuit, alors il se préoccuperait de réaliser ses autres rêves.

Le trajet jusqu'à sa maison parut interminable à Eve. Si elle était si impatiente, c'était parce qu'elle avait l'intention, une fois qu'ils seraient arrivés, d'annoncer plus ou moins subtilement à Bryce qu'elle avait changé d'avis.

Fascinée par les multiples facettes de la personnalité du

jeune homme, plus attachantes les unes que les autres, elle voulait sortir avec lui.

— Tu es bien silencieuse, lui fit-il remarquer tandis qu'il quittait l'autoroute.

— Je réfléchissais. Mais je pourrais te retourner la remarque.

— Je pensais au boulot, tu sais ce que c'est.

— Oui.

A part que ces derniers temps Bryce accaparait pratiquement toute la place qu'occupaient habituellement ses projets professionnels.

Quand sa maison apparut au coin de la rue, avec sa façade de briques claires et ses volets ocre, elle éprouva un sentiment familier de sécurité et de chaleur.

— Tu veux…

— Je dois…

Ils avaient commencé à parler en même temps et ils éclatèrent de rire. Bryce l'invita d'un geste de la main à poursuivre.

— Les dames d'abord.

— Je voulais te proposer de rester dîner.

Le sourire de Bryce s'évanouit, et, pour la première fois depuis qu'ils s'étaient retrouvés, son regard n'exprimait plus cette chaleur qu'elle s'était habituée à y lire.

— C'est gentil, mais je ne peux pas. J'ai une tonne de travail qui m'attend.

— O.K.

Elle s'efforça d'afficher un sourire, tout en se fustigeant silencieusement d'avoir tout gâché par ses tergiversations la veille. N'était-ce pas elle qui avait affirmé qu'elle voulait maintenir le statu quo ? Selon toute évidence, il l'avait prise au mot.

— Une autre fois, peut-être ? ajouta-t-elle.

Il semblait réfléchir, et son hésitation fut comme un coup de poignard en plein cœur.

— AJ m'a demandé de lui préparer un projet pour la prochaine campagne de pub de Hot Pursuit.

Eve laissa échapper un sifflement admiratif.

— Waouh ! C'est super ! Félicitations.

— Je n'ai pas encore commencé et il me reste moins d'un mois pour monter un dossier convaincant. J'ai intérêt à m'y mettre tout de suite.

— Je suis sûre que tu vas trouver une idée géniale.

Elle aurait dû se réjouir de voir que les personnes qu'elle lui avait présentées dans le cadre de leur accord allaient lui mettre le pied à l'étrier à Melbourne. Pourquoi alors éprouvait-elle un vague sentiment d'amertume à la pensée que maintenant qu'il avait obtenu ce qu'il voulait, il était impatient de couper les ponts avec elle ?

— Tu comptes toujours aller à la soirée de lancement, la semaine prochaine ?

— Ça dépendra de l'avancement de mon projet. Si j'ai trouvé le concept de base, oui. Sinon, je devrai me décommander.

— Parfait.

Rien n'était plus faux, et le regard que Bryce jeta à sa montre acheva de l'anéantir. Visiblement, elle accaparait un peu trop de son précieux temps. Glissant son sac à main sous son bras, elle ouvrit la portière de la voiture.

— Merci de m'avoir accompagnée au pique-nique.

— Ce fut un plaisir.

— Je t'appellerai pour te dire quand aura lieu la soirée de projection de la vidéo du mariage dès que Mattie m'aura confirmé la date. C'est O.K. ?

— Ça me va.

Dans son cœur, la tristesse le disputait à l'embarras. La situation qu'elle vivait aujourd'hui était pire que lorsqu'il lui avait tourné le dos, huit ans auparavant. En effet, autrefois, elle ignorait à quel point Bryce était merveilleux, foncièrement généreux et plein d'humour. Sa soudaine froideur n'en était que plus douloureuse.

— Au revoir, déclara-t-elle en sortant précipitamment de la voiture.

— Eve ? Merci.

Mordillant sa lèvre inférieure pour l'empêcher de trembler, elle se tourna vers lui. Le crépuscule plongeait sa voiture dans la pénombre et elle ne pouvait distinguer son expression. Etait-ce du regret qu'elle percevait dans sa voix ou était-ce un effet de son imagination ? Elle n'aurait su le dire.

— De quoi ?

— De te montrer si compréhensive.

Sans un mot, elle tourna les talons et se dirigea vers sa maison. Comment pouvait-il penser qu'elle comprenait quoi que ce soit à ce qui se passait ? Notamment à l'effet dévastateur qu'eut sur elle le bruit du moteur de son véhicule qui s'éloignait.

10

Une fois sa présentation terminée, Bryce balaya la salle de réunion du regard en quête des réactions que suscitait son argument de vente.

— Angus Kilbride n'a jamais travaillé avec Ballyhoo, dit-il. Je voulais donc lui proposer un pitch totalement inédit. Qu'en pensez-vous ? J'ai pris trop de risques ?

Ses collègues se mirent aussitôt à consulter leurs notes d'un air affairé. Visiblement, personne ne voulait s'exprimer avant d'avoir entendu l'avis de Sol. Bryce était trop habitué à ce genre de réaction grégaire pour s'en agacer. Il était aussi conscient que son avenir professionnel dépendait de l'accueil que son patron réserverait à sa présentation et il était impatient d'entendre son verdict.

Sol croisa ses doigts boudinés et planta son regard inquisiteur dans le sien.

— Combien de temps te faut-il pour finaliser le projet ?

— J'y travaille jour et nuit.

Il n'exagérait pas ; ce projet l'accaparait entièrement, mais depuis qu'il s'était mis en tête d'obtenir son bac alors que tout le monde lui prédisait l'échec, il avait l'habitude de travailler dans ces conditions.

Sol se laissa retomber contre le dossier de son fauteuil avant de taper énergiquement les deux mains sur la table.

— Tu as fait du bon boulot, déclara-t-il. Et si tu obtiens ce budget, je dirai que tu es un génie. Maintenant, écoutez-moi bien, vous tous. Je veux que vous vous teniez prêts au cas où Gibson aurait besoin d'un coup de main. Compris ?

Après un dernier coup d'œil circulaire, il se leva et quitta la salle de réunion. Quand la porte se referma sur lui, un soupir de soulagement échappa à tous les membres de l'assistance.

Veillant à ne pas laisser transparaître sa satisfaction d'avoir reçu l'approbation d'un homme réputé pour être avare de compliments, Bryce referma son ordinateur portable.

— Impressionnant, fit remarquer Davin qui s'était approché de lui. Ça fait des mois que j'essaie d'obtenir un rendez-vous avec Angus Kilbride, sans succès, et toi tu débarques de Sydney et tu le rencontres en quelques jours. Mieux encore, il te propose de participer à l'appel d'offres pour sa nouvelle campagne. Quel est ton secret ?

— Je travaille dur. D'ailleurs, à ce propos, je dois y aller.

Dès qu'il fut seul, il rectifia mentalement la réponse qu'il venait de lancer à Davin. S'il avait pu monter aussi vite dans l'estime de son patron et de ses pairs, c'était en partie grâce à Eve. Et comment l'avait-il remerciée ? En refusant son invitation à dîner. Pourtant, après seulement quelques jours de séparation, la jeune femme lui manquait. Aussi décida-t-il, malgré la quantité de travail qu'il lui restait à accomplir, de l'accompagner à la soirée organisée par Hot Pursuit.

— Je pensais que tu étais trop occupé pour sortir en ce moment.

— C'était l'occasion de rencontrer les athlètes avec lesquels Hot Pursuit a des contrats. Peut-être que je trouverai l'inspiration pour le nouveau slogan.

— Je vois.

Elle but une gorgée de champagne. Ses yeux couleur chocolat fondu le fixaient comme si elle cherchait à percer le fond de sa pensée. Avait-elle deviné que le travail n'était en réalité qu'un prétexte pour la voir ? Afin d'échapper au regard mi-inquisiteur mi-amusé d'Eve, il se tourna pour désigner une immense affiche contre un mur.

— Tu vois cette chaussure ? demanda-t-il. Eh bien, il me suffit de la contempler pour que la muse vienne me taquiner.

Eve écarta la flûte de ses lèvres et son sourire s'élargit.

— Oh, vraiment ? Et quel slogan vas-tu inventer ? « Jusqu'au bout de mes rêves… avec mes chaussures » ? Ou alors : « Prends tes chaussures et tire-toi » ?

Il émit un petit rire et elle claqua des doigts.

— J'ai trouvé, s'exclama-t-elle. « *Blue suede running shoes* » !

— Tu as raté ta vocation, tu cartonnerais dans la pub.

— Je ne voudrais pas te faire concurrence, murmura-t-elle en lui tapotant la joue. Je ne suis pas si méchante que ça.

Bien que son geste fût moqueur, à l'instant où sa paume effleura sa joue, il eut envie de la prendre dans ses bras pour qu'elle poursuive ses caresses. Bon sang ! Si le fait de ne pas la voir pendant quelques jours le mettait dans un tel état, qu'en serait-il à la fin du mois, quand leur arrangement prendrait fin ?

Eve avait l'air aussi troublée que lui car elle retira sa main comme si elle venait de se brûler. Avant qu'elle ait pu s'écarter, cependant, il captura sa main.

— Qu'est-ce qui t'a pris ? demanda-t-il.

Baissant les yeux, elle rougit.

— Je ne sais pas de quoi tu veux parler, rétorqua-t-elle.

L'obligeant à relever le menton et à soutenir son regard, il insista.

— Je pense que tu le sais très bien, au contraire. Tu es différente, ce soir. Plus bavarde, plus à l'aise.

Portant sa main à ses lèvres, il déposa un baiser très doux dans le creux de sa paume.

— Et tu ne prends généralement pas l'initiative de me toucher, poursuivit-il. Non que cela me gêne, mais je suis curieux. L'absence attiserait-elle les sentiments ?

Elle leva les yeux au ciel comme s'il racontait des balivernes, mais il eut le temps d'apercevoir la fugace lueur de panique qui traversa son regard. Comme s'il lui avait posé une question à laquelle elle se savait incapable de répondre. Pour avoir vécu ce genre de situation des milliers de fois durant sa scolarité, Bryce savait exactement ce qu'elle ressentait. Si elle tentait de s'en tirer par une pirouette, il aurait la confirmation de ce qu'il pressentait : Eve perdait pied, comme lui autrefois.

Elle leva sa flûte de champagne à moitié vide en un toast silencieux.

— Ce qui m'a pris ? Ce breuvage peut faire croire à n'importe quelle fille que flirter est à sa portée. Et pour ce qui est de l'absence..., ça ne fait que sept jours, cinq heures et trente-trois minutes que nous ne nous sommes pas vus. Donne-moi au moins le temps de me languir de toi.

Oh ! oui, Eve s'aventurait indéniablement en eaux troubles. Et si elle continuait à le dévisager avec ces étoiles dans les yeux, il allait bientôt couler à pic lui aussi.

— Tu vois, tu recommences, déclara-t-il avant de se pencher vers elle et de lui murmurer à l'oreille : on pourrait presque penser que tu me dragues.

Avec un délicieux battement de cils, elle s'écarta légèrement et lui lança un regard faussement innocent.

— Et ça marche ?

— A fond !

Sous le coup d'une impulsion irrésistible, sans doute due à la frustration qu'il avait accumulée, il l'attira dans un coin discret et l'embrassa. Seigneur ! Elle lui avait tellement manqué... Un doux gémissement s'échappa des lèvres d'Eve et elle enroula les bras autour de sa nuque. Son corps s'enflamma tandis qu'ils s'embrassaient comme si leur vie en dépendait.

Peu à peu, cependant, sa raison reprit le dessus et il se souvint qu'aucune distraction — aussi tentante soit-elle — ne devait lui faire oublier ses priorités.

Interrompant délicatement son baiser, il appuya son

front contre celui d'Eve, avant de s'écarter à contrecœur. Il devait à tout prix prendre ses distances, au propre comme au figuré, s'il voulait rester maître de la situation. Mais il était conscient que des milliers de kilomètres ne suffiraient pas à lui faire oublier le désir vibrant qu'il lisait dans les yeux de sa compagne.

— Ça commence à devenir une habitude, fit-elle remarquer à mi-voix.

— Certaines habitudes sont difficiles à abandonner, répondit-il d'une voix qu'il aurait voulue plus ferme. Mais toi, Eve Pemberton, tu es en train de devenir une habitude dont je n'ai pas envie de me défaire…

Il regretta aussitôt de s'être écarté du ton de badinage sur lequel ils avaient conversé tout au long de la soirée. Qu'est-ce qui lui avait pris de lui dire ce qu'il avait sur le cœur ? Maintenant, il allait devoir faire marche arrière.

— Heureusement, poursuivit-il, j'ai appris à gérer mes mauvaises habitudes.

— Dois-je comprendre que je suis néfaste pour toi ?

— Disons que tu nuis à ma concentration.

— Et sur quoi as-tu besoin de te concentrer en ce moment précis ?

— Le travail. Tu te rappelles la raison de ma présence ici ?

— C'est la seule raison ? J'ai l'impression que ton cerveau et tes lèvres ne tiennent pas le même discours.

Elle avait d'abord pointé un doigt vers sa tête, avant de dessiner le contour de ses lèvres du bout de l'index.

Bryce étouffa un juron. D'où sortait cette tentatrice, et où diable était passée l'ancienne Eve, si réservée ? Il aurait donné cher pour lui mettre la main dessus.

— Je te promets que je saurai me tenir dorénavant, balbutia-t-il. Plus de baisers.

— Dommage.

Après un regard appuyé sur ses lèvres, elle pivota sur elle-même. Tout en la suivant des yeux alors qu'elle s'éloignait de sa démarche fluide, il ne pouvait que se maudire d'être venu. Et la maudire pour l'ascendant qu'elle avait pris sur lui.

Eve savait qu'il la suivrait.

Bryce était ce genre d'homme. Toujours prêt à relever un défi. Et elle avait été assez stupide pour lui en lancer un. Cela lui avait paru facile, dans le feu de l'action, mais à présent, elle sentait son courage la déserter.

Elle avait voulu faire comprendre à Bryce qu'elle avait changé d'avis au sujet de la nature de leur relation. C'est pour cette raison qu'elle avait sorti le grand jeu. Elle avait acheté une robe rouge encore plus sexy que la robe lamée qu'elle portait lors du dîner avant le mariage. Incroyablement moulante, sans manches, dévoilant ses genoux et son décolleté.

C'était la première — et sans doute la dernière — fois qu'elle portait une telle robe, mais grâce à elle, ce soir, elle s'était sentie et comportée comme une intrépide amazone. Si Bryce ne captait pas le message, c'est qu'il était obtus et elle allait le lui dire de vive voix dès qu'il l'aurait rejointe. Une fois qu'elle aurait avalé quelques coupes de champagne supplémentaires.

— Hé, attends-moi !

Quand il l'attrapa par le bras, ce fut comme si elle avait reçu une décharge électrique.

— Je vais me réapprovisionner, déclara-t-elle en lui montrant sa coupe vide.

— Eve, ça ne peut pas marcher entre nous.

Son cœur manqua un battement et son assurance flancha quand elle découvrit l'expression sombre de son compagnon.

— Tu es incroyable, poursuivit-il en la couvant d'un regard qui en disait long sur le désir qu'elle lui inspirait, mais c'est impossible pour le moment.

— Pourquoi ?

— Parce que je me trouve à un moment critique de ma carrière.

— La plupart des gens arrivent à concilier le travail et le plaisir, objecta-t-elle d'un ton où perçait l'exaspération.

— Je suis désolé, mais je me suis fixé des objectifs, rétorqua-t-il en enfonçant les mains dans ses poches. Je ne peux pas me laisser distraire.

— Dois-je me sentir flattée d'être considérée comme une distraction ?

Eve n'avait pas rassemblé tout son courage pour avouer à Bryce qu'elle avait envie de lui, pour laisser l'amertume la submerger et abandonner maintenant. Agitant un doigt sous son nez, elle poursuivit.

— Je te rappelle que c'est toi qui n'arrêtes pas de m'embrasser. Que suis-je censée comprendre ?

— J'ai eu tort de t'embrasser.

— Merci !

Elle détesta la douleur qui lui serrait le cœur. N'était-ce pas la preuve qu'elle prenait cette histoire bien trop au sérieux ?

— Ce n'est pas ce que je voulais dire, dit-il en prenant son visage en coupe entre ses mains avec une douceur bouleversante. T'embrasser est une erreur parce que je n'ai jamais envie de m'arrêter. C'est une erreur parce que ça me donne envie d'aller plus loin.

Il laissa retomber ses mains, mais son regard implorant resta soudé au sien.

— Par-dessus tout, c'est une erreur parce que, quand je t'embrasse, je ne peux penser à rien d'autre, et je ne peux pas me le permettre en ce moment.

A cet instant, une musique énergique retentit et AJ monta sur la scène suivi par des mannequins élancés vêtus de maillots de bain et de chaussures de sport Hot Pursuit. Eve sentit aussitôt que Bryce était tout ouïe.

— C'est ce qui t'importe par-dessus tout, n'est-ce pas ? déclara-t-elle. Remporter ce budget ?

Il se détourna quelques secondes du spectacle et elle devina sa réponse avant même que celle-ci ne franchisse ses lèvres.

— C'est très important pour moi.

— Et nous, dans tout ça ?

Un nuage de regret obscurcit son regard.

— On poursuit notre arrangement comme prévu.

Réprimant un cri de rage, elle parvint à afficher une expression impassible.

— Je comprends. Les affaires avant tout…

Cette fois, quand elle s'éloigna, elle sut qu'il ne la suivrait pas.

11

Durant les quatre jours qui suivirent, Eve accomplit un véritable marathon culinaire. Elle passait tout son temps libre dans sa cuisine, à malaxer de la pâte, à attendrir de la viande avec un marteau, à découper des légumes en fines lanières. Toute l'énergie qu'elle dépensait dans ces activités était destinée à lui faire oublier qu'elle aurait aimé faire subir le même sort à l'homme qui avait provoqué cette frénésie gastronomique.

Malheureusement, pour une fois, cette thérapie se révéla complètement inefficace. Elle était toujours furieuse contre Bryce et le comportement ambigu du jeune homme restait une énigme pour elle.

Comment pouvait-il l'embrasser aussi passionnément et se réfugier ensuite derrière ses obligations professionnelles pour refuser d'avoir une aventure avec elle ? A plusieurs reprises, il lui avait pourtant clairement fait comprendre qu'il avait envie de découvrir où leur relation pouvait les mener s'ils laissaient libre cours à leur désir.

Eve pressentait que son étrange attitude cachait quelque chose, mais quoi ? Au début, elle s'était dit qu'elle ne présentait plus d'intérêt à ses yeux une fois qu'AJ lui avait proposé de concourir pour le budget Hot Pursuit. Mais son instinct lui soufflait que cela n'avait rien à voir.

En fait, il semblait tiraillé entre son attirance pour elle et son travail. Mais ça n'avait pas de sens !

Et si elle lui posait la question, tout simplement ? se dit-elle en tournant la cuillère de bois dans son chili con carne. Elle avait un prétexte tout trouvé : AJ lui avait transmis des documents pour Bryce par l'intermédiaire de Mattie. Sa première réaction avait été de ne pas lui donner tout de suite, mais que penseraient Mattie et AJ s'ils venaient à l'apprendre ? C'était une attitude plus qu'étrange venant d'une petite amie…

Elle reposa la cuillère de bois, baissa le feu sous la cocotte en fonte et prit son téléphone pour composer le numéro de Bryce.

— Allo ?

— Bryce ? C'est moi.

— Eve. Comment ça va ?

Il semblait sincèrement heureux d'entendre le son de sa voix et l'animosité qu'elle nourrissait un instant auparavant à son égard se dissipa comme par enchantement.

— Je vais bien, merci, répondit-elle. Je t'appelais pour te prévenir qu'AJ m'avait confié des papiers pour toi.

Dans l'interminable silence qui suivit, elle crut que son cœur allait exploser. S'il n'avait pas envie de la voir, il devait néanmoins vouloir mettre la main sur ces fameux documents qui l'aideraient dans son travail superimportant.

— Merci. Je comptais justement sortir pour manger un morceau. Je pourrais passer juste après ? Je te promets que je ne resterai pas longtemps.

Son regard se posa machinalement sur la cocotte qui mijotait à feu doux et elle se demanda si elle allait l'inviter à partager son dîner. Se souvenant qu'il lui avait clairement fait comprendre qu'il souhaitait garder ses distances, elle hésitait cependant à le lui proposer.

— Eve, si ça te pose un problème…, commença-t-il, se méprenant sur les raisons de son silence.

— Non, pas du tout ! C'est seulement que je viens de cuisiner une quantité astronomique de chili con carne et que je me disais qu'au lieu d'aller au restaurant, tu pourrais dîner ici…

— Volontiers. Je peux être chez toi dans une demi-heure, répondit-il. Tu veux que j'apporte quelque chose ?

« Toi. Seulement toi. » Ravalant la réponse qui lui venait naturellement aux lèvres, elle changea le combiné d'oreille et ouvrit le four pour en sortir des tortillas.

— Oui, répondit-elle enfin. Viens avec un appétit d'ogre. J'ai cuisiné pour un régiment.

— Un appétit d'ogre ?

La chaleur qui lui monta aux joues n'avait rien à voir avec le four entrouvert. Mais bel et bien avec l'intonation sexy qu'avait prise la voix de son interlocuteur. Déglutissant péniblement, elle aurait donné cher pour pouvoir éventer ses joues en feu. Comment se faisait-il qu'il suffise d'un léger changement d'humeur chez Bryce pour qu'aussitôt elle s'enflamme, au propre comme au figuré ?

— A tout à l'heure, dit-elle.

Puis elle raccrocha sans demander son reste.

Il était incapable de résister à une jolie fille, voilà son problème. Fermement décidé à se satisfaire de cette explication, Bryce remonta l'allée de dalles japonaises menant à l'entrée de la maison d'Eve. Mais cette fois-ci, il parviendrait à contrôler les pulsions incessantes qui le poussaient à vouloir posséder Eve.

Il était plongé dans son travail quand elle l'avait appelé et c'est à contrecœur qu'il avait décroché le téléphone. Toutefois, dès qu'il avait reconnu le son de sa voix, il n'avait plus eu qu'une hâte : tout laisser en plan pour la retrouver.

Pour sa défense, c'était la première fois de sa vie qu'il vivait pareille situation. Non seulement Eve le séduisait sur le plan intellectuel et physique, mais elle le perturbait émotionnellement. C'est cette nouveauté qui le terrifiait. Cependant, il avait toujours affronté et surmonté ses peurs.

S'il ne pouvait pas se permettre de sortir avec Eve, il voulait néanmoins rester son ami, et ce n'est pas la crainte irrationnelle de tomber amoureux d'elle qui allait l'en empêcher.

Toutefois, quand elle lui ouvrit la porte, il réalisa que se comporter comme un « ami » avec la créature de rêve qui se tenait devant lui relevait de la gageure.

— Salut !

Elle l'invita à entrer et il dut faire un effort pour s'arracher à la contemplation des reflets dorés que la lumière tamisée du hall projetait dans sa chevelure acajou.

Elle était vraiment d'une beauté à couper le souffle, songea-t-il. Pas dans le sens classique du terme, mais ses attraits formaient une combinaison étonnante.

Elle se méprit sur son regard insistant.

— J'ai de la sauce tomate sur le nez ?

— Non, protesta-t-il, furieux de n'être pas parvenu à masquer sa fascination. Je pense que mes yeux sont fatigués à force de fixer l'écran de mon ordinateur. Je ne voulais pas me montrer grossier.

Le sourire d'Eve s'élargit. Apparemment, elle ne le croyait qu'à moitié, et elle avait bien raison.

— Ce n'est rien, le rassura-t-elle. Ça m'arrive aussi quand je travaille trop longtemps devant l'écran. Je suppose que tu meurs de faim. Passons à table, je te donnerai les papiers ensuite.

— Excellente idée, approuva-t-il.

Subjugué par le fumet délicieux en provenance de la cuisine, il la suivit à l'intérieur de la maison.

L'aisance avec laquelle Eve s'affairait devant les fourneaux le fascinait. La cuisine n'avait jamais été le fort de sa mère, qui, tout comme son père, n'aimait rien plus que passer tout son temps à l'hôpital où elle mettait les bébés au monde. D'ailleurs, lorsqu'ils eurent compris qu'il n'était pas l'enfant prodige qu'ils espéraient, c'est à peine s'ils lui prêtaient attention les rares fois où ils étaient réunis sous le même toit.

Parfois, il lui arrivait de se demander si c'était à cause de l'indifférence de ses parents à son égard qu'il s'était fixé pour but d'arriver au sommet professionnellement avant de songer à réaliser son rêve secret : fonder la famille aimante et chaleureuse qu'il n'avait jamais eue. Comme si, inconsciemment, il estimait que le succès professionnel était une condition pour mériter l'amour d'une femme.

— Tu veux un verre de vin ? lui proposa-t-elle.

— Non merci. J'ai besoin de garder les idées claires pour mettre la dernière touche à ma présentation.

— Tu as dû travailler jour et nuit si tu as presque terminé, s'exclama-t-elle en versant le chili dans un plat de service.

Bryce prit les assiettes et les couverts et la suivit vers la table.

— Je suis monomaniaque quand je dois tenir un délai, expliqua-t-il.

Après avoir disposé le couvert, il tira une chaise pour qu'Eve puisse s'asseoir.

— C'est ce que j'avais cru comprendre, dit-elle. Tu veux des tortillas ?

— Volontiers.

L'allusion à son travail avait jeté un léger froid et ils se mirent à manger en silence. Comme d'habitude, la nourriture était fantastique, mais Bryce regrettait l'ambiance détendue de leur précédent dîner en tête à tête. L'étincelle insolente qui scintillait dans le regard d'Eve lui manquait, ainsi que ses sourires chargés de sous-entendus.

Mais c'était ce qu'il voulait, n'est-ce pas ? Il ne pouvait donc pas se plaindre.

Quand le repas fut terminé, Bryce ne put se résoudre à partir, aussi accepta-t-il le café qu'Eve lui proposait et décida-t-il de consulter sur place les documents qu'AJ avait déposés pour lui.

Comme il aurait pu s'en douter, la présence de la jeune femme assise en face de lui l'empêcha complètement de se concentrer.

Non qu'Eve l'interrompît, loin de là. Pendant qu'il faisait semblant de parcourir ses papiers, elle était sagement assise et pianotait sur son ordinateur portable en jetant de temps en temps quelques notes sur un gros calepin jaune posé à côté d'elle.

En fait, tous les objets sur son bureau étaient jaunes, de son agrafeuse à son Filofax, jusqu'au volumineux bouquet de roses dans son vase de cristal. Comparé à cet environnement de travail lumineux, son propre bureau, dans son appartement, lui paraissait terriblement dépouillé et fonctionnel. Mais c'est ce dont il avait besoin pour pouvoir se concentrer, ce qui l'aidait à mettre en pratique les méthodes qu'il avait acquises pour optimiser ses performances.

Des performances qui risquaient d'être plutôt faiblardes s'il continuait à se laisser distraire par la femme fascinante assise en face de lui…

Quand elle s'interrompit quelques instants pour réfléchir et qu'elle mordilla ses lèvres, les yeux perdus dans le vague, il ne put retenir un petit grognement de frustration.

— Je pensais à voix haute, s'excusa-t-il en réponse à son regard interrogateur.

Les prunelles chocolat glissèrent de son visage sur son torse, et la lueur d'appréciation qu'il y découvrit lui donna envie de l'attirer dans ses bras.

— Tu avances ? s'enquit-elle.

— Oui, répondit-il en désignant le mini-portable sur lequel il prenait des notes. Ce nouveau logiciel est super.

— Je le connais ?

Tout en secouant la tête en signe de dénégation, Bryce se mordait les doigts d'avoir laissé échapper cette remarque. Il ne manquait plus qu'Eve jette un œil sur ce fameux logiciel et comprenne pourquoi il l'utilisait.

— Ça m'étonnerait, s'empressa-t-il de répondre. Il est spécialement conçu pour la pub.

— Ah bon.

Voulant lui faire oublier la sécheresse avec laquelle il lui avait répondu, il poursuivit d'un ton plus chaleureux.

— Je suis là-dessus depuis ce matin et mon cerveau commence à se ramollir.

— Moi aussi. L'A.F.L. a des exigences vraiment très strictes. J'en viendrais presque à douter de mes capacités.

— Tu plaisantes ! Si tu n'étais pas brillante, ta société ne serait pas aussi réputée.

— Merci pour les encouragements, dit-elle en lui dédiant un regard plein de gratitude.

Il continua de l'étudier tandis qu'elle se remettait au travail. Son expression sérieuse, complètement concentrée, le ramena des années en arrière. Il se souvenait d'elle assise à la table de la cuisine, le nez plongé dans un livre. Il l'avait toujours trouvé mignonne, même avec ses lunettes et ses vêtements horribles. Quelque chose dans son regard, dans son sourire timide, touchait une corde sensible en lui.

— Qu'as-tu fait de tes lunettes ? demanda-t-il à brûle-pourpoint.

— Remplacées par des lentilles de contact. C'est plus seyant.

— Je me souviens que tu passais ton temps à les remonter quand elles glissaient sur ton nez.

Il se rappelait aussi qu'elle préparait des cookies aux pépites de chocolat pour faire plaisir à son père, ou qu'elle faisait un détour pour acheter les petits pains au levain dont Tony raffolait. Elle parvenait à s'occuper de la maison et de la cuisine tout en excellant dans ses études. Et un sourire affectueux éclairait toujours son visage quand elle s'adressait à son père ou à son frère.

Elle avait été — et continuait d'être — incroyable. Et lui s'était comporté comme un crétin avec elle, lors de la soirée de Tony, en lui laissant croire qu'elle lui était indifférente, alors que c'était faux.

— Tu te souviens de ça ? s'exclama-t-elle, visiblement surprise. Ah oui ! c'est vrai, tu te moquais de mes lunettes.

Assailli par les remords, il fut tenté de lui dire la vérité, mais il se retint. En effet, il ne voulait ni provoquer sa pitié, ni éveiller sa fibre maternelle. Il avait déjà suffisamment de mal à maintenir ses distances. Si elle s'avisait de le prendre sur son cœur pour le réconforter, il ne répondrait plus de rien.

— Je ne t'ai jamais appelée « quat'zyeux », fit-il remarquer.

— Je parie que tu l'as pensé. Je peux te poser une question ?

— Bien sûr.

— Tu me parlais à la maison, mais jamais au lycée. Pourquoi ?

Bon sang, quelle mouche l'avait piqué d'avoir lancé cette conversation sur le passé ? Maintenant il allait devoir trouver une explication plausible sans pour autant trahir son secret.

— Parce que j'étais un crétin imbu de sa personne ?

Sa boutade la laissa de marbre.

— Arrête tes bêtises.

Pour gagner du temps, il repoussa son mini-portable et croisa les bras sur sa poitrine. Sous son regard sagace, il opta pour l'explication la plus proche de la vérité.

— Honnêtement ? Tu m'intimidais.

— Quoi ? s'exclama-t-elle, estomaquée.

— C'est fou, non ? Chez toi, tu me paraissais plus abordable. A l'école, tu étais la première de la classe, toujours fourrée dans tes bouquins, alors que moi j'étais le pitre de service, toujours prêt à ouvrir la bouche pour faire rire les copains, mais pas pour me faire bien voir des profs. Je suppose que je ne voulais pas courir le risque que tu me remettes à ma place.

Au pli chargé de tendresse que prit sa bouche, il comprit qu'elle le croyait. Il regrettait presque de ne pas oser lui avouer la véritable raison pour laquelle elle l'intimidait.

— Je n'aurais jamais fait ça, dit-elle en posant la main sur son bras.

Dans son effort pour ne pas caresser sa main, Bryce serra les dents.

— C'est possible, reprit-il, mais j'étais un gamin égocentrique. Mon attitude n'avait rien à voir avec toi. Tu voulais connaître les raisons de mon comportement ; je te les ai données. Maintenant, j'aimerais me remettre au travail.

La douce intimité qui s'était installée entre eux disparut aussitôt qu'il eut prononcé ces paroles. Eve retira sa main et se remit à son ordinateur.

— O.K., dit-elle.

Il l'avait blessée. Elle se préoccupait de lui et il l'avait rabrouée parce qu'il sentait qu'elle s'approchait de trop près.

— Eve, je suis désolé…

— Ce n'est pas la peine. Je me comporte comme une idiote. J'espérais que notre amitié existait en dehors de notre arrangement. Je voulais en découvrir un peu plus sur toi. Mais ne t'inquiète pas. De toute évidence, j'avais tort.

— Tu ne penses pas ce que tu dis.

Elle lui lança un regard dur qui le transperça comme une lame.

— Je sais que notre relation est un arrangement purement professionnel, rien de plus. Je ne commettrai plus l'erreur d'en attendre autre chose.

Il aurait pu la contredire. Il aurait pu lâcher une vérité qu'il cachait à tous depuis toujours, mais il se contenta de hocher la tête, puis de refermer son ordinateur et de rassembler ses papiers.

Elle fuyait son regard quand il se leva. Il ne pouvait se résoudre à la quitter sur cette note amère.

— Merci pour le délicieux repas, dit-il.

Quand il passa près d'elle, il posa la main sur son épaule. Son cœur saigna quand il la sentit se raidir.

— J'aimerais que la situation soit différente, ajouta-t-il.

S'il ne s'était pas rapidement dirigé vers la porte, il l'aurait entendue murmurer :

— Moi aussi.

12

Quand AJ lui annonça qu'il avait remporté le budget publicitaire de Hot Pursuit pour l'année à venir, Bryce réprima à grand-peine un sourire béat. Tout ce travail acharné et ces sacrifices avaient porté leurs fruits. Etait-il heureux ? Bien sûr que oui, mais la pensée de ce qu'il avait peut-être perdu en refusant de s'engager avec Eve jetait une ombre sur son triomphe.

— Merci beaucoup, dit-il en serrant la main d'AJ.

D'un signe de la tête, il remercia également l'assemblée de cadres dirigeants de la société pour leur attention.

— Nous allons organiser une autre réunion en début de semaine prochaine, pour donner le coup d'envoi, poursuivit AJ.

Le jeune P.-D.G. lança un ballon de foot en l'air pour appuyer ses paroles et ses collègues éclatèrent de rire à sa plaisanterie. A plusieurs reprises déjà, Bryce s'était étonné de l'ambiance de franche camaraderie qui régnait dans cette entreprise. On était bien loin de l'esprit de compétition et de l'individualisme qui prévalait chez Ballyhoo.

Il attendit d'être seul dans le couloir pour lever son poing en signe de victoire et pousser un « *yes* » étouffé. Son sentiment d'euphorie diminua cependant quand il réalisa que ce n'était qu'une bataille qu'il venait de remporter. Après ce budget, il allait devoir en décrocher d'autres. Et ainsi de suite. Bon sang, qu'est-ce qui lui arrivait ? Il savait pourtant que la concurrence était acharnée dans la pub.

C'était même un des charmes de ce travail à ses yeux. Mais aujourd'hui, alors qu'il aurait dû être en train de claironner sa victoire sur les toits, tout cela lui paraissait bien fade. Et il en connaissait la raison.

Eve.

Le regard meurtri qu'elle lui avait lancé lors de leur dernière rencontre le hantait. Il avait beau se dire que son travail l'empêchait de toute façon de la voir, sa mauvaise conscience le taraudait. La soirée qu'AJ et Mattie donnaient pour présenter le film de leur mariage devait avoir lieu le lendemain. Une fois cette dernière mondanité achevée, Eve ne voudrait sans doute plus le revoir.

S'il avait pu se douter que cette histoire tournerait ainsi ! A présent que cette petite comédie touchait à sa fin, une peur irrationnelle le tenaillait à la pensée qu'à ce jeu-là, ce serait lui le perdant.

Au début de sa carrière, il s'était fixé un objectif financier précis, essentiellement dans l'idée d'avoir quelque chose à offrir à une femme. Suffisamment pour qu'elle accepte ses qualités comme ses défauts.

Il avait choisi le chiffre de cinq millions de dollars au hasard, peu intéressé à l'époque par une relation sérieuse. Seul le succès lui importait. Aujourd'hui, il avait atteint son objectif et une femme était entrée dans sa vie. Une femme belle et intelligente, qui se fichait royalement du montant de sa fortune car elle dirigeait elle-même une affaire lucrative.

Malheureusement, il avait tout gâché, en faisant passer ses ambitions professionnelles avant les sentiments qu'il éprouvait pour elle. Et au passage, il l'avait blessée. Arriverait-il à se racheter, le lendemain soir ? Rien n'était moins sûr. Mais il pouvait au moins essayer.

Eve sentait que si elle continuait à afficher ce sourire crispé, son visage allait se craqueler. Elle détestait devoir faire comme si tout allait pour le mieux avec Bryce. Celui-ci était redevenu le compagnon plein d'attentions qui offrait à ses amies l'image d'un homme épris. Elle-même ne s'en tirait pas si mal, au demeurant. Il fallait dire que cacher son profond manque d'assurance était devenu une seconde nature.

Mais ce soir, elle avait atteint ses limites, et elle savait qu'à la fin de la soirée elle allait soit se mettre à hurler, soit se jeter dans les bras de Bryce.

— Qui veut une autre piña colada ? s'écria Mattie en brandissant une carafe.

Alors que tout le monde levait son verre avec enthousiasme pour réclamer une deuxième tournée, Eve glissa le sien — encore à moitié plein — sous la table basse. Elle était déjà un peu trop encline à s'apitoyer sur son sort, en ce moment. L'alcool ne ferait qu'aggraver ce penchant.

— Ça va ? s'enquit Bryce, l'air inquiet.

Oh que non ! Ça n'allait pas depuis ce maudit jour où elle avait découvert sa photo sur Internet et où elle s'était mis en tête de lui faire jouer le rôle de son petit ami.

— Je vais bien, mentit-elle. L'alcool m'endort, c'est tout.

Apparemment, son sourire ne le convainquit pas, car il se pencha vers elle pour lui murmurer à l'oreille :

— Je vois bien que ça ne va pas. Tu veux qu'on s'en aille ?

Horrifiée qu'il l'ait percée à jour, elle secoua la tête et se mordit la lèvre pour retenir les larmes qui lui montaient aux yeux.

— Hé ! la houspilla-t-il tendrement en l'attirant vers lui. Tu étais à côté de tes pompes toute la soirée et je suis certain que ce qui s'est passé quand j'ai dîné chez toi y est pour quelque chose. Je te promets que nous allons en discuter, une fois que je t'aurai raccompagnée à la maison.

Si elle s'était lâchement lovée contre lui, elle se ressaisit cependant rapidement. Elle ne voulait plus discuter. Lors de leur dernière conversation, il lui avait lancé qu'il ne voulait pas s'engager dans une relation, et à présent elle éprouvait ce sentiment atroce qu'elle passait à côté de quelque chose de merveilleux.

— Excuse-moi, dit-elle en se levant brusquement pour se diriger vers les toilettes.

Il fallait absolument qu'elle s'isole quelques instants si elle ne voulait pas craquer. Claquant la porte, elle s'assit sur la cuvette et prit une profonde inspiration.

Une vie entière ne lui suffirait pas à dépasser les sentiments qu'elle éprouvait pour Bryce. Seigneur, comment pouvait-elle être stupide au point de tomber amoureuse d'un type comme lui ?

Après s'être accordé cinq bonnes minutes pour recouvrer son sang-froid, elle ouvrit la porte… et découvrit les pin-up qui l'attendaient de pied ferme, leurs visages exprimant la plus vive inquiétude.

— Ça va, mon chou ? demanda Mattie en s'avançant vers elle pour la prendre par la taille.

— Tu as l'air mal en point, fit remarquer Carol.

Linda se contenta de la contempler d'un air soucieux.

— Tu n'es pas… ? demanda Mattie en glissant un regard éloquent sur son ventre.

— Pas du tout ! s'écria-t-elle.

— Bon, je pense que c'est le moment de tenir un pow-wow, déclara Linda, toujours pragmatique, en les poussant vers la porte menant au jardin.

Eve aimait ses amies, mais elle n'avait vraiment aucune envie de leur confier ses soucis ce soir.

— Quelque chose cloche, chérie, et si tu refuses de nous dire de quoi il s'agit, nous serons obligées d'employer les grands moyens, menaça Mattie.

Par expérience, elle savait qu'elles ne la laisseraient pas partir avant d'avoir obtenu satisfaction. Aussi décida-t-elle de jouer cartes sur table.

— Je suis amoureuse de Bryce.

— Mais c'est génial !

Mattie battit des mains d'excitation, et Carol et Linda entamèrent une petite gigue.

— Il était temps ! On commençait à redouter que tu finisses vieille fille, entre ton boulot et ta maison.

Eve secoua la tête.

— Non, ce n'est pas génial, rétorqua-t-elle en s'affalant sur un banc de jardin.

— Pourquoi ?

Elle attendit que les filles fussent assises à côté d'elle avant de se lancer.

— Je vous ai menti, avoua-t-elle. Bryce et moi ne sortons pas vraiment ensemble.

Ses trois compagnes la regardèrent, bouche bée.

— Vous êtes toujours tellement enthousiastes lors des mariages, poursuivit-elle. Vous faites tout pour que je ne me sente pas exclue, et vous êtes sincèrement désolées de me voir célibataire à mon âge avancé. Bref, j'en avais assez que vous vous fassiez du mauvais sang pour moi ; ça aurait gâché le mariage de Mattie. J'ai donc demandé à Bryce de jouer le rôle de mon petit ami.

Mattie fut la première à refermer la bouche. Mais elle la rouvrit aussitôt.

— Qu'est-ce que tu racontes ? Il y a quelque chose entre vous, ça saute aux yeux. La façon dont il te regarde, la façon dont tu irradies dès qu'il est dans les parages… Ça n'a vraiment pas l'air bidon.

— Laisse-la terminer, l'interrompit Carol, avant de jeter un regard intrigué à Eve. Il y a autre chose, n'est-ce pas ?

— Bryce était le meilleur copain de mon frère, au lycée. On échangeait quelques mots de temps en temps, mais je ne le connaissais pas vraiment.

Passant sous silence cette mémorable soirée où elle avait cru, pendant une heure ou deux, qu'ils s'entendaient à merveille, elle continua.

— Nous sommes fondamentalement différents, et c'est moi qui ai tenu à ce que notre « relation » reste platonique, mais…

— Mais tu es tombée amoureuse de lui, acheva Linda

en lui tapotant l'épaule. C'est O.K., ma puce. Pourquoi tu ne lui avoues pas ce que tu ressens ? Je suis persuadée qu'il éprouve la même chose pour toi.

Horrifiée à la simple idée d'avoir cette conversation avec Bryce, surtout après qu'il avait rejeté ses avances, elle secoua la tête.

— Je vous ai menti, reprit-elle. Vous n'êtes pas furieuses contre moi ?

A son grand étonnement, elles éclatèrent de rire. Puis Mattie se pencha vers elle et lui effleura affectueusement le menton.

— Chérie, on comprend. Ce n'est pas évident d'être célibataire, surtout quand ta bande de copines passe son temps à se mêler de ta vie privée. Tout ce qu'on veut, c'est que tu sois heureuse, et, à présent, tu l'es.

— En fait je suis plutôt malheureuse.

— Tu oublies que tu as la possibilité d'être merveilleusement heureuse, à condition d'aller *parler* à ce type.

— Mais il n'est pas du tout sur la même longueur d'onde.

Linda leva les yeux au ciel d'un air excédé.

— Fais-nous confiance sur ce coup ! Il ressent exactement la même chose que toi. On a déjà vu ce regard avant. Chez Anton, Duane et AJ. Le pauvre garçon est fou de toi.

Ses amies changeraient-elles d'opinion si elles savaient que Bryce lui avait à plusieurs reprises fait clairement comprendre qu'elle ne l'intéressait pas ? Le seul souvenir de ses rebuffades lui causait encore une douleur cuisante, et elle passa une main lasse sur ses yeux.

— Chérie, tu dois aller le lui dire. Sinon, tu risques de passer à côté de la chose la plus merveilleuse qui puisse t'arriver.

Eve savait qu'elle devait acquiescer si elle voulait que ses amies la laissent tranquille. A cet instant, elle n'aspirait qu'à rentrer chez elle pour s'allonger sur son canapé et ruminer son chagrin avec le secours d'un pot de glace à la cerise.

Elle se redressa et épousseta machinalement sa jupe.

— Merci pour le conseil, dit-elle. Et pour votre soutien. Je pense qu'il est temps que je rentre à la maison et que j'agisse.

En supprimant le numéro de Bryce de la mémoire de son téléphone, pour commencer.

Mattie se leva à son tour et applaudit.

— C'est ça, fonce. Etourdis-le. Crois-moi, ça marche avec les hommes.

Linda et Carol opinèrent du chef en chœur, un large sourire aux lèvres. Mais tandis qu'elles rentraient à l'intérieur, Eve sut qu'elle n'avait aucune chance d'« étourdir » Bryce.

— Dis donc, tu es gravement atteint.

Bryce détourna son attention de la fenêtre et pivota vers AJ qui était en train de distribuer des bouteilles de bière.

— Excuse-moi, je n'ai pas entendu ce que tu disais…

Duane pouffa de rire, tandis qu'Anton le couvait d'un regard compatissant.

— Tu lui manges dans la main alors que vous ne vivez même pas encore ensemble. Je te préviens : ça ne peut que s'aggraver.

Bryce jeta un regard rapide par la fenêtre.

— Elle m'inquiète, expliqua-t-il.

AJ sourit et leva sa bière dans sa direction.

— Tu vois ? Tu es fichu.

— Ouais, renchérit Duane. Dès qu'Eve s'éloigne quelques instants, tu ne peux pas t'empêcher de la chercher du regard.

— Mais elle est sortie en trombe, comme si quelque chose n'allait pas.

Il se garda bien de partager ses soupçons sur l'origine de cette sortie précipitée avec ses amies.

— Ecoute, je vais te donner un conseil d'ami, déclara Duane en lui passant un bras autour de l'épaule. Les femmes sont incompréhensibles, alors ce n'est même pas la peine d'essayer. Et une fois que tu tombes amoureux, c'est encore pire. Alors, détends-toi. Laisse-toi porter par le courant.

Quoi que ce soit qui la tracasse, elle te le dira bien assez tôt. D'ailleurs, dès qu'elle commencera à t'en parler, tu verras, elle ne pourra plus s'arrêter…

Les autres éclatèrent de rire, mais Bryce ne pouvait qu'espérer qu'il arriverait à réparer ce qu'il avait brisé avec Eve. Pour s'encourager, il se répétait qu'Eve ne se comporterait pas de la sorte si elle n'en avait rien à faire.

— Ne t'avise pas de la faire souffrir, reprit Anton, dont le regard se durcit imperceptiblement. Eve n'a pas eu la vie facile.

Bryce ignorait ce qui l'irritait le plus. Le fait que ces types la connaissent mieux que lui, ou celui de vouloir tirer d'eux le maximum d'informations possible.

— Qu'est-ce que tu veux dire ? demanda-t-il.

— Quand son père est mort — elle avait dix-huit ans —, elle a dû vendre la maison familiale. Quelques années plus tard, son frère est parti vivre aux Etats-Unis et depuis elle est toute seule. Elle travaille vraiment beaucoup, sort peu avec des hommes ; elle aime sa solitude.

— En fait, tu es le premier type qu'elle nous ait présenté, déclara AJ en se grattant la tête d'un air pensif.

— Ouais, aucune pression, mon pote, conclut Duane en riant.

— Et n'oublie pas que tu nous trouveras sur ton chemin si tu la mènes en bateau, ajouta AJ.

La pensée que ces gars se souciaient réellement d'Eve lui fit chaud au cœur. Il avait compris qu'ils étaient des types bien dès le début, mais leur attitude protectrice vis-à-vis d'Eve les fit encore monter dans son estime.

Posant sa bière sur la table, il se leva.

— Merci, les gars, déclara-t-il, mais je n'ai pas l'intention de mener Eve en bateau. Elle est trop exceptionnelle pour ça.

Et il allait le lui dire de ce pas. Il sortit de la pièce sous les hurlements de loup et les sifflets moqueurs ; mais à peine avait-il fait quelques pas que son portable vibra. C'était Sol. Il se dirigea vers la cuisine pour décrocher au calme.

— Bonsoir, Sol. Que se passe-t-il ?

— J'aimerais que tu viennes au bureau. Il y a un pépin potentiel dans le contrat Hot Pursuit et je veux régler ça immédiatement.

« Ça ne peut pas attendre demain ? » s'apprêtait à répondre Bryce. La vision d'Eve, traversant la pelouse à la lumière de la lune, douce et éthérée comme un rêve, le fit changer d'avis. Plus tôt il en aurait fini avec le boulot, plus tôt il pourrait aller chez elle pour avoir une sérieuse discussion sur leur avenir.

— J'arrive dans une demi-heure, répondit-il.

— Parfait.

Rangeant son téléphone dans sa poche, il se dirigea d'un pas décidé vers la porte.

Les affaires sérieuses l'attendaient…, une fois qu'il aurait réglé ce petit problème de contrat.

13

Eve comptait sur ce roman d'espionnage à l'intrigue alambiquée pour lui faire oublier que Bryce n'avait pas tenu sa promesse, la veille au soir. Bien qu'il eût l'air décidé à avoir une conversation avec elle, il lui avait envoyé un texto vers minuit pour lui annoncer qu'il était coincé au bureau et qu'il valait mieux remettre cette discussion à une autre fois. A vrai dire, cette nouvelle l'avait soulagée. Elle n'avait plus du tout envie de le voir.

Leur contrat était terminé et, au lieu de lui avouer qu'elle était tombée amoureuse de lui, comme le lui conseillaient ses amies, elle préférait tirer un trait sur cette expérience.

Chassant la mélancolie qui la gagnait, elle tenta de se concentrer sur son roman. Si la vie lui avait appris une chose, c'est qu'il fallait toujours essayer de voir le bon côté des choses. Une optimiste invétérée, voilà ce qu'elle était. C'était sans doute pour cela que l'espoir s'était ranimé en elle quand Bryce lui avait fait part de son intention de venir la retrouver, la veille.

Elle se cala plus confortablement contre le tronc de l'érable sous lequel elle s'était assise. Elle adorait être dans son jardin par un jour comme celui-ci, bercée par le doux bourdonnement des abeilles butinant parmi les fleurs. Elle éprouvait un sentiment de plénitude que ne pourrait jamais lui apporter un jeune loup de la pub prêt à sortir avec une quasi-inconnue pour faire avancer sa carrière.

Consciente qu'elle se montrait injuste envers Bryce, elle replongea son nez dans son livre, et relut le même paragraphe pour la troisième fois.

C'est ainsi que Bryce la découvrit. Ses longues jambes nues étendues devant elle, des lunettes à monture invisible perchées au bout de son nez et sa chevelure dans un désordre très sexy, comme si elle venait de sortir du lit. Avec son short découpé dans un vieux jean et son T-shirt rouge trop grand, elle était vraiment à croquer.

Il s'éclaircit la gorge et s'avança vers elle, mais, plongée dans son livre, elle ne l'entendit pas approcher. Ce ne fut qu'une fois que son ombre se projeta sur elle qu'elle leva la tête. En un clin d'œil, elle fut debout.

— Qu'est-ce que tu fais ici ? dit-elle, criant presque.

Le sourire de Bryce mourut sur ses lèvres quand il découvrit l'expression horrifiée d'Eve.

— Ta ligne était occupée, alors j'ai laissé un message sur ton portable. Tu ne l'as pas eu ?

— Tu penses que tu me verrais dans cet état, si je l'avais eu ?

Sa tentative désespérée pour mettre un semblant d'ordre dans ses cheveux ébouriffés tout en tirant sur son short pour couvrir ses jambes ne faisait qu'augmenter son air délicieusement échevelé.

— Tu es très bien, fit-il remarquer.

Il fit un pas en avant et tendit la main pour ôter un petit morceau d'écorce accroché à son T-shirt.

— Je suis affreuse, s'exclama-t-elle en reculant. Je ne veux pas que tu me voies comme ça.

— Qu'est-ce qui ne va pas ? demanda-t-il, désemparé par sa réaction disproportionnée.

— Toi. Pourquoi tu débarques ici sans prévenir ?

Sa respiration était saccadée et elle agitait les mains de façon frénétique. Il se retint de la prendre dans ses bras pour tenter de la calmer.

— Quelle affaire ! Nous ne sommes quand même pas des étrangers l'un pour l'autre.

— Tu tombes mal, dit-elle en fixant un point au loin, comme si elle cherchait une issue de secours.

Elle n'avait pas l'air particulièrement occupée, mais il se garda de le lui faire remarquer. Mieux valait éviter les sarcasmes si elle était dans cet état.

— Je suis désolé de n'avoir pas pu venir hier soir, reprit-il, mais je ne partirai pas tant que nous n'aurons pas discuté.

Le regard méfiant d'Eve revint sur lui. Elle cessa de se tordre les mains, remonta ses lunettes sur son nez et croisa les bras.

— Je pense que nous n'avons plus rien à nous dire, répliqua-t-elle. Tu n'as plus besoin de faire semblant de sortir avec moi et je suis sûre que ton travail t'attend, donc…

— Je sais que mon attitude était ambiguë, la coupa-t-il. C'est pour mettre les choses au clair que je suis là. Pourquoi réagis-tu comme ça ?

N'y tenant plus, il s'avança vers elle et la saisit par les bras. Son cœur se serra quand il sentit qu'elle se raidissait. Sa lèvre inférieure frémit comme si elle retenait ses larmes. Il devait absolument découvrir ce qui la bouleversait ainsi, avant d'envisager leur avenir. Ensemble.

— Eve, je t'en prie, parle-moi.

L'espace d'une seconde, il vit ses prunelles de miel sombre s'adoucir, puis elle pinça les lèvres et rejeta ses cheveux en arrière.

— Tu peux arrêter de jouer à l'amoureux transi, lança-t-elle après s'être arrachée à son étreinte. Le spectacle est terminé et il est temps de tomber les masques. Tu vois ça ? demanda-t-elle en désignant d'un geste brusque son visage et son corps. Pas de maquillage, des lunettes, des vêtements informes… Eh bien, c'est la vraie moi.

Si ses épaules s'affaissèrent imperceptiblement pendant qu'elle parlait, le feu qui brûlait dans son regard garda son intensité.

— Sous mon apparence sophistiquée, je suis toujours la même qu'autrefois. Pas très impressionnant, hein ?

Pour appuyer ses dires, elle tourna sur elle-même et Bryce commença à comprendre ce qui la tourmentait.

— Eve, tu es belle !

Elle se redressa pour le fusiller du regard.

— Tu as obtenu ce que tu voulais, ce n'est plus la peine de faire semblant.

— Je ne fais pas semblant ! protesta-t-il avant d'ajouter d'une voix sourde : Je suis venu parce que je tiens à toi. A toi, et non à tes vêtements ou à ta coupe de cheveux. Tu ne l'avais pas compris ?

Ses yeux s'étrécirent tandis qu'elle le dévisageait intensément.

— Comment suis-je censée l'avoir compris ?

Il s'apprêtait à lui répondre quand elle lui intima le silence d'un geste de la main.

— Pendant longtemps, j'aurais donné n'importe quoi pour t'entendre prononcer ces paroles. Mais plus maintenant.

— Pourquoi ?

— Parce que je ne me sens pas de taille pour lutter contre ton premier amour… Ton travail. Il passera toujours avant tout le reste.

Avant qu'il ne puisse protester, elle poursuivit.

— Tu ne peux pas le nier. Et c'est ce qui nous différencie fondamentalement. Ton boulot est ce qui compte le plus dans ta vie. Pour moi, c'est cette maison. J'aime m'y détendre après le travail, cuisiner, savourer le calme. Je ne pense pas que tu pourrais jamais t'en contenter.

Levant le menton, elle le défia de la contredire.

Que pouvait-il répondre ? Il adorait l'effervescence de sa vie, professionnelle comme privée. Ils étaient effectivement foncièrement différents, et alors ? Il n'en restait pas moins vrai qu'Eve le fascinait, et il était convaincu que ça pourrait marcher entre eux.

— Je plaide coupable, déclara-t-il. Mais n'as-tu jamais entendu parler de l'attraction des contraires ?

— En ce qui nous concerne, je pense que le fossé est infranchissable. Par exemple, je serais curieuse de savoir comment tu occupes ton temps libre.

— Je joue au golf ou au tennis avec des collègues de bureau ou des clients..., et je skie en hiver.

— Et moi je fais du bénévolat pour la S.P.A. Pas très folichon, n'est-ce pas ?

Il aurait pu s'en douter. Quand elle était adolescente, elle passait son temps à soigner des animaux blessés. C'était d'ailleurs une des raisons pour lesquelles il l'évitait à l'école. Il n'avait aucune envie qu'elle se mette en tête de le prendre sous son aile protectrice, si elle venait à découvrir son secret.

— Quelle importance ? dit-il en s'efforçant de garder son calme. Je ne te demande pas de changer de personnalité et je ne veux pas changer la mienne. Nous ne ferions que sortir ensemble, bon sang.

Le visage d'Eve se ferma et Bryce sut aussitôt qu'il avait encore dit ce qu'il ne fallait pas.

— Eve, chérie, on peut y arriver.

Ce fut le moment que choisit son portable pour sonner.

— Ne ferais-tu pas mieux de répondre ? dit Eve d'une voix sucrée. Ça pourrait être important pour le boulot...

Songeant que l'avenir de leur relation était en jeu, son premier réflexe fut de penser : « Je me fiche de mon boulot. » Mais il ne pouvait pas se permettre de faire échouer le contrat Hot Pursuit, quelle que soit la force de ses sentiments pour Eve. Peut-être que s'il jetait un œil sur l'écran pour voir qui l'appelait...

A la moue sarcastique dont elle le gratifia, il comprit que son hésitation lui coûtait cher.

— Tu sais quoi ? dit-elle. Tu me fais pitié. Même quand tu prétends vouloir avoir une conversation à cœur ouvert avec moi, tu es incapable d'oublier ton travail.

« Tu me fais pitié. »

Il n'avait jamais voulu de la pitié de personne et il n'avait certainement pas envie d'éveiller ce sentiment chez la femme qu'il aimait.

La femme qu'il aimait ?

Seigneur ! Il avait vraiment choisi le pire moment pour réaliser qu'il était tombé amoureux d'Eve. Ignorant la douleur inhabituelle qui lui étreignit le cœur, il plongea la main dans sa poche pour prendre son portable. Ironie du sort, la sonnerie s'arrêta aussitôt.

— Tu as raison, admit-il. Je ne peux pas. Au revoir, Eve.

Sur ces mots, il tourna les talons et traversa le jardin à grandes enjambées, aveugle à la beauté des fleurs qui s'épanouissaient sous le doux soleil printanier.

Il avait voulu mettre son cœur à nu. Et il avait perdu.

Eve regarda Bryce s'éloigner et elle eut l'impression que son cœur se brisait en mille morceaux.

Décidée à couper les ponts, elle s'était délibérément montrée implacable. Toutefois, elle ne s'était pas attendue à l'éclair de souffrance qui avait traversé le regard de Bryce quand elle lui avait assené sa dernière accusation. Il avait eu l'air dévasté, comme si son opinion comptait réellement pour lui. Au lieu d'éprouver du soulagement à le voir partir, elle devait lutter pour ne pas le suivre et lui présenter ses excuses.

Sa réaction avait été excessive, elle devait le reconnaître. Mais personne ne l'avait jamais vue dans une tenue aussi peu apprêtée depuis des années. Pourquoi fallait-il que ce soit justement sur Bryce que cela tombe ? D'accord, il ne s'était pas enfui en courant, mais elle ne voyait pas comment il aurait pu être attiré par quelqu'un comme elle.

« Tu es belle », avait-il dit. Elle pressa ses paupières pour effacer de sa mémoire l'expression chargée de tendresse qu'il avait eue en prononçant ces mots. Etait-il aveugle ? Fou ? Ou les deux ? Elle avait l'air d'un épouvantail et il l'avait complimentée.

Et s'il était sincère ? songea-t-elle soudain. Etait-elle en train de laisser son vieux sentiment d'insécurité ruiner ses chances de bonheur avec l'amour de sa vie ?

Ses yeux s'ouvrirent en grand quand elle s'aperçut de la portée de ses pensées.

L'amour de sa vie. Bryce était l'amour de sa vie. Oh, seigneur !

Brossant les brindilles accrochées à son short, elle courut vers la maison. Quand elle entendit le moteur de l'Aston Martin démarrer, elle ralentit cependant sa course. Que comptait-elle faire, au juste ? Allait-elle lui avouer son amour, après l'avoir littéralement mis à la porte ? Non. Mieux valait lui laisser le temps de se calmer, et *se* laisser le temps de remettre de l'ordre dans sa tenue. Ensuite, elle réfléchirait à ce qu'elle allait lui dire.

A n'en pas douter, la prochaine discussion qu'ils allaient avoir ensemble déciderait du sort de son existence.

14

A bord de l'avion qui l'emmenait à Sydney pour rencontrer ses futurs collaborateurs chez Hot Pursuit dans cette ville, Bryce se demandait comment lui, qui ne concevait pas l'échec, avait pu ainsi échouer avec Eve. Même si elle s'était comportée comme une folle, il n'aurait pas dû réagir de façon aussi excessive lui-même. Maintenant qu'il avait recouvré son sang-froid, il savait ce qui lui restait à faire. Il n'avait pas pour habitude de baisser les bras et il ferait beau voir qu'il laisse sa relation avec Eve se déliter avant même qu'elle ait réellement commencé.

Les reproches d'Eve l'avaient obligé à se poser des questions sur son rapport au travail et aux relations sentimentales. A présent, il voulait partager le fruit de ses réflexions avec elle, en espérant qu'elle lui donnerait une seconde chance. Il s'était également promis, lors de leur prochaine rencontre, de faire enfin preuve d'honnêteté. Et d'exiger qu'Eve fasse de même.

Malheureuse, déprimée et le cœur brisé, Eve n'arrivait pas à se concentrer sur son travail ; elle se sentait incapable d'affronter ses amies et ne songeait même pas à entrer dans sa cuisine, signe qu'elle allait vraiment très, très mal.

Ne voyant qu'un seul moyen pour sortir de l'impasse dans laquelle elle s'était fourrée, elle décida de se rendre au bureau de Bryce. Là, quelle ne fut pas sa surprise — et sa déception — d'apprendre par sa secrétaire qu'il était parti à Sydney. Par chance, l'assistante lui proposa d'entrer dans son bureau pour y laisser un mot.

Encore sous le choc de la découverte de son départ subit, elle s'affala dans son fauteuil et prit un stylo. Elle projetait de lui laisser une note, car il était probable qu'il ne lui retournerait pas ses appels, après la façon dont elle s'était conduite la veille. Tapotant l'extrémité du stylo contre ses lèvres, elle réfléchissait à ce qu'elle allait écrire sur le bloc-notes qu'elle avait déniché sous une pile de papiers, quand son regard se focalisa soudain sur les gribouillages qui noircissaient le carnet sur lequel elle s'apprêtait à écrire. Ils n'avaient aucun sens ! Intriguée, elle découvrit que les feuillets étaient divisés en deux parties ; des horaires étaient soigneusement inscrits en chiffres dans la colonne de gauche, tandis que d'étranges signes sténographiques remplissaient celle de droite.

C'était sans doute des abréviations qui avaient cours dans le monde de la publicité, se dit-elle en repoussant la feuille pour commencer sur la suivante. « Cher Bryce ».

Elle ne savait toujours pas ce qu'elle voulait lui dire exactement, mais elle était consciente qu'elle lui devait des excuses et une explication. Elle était bien décidée, s'il ne répondait pas à son message, à camper sur son palier jusqu'à ce qu'il écoute ce qu'elle avait à lui dire.

Une fois déjà, il l'avait laissée tomber sans lui donner d'explications. Mais cela ne se reproduirait pas.

Eve venait de terminer sa dernière fournée de brownies chocolat-caramel quand le téléphone sonna.

— Eve, c'est Bryce.

Son cœur s'envola sous l'effet du soulagement et elle dut s'appuyer contre la porte de la cuisine pour se remettre de son émotion.

— Comment vas-tu ? demanda-t-elle.

— Je viens de rentrer de Sydney et j'ai trouvé ton mot.

— Bien.

— J'aimerais te voir, commença-t-il avant de s'arrêter, comme s'il soupesait ses mots. Cette fois-ci, j'ai préféré t'appeler avant.

Percevant l'amusement dans sa voix, elle ne put se retenir de rire.

— Voilà un garçon qui comprend vite ! Moi aussi, j'aimerais te voir. Tu peux passer maintenant ? J'ai préparé des brownies, une tarte aux pommes, une tarte au citron et une montagne de sablés.

Son rire grave et sexy, à l'autre bout du fil, la fit frissonner.

— Une chance que je n'aie pas trop mangé dans l'avion ! Je serai là dans quinze minutes.

— Je suis impatiente de te voir.

— Moi aussi, chérie.

Quand elle raccrocha le téléphone, elle poussa un profond soupir. Ses paroles affectueuses étaient un véritable baume pour son cœur.

Quinze minutes, songea-t-elle en regardant son reflet dans le miroir. Cela lui laissait suffisamment de temps pour se préparer. Toutefois, alors qu'elle se dirigeait vers sa chambre, elle ralentit au milieu du couloir. N'avait-elle pas décidé de se montrer complètement honnête avec Bryce ? Elle voulait qu'il voie la personne qu'elle était réellement, pas la femme d'affaires toujours impeccable que tout le monde — y compris ses meilleures amies — connaissait. Ce qu'elle avait à lui avouer n'en aurait que plus de poids, et les complexes qui la hantaient seraient définitivement oubliés.

Après un dernier regard vers la porte de sa penderie, elle retourna dans la cuisine, tâchant d'oublier l'appréhension qui lui nouait la gorge à l'idée d'être de nouveau rejetée par Bryce.

Bryce avait appris très jeune à affronter ses peurs, puis à les dominer. C'est ainsi qu'il avait survécu à l'école, puis qu'il avait obtenu son bac et qu'il était parvenu à la place qu'il occupait aujourd'hui dans le monde de la publicité.

Pourtant, alors qu'il se tenait devant la porte d'Eve, serrant un bouquet de violettes dans une main, il devait admettre qu'il était vraiment inquiet. Comment réagirait-elle quand il lui aurait dit la vérité ?

L'estimerait-elle moins ? Ou pire, accepterait-elle de sortir avec lui par pitié ?

Il levait la main pour frapper à la porte quand celle-ci s'ouvrit. Il ne put répondre que par un large sourire à la jeune femme adorable qui se tenait devant lui.

— Pour toi, déclara-t-il en lui tendant les fleurs.

— Merci.

Elle plongea son nez dans les violettes ; ses boucles sombres formaient un superbe contraste avec les pétales d'un mauve très doux, évoquant le chocolat noir et l'améthyste. Décidément, il aimait la façon dont ses cheveux dansaient autour de son visage, beaucoup plus que celle, un peu trop parfaite, dont ils étaient habituellement coiffés.

Elle l'invita à entrer et, alléché par le parfum délicieux de pommes chaudes, de cannelle et de vanille qui embaumait l'air, il lui emboîta le pas. Dès qu'il franchit le seuil de la cuisine il comprit pourquoi il avait l'impression d'être dans une pâtisserie. Les gâteaux et autres préparations plus appétissantes les unes que les autres occupaient le moindre espace libre.

— Je cuisine quand je suis nerveuse, expliqua-t-elle.

Quand leurs regards se rencontrèrent, Bryce fut estomaqué de découvrir qu'Eve était aussi anxieuse que lui.

Espérant que son sourire la rassurerait, il effleura sa joue d'une légère caresse.

— Pourquoi es-tu si nerveuse ?

— C'est la question à un million de dollars.

Serrant les violettes contre son cœur, elle se dirigea

vers l'évier. Tandis qu'elle remplissait un vase d'eau, il en profita pour l'observer attentivement. A part l'après-midi où il était venu sans prévenir, il ne l'avait jamais vue dans une tenue aussi décontractée : un jean délavé dont l'ourlet s'effilochait, un débardeur blanc et des tongs. Il en déduisit qu'elle se sentait à l'aise en sa compagnie et cela lui fit incroyablement plaisir.

Quand elle eut déposé le vase sur le rebord de la fenêtre, il se pencha par-dessus le bar qui les séparait et saisit son poignet.

— Alors... Tu comptes répondre à ma question ?

— Je ne sais pas par où commencer.

— Ne me dis pas que tu caches aussi un sombre secret ?

Dans son esprit, sa remarque était une boutade destinée à alléger l'atmosphère, aussi fut-il surpris de voir le regard chocolat d'Eve se voiler d'une expression douloureuse.

— Hé ! je plaisantais.

— Et si c'était toi qui commençais ? demanda-t-elle en enroulant une mèche de cheveux autour de son index.

— D'accord, mais assieds-toi.

— C'est si terrible que ça ?

— Ça dépend de ce que tu considères comme « terrible ».

De nouveau, sa tentative de faire de l'humour tomba à l'eau. Quand il découvrit les deux petites rides qui creusèrent le front d'Eve, il réalisa qu'elle portait des lunettes. C'était curieux que cela ne l'ait pas frappé plus tôt. Certes, ses élégantes lunettes sans montures ne ressemblaient en rien à celles qu'elle arborait au lycée, mais elles semblaient faire partie d'elle, de la fille qu'il connaissait, qui lui plaisait, même s'il se conduisait toujours comme un idiot quand leurs chemins venaient à se croiser.

— Allons dans le salon, ce sera plus confortable, déclara-t-elle. Tu veux boire quelque chose ?

— Non merci.

Elle le précéda dans le salon et il dut faire appel à toute sa volonté pour résister à l'envie qui le démangeait de toucher les boucles qui dansaient sur ses épaules pour vérifier si elles étaient aussi soyeuses qu'elles en avaient l'air.

Il attendit qu'elle soit assise dans le vaste canapé avant de prendre place à côté d'elle. Un bruit de papier dans sa poche lui rappela que le mieux était de commencer par le commencement. Glissant la main dans sa poche, il en sortit quelques feuilles pliées qu'il tapota contre sa cuisse.

— J'avais l'intention de te dire la vérité l'autre soir, quand j'ai finalement dû retourner au bureau. Le lendemain, j'ai débarqué chez toi sans crier gare et les choses se sont envenimées. Mais il y a quelque chose que tu dois savoir avant que je t'explique pourquoi je suis allé à Sydney et en quoi cela nous concerne.

Dépliant le document, il le lui tendit.

— Tiens, j'aimerais que tu jettes un œil là-dessus.

L'expression perplexe d'Eve s'accentua tandis qu'elle parcourait les lignes du document à une vitesse que lui-même n'aurait même pas atteinte en rêve. La lecture n'avait jamais été son point fort. Pas plus que l'orthographe, l'écriture et lire l'heure.

— Qu'est-ce que c'est ? demanda-t-elle, visiblement déconcertée.

— Tu te souviens de ce contrôle de lecture qu'il fallait rendre pour l'examen d'anglais en terminale ?

— Oui.

— C'est le mien.

Eve contempla de nouveau le papier, avant de se redresser et de le dévisager. Un millier de questions se bousculaient dans les profondeurs de ce regard où il se serait volontiers noyé.

— Mais…

— C'est une catastrophe, je sais, admit-il.

Un gros zéro ornait le coin droit du devoir. Ce travail l'avait empêché d'avoir son bac du premier coup, mais il avait néanmoins changé sa vie.

— Les « b » et les « d » sont inversés, poursuivit-il. Des mots simples comme « est » et « tes » sont mélangés.

D'autres mots sont écrits en phonétique. Ce n'est pas joli à voir, hein ?

Il vit qu'Eve commençait à comprendre.

— Tes listes, ces notes qu'on aurait dites sténographiées, sur ton bureau… et ceci, dit-elle. Tu es dyslexique.

Il hocha la tête avant de replier la copie et de la poser sur la table basse.

— Diagnostiqué grâce à ce chef-d'œuvre. Un peu tard, toutefois, car j'avais déjà pratiquement raté toute ma scolarité.

Eve posa une main sur son bras et se rapprocha de lui. Son parfum vanillé l'enveloppa comme un nuage sensuel.

— J'imagine que ça n'a pas dû être facile pour toi à l'école, mais regarde ce que tu es devenu. Tu es parmi les meilleurs dans ton domaine et c'est génial.

Il scruta son visage à la recherche d'une once de pitié, mais tout ce qu'il découvrit fut une sincère admiration.

— Merci. Ce qui est drôle, c'est que bien que j'éprouve les plus grandes difficultés à lire ou à écrire correctement, je possède apparemment une intuition et une perspicacité hors du commun ; je pense en images, non en mots, et j'ai une imagination exceptionnelle.

— Quand est-ce qu'on s'en est aperçu ? voulut-elle savoir.

— J'avais déjà quitté le lycée. Je triais des vieilleries et notre voisin qui passait par là pour récupérer une chaîne stéréo a vu cette copie ; il m'a demandé comment je m'en étais tiré à l'école, parce que son neveu était aussi dyslexique.

— Aucun enseignant ne s'en était jamais douté ?

— Les profs pensaient que j'étais simplement feignant, tout comme mes parents.

Il perçut la nuance de pitié qui flottait dans son regard, comme si elle voulait s'excuser pour ce qu'il avait vécu, aussi s'empressa-t-il de poursuivre.

— Mais, une fois que j'ai découvert ce qui m'arrivait, grâce à ce voisin, j'ai consulté des experts et j'ai appris à me débrouiller avec. J'ai décroché mon bac et j'ai tiré un trait sur le passé. Puis je me suis inscrit à la fac.

— C’est fantastique. Tu dois être très fier de toi.

— C’est vrai. En revanche, je ne suis pas fier de la façon dont je me suis conduit avec toi.

— Moi ? s’étonna-t-elle. Qu’est-ce que je viens faire là-dedans ?

Hochant la tête, il captura ses mains et les pressa entre les siennes, enhardi par la lueur de compréhension qu’il lisait dans ses yeux.

— A la soirée de Tony, c’est à cause de ma dyslexie que je me suis conduit comme un crétin. Tout au long de ma scolarité j’avais senti que quelque chose clochait. Je voyais bien que je n’apprenais pas comme les autres enfants et je pensais que j’étais idiot.

Une petite ride se creusa entre les sourcils d’Eve et il dut faire un immense effort sur lui-même pour ne pas l’effacer d’un baiser.

— Quelque chose de spécial s’est passé entre nous, ce soir-là. Nous étions complices. Pourquoi es-tu parti ?

Mal à l’aise, il relâcha sa main.

— Jusqu’à ce soir-là, je m’en sortais très bien. Tout le monde pensait que j’étais incroyablement cool. Au lieu de faire profil bas, j’étais la grande gueule de service. C’est pour ça que je te taquinais à la maison, mais que je t’évitais au lycée. Je pensais qu’une fille intelligente comme toi ne tarderait pas à voir clair dans mon jeu.

Sentant la faiblesse de son raisonnement, il haussa les épaules.

— Ce qui s’est passé à la fête de Tony ? reprit-il. Nous ne nous étions pas vus depuis quelques années. Je t’avais toujours trouvée mignonne, mais un brin froide. Quelle ne fut pas ma surprise, quand je t’ai taquinée, de ne pas me faire envoyer sur les roses ! Tu m’as regardé droit dans les yeux et avant que je ne me rende compte de rien, nous bavardions à bâtons rompus. Et pas de la pluie et du beau temps. C’était la première fois de ma vie que ça m’arrivait.

— Tu prétends que tu te fichais de mon apparence ?

— Qu'est-ce que tu veux dire ? demanda-t-il, perplexe.

— Mes lunettes, mes cheveux coiffés n'importe comment, mes vêtements démodés…

— Ça ne m'avait pas frappé.

Le cœur d'Eve se dilatait de joie tandis qu'elle scrutait le regard de Bryce, osant à peine croire l'intense sincérité qui illuminait les prunelles indigo du jeune homme.

— Que voyais-tu, alors ? voulut-elle savoir.

Elle retint son souffle quand il tendit la main pour dessiner le contour de son visage comme s'il voulait en graver chaque courbe dans sa mémoire.

— Je voyais une fille extraordinaire, qui aimait son frère et son père, qui soignait les animaux blessés, qui voulait être la meilleure et qui s'en donnait les moyens. Je voyais une fille mignonne et intelligente qui me regardait comme si j'avais quelque chose d'intéressant à dire, une fille qui savait me faire rire, une fille timide en train de se transformer en une femme fascinante.

— Et pourtant, tu es parti.

— Après m'être moqué de toi, ajouta-t-il, l'air penaud.

Il reçut comme un coup de poing l'éclair de tristesse qui traversa le regard d'Eve à ce souvenir.

— Tu te souviens de quoi on parlait au moment où j'allais t'embrasser ? demanda-t-il.

Comment aurait-elle pu oublier le moindre détail de cette soirée ? Ce n'était pourtant pas faute d'avoir essayé.

— De nos rêves pour l'avenir, répondit-elle.

— Exactement. J'étais tellement pris dans notre discussion que j'étais sur le point de te parler de mes difficultés. Mais il ne fallait pas. A cette époque, j'étais déjà convaincu que tu allais connaître le succès sur le plan professionnel. Alors que moi-même je n'étais qu'un idiot qui n'arriverait jamais à rien. Quand tu décrivais tes rêves pour l'avenir…, je n'avais jamais rien vu d'aussi beau. Ton visage rayonnait et un besoin irrésistible de t'embrasser s'est emparé de moi. C'est alors que ces idiots sont arrivés et m'ont brutalement rappelé à la réalité. En quelques heures, tu étais parvenue à abattre toutes mes défenses et j'ai eu une trouille bleue. Qu'avais-je à t'offrir ? Je n'étais personne. Il fallait que je te repousse. C'est pour ça que j'ai ri avec ces types, et prétendu que ce que nous venions de partager ne signifiait rien à mes yeux. Et je suis parti.

Abasourdie, Eve mit quelques secondes à assimiler ce qu'il venait de lui dire. A cause de son manque de confiance en elle, toutes ces années, elle s'était complètement trompée sur les raisons du comportement de Bryce.

— Tu trouvais que j'étais mignonne ? Que je rayonnais ? Mais j'étais une binoclarde !

Bryce glissa la main sous ses cheveux et se pencha vers elle pour murmurer tout contre son oreille :

— Une adorable binoclarde.

Les battements de son cœur s'accélérèrent quand il parsema son visage de baisers très doux. Elle inclina très légèrement la tête et il émit un profond soupir de satisfaction en s'emparant de ses lèvres pour un baiser fiévreux qui la bouleversa totalement.

Quand il l'embrassait ainsi, elle se sentait réellement belle et aimée, et les doutes qui la taraudaient depuis toujours fondaient comme neige au soleil. Quand il l'embrassait ainsi, elle pouvait presque croire qu'un avenir radieux les attendait. Ensemble.

Mais ce n'était pas le cas, car elle ne pourrait jamais supporter de le voir partir à tout bout de champ à l'autre bout de la planète au gré de sa précieuse carrière. Comme s'il avait senti sa soudaine crispation, il s'écarta légèrement.

— Qu'est-ce qui ne va pas ? demanda-t-il.

Malgré ses résolutions de dire toute la vérité, quand le moment fut venu et que l'homme qu'elle aimait la dévisagea avec son regard plein de tendresse, le courage faillit lui manquer.

— Je voulais te dire…, commença-t-elle. Ma nouvelle

image…, cette femme élégante et sûre d'elle-même… C'est à toi que je la dois.

— Je t'avoue que je suis perdu.

— A la soirée de Tony, c'était la première fois que je portais une robe, du rouge à lèvres et des lentilles. Et tu m'as remarquée. Tu m'as traitée comme une femme. Le plus incroyable, c'est que, bien que tu aies fini par me laisser tomber un peu brutalement, tu m'as rendu un service. Les heures que nous avons passées ensemble, à bavarder, à flirter… Je ne m'étais jamais sentie aussi bien. Et je voulais me sentir comme ça tout le temps. Je voulais que les gens me regardent comme tu m'avais regardée. J'ai donc décidé d'opérer des changements drastiques. J'ai choisi une carrière où je serais toujours sous le regard des autres, j'ai engagé des professionnels pour me conseiller sur le choix de mes vêtements, de mon maquillage, de ma coiffure…, et je me suis transformée de façon radicale.

— Et… ?

— Mais ce n'est qu'une façade. Au fond de moi, je suis toujours une indécrottable introvertie, peu sûre d'elle-même, terrifiée à l'idée que quelqu'un découvre la vérité. Ou que quelqu'un devienne trop proche de moi.

— Pourquoi ? demanda-t-il en serrant sa main dans un geste d'encouragement.

— Parce que je perds tous ceux qui me sont trop proches.

Par cette simple phrase, elle avait enfin avoué sa pire crainte. Bryce passa un bras autour de ses épaules et l'attira contre son torse protecteur.

— C'est à cause de ton père ?

— De ma mère, mon père, Tony…

— Et moi. Nous étions très proches, ce soir-là, et je t'ai abandonnée. Après la mort de ton père, Tony est parti et tu t'es retrouvée seule au monde.

Elle acquiesça. Le simple souvenir de cette époque éveillait un sentiment de vide, de peur et de chagrin en elle.

— C'est pour ça que je me suis repliée sur moi-même

et que je refuse de m'attacher à quelqu'un. Le jeu n'en vaut pas la chandelle. J'estime que j'ai suffisamment souffert.

Un silence accueillit ses paroles. Mal à l'aise, elle risqua un regard vers son compagnon. Ce qu'elle vit lui coupa le souffle. La vulnérabilité de son expression contrastait avec son habituelle assurance.

— Et moi, dans tout ça ? demanda-t-il finalement.

— Toi ?

Posant le pouce sous son menton, il l'obligea à soutenir son regard.

— Est-ce que le jeu en vaut la chandelle, avec moi ?

Une vague de confusion embua son cerveau. Lui demandait-il ce qu'elle croyait qu'il lui demandait ? Voulait-il qu'elle prenne le risque de s'engager émotionnellement avec lui ? Elle le dévisagea intensément dans l'espoir de décrypter ses sentiments, puis elle tira nerveusement sur un fil qui dépassait de l'ourlet défait de son jean. Bryce posa la main sur la sienne pour l'arrêter.

— Tu n'es pas la seule qui cache sa véritable personnalité aux autres, lui rappela-t-il. Dans ce domaine, on peut dire qu'on se ressemble. Je n'ai jamais eu de relation sérieuse. Bien sûr, je suis sorti avec plein de filles, mais je ne me suis jamais senti suffisamment sûr de moi pour laisser une femme devenir trop intime avec moi. Je ne voulais pas, du moins pas avant d'avoir atteint un certain succès sur le plan financier.

— Pourquoi ?

— Parce que j'ai toujours considéré ma dyslexie comme une tare. Je sais que c'est fou, mais j'ai grandi en étant persuadé que je n'étais pas très futé. Quand j'ai découvert la raison de mes difficultés d'apprentissage, j'ai malgré tout continué à voir cette maladie comme un défaut, un échec. A mes yeux, une grande aisance financière aurait seule pu compenser une telle imperfection.

— Mais..., personne n'est parfait !

— Je sais. Il faut dire que l'exemple du mariage de mes parents, qui ne se montraient pas davantage d'affection qu'ils ne m'en montraient, ne m'a pas aidé. Mais je pense que c'était essentiellement une excuse pour ne jamais m'impliquer dans une relation sérieuse.

— Oh.

Il lui darda un regard vibrant de sincérité.

— Jusqu'à aujourd'hui. Je t'ai demandé si je valais la peine de prendre le risque de souffrir, mais j'avais oublié un détail essentiel qui t'aidera peut-être à prendre ta décision : je suis amoureux de toi. Je veux approfondir la relation que nous avons entamée durant le mois qui vient de s'écouler. Je suis sûr qu'on fera des étincelles.

Le cœur d'Eve se gonfla sous le coup de l'émotion. Seigneur ! Elle avait envie de le croire, envie de prendre le risque. Mais ses réflexes de défense étaient trop enracinés en elle. Perdre son père, ou Tony, avait été dur, mais elle sentait que ce n'était rien à côté de ce qu'elle éprouverait si Bryce la quittait. Il était l'amour de sa vie. Il l'avait abandonnée une fois. Pourquoi ne recommencerait-il pas ?

Prenant une profonde inspiration, elle se libéra à contre-cœur de son étreinte et se leva. Traversant le salon, elle posa les deux mains sur le manteau de la cheminée, incapable de lui faire face.

— Je suis désolée, je ne peux pas, déclara-t-elle en retenant les larmes qui menaçaient de la submerger.

Elle sursauta quand elle sentit une main se poser sur son épaule. Dans l'état où elle se trouvait, elle ne l'avait pas entendu s'approcher. Pivotant sur elle-même, elle lui fit face. Elle devait en finir au plus vite, si elle ne voulait pas s'effondrer sous ses yeux.

— Tu vas partir, c'est inévitable. Dès qu'on te proposera un boulot encore plus intéressant que celui que tu as actuellement. Ton travail est toute ta vie.

Elle leva la main pour lui intimer le silence quand il fit mine de protester.

— C'est toi-même qui me l'as dit, lui rappela-t-elle. Et après ce que tu m'as appris sur ta dyslexie, je comprends mieux pourquoi. Chaque échelon supplémentaire vers le sommet est une victoire en soi. Une victoire sur ton handicap, sur ceux qui ont douté de toi. Et je respecte ce que tu as accompli. Mais je ne vais pas mettre mon cœur entre tes mains pour que tu me laisses tomber quand une nouvelle opportunité de carrière s'offrira à toi.

Comme si ses paroles ne le contrariaient pas plus que ça, Bryce mit les mains dans ses poches. Une patience infinie se dégageait de toute sa personne.

— A ton avis, pourquoi t'ai-je parlé de ma dyslexie ?

Sa question la désarçonna complètement. Elle devait reconnaître que rien ne l'obligeait effectivement à lui confier son plus grand secret.

— Je n'en sais rien, avoua-t-elle.

Retirant les mains de ses poches, il les tendit vers elle, la paume vers le haut, comme s'il voulait lui montrer qu'il n'avait rien à cacher.

— C'est parce que j'ai confiance en toi. Ces derniers temps, j'ai beaucoup réfléchi sur mon rapport au travail, et j'ai fini par comprendre que si je travaille aussi dur, c'est essentiellement parce que ça me permet d'oublier que j'ai un problème auquel je serai confronté toute ma vie.

« Si je t'en ai parlé, c'est parce que je veux que tu saches à quoi t'attendre si tu acceptes de sortir avec moi. Je pensais que nous venions de partager quelque chose de spécial. Je pensais aussi que tu éprouvais peut-être quelque chose pour moi. Et si c'est seulement à moitié aussi intense que ce que je ressens pour toi, alors ça vaut le coup de se battre.

Les larmes qu'elle était parvenue à retenir jusqu'alors jaillirent comme un torrent furieux, éclaboussant ses lunettes et brouillant sa vision.

— Eve, chérie !

Avant qu'elle ait pu songer à résister, il la prit dans ses bras, ôta ses lunettes et les jeta sur une chaise. Elle enfouit son visage dans le creux de son épaule et laissa libre cours à ses pleurs, tandis qu'il lui caressait le dos en lui murmurant des paroles de réconfort.

Quand sa crise de sanglots fut terminée, elle prit une profonde inspiration et s'écarta de lui, terriblement consciente du spectacle lamentable qu'elle devait offrir, avec ses joues marbrées de larmes, son nez rouge et ses paupières gonflées.

Essuyant ses yeux du revers de la main, elle fixa la tache humide sur le T-shirt de son compagnon.

— Je n'ose imaginer à quoi je ressemble.

Tendrement, Bryce l'obligea à relever la tête.

— Tu ressembles à la femme que j'aime.

— Je ne suis pas cette femme, répondit-elle en s'arrachant à son étreinte. Ce qui s'est passé le mois dernier n'était qu'une mascarade. Tu sais aussi bien que moi que nous sommes trop différents. Tu es sociable et spontané, alors que je suis casanière et foncièrement timide. Je recherche la stabilité par-dessus tout et cette maison est tout pour moi. Ton travail passera toujours en premier…

— Chut, murmura-t-il en posant un doigt sur ses lèvres. J'avais justement quelque chose à t'annoncer à ce sujet. Je me suis rendu à Sydney pour trouver un remplaçant.

— Un remplaçant pour quoi ?

— Le contrat Hot Pursuit spécifiait que je devrais vivre à Sydney une grande partie de l'année.

— Dans ce cas, pourquoi es-tu ici ?

— Parce que le travail ne passe pas avant tout. Il est temps que je me pose quelque part, et j'aimerais que ce soit à Melbourne.

— Oh.

— Avec toi.

La résolution d'Eve commençait à vaciller. Pour l'avoir fait passer avant son travail, il devait réellement l'aimer. Etait-ce aussi simple que ça ? Malgré leurs personnalités si différentes, malgré ses propres inquiétudes ?

Saisie d'un besoin étrange de faire valoir son point de vue une dernière fois, elle posa les mains sur sa poitrine.

— Regarde-moi. Regarde-moi vraiment et dis-moi que je suis la femme que tu veux.

Il s'approcha et la saisit par les épaules.

— Tu commences à bien me connaître, maintenant, répondit-il. Tu devrais te douter de ce qui me plaît le plus chez toi. Ça.

Tout en parlant, il avait placé une main à l'endroit où battait son cœur. Le contact de sa main la brûla à travers son T-shirt.

— Ta chaleur, ta générosité…, poursuivit-il. Ta vitalité. C'est vrai que tu es aussi incroyablement sexy et que j'adore ces petits tailleurs que tu portes quand tu veux épater ton monde, mais la fois où je t'ai trouvée la plus adorable, c'est ce jour où je t'ai surprise, tout ébouriffée, avec ton T-shirt trop grand et ton short fait maison, sous ton arbre.

Cette déclaration laissa Eve bouche bée. Bryce était mûr pour l'asile s'il l'avait trouvée séduisante ce jour-là. Avant qu'elle ait pu protester, toutefois, il posa de nouveau son doigt sur ses lèvres.

— Je t'aime aujourd'hui. Je t'aimerai quand tu seras vieille et ridée, avec des cheveux gris, quand tu te déplaceras avec une canne. Alors, qu'en dis-tu ? Tu crois que tu pourras me supporter aussi longtemps ?

Le cœur d'Eve se gonfla d'amour. D'amour pour cet homme complètement fou, spontané, qui aimait rire et s'amuser. Il avait débarqué dans sa vie et, pour la première fois depuis des lustres, elle avait la sensation d'être vivante.

Elle s'était repliée sur elle-même à la mort de son père, puis après le départ de Tony, et cet homme étonnant lui offrait le monde.

Qu'attendait-elle, au juste ?

Un sourire monta à ses lèvres et elle prit la main de Bryce dans la sienne.

— Tu es sûr que tu veux rester aussi longtemps que ça ? le taquina-t-elle.

Bryce éclata de rire et leva le poing en signe de victoire,

balayant les derniers doutes qu'elle aurait pu avoir sur la sincérité des sentiments qu'il éprouvait pour elle.

— Oui, je suis sûr ! déclara-t-il avant de s'emparer de ses lèvres dans un baiser fougueux qui lui coupa le souffle et la laissa les jambes flageolantes.

Souriant contre ses lèvres, elle caressa son torse, savourant le jeu des muscles puissants sous l'étoffe de son T-shirt. Elle mourait d'envie d'explorer plus avant ce qu'elle pouvait désormais considérer comme sien.

— Même quand je serai une petite grand-mère toute rabougrie ? murmura-t-elle en glissant la main autour de son cou pour caresser les mèches soyeuses qui frôlaient sa nuque.

— Tu ne pourras jamais te débarrasser de moi, même quand ton dentier flottera dans sa tasse à côté du mien.

— C'est d'un romantique !

Ils éclatèrent de rire et Eve s'émerveilla des sentiments profonds qu'elle lisait dans les yeux de son compagnon. Même dans ses rêves les plus fous, elle n'avait jamais imaginé inspirer une telle passion à Bryce.

— Entre nous, c'est du sérieux, Eve.

Elle se hissa sur la pointe des pieds et l'embrassa tendrement.

— Je vais donc te proposer un nouveau marché, murmura-t-elle. Que dirais-tu si je faisais de toi un honnête homme ?

Il poussa un grognement avant d'appuyer son front contre le sien.

— Je vois… Toi aussi tu veux te marier, comme les pin-up.

— Oui, admit-elle.

Bryce la saisit par la taille et la fit tournoyer jusqu'à ce qu'elle ait le vertige, avant de la serrer contre lui. Son sourire béat indiquait clairement que tous ses rêves s'étaient réalisés.

— Eve Gibson…, dit-il. Ça sonne bien, je trouve.

— C'est une demande en mariage ?

— Oui ! Et je veux que la cérémonie ait lieu le plus tôt possible.

Quand elle avait échafaudé son plan pour ne pas se rendre seule au mariage de Mattie, Eve n'avait jamais imaginé qu'en fin de compte elle ne serait plus jamais seule. Tout ceci semblait tellement irréel.

— Que dirais-tu si nous sortions encore ensemble pendant un moment, pour que tu aies le temps de t'habituer à mes tenues d'intérieur négligées ? Pour le moment, une montagne de pâtisseries nous attend, et j'ai entendu dire que le meilleur moyen de conquérir le cœur d'un homme passait par son estomac.

Capturant sa main, il la posa sur son cœur.

— Mon cœur t'appartient déjà. Et il t'appartiendra toujours.

Lorsque ses lèvres effleurèrent les siennes avec une infinie tendresse, Eve réalisa qu'elle ne s'était jamais sentie aussi protégée, aussi chérie, aussi aimée.

Bryce était son présent, son avenir, son rêve.

Et elle n'avait pas l'intention de se réveiller de sitôt.

Épilogue

— Mon chou, le traiteur aimerait savoir s'il peut servir le dessert.

Eve s'arracha à la contemplation rêveuse de son mari qui bavardait avec AJ au bord de la piste de danse pour répondre à Mattie.

— Bien sûr, il n'a qu'à tout installer sur le buffet, les gens se serviront.

— Je n'arrive pas à croire que c'est toi qui as supervisé tout ça, dit Mattie. Tu aurais quand même pu confier l'organisation de ton mariage à l'un de tes confrères.

— C'est ce que Bryce et moi voulions.

« Un voyage dans le temps, lui avait-il dit, une chance de défaire ce qui a été fait. » Dès l'instant où ils avaient franchi le seuil de la vieille boîte de nuit sur les bords du lac de l'Albert Park et que son fiancé l'avait entraînée sur la terrasse pour l'embrasser, exactement comme elle avait rêvé qu'il le fasse autrefois, elle avait su qu'elle ne voulait se marier nulle part ailleurs.

— Qu'est-ce que vous pouvez être sentimentaux, toi et Bryce, s'exclama Mattie en levant les yeux au ciel.

Mais un sourire très doux illuminait son visage.

— Je suis impatiente de voir ce que vous organiserez pour vos dix ans de mariage.

— Ne t'inquiète pas, les pin-up sont déjà sur la liste des invités.

Mattie ne parvint pas à garder longtemps son air offusqué.

— Puisque tu devais absolument nous affubler d'un surnom, je suppose que nous devrions être reconnaissantes qu'il soit plutôt flatteur.

Eve éclata de rire.

— Bryce n'aurait jamais dû vendre la mèche.

— Si tu crois qu'on lui a laissé le choix ! Tu n'es pas la seule qui le mène par le bout du nez. Il est incapable de résister à aucune de nous trois.

— Pauvre chéri !

— C'est de moi que vous parlez, charmantes jeunes filles ?

Eve poussa un soupir de bien-être en s'appuyant contre le torse solide de son mari qui s'était approché par-derrière pour l'enlacer.

— On ne disait que du bien, ne t'inquiète pas, répondit Mattie. Maintenant il faut que je file. L'organisatrice de cette soirée m'a confié une mission et j'ai intérêt à me dépêcher.

— Merci.

Tandis que Mattie s'éloignait dans le frou-frou de sa robe de soie sauvage améthyste de demoiselle d'honneur, Eve pivota sur elle-même et leva les yeux vers Bryce.

— Tu as fait un boulot fantastique aujourd'hui, murmura-t-il.

Ses paupières se fermèrent d'elles-mêmes quand il se pencha pour l'embrasser. Le mélange de tendresse et de frustration qu'elle perçut dans son baiser lui indiqua qu'il était aussi impatient qu'elle de se retrouver en tête à tête.

— Ça n'avait rien à voir avec le travail. Je l'ai fait par amour.

Il caressa sa joue avec une douceur bouleversante avant de dessiner le contour de ses lèvres.

— Je t'aime, madame Gibson, murmura-t-il en s'inclinant pour reprendre son baiser. Et, au risque de me répéter, je te trouve incroyablement séduisante.

— Tu veux parler de cette vieillerie ?

Elle baissa la tête pour regarder sa robe à taille Empire en satin albâtre faite sur mesure, et, comme chaque fois qu'elle l'avait contemplée tout au long de la journée, elle la trouva tout simplement exquise.

Aujourd'hui, l'éternelle demoiselle d'honneur s'était mariée, et son bonheur n'aurait pas pu être plus complet.

Posant une main sur sa hanche, Bryce la caressa d'un long regard dont l'intensité n'était qu'un avant-goût de ce qui allait se passer une fois qu'elle aurait ôté sa robe.

— Aussi sublime que soit cette robe, reprit-il, tu sais que je me fiche complètement de ce que tu portes. Pour moi, tu es toujours la plus belle.

Emue jusqu'aux larmes, Eve était consciente de la chance qu'elle avait d'avoir pu renouer avec cet homme merveilleux après toutes ces années. Se hissant sur la pointe des pieds, elle murmura à son oreille :

— Et qu'aurais-tu pensé si j'étais arrivée toute nue ?

— Ah, voilà qui est parlé !

La fougue avec laquelle il resserra son étreinte lui fit comprendre mieux que des mots l'intensité de ses sentiments pour elle. Bryce Gibson l'aimait, quelle que soit son apparence, et cette certitude rassurait la jeune fille timide qui sommeillait toujours au fond d'elle.

— Suis-moi, ordonna-t-il.

Il la prit par la main, et Eve sut qu'elle le suivrait n'importe où. Ils sortirent sur le balcon surplombant le lac. La silhouette des gratte-ciel du centre-ville de Melbourne se découpait en mauve sur le ciel nocturne. Bryce l'entraîna vers le coin le plus éloigné de la terrasse, à l'endroit exact où tout avait commencé, où s'étaient déclenchés les changements qui avaient finalement abouti au moment présent.

— Nous avons parlé de nos rêves, à cet endroit, murmura Bryce en l'attirant contre lui.

— Comment pourrais-je l'oublier ?

— Je voulais que tu saches que les miens se sont réalisés. Tu fais partie de ma vie et nous sommes mariés.

Quand il se pencha vers elle pour l'embrasser langoureusement, elle se lova dans ses bras, émerveillée à la pensée que, ses propres rêves étaient aussi devenus réalités.

AZUR

GLAMOUR. INTENSE. IRRÉSISTIBLE.

Poussez les portes d'un monde fait de luxe, de glamour et de passions. Ici, les hommes sont beaux, riches et arrogants ; les femmes impétueuses, fières et flamboyantes. Entre eux, le désir est immédiat… et l'amour impossible.

11 romances à découvrir tous les mois, à seulement 4,60 €.

DIVERTIR • INSPIRER • ÉMOUVOIR

HARLEQUIN
www.harlequin.fr

RESTEZ CONNECTÉ AVEC HARLEQUIN

Harlequin vous offre un large choix de littérature sentimentale !

Sélectionnez votre style parmi toutes les idées de lecture proposées !

www.harlequin.fr

- **Découvrez** toutes nos actualités, exclusivités, promotions, parutions à venir...
- **Partagez** vos avis sur vos dernières lectures...
- **Lisez** gratuitement en ligne
- **Retrouvez** vos abonnements, vos romans dédicacés, vos livres et vos ebooks en précommande...

L'application Harlequin

- Des **ebooks gratuits** inclus dans l'application
- **50 nouveautés tous les mois** et + de 7 000 ebooks en téléchargement
- Des **petits prix** toute l'année
- Une **facilité de lecture** en un clic hors connexion
- Et plein d'autres avantages...

Téléchargez notre application gratuitement

Télécharger dans l'App Store

DISPONIBLE SUR Google Play

SUIVEZ-NOUS !

facebook.com/HarlequinFrance
twitter.com/harlequinfrance

VOTRE COLLECTION PRÉFÉRÉE DIRECTEMENT CHEZ VOUS

Vous souhaitez découvrir nos collections ? Une fois votre colis de bienvenue reçu, si vous souhaitez continuer à recevoir nos livres, cela se fera automatiquement. Vous n'avez aucune obligation d'achat et cette offre est sans engagement de durée !

Dans votre 1er colis, 2 livres au prix d'un + 1 cadeau

☛ COCHEZ la collection choisie et renvoyez cette page au
Service Lectrices Harlequin – CS 20008 – 59718 Lille Cedex 9 – France

Collections	Prix 1er colis	Réf.	Prix abonnement (frais de port compris)
❑ **AZUR**	4,50€	AZ1406	6 livres par mois 30,59€
❑ **BLANCHE**	7,30€	BL1603	3 livres par mois 24,85€
❑ **HISTORIQUES**	7,20€	LH1202	2 livres par mois 17,29€
❑ **PASSIONS**	7,70€	PS0903	3 livres par mois 26,49€
❑ **BLACK ROSE**	7,70€	BR0013	3 livres par mois 26,79€
❑ **HARMONY***	5,99€	HA0513	3 livres par mois 20,76€
❑ **NORA ROBERTS***	8,90€	NR2403	3 livres tous les 2 mois, prix variable**
❑ **SAGAS***	7,99€	SG2303	3 livres tous les 2 mois 29,46€
❑ **VICTORIA**	7,90€	VI2115	5 livres tous les 2 mois 41,59€
❑ **GENTLEMEN***	7,50€	GT2022	2 livres tous les 2 mois 17,95€
❑ **HORS-SÉRIE***	7,70€	HS2812	2 livres tous les 2 mois 18,45€

*livres réédités / **entre 28,79€ et 31,39€ suivant le prix des livres

F22PDFM

N° d'abonnée Harlequin (si vous en avez un) ⌊⌋⌊⌋⌊⌋⌊⌋⌊⌋⌊⌋⌊⌋⌊⌋

Mme ❒ Mlle ❒ Nom : ____________________

Prénom : ____________________ Adresse : ____________________

____

Code Postal : ⌊⌋⌊⌋⌊⌋⌊⌋⌊⌋ Ville : ____________________

Pays : ____________________ Tél. : ⌊⌋⌊⌋⌊⌋⌊⌋⌊⌋⌊⌋⌊⌋⌊⌋⌊⌋⌊⌋

E-mail : ____________________

Date de naissance : ____________________

Date limite : 31 décembre 2022. Vous recevrez votre colis environ 20 jours après réception de ce bon. Offre soumise à acceptation et réservée aux personnes majeures, résidant en France métropolitaine, dans la limite des stocks disponibles. Prix susceptibles de modification en cours d'année. Vous pouvez demander à accéder à vos données personnelles, à les rectifier ou à les effacer. Il vous suffit de nous écrire en nous indiquant vos nom, prénom et adresse à : Service Lectrices Harlequin CS 20008 59718 LILLE Cedex 9. Service Lectrices disponible du lundi au vendredi de 9h à 17h : 01 45 82 47 47.

Harlequin® est une marque déposée du groupe HarperCollins France – 83/85, Bd Vincent Auriol – 75646 Paris cedex 13. SA au capital de 1 149 680€ – R.C. Paris. Siret 31867159100069/APE5811Z.